이효석
문학상

수상작품집 2018

이효석 문학상

문학상

수상작품집 2018

생각정거장

일러두기

단행본은《》, 단편소설과 시 등은〈〉로 표기했습니다.

차례

모르는 영역

:

권여선

1996년 장편소설《푸르른 틈새》로 등단. 소설집《처녀
치마》《분홍 리본의 시절》《내 정원의 붉은 열매》《비자
나무숲》《안녕 주정뱅이》, 장편소설로《레가토》《토우의
집》등이 있다. 이상문학상, 오영수문학상, 한국일보문학
상, 동리문학상, 동인문학상을 수상했다.

다영은 여주에 있다고 했다.

여주라면 명덕이 공을 친 클럽에서 고속도로로 십 분 남짓 걸리는 곳이었다. 그는 새벽에 시작한 라운딩을 마치고 일행과 늦은 점심을 먹고 곧바로 집에 돌아가 쉴 생각이었지만 밥을 먹다 누군가가 가져온 보드카를 몇 잔 마시게 됐고 또 누군가에게 이상한 혐오가 일어 혼자 클럽하우스를 빠져나왔다. 근처 카페 주차장에 차를 세우고 야외 테라스에 앉아 얼음을 채운 콜라를 마시며 술이 깨기를 기다리다 아무 이유 없이 다영에게 전화를 걸었다.

"여주엔 왜?"

다영은 말이 없었다. 우리가 서로 그런 걸 일일이 묻고 답해야 하는 사이인가 회의하는 침묵 같았는데 설사 그렇다 해도 할 수 없었다. 다영은 짧게 한숨을 쉬더니, 도자비엔날레 때문입니다, 했다. 도자…… 비엔날레……? 그가 담배 연기를 빨아들이는 사이, 지금 촬영 중이라서요, 하는 말과 함께 전화가 끊겼다. 그는 뚝 끊긴 전화보다 때문입니다, 하는 정중한 말투가 더 신경이 쓰여 담배를 피우다 말고, 녀석 하고는, 혼잣말을 했다.

담배 연기는 하늘로 올라갔고 연푸른 하늘을 배경으로 초승달 모양의 낮달이 크림 빛깔로 떠 있었다. 낮달의 바깥 호는 얇고 선명한 데 비해 안의 호는 세상에서 가장 부드러운 톱니무늬로 하늘빛에 묽게 섞여 들고 있었다. 운동 후의 식사, 낮술의 취기, 봄날의 나른함이 겹쳐 그는 선잠에 빠지면서도 이게 어쩐지 저 은은한 낮달 때문이지 싶었고, 이게 죄다 저 뜯긴 솜 같은 낮달 때문입니다…… 낮달 때문입니다…… 하다 잠이 들었다.

깨어났을 때는 한 시간쯤 지나 있었다. 그는 얼음이 녹은 밍밍한 콜라를 마시고 하늘을 보았는데 낮달의 위치가 생각보다 서쪽으로 많이 기울어 있었다. 낮달을 오래 보고 있자니 최면에 걸린 듯했고 문득 자신의 페인팅에서도 색과 기운을 조금씩 뺄 필요가 있다는 생각이 들었다. 더는 세지지 말자 그런 생각. 조금 연해도 된다고, 묽어도 된다고, 빛나지 않아도, 선연하지 않아도, 쨍하지 않아도, 지워질 듯 아슬해도 괜찮다고, 겨우 간신해도…… 그런 생각 끝에 그는 마치 그 생각의 자연스러운 결론이기라도 한 듯 여주에 가기로 마음먹었다. 가서 도자비엔날레도 보고 다영의 얼굴도 보고 저녁이나 같이 먹고 와도 괜찮겠다고.

차에 시동을 걸고 출발하기 전에 전화를 걸었다. 한참 만에 전화를 받은 다영은 대번에 부정적인 반응을 보이며 촬영이 언제 끝날지도 모르고 시간 맞추기도 힘든데 괜히 오지 마시라 했다.

"어차피 도자비엔날레도 볼 겸, 간 김에 젊은 사람들 고생하는데 고기 한번 사주고 싶어서 그러지."

다영이 놀란 듯, 우리 팀 다 사주시려고요, 네 명인데요, 했다.

"당연하지."

아, 네, 하고 다영이 말을 멈춘 동안 그는 딸이 감동에 잠긴 줄 알았다. 그런데요…… 그렇게 하는 게 괜히 멋있어 보일 거 같고 그러셔서 그러신 거죠? 그가 어이가 없어, 넌 왜 그렇게 애가, 하는데 다영은 그의 말을 듣지도 않고 그럼요, 하더니 자기들이 묵는 농가 펜션에서 식당도 하니까 거기서 먹자고, 여섯 시로 예약하겠다고, 주소 입력하라고 자기 말만 다르르 쏟아냈다. 그는 입도 뻥긋 못하고 서둘러 다영이 불러주는 펜션 주소를 내비에 입력했다.

농가 펜션 주차장 한복판에 크고 흰 개가 로드킬 당한 것처럼 다리를 쭉 뻗고 옆으로 길게 누워 있었다. 죽은 것 같지는 않고 햇볕에 데워진 시멘트 바닥이 따뜻해 땅과의 접촉면을 최대한 넓히고 누워자는 것 같았다. 명덕은 개를 피해 차를 세우고 농가를 개축한 펜션을 둘러보았다. 식당이 있는 오른편에 길쭉한 흙 마당이 있고 파라솔이 하나 펼쳐져 있었다. 그는 파라솔 아래 앉아 담배를 피웠다. 그새 구름이 끼어 낮달은 보이지 않았고 허공에 꽃씨만 분분 날렸다. 테이블 위에 놓인 재떨이의 뚜껑이 조금 열려 있어 그는 그 틈으로 꽃씨가 들어갈까 봐 마음이 초조했다.

흙 마당 아래로 완만하게 경사진 밭에서 반백의 남자 둘이 일을 하고 있었다. 저리 늙어 보여도 자기 또래거나 아래일 거라고 그는 생각했다. 두 남자는 주차장에 세워둔 트럭에서 연둣빛 비료포대를 어깨에 지고 날라 밭이랑에 적당한 간격으로 늘어놓더니 한 남자가 포대를 커터 칼로 그어 따면 다른 남자가 포대 끝을 잡고 비료를 털어 밭에 쏟아부었다. 밭이 부채꼴로 생긴 데다 누런 흙 위에 커피 빛깔 비료가 소복소복 쌓이니 이제 비만 오면 흡사 거대한 깔때기에 드립 커피를 내리는 모양이 되겠다고 그는 생각했고 그러자 갑자기 진한 커피 생각이 간절했다. 비료 포대를 다 딴 남자가 빈 포대를 착착 접어 하나의 포대 안에 집어넣었고 그렇게 불룩해진 빈 포대는 트럭 짐칸에 던져두고 삽 두 자루를 가져와 두 남자가 한 자루씩 쥐고 소복이 쌓인 비료를 한 삽씩 떠 밭에 고루 뿌렸다. 이제 밭은 초콜릿 알갱이가 점점이 박힌 캐러멜 색깔로 변해갔는데 진한 커피를 마시고 입가심으로 먹으면 딱 좋을 성 싶었다.

주차장 쪽에서 흰 개가 그를 향해 사분사분 뛰어왔다. 바닥에 쭉 뻗어 자던 개는 아니고 그보다 훨씬 작은 개였는데 아직 어린 티를 벗지 못해 낮잠에서 깬 듯 어리둥절한 표정이었다. 그를 향해 다가오던 개는 그가 의자에서 일어나자 혼비백산하여 도망쳤다. 누가 보면 해코지라도 한 줄 알겠다 싶어 그는, 내가 뭘 어쨌다고, 변명하듯 중얼거리고 재떨이 뚜껑을 열어 담배를 끄고 뚜껑을 꼭 덮었다. 도자비엔날레도 둘러보고 근처에서 진한 커피도 한잔 사먹을 겸 그는 다시 주차장을 향해 갔다.

　주중이라 도자 행사장은 썰렁했다. 중앙에 있는 원형 판매장 외에 대부분의 야외 천막은 닫혀 있었다. 둘러보는 사람도 거의 없어 바람이 불면 원형 판매장 가장자리에 매달린 소박한 도자기 풍경들만 찰랑거렸다. 도대체 다영의 팀은 여기 와서 뭘 찍고 간 걸까. 마음이 상한 그는 바로 코앞에 있는 신륵사에 들를 계획도 접고 카페를 찾아 무작정 걷기 시작했고 오 분쯤 뒤 멀리 낯익은 커피전문점의 로고가 보이자 곧 진한 커피를 마실 생각에 혀뿌리가 뻐근해졌다.

　그는 도로로 향한 창가 자리에 앉아 커피를 마셨다. 정류장이 바로 코앞이라 깨끗이 닦인 유리 너머로 도착하는 버스와 타고 내리는 승객 들이 손에 잡힐 듯 가깝게 보여 커피를 마시다 버스가 도착하면 곧장 뛰어나가 타도 될 정도였다. 그의 옆자리에는 머리를 푸릇푸릇하게 물들인 청년이 노트북에 악보를 띄워놓고 작업 중이었는데 손을 내젓기도 하고 고개를 전후좌우로 흔들기도 하고 몸을 부르르 떨기도 했다. 창밖으로는 짧게 깎은 머리에 교복을 입은 덩치 큰 남자 고등학생이 정류장 근처를 어정버정 돌아다니며 한 손을 앞으로 쭉 뻗었다 넣었다 하며 혼자 열심히 떠들고 있었다. 언뜻 보면 정신질환을 앓는 듯 보였지만 귀에 이어폰을 꽂은 걸로 보아 누군가와 통화를 하고 있는 것 같았다. 그래도 그의 눈에 제정신으로 보이지 않기는 마찬가지였고 저런 젊은이들이 점점 늘어간다고 그는 우울하게 생각했다. 귀에 이어폰을 꽂고 몸을 움찔거리거나 한 손에 폰을 움켜쥐고 떠들어대는 사람들, 그들은 심지어 커피를 주문할 때마저 하던 일을 그만두려 하지 않았는데, 조금 전 계산대에서 그의 앞에 선 젊은 아가씨 또한, 그니까 오빠 내가 맨날 그랬잖아, 아 톨 사이즈로요, 내 말이 맞아 안 맞아, 응, 왜 대답을 안 해 오빠, 하고 쉴 새 없이 통화하는 바람에 그가 주문하는 소리가 묻혀 그는 직원에게 두 번이나 큰소리로 에스프레소! 에스프레소! 외쳐야 했다.

커피를 다 마시고 나오려는데 갑자기 세찬 비가 퍼붓기 시작했다. 차는 신륵사 주차장에 있고 우산은 차 안에 있었다. 오래 내릴 비는 아닌 것 같아 그는 조금 기다려보기로 했다. 잠시 후 빗줄기가 가늘어졌는지 투명한 우산을 쓴 소녀 둘이 우산을 젖혀보고 뭐라고 종알거리더니 다시 썼다. 길 건너편에 군복을 입은 청년 둘과 사복 입은 청년 하나가 둘러서서 얘기를 나누고 있었는데 우산을 쓴 사람은 사복 입은 청년 혼자뿐이었다. 군모를 뒤로 젖혀 쓴 청년이 웃으며 발을 떨었고 잠시 뒤 군복 둘은 왼쪽 길로 가고 우산을 쓴 청년은 안쪽 길로 들어갔다. 그 자리가 텅 비고서야 그는 그들이 서 있던 곳이 길모퉁이였다는 걸 깨달았고 길모퉁이가 저런 헤어짐에 알맞은 장소라는 것도 깨달았다.

식당 출입문 왼쪽에 신발장이 있는 걸로 보아 신을 먼저 벗고 문을 열고 들어가야 하는 것 같았지만 명덕은 신을 벗지 않고 문만 열어 안을 들여다보았다. 담근 술이 든 유리병들이 벽을 빼곡하게 채우고 있는 마루 한편에 다영과 그 일행 셋이 미리 와 앉아 있었다. 남자 둘 여자 하나로 다영과 비슷한 또래로 보였는데, 그의 눈엔 무언가 골똘한 생각에 잠긴 듯 고개를 옆으로 기울이고 손을 이마에 대고 있는 다영의 모습만이 오려낸 듯 선명하게 도드라져 보였다. 쓸려 올라간 앞머리가 오두막 처마처럼 비스듬히 떠 있었다. 다영은 잠시 이마를 문지르다 어느 순간 스르르 오른뺨을 타고 흘러내리듯 손을 내렸는데 순간 그는 저 애는 저런 것도 닮아버렸구나 싶어 가슴이 쿵 내려앉았다. 다영이 그를 알아보고 자리에서 일어났다.

"아빠 왔어?"

예상 못한 무람없는 인사에 그는 당황하여 어어 소리만 내뱉다 일행이 덩달아 일어서려는 걸 보고 손을 저어 만류했다.

"일어날 거 없어요, 일어날 거 없어. 요 앞에서 담배 좀 피우려고."

다영이 뭐라고 하기도 전에 일행 중에서 산뜻한 젊은 여자 목소리가 들려왔다.

"금방 고기 나온다니까 빨리 오세요, 아버님!"

마당 한쪽에서 펜션 주인으로 보이는 남자가 흰 개를 나무라고 있었다. 시무룩하게 야단을 맞고 있는 개는 아까 명덕을 향해 뛰어오다 공연히 기겁을 하여 도망친 작은 개였다. 남자가 뭐라 뭐라 추궁하는 소리가 들렸지만 뭐라고 하는지 알아들을 수 없었다. 남자가 두

리번거리며 마당을 한 바퀴 돌더니 명덕을 향해 다가왔다.

"선생님, 안녕하십니까? 어서 오십시오. 그런데 혹시 여기 어디서 빨간 신발 한 짝 못 보셨습니까?"

그는 못 봤다고 대답했다.

"이놈의 개가 빨간 신발 한 짝을 물고 가서 어디다 놔뒀는지 못 찾겠네요."

"개가 신을 물어갔습니까?"

"네. 빨간 신발을 한 짝만. 큰일 났네 이거."

잠깐 뿌린 세찬 비로 흙 마당은 젖어 있었다. 비료를 뿌린 부채꼴 모양의 밭도 짙은 갈색으로 축축이 젖어 있었는데, 그럴 리는 없지만 그에겐 왠지 그 빛이 김이 오르는 뜨거운 갈색으로 생각되었다. 어디에 숨겼건 신은 엉망이 되었을 터였다.

"신발이 한 짝밖에 없으면 그걸 어쩝니까?"

남자가 끌탕을 했다. 그의 생각에도 한 짝만 남은 신은 아무 쓸모가 없겠다, 남자가 무척 아끼던 신인가 보다 싶었다.

"비싼 건 아니어도 그래도……."

남자가 중얼거리다 말고 그의 눈치를 살폈고 그는 딱히 할 말이 없어 잠자코 고개를 끄덕였다. 비싼 건 아니어도 무척 아끼던 신이면…….

"물어드려야겠지요?"

"네?"

"못 찾으면 물어드리긴 해야겠지만 참 그걸 한 짝만 물어갔다고 한 짝만 물어드릴 수도 없고."

그는 갑자기 흥미를 느끼고 물었다.

"사장님 게 아니고 손님 걸 물어간 겁니까, 개가?"

"그럼요. 손님 신발을 물어갔으니까 지금 큰일 났다는 거지요."

그의 입에서 아이고 소리가 절로 나왔다.

"난감하시겠습니다."

"이거 참 보통 난감한 게 아닙니다. 저놈의 개가 어디다 물어놨는지 말을 안 하니, 아니, 못 하니……."

그는 웃음을 참느라 고개를 숙였다.

"찾아보시다 정 안 되면 손님께 잘 말씀드려보세요."

그가 담배를 끄고 들어가려는데 남자가 눈을 빛내며 따라왔다.

"그러니까요 선생님이 먼저 말씀 좀 해주시면 안 되겠습니까?"

"제가요?"

"선생님 일행분이시니까."

"우리 쪽 신입니까?"

"지금 손님이 누가 있습니까? 선생님 일행뿐인데요. 여기 좀 보십시오."

남자가 출입문 옆에 놓인 신발장을 가리켰다.

"여기 다들 두 짝씩인데 이 빨간 신발만 한 짝밖에 없지 않습니까?"

"그러네요."

그와 남자가 신발장을 위아래로 내리훑고 치훑었지만 과연 빨간 운동화는 한 짝뿐이었고 다행히 낡았고 비싸 보이지는 않았다.

"그러니까 선생님이 이게 누구 신발인지 먼저 물어보셔 가지고 말씀 좀 잘해주시면 고맙겠습니다. 제가 열심히는 찾아보겠습니다만 만에 하나 못 찾으면……."

그는 알았다고 했다. 일단 남자 운동화이니 다영의 것은 아니었다. 그는 개가 물어가지 못하도록 신발장 높은 칸에 신을 벗어 얹어놓고 식당 출입문을 열었다. 다영의 일행은 누구의 신 한 짝이 없어진 줄도 모르고 열심히 삶은 돼지고기를 먹고 있었다. 호리호리한 체형에 얼굴이 해사한 남자 스태프가 그를 보고 몸을 들썩거리며, 아버님 고기 나왔습니다, 여기 다영 씨 앞에 앉으십시오, 했고 다른 남자 스태프는 너부죽한 얼굴에 거만하게 다리를 뻗은 채 고기를 잔뜩 문 불룩한 얼굴로 그를 올려다볼 뿐이었는데 영락없는 두꺼비 상이었다. 그는 두꺼비와 호리호리 사이에 끼어 앉았다. 가까이에서 보니 맞은편 벽을 가득 채운 술병의 위용이 자못 대단해 그는 저게 다 무슨 술인지 나중에 주인 남자에게 물어보리라 생각했다.

"반갑습니다, 아버님."

다영의 옆에 앉은 여자 스태프가 싹싹하게 인사를 했다. 얼굴은 목소리만큼 어리지 않아 다영보다 두서너 살은 들어 보였다.

"나도 반가워요. 그런데 누구 여기 빨간 운동화 신고 온 사람 있어요?"

"저…… 전데요."

고기 때문에 발음이 뭉개진 두꺼비 청년이 말했다.

"그래요? 그쪽 신을 개가 한 짝 물어갔다는데."

"네?"

"그래서 신이 한 짝밖에 없답니다."

두꺼비가 작은 눈을 크게 뜨는가 싶더니 어후후훅 우는 듯한 소리를 내며 웃기 시작했고, 이내 다들 웃어댔는데 특히 여자 스태프는 손으로 식탁을 방정맞게 두드리며, 어머, 개가 물어갔대, 개 불쌍해, 개 억울해, 하며 깔깔거렸다. 다영이 웃다 말고 그를 나무라듯 지그시 보았지만 그는 무슨 영문인지 알 수 없었고 졸지에 늙은 어릿광대가 된 기분이었다.

삶은 돼지고기가 남았다. 두꺼비가 밤에 맥주 마시면서 안주로 먹게 포장해가면 좋겠다고 하자 다영이 재빨리 일어나 식당 여자에게 비닐봉지를 몇 장 얻어와 고기와 쌈 고추 마늘 새우젓 등을 야무지게 담았다. 여자 스태프는 전화를 받는다고 나간 후였고 호리호리도 잘 먹었다는 꾸벅 인사를 하고 나갔다. 두꺼비가 몸을 뒤틀며 힘겹게 자리에서 일어나 벽에 세워둔 ㅏ 자 모양의 지지대를 짚고 절뚝거리며 나갔다. 그러니까 두꺼비는 애초부터 빨간 운동화를 한 짝만 신고 왔고 다른 발엔 발목을 보호하는 장화처럼 생긴 깁스용 신발을 신었는데 깁스용 신발이 크고 높아 신발장에 들어가지 않자 한쪽 옆에, 그것도 하필 쓰레기통 뒤에 잘 보이지 않게 세워두었던 것이다. 주인 남자는 그것도 모르고 애먼 개만 나무랐던 것이고 그도 덩달아 그런 줄로만 알았다. 두꺼비가 다리에 장애가 있는 줄 그가 어찌 알았겠는가. 누명을 쓴 개도 억울하겠지만 그도 공연히 억울했다.

그가 카드를 내밀자 식당 여자가, 현금 없으세요, 물었고 없다고 하자, 우리는 현금이 좋은데, 하며 마지못해 카드를 받았다. 고기를 챙긴 다영이 여자에게 얼마 나왔느냐고 묻자 구만 오천 원이라고 했다.

"구만 오천 원?" 묻는 다영의 목소리가 높았다. "칠만 오천 원 아니고요?"

"아니 무슨…… 구만 오천 원인데."

"왜요? 만 오천 원씩 다섯 명이면 딱 칠만 오천 원인데요?"

"다섯 명 아니고 여섯 명이라고 했잖아?"

"우리가요? 우리 다섯 명이잖아요?"

"그러니까 오기는 다섯 명" 하다 여자는 명덕을 힐끔 보더니 "다섯 분이 오셨는데, 전화로는 여섯 명이라고 했으니까 그렇게 알고 준비했지."

"누가요? 제가요?"

"아가씬지 누군지는 모르겠고 전화 건 사람이 그랬거든 분명히. 여섯 명이라고."

"전화 건 사람 저거든요? 저는 분명히 다섯 명이라고 했는데요. 거기 오천 원은 또 왜 붙이세요?"

여자가 밥값은 별도라고 했다.

"와, 나 진짜!"

다영의 눈빛이 심상찮게 변해가는 게 그는 불안했다.

"좋아요! 밥값은 낼 테니까 다섯 명분 팔만 원만 받으세요."

"그게 무슨 소리야? 고기값이 얼마나 들었는데? 우리 아저씨가 고기만 오만 원어치를 끊어왔다고. 그러니까 이렇게 남아서들, 이렇게 싸가잖아 응?"

다영이 들고 있던 고기 봉지를 식탁에 탁 내려놓았다.

"그럼 이거 안 싸가면 되잖아요?"

"그건 아니지. 삶아 논 거를, 그렇게는 안 되지."

"왜 안 돼요?"

이러다간 한도 끝도 없겠다 싶어 그가 끼어들었다.

"사장님, 그냥 계산해주십시오."

"왜 그냥 계산해요? 우리가 잘못한 것도 없는데 왜 바가지를 써요?"

"아니, 바가지라니, 고기가 그게 얼마 친데 바가지래?"

다영이 또 뭐라고 달려들기 전에 그는 짐짓 엄한 얼굴로 말했다.

"다영아, 그만 나가 있어. 아빠가 알아서 계산하고 나갈 테니까."

다영은 그와 여자를 번갈아 보다 몸을 돌려 식당을 나갔다. 그는 서명을 하고 다영이 놓고 간 고기 봉지를 들고 나오면서 혹시 여자가 밥값 오천 원이라도 빼주지 않았나 영수증을 확인했지만 에누리 없이 구만 오천 원이었다.

두꺼비와 여자 스태프는 파라솔 아래 앉아 있고 다영과 호리호리는 개 두 마리와 놀고 있었다. 그가 파라솔 쪽으로 가자 두꺼비가 자리에서 일어났다. 같이 피우자고 하자 두꺼비는 막 다 피웠다며 그에게 라이터를 켜 들이댔다. 그가 담배에 불을 붙이자 여자 스태프가 의자를 앉기 좋게 끌어다 놓았다.

"아버님, 여기 앉으세요. 다영 씨한테서 말씀 많이 들었어요."

무슨 얘기를 들었다는 건지 궁금했지만 그는 그래요, 하고 말았다.

"말 놓으세요. 편하게 이름도 부르시고요."

그가 눈을 끔뻑거리며 뭐라고 얼버무리려는데 여자 스태프가 깔깔 웃었다.

"우리 이름 다 까먹으셨죠? 다영 씨 말로는 그렇게 이름을 못 외우신다고. 딱 한 번만 더 가르쳐드릴게요. 여기 개가 신 물어갈 뻔한 친구가 김동수 피디, 저기 늘씬한 친구가 유선태, 저는 홍선영이에요. 아셨죠?"

그는 기억할 자신이 없었지만 알았다고 했다.

"제 이름이 선영이잖아요? 선태하고는 선영 선태 남매가 되고요, 다영 씨하고는 선영 다영 자매가 돼요. 완전 양다리 이름! 제 이름만 외우면 세 명 이름은 공짜로 먹고 들어가는 거거든요."

공짜로 먹고 들어가기는커녕 오히려 혼동만 가중되는 느낌이었지만 그는 기계적으로 선영 선태, 선영 다영, 그리고 뜻 없이 두꺼비 피디, 라고 속으로 되뇌었다.

"담배 좀 그만 피워."

언제 왔는지 다영이 그의 손가락에서 담배를 뽑아 재떨이에 눌러 끄는 바람에 그는 놀라 기절할 뻔했다.

"어머, 저기 달! 벌써 달이 떴네."

홍이 손을 뻗어 아직은 훤한 저녁 하늘을 가리켰다. 과연 거기에 그가 낮에 본 초승달이 한결 밝고 또렷한 빛을 내뿜으며 떠 있었다. 시선을 내리니 서서히 땅거미가 지는 마당가에서 호리호리한 청년이 허리를 굽혀 개들을 쓰다듬고 있었는데 흰 셔츠를 입은 여윈 등이 초승달을 닮았다고 그는 생각했다.

다들 어딘가로 흩어지고 파라솔 아래엔 그들 부녀만 남았다. 그는 담배를 피우고 싶었지만 눈치가 보여 참았다. 하늘을 보고 있던 다영이 뜬금없이, 용두산 공원 기억나세요, 물었다.

"부산 말이냐?"

"거기서 찍은 사진 있잖아요."

그가 어렴풋이 기억하기로 그들 부부가 부산에 살던 시절, 너덧 살 난 다영을 번갈아 업고 안고 걸리고 하여 용두산 공원에 갔던 아주 더운 날이 있었다. 사진을 찍었는지는 기억나지 않았다.

"거기 하늘에 뭐가 희미하게 찍혔는데 엄마가 유에프오라고 했어요. 그거 낮달 맞죠?"

"모르지 그건."

그의 대답에 다영은 조금 놀란 듯했다.

"어쨌든 유에프오는 아닐 거잖아요?"

"아니야. 그건 우리가 모르는 영역이다."

다영이 아아 신음을 뱉었다.

"이럴 땐 엄마가 이해가 돼."

"그게 무슨 말이냐?"

"그냥 이해가 된다고. 왜 아빠 같은 사람을 만났는지."

"그러지 말았어야 한다는 거냐?"

그가 소심하게 물었다.

"모르죠 그건. 우리가 모르는 영역이죠 그건. 유에프오보다 더."

다영이 자리에서 일어나며, 벌써 가실 건 아니죠, 물었다.

"글쎄다."

그는 이대로 가야 할지 다영과 더 시간을 보내야 할지 알 수 없었다.

"제가 뭐 잠깐 찍고 올 동안 산책 좀 하실래요?"

"아직도 일이 안 끝났니?"

"일은 끝났는데요, 짬나면 각자 뭐든 찍으러 다니거든요. 저도 깜깜해지기 전에 돌아다녀보려고요. 여기서 저수지 있는 데까지 별로 안 먼데 한번 다녀오세요."

"저수지는 봐서 뭐하게?"

"그냥……." 다영은 입을 삐죽 내밀더니, "아빠는 뭘 잘 보시니까 어떤가 보시라고요. 어제 가서 몇 장 찍어봤는데 이상하게 좋더라고요. 카메라로 찍는 거하고 그림은 다르겠지만 그래도 비슷한 데도 좀 있을 거니까."

그럴까 하고 일어선 그는 손을 들어 딸의 어깨를 살짝 쓰다듬었다. 그런 충동적인 동작에 스스로도 놀란 데다 다영도 흠칫하는 기색이어서 그는 얼른 손을 내렸다.

"내가 이런 걸…… 잘 못해서……."

다영은 그의 말을 못 들었는지 참, 하고 손뼉을 치더니 얼마 냈어요, 물었다.

"몰라도 된다."

"양심이 있으면 밥값이라도 빼줬겠죠?"

"알 거 없어."

"뭐야? 다 받은 거야?"

그는 긍정도 부인도 하지 않았다.

"다 받았구나!"

"여섯 명인 줄 알았다잖니? 사람이 살다 보면 실수할 수도 있는 거지."

"이게 실수인지 고의인지 아빠가 어떻게 알아? 한번 이렇게 했는데 먹히면 앞으로 또 이렇게 해도 되는 줄 안다고. 난 사람들 그런 게 싫다고."

"이 사람들 상습적으로 바가지 씌우고 그럴 사람들 아니야. 또 한 번인데 어때? 한 번은 그냥 넘어가."

"한 번이니까 괜찮다……." 다영이 팔짱을 꼈다. "한 번이니까 괜찮다, 그냥 넘어가자…… 아버지는 그렇게 생각하시는 거네요? 그렇게 넘어가면 마음이 좋으세요? 한 번은, 한 번은…… 해도 됩니까?"

명덕은 급속도로 굳어가는 다영의 얼굴이 낯설었다.

"왜 해도 됩니까, 한 번은?"

다영은 느닷없이 꽥 소리를 지르더니 흙 마당을 가로질러 뛰어 갔다. 어디서 나타났는지 큰 개가 따라 뛰었고 작은 개도 덩달아 따라 뛰었다. 흰 개들을 데리고 순식간에 사라지는 딸의 뒷모습을 보면서 그는 도무지 얼떨떨했다. 계산이 안 맞으면 기분이 안 좋을 수야 있지만 그래도 그렇지 이만한 일에 저 애는 왜 저토록이나 화가 나서 꽝꽝 얼고 절절 끓고 하는가, 저런 건 참 안 닮았구나 싶었다. 전처는 감정의 오르내림이 거의 없는 사람이었다. 아니, 감정은 어땠는지 몰라도 표현은 언제나 온건했다. 화가 치밀거나 용납할 수 없는 일이 생기면 잠자코 손으로 이마를 꾹 짚는 버릇이 있었는데 이마를 짚고 천천히 문지르던 손을 스르르 늘어뜨리기까지 그는 얼마나 가슴을 졸였던가. 그는 늘 실수하고 전처는 번번이 용서하던, 용두산보다 더 오래전 일이었다. 그러고 보니 그가 기억도 못하는 용두산 사진이 어쩌면 그들 부부와 다영이 마지막으로 함께 찍은 사진이었는지 모르겠다는 생각이 얼핏 들었다.

이대로 차를 몰고 가버릴까 하다 명덕은 마음을 바꾸었다. 지금 가면 다영과 언제 다시 보게 될지 몰랐고 또 젊은 사람들에게 꼴도 우스워질 터였고 무엇보다 그의 손에 삶은 돼지고기 봉지가 들려 있었다. 그는 펜션 남자에게 저수지 가는 길을 물었다. 일단 도로를 따라서 십 분 넘게 쭉 가시면요……. 들은 대로 걷다 보니 과연 왼쪽에 좁은 흙길이 나타났고 밟기 좋을 정도로 폭신하게 젖은 흙길을 돌아 들어가니 제법 큰 저수지가 나왔다.

저수지 너머 겹겹이 펼쳐진 산들 위로 해가 지고 있었다. 골짜기의 깊은 곳부터 어둠이 깃들기 시작했다. 그는 가장자리부터 어두워지는 저수지 물과 그 위에 비친 산 그림자가 짙어지다 물감처럼 풀리는 모양을 오래 지켜보았다. 어디선가 새가 날아와 나뭇가지에 내려 앉았다. 날갯짓의 급격한 감속, 날개를 접고 사뿐히 가지에 착지하는 모습, 가지의 흔들림과 정지……. 그런 정물적인 상태가 얼마나 지속되었을까, 새는 돌연 가지를 박차고 날아갔고 그 바람에 연한 잎을 소복하게 매단 나뭇가지는 다시 흔들리다 멈추었다. 멍하니 서서 새가 몰고 온 작은 파문과 고요의 회복을 지켜보던 그는 지금 무언가 자신의 내부에서 엄청난 것이 살짝 벌어졌다 다물렸다는 걸 깨달았다. 그는 새가 날아와 앉는 순간부터 나뭇가지가 느꼈을 흥분과 불길한 예감을 고스란히 맛보았다. 새여, 너의 작은 고리 같은 두 발이 나를 움켜잡는 착지로 이만큼 흔들렸으니 네가 나를 놓고 떠나는 순간 나는 또 그만큼 흔들려야 하리. 그 찰나의 감정이 비현실적일 정도로 생생해 그는 거의 고통스러울 지경이었다.

한참 만에 주위를 돌아보니 그저 저수지였다. 그게 무엇인지 알 수 없지만 그에게 왔던 것은 이미 사라져버렸고 다시 반복되지 않을 것이고 영영 지울 수도 없으리라고 그는 침울하게 생각했다. 단 한 번이라니…… 단 한 번이었다니…… 다영도 이곳에서 이런 무섭도록 강렬한 한 번을 경험한 것일까. 그래서 그에게 은밀한 보물이 묻힌 곳을 알려주듯 이곳으로의 산책을 권유했던 것일까. 순간 다영의 굳은 얼굴이 떠올랐고, 그게 그러니까…… 한 번은…… 한 번은 해도 됩니까 묻던 다영의 말이 식당 여자가 아니라 자신을 향한 것이었을지 모른다는 생각이 들었다. 왜 해도 됩니까, 한 번은? 그는 숨이 막힐 듯한 통증을 느끼고 자갈 위에 주저앉았다. 과연 그렇다. 왜 한 번은 해도 되나?

텅 빈 들판에 노파 혼자 남아 밭일을 하고 있었다. 노파는 호미를 들고 이랑의 흙을 찍어 작년에 심었던 것의 죽은 뿌리를 파내 흰 플라스틱 통에 넣고 있었다. 이랑의 흙에는 아무 표시가 없었지만 일정한 간격으로 심겼기에 노파가 툭툭 찍으면 영락없이 흙덩이를 매단 뿌리뭉치가 뽑혀 나왔다. 동그랗게 팬 자리에 새로운 씨앗이나 모종을 심을 것이다. 툭툭 찍어 뿌리를 뽑아 통에 넣고 옆으로 한 걸음 옮겨 툭툭 찍어 뿌리를 뽑아 통에 넣는 노파의 동작은 굼뜨면서도 능란해 기이한 리듬감을 주었다. 노파는 플라스틱 통이 죽은 뿌리로 가득 차면 밭의 가장자리 둑에 가져가 쏟았다. 일 자체는 간단해 보였지만 선 채 허리를 굽히고 하는 일이라 오래 하다 보면 멀쩡한 허리도 노파의 각도로 굽을 수밖에 없을 것 같았다. 노파의 굽은 등은 호리호리한 청년의 등과 달리 굴 껍데기처럼 울퉁불퉁해 보였다. 저 노파는 저녁도 먹지 않고 이때껏 일을 하는가.

그가 담배를 꺼내 물고 주머니를 뒤적거리는데 누군가 아버님, 하고 불러 돌아보니 절뚝절뚝 다가오는 실루엣이 두꺼비 청년이었다. 두꺼비는 그게 자신의 임무이기라도 한 듯 묵묵히 라이터를 켜 불을 들이댔고, 그가 같이 피우자고 하자 이번에도 저기서 막 피웠다며 뒤편을 가리켰다. 두꺼비가 가리킨 곳에는 은박 돗자리가 깔려 있고 그 위에 거무스레한 촬영 장비가 놓여 있었다.

"저기 앉으시겠습니까?"

"난 괜찮아요. 그쪽이야말로 다리도 불편한데 앉아요."

"아닙니다, 아버님. 그리고 말씀 놓으세요. 저는 김동숩니다. 그냥 동수야 편하게 부르세요."

"글쎄 그게……."

"그렇게 부르셔야 외워집니다. 외우셔야 부를 수 있는 게 아니고."

"그런가." 그는 웃었다. "그런데 동수 자네는…… 이런 말 물어봐도 되는지 모르겠는데 다리는 어쩌다가……?"

"얼마 전에 발목이 아파서 병원에 가봤더니 인대가 끊어졌대요."

"원래 아픈 건 아니었고?"

"원래 아픈 건 아니었고요, 언제 끊어졌는지 모르겠는데 끊어졌다네요. 수술하기 전까지는 이러고 다녀야 한답니다."

"수술하면 낫긴 한다나?"

"네, 수술하면 낫는대요. 이번 촬영 끝나고 수술 일정 잡으려고요."

그거 다행이라고 말하면서 그는 좀 서운했다. 동수가 선천적으로 다리에 장애가 있는 것도 아닌데 왜 다영은 개가 신 물어간 얘기에 웃다 말고 나무라듯 눈치를 주었는가 말이다.

"근데 동수 자네, 이건 어떻게 생각하나?"

"뭐가요, 아버님?"

"저 할머니가 저녁을 드셨을 거 같은가, 아닌가?"

"아직 안 드셨을 걸요. 보통 저녁 드시고는 다시 나와서 일 안 하시거든요. 다 씻고 저녁 드시니까요."

"그렇겠지? 그럼 이걸 저 할머니께 드리는 거는 어떻게 생각하나? 고기에 야채하고 장하고 다 있는데."

그가 고기 봉지를 들어 보였다.

"아, 그건 좀 그런데요."

"그건 좀 그렇지?"

"요즘 시골 사람들, 독극물 그런 거에 예민하거든요."

"독극물?" 그는 예상치 못한 말에 웃음을 터뜨렸다. "하긴 생판 모르는 사람이 주는 고기를 개도 아니고……."

순간 그는 말이 잘못 나간 걸 깨닫고 입을 다물었다. 동수가 웃음을 참느라 큭 소리를 냈는데 이번에도 어째 흑 우는 소리처럼 들렸다.

"그런데 아버님, 이 고기가, 아버님이 사셨으니 아버님 소유이긴 하지만, 제가 양보를 못 하겠습니다."

"이거 미안하네, 내가 임의로 처분하려고 해서."

"이제 할머니 가시려나 봐요. 손 씻으시는 거 보니 이제 저녁 드시러 가시는 것 같네요."

"그거 잘됐네."

"이제 저희도 갈까요?"

"그러세."

동수가 돗자리로 돌아가 장비를 챙겼다.

"내가 잠깐 그거 들고 있을까?"

"그럼 이 숄더리그 좀 잠깐만 들어주실래요?"

동수가 건네준 카메라가 얹힌 숄더리그는 목마나 강아지 로봇 비슷하게 생겼다. 동수가 돗자리를 접어 가방에 넣고 그에게서 숄더리그를 받아 상의를 입듯 뒤집어썼다. 그는 동수의 절룩이는 걸음에 맞춰 천천히 펜션으로 향했다.

"동수 자네가 피디라니까 말인데 도자비엔날레에 가선 대관절 뭘 찍고 왔나?"

"와, 아버님! 이름은 못 외우시면서 제가 피디라는 건 한 번 듣고 외우셨네요."

"피디는…… 고유명사하고 다르게 의미가 들어가 있으니까."

그건 그러네요, 하더니 동수는 그들이 영동선을 쭉 따라가는 볼거리 기행 다큐를 찍고 있는데 평창 올림픽 기간에 특집으로 방영될 예정이라고, 그들도 오늘 도자비엔날레에 갔다 허탕 쳤다면서 주말에 한 번 더 가볼 예정이라고, 다음 행선지는 원주 횡성 순이 될 거라고 오근자근 설명을 해주었다. 그는 다영이 하는 일이 궁금해 에둘러 물었다.

"자네는 피디고, 그럼 다른 사람들 업무는 어떻게 되나?"

"다큐라는 게 그래요, 아버님. 누가 피디고 카메라고 작가고 섭외고 명목상 정해는 놓는데 그거에 별로 구애받지를 않아요. 같이 모여서 구성 잡고 넷이 같이 움직일 때도 있고 둘씩 조를 짜서 나갈 때도 있고 각자 흩어져서 찍을 때도 있고, 그리고 나중에 돌아와서 같이 편집하고, 주로 공동 작업이니까요."

"그렇군." 그리고 그는 어쩔까 하다 물어보았다. "그런데 자네는 왜 재떨이 뚜껑을 조금 열어놓나?"

"네? 제가요?"

"파라솔에 있는 재떨이 뚜껑을 좀 열어놓는 것 같던데."

"아, 그게요…… 제가 그러기는 한 것 같은데, 왜 그랬는지는 잘 모르겠네요. 냄새 빠지라고 그랬나?"

그는 뭐 야외 재떨이니 그럴 수도 있겠다 싶었다. 실내 재떨이라면 절대 용서할 수 없는 일이지만.

"그런데 아버님, 급한 일 없으시면 오늘 하룻밤 묵고 가시지요."

"아니 왜?"

"가서 저희가 한두 시간 편집 작업 좀 해야 하는데요, 그동안 아버님은 다영 씨랑 데이트 하시고, 일 끝나면 밤에 저희랑 술 한잔 같이하셨으면 해서요. 차 가져오셨잖아요, 아버님?"

"차 가져왔지."

"그러니까 주무시고 가세요. 내일 아침에 해장도 하시고요. 여기 해장국 잘하는 집 있어요. 이번엔 저희가 대접할게요."

"다영이가 그러자고 할지 모르겠네."

"와! 우리 다영 씨, 그렇게 안 봤는데 아버님이 우우 해서 키우셨나 봐요. 부녀간에 그렇게 격의 없기가 어려운데 부럽습니다, 아버님."

뭐 꼭 그렇지는 않다고 대꾸하려다 그는 입을 다물었다. 아버님, 아버님, 소리를 듣고 있자니 동수가 아들 같기도 하고 사위 같기도 했다. 떡두꺼비 같은 아들, 그런 말이 왜 생겼는지 알 것 같기도 했다. 그에게 아들이 있었다면, 이런 생각은 한 번도 해본 적이 없는데 만약 그랬다면, 아들은 그를 이해했을까. 한 번이니까 괜찮다, 그렇게 이해해줬을까.

다영은 그가 펜션에서 묵고 가는 데 대해 아무 의견도 내지 않았다. 다만 그가 묵을 방에 들어와 여기저기 둘러보더니 그럼 편히 쉬고 계시라고 했다. 그가 이거 가져가라며 거추장스러운 고기 봉지를 내주자 다영은 잠시 봉지를 들고 서 있다 말없이 가버렸다. 동수가 뭐라고 얘기를 했을 텐데 굳이 편집 일인지 뭔지 하러 가는 걸 보면 그와 단둘이 있는 게 싫은 것이 분명했다. 설사 그렇다 해도 할 수 없었다.

그는 한참 동안 창가에 서서 말벌을 지켜보고 있었다. 크고 사납게 생긴 말벌은 유리창 틀을 맴돌며 어떻게든 방으로 들어올 길을 찾고 있는 듯했다. 밝은 도회의 밤과 달리 칠흑처럼 캄캄했다. 그는 말벌이 들어올까 봐 창문도 못 열고 담배를 피웠다. 좁은 방 안을 서성거리다 침대 옆에 쭈그리고 앉았다. 몸을 틀어 팔을 침대 매트리스

위에 얹고 그 위에 고개를 파묻는 순간 그는 이런 시간을 도저히 견딜 수 없다고 생각했다. 이런 시간이 무엇인지 특정할 수 없었지만 견딜 수 없다는 느낌만은 분명했고, 아무 일도 없는데 눈물이 날 것 같은 슬픔과 피로를 느꼈다. 그는 자신이 무엇에 화가 났는지 알 수 없었다. 아니, 다영 때문이었다. 저녁에도 그렇게 그에게 모진 소리만 내뱉고 가버리더니 이젠 아주 음악조차 들을 수 없고 방충망도 허술하고 욕실에 거미줄까지 쳐진 낯선 방에 그를 내팽개쳐 두고 가면서 어떻게 편히 쉬고 계시라 뻔뻔스레 말할 수 있는가. 그렇게 아비는 뒷전이고 쓸데없이 남만 챙기다 결국 제대로 된 대접도 못 받고 평생 궂은일이나 도맡아 하다 죽고 말겠지. 제 어미처럼. 그는 부아가 치밀어 휴대전화를 찾아 문자를 찍었다.

　―자야겠다 깨우지 마라.

　그는 자신이 찍은 문자 내용을 물끄러미 보다 전송을 눌렀다. 곧 매정한 답장이 왔다.

　―네 그럼 주무세요.

　그는 휴대전화 소리를 죽이고 불을 끄고 침대에 누웠다. 모든 게 거추장스러웠다. 매트리스를 누르는 자신의 몸무게도, 감은 채 파르르 떨리는 양 눈꺼풀도, 뇌의 틀을 맴도는 말벌 같은 생각들도. 요즘 그는 종종 힘이 들었고 시도 때도 없이 눈물이 났다. 생은 그를 여기까지 데려와 놓고 그가 이제 어떻게든 살아보려니까 힘을 설설 빼며, 이제 그만, 그만 살 준비를 해, 그러는 것 같았다. 희망이 없어, 그는 흐느끼듯 중얼거렸다. 차라리 단칼에 끊어내고 싶다, 증발하고 싶다,

사라지고 싶다, 지금, 이 순간, 이대로…….

실신하듯 그는 잠깐 잠이 들었고 꿈속에서 어디 자꾸 어두운 길로 가고 있었다. 멀리서 누군가 복잡한 기구를 들고 그를 향해 천천히 다가왔다. 그는 그게 카메라라고 확신했다. 나를 찍는 거냐고 묻자 상대방은 고개를 저어 부인하는 몸짓을 하면서도 여전히 그를 찍는 자세로 뚜벅뚜벅 다가왔다. 그는 혈관이 터지도록 주먹을 꼭 쥐었다. 적당한 거리에 들어오기만 하면 저걸 단주먹에 박살내고 말리라 다짐했지만 검은 목마는 더 이상 다가오지도 멀어지지도 않았다. 그는 주먹을 쥔 채 덜덜 떨며 서 있었는데, 어느 순간 덜덜 떨리는 주먹만 남고 그는 온데간데없이 사라졌다. 아니, 그 자신이 검은 목마의 렌즈가 되어 있었다. 그는 렌즈가 되어 어두운 허공에서 경련하는 자신의 주먹을 미동 없이 내려다보고 있었다.

짧은 잠에서 깨어난 후 그는 거의 자지 못했고 새벽에 깜빡 잠이 들었다 깨어보니 창문을 통해 환한 햇빛이 사정없이 쏟아져 들어오고 있었다. 커튼조차 없는 방이었다니. 그는 한참 동안 시린 눈을 뜰 수 없었다. 그래도 밤은 지나갔다.

"안녕히 주무셨어요, 아버님?"

명덕이 식당 마루에서 주인 남자에게 유리병에 담긴 술에 대한 장황한 설명을 듣고 나오는데, 마당에서 호리호리한 청년이 여자 스태프와 얘기를 나누다 꾸벅 인사를 했다. 고개를 돌린 여자 스태프도 그에게 고개를 까딱해 보이더니 청년에게 부러 큰 소리로 말했다.

"선태야, 오늘 아침엔 조증이 캉캉 샘솟지 않니? 어제 고기를 푸지게 먹어서 그런가?"

그러면서 그를 슬쩍 보았는데 순간 그는 봐주고 있다고 생각했다. 저 양다리 아가씨가 이 늙은이를 봐주고 있어. 그렇다고 기분이 나쁜 건 아니었다. 그는 파라솔 의자에 앉아 담배를 피워 물며, 저 청년이 선태라면 양다리 이름은 선······영이로군 생각했고, 어려운 퍼즐을 깨끗이 맞춘 듯한 만족감을 느꼈다.

완연히 따뜻한 봄날 아침이었다. 공기 중에 구린 퇴비 냄새와 다디단 꽃향기가 섞여 있었다. 매화는 다 피어 꽃잎을 떨구고, 어제만 해도 봉오리를 매단 채였던 개나리와 목련이 만개했고, 벚나무도 희끄무레하니 꽃망울을 벌기 시작했다. 하룻밤 사이에 그냥······ 와장창이네, 하고 그는 중얼거렸다. 단단하던 꽃망울이 순식간에 터지는 모양이 허공의 유리를 깨트리는 형국이기도 하니 영 틀린 말은 아니지 싶었지만, 개화와 와장창이 어울리지 않는다는 건 그도 인정할 수밖에 없었다. 밤새 한꺼번에 폭발하듯 피어난 봄꽃들을 무어라고 해야 좋을지 잠시 말을 고르다 그만두었다. 유학을 마치고 돌아와 말을 찾지 못해 가슴이 터질 듯 답답하던 젊은 시절이 떠올랐다.

"조금 있으면 냉이도 캘 수 있겠는데."

마당가를 둘러보던 선영이 말했다.

"언제요?"

등 뒤에서 들려온 다영의 목소리에 그는 얼른 담배를 껐다. 그가 열기 전에 재떨이 뚜껑은 꼭 덮여 있었는데, 어제 그가 덮어둔 그대로인지 그 후에 동수가 피우고 덮어둔 것인지 알 수 없었다.

"일주일이나 열흘쯤?"

"우리 그때 여기 없잖아요?"

"냉이가 뭐 여기만 있나? 이동하면서 캐면 되지. 시기만 맞추면 돼. 꽃이 피면 못 먹으니까 꽃 피기 전에 캐는 게 중요해."

"캐서 뭐하게요?"

"엄마한테 택배로 부쳐주려고. 우리 엄마 그런 거 되게 좋아하거든. 예전에 쑥도 캐서 보냈더니 그렇게 좋아하더라고."

그는 다영의 얼굴을 볼 수 없어 답답하면서도 한편으로는 안도감이 들었다. 엄마에게 쑥이며 냉이를 캐서 보내주는 딸의 마음 같은 걸 그는 짐작조차 할 수 없었지만, 다영은 어떨지……. 부러울까. 못 가져서 몸서리치게 부러울까. 그러니까 전처가 죽은 지…… 거의 팔년이 다 되어 가는데도 다영은 여전히…….

"여기 참새가 죽었다!"

그가 돌아보니 식당 신발장 옆에 동수가 고개를 숙이고 있고 다영이 쪼그리고 앉아 있었다. 어디 어디, 하며 선영과 선태가 달려갔고 그도 자리에서 일어나 그쪽으로 갔다.

"몸체가 온전하고 통통한 걸로 봐서 식당 유리에 머리를 부딪쳐 죽었나 보군."

그의 말에 동수가, 그럼 사인은 뇌진탕이네요, 했다. 다들 낄낄 웃는데 다영이 깜짝 놀라 외쳤다.

"이거 여기 놔두면 안 돼요, 선배! 아롱이 다롱이 보면 난리 나."

"그러네."

동수가 얼른 손을 내밀어 죽은 참새 꽁지를 붙잡아 들어 올렸다.

"저 주세요, 형."

선태가 손을 내밀었다.

"개들이 못 찾게 멀리 갖다 묻어야 돼."

"네, 형."

동수가 참새 꽁지를 건네자 선태가 건네받았다. 마치 개울가에서 잡은 작은 물고기 꼬리를 잡아 건네주는 소년들 같다고 그는 생각했다.

주차장으로 배웅 나온 다영이 그럼 가세요, 했고 그는 알았다 들어가라, 했다. 차문을 여는데 다영이 뭐라고 중얼거렸다.

"뭐?"

다영은 곧바로 대답하지 않았다.

"왜?"

"뭐든 그렇게 맘대로 하신다고요. 다들 해장국 드시고 가라고 붙잡는데 굳이 그냥 가실 건 뭐예요?"

"술도 안 먹었는데 무슨 해장국이냐?"

"그러니까 술도, 어젯밤에 김 선배한테 술 먹자고 약속해놓고 오지도 않고, 맨날 자기 혼자 이랬다 저랬다 하니까."

자기 혼자 이랬다 저랬다 한다니, 어떻게 아비에게 저런 얄팍는 표현을 하는지 그는 어이가 없어 차문을 도로 쾅 닫고 돌아섰다.

"그러는 너는, 다른 사람한텐 그렇게 싹싹하면서 나한테는 왜 그리 박하냐? 개가 신 한 짝 물어갔을 때, 아니 물어간 줄 알았을 때도 그렇고……."

다영이 짧게 웃었지만 그는 웃지 않았다.

"여기 주인 사장도 그 신 한 짝 찾아다닌 거 보면 동수 다리 저는 거 모르던데 처음 온 내가 뭘 안다고?"

"어, 김 선배 이름도 아시네?"

"그럼! 동수! 선영! 선태! 다 안다, 내가. 동수 그 친구 수술만 하면 낫는다는데 나만 아주 뭘 모르는 사람처럼 이상하게 노려보고……."

"그건 김 선배 때문이 아니라 아빠가 잘 알지도 못하면서 다롱이한테 누명을 씌웠으니까."

"다롱이가 작은 개냐?"

"네."

"그게 다롱이……. 아니, 다롱이 누명을 내가 씌웠냐?"

"알았어요."

"알긴 네가 뭘 아니? 어제 술 약속도 안 지켰다고 뭐라 하는데, 밥 값 많이 냈다고 그렇게 화를 내고 가버리고, 내 방에 들렀다가도 그렇게 쌩 가버리고, 가서는 연락도 없고, 그런데 내가 뭘 어떻게 하나? 날 싫어해서 피하는가 싶어 안 간 건데 넌 왜 자꾸 나만 가지고……."

순간 그는 묘한 기시감을 느끼고 말을 멈췄다. 어제 점심을 먹고 반주를 하다 윤화백이 그에게, 진짜 남교수는 왜 자꾸 나만 가지고 그래요, 하고 징징거렸을 때 자신이 느꼈던 지독한 염증이 절절히 떠올랐다. 기운이 쭉 빠지면서 그는 여주엔 도대체 왜 왔는지, 저녁만 사주고 뜨지 않고 뭘 더 찾아 먹겠다고 하룻밤까지 묵고 아직껏 미적거리는지 후회가 되었다.

"그게 아니라요."

"됐다, 가봐라."

그는 도발하듯 주머니에서 담뱃갑을 꺼냈고 다영이 뭐라고 한마디만 하면 있는 대로 퍼부어줄 생각이었다.

"옛날에 엄마가⋯⋯."

그는 울컥 감정이 복받쳤다.

"넌, 지금, 여기서⋯⋯ 네 엄마 얘길, 왜 꺼내는 거냐?"

"엄마가 아빠는 먹다 남긴 건 절대 다시 안 먹는대서요."

"그게 뭐를?"

"안주가 고기밖에 없으니까, 밤에 제가 버스 타고 나가서 과일이랑 치즈 사왔다고요."

"뭘 어쨌다고?"

생각과 달리 말이 퉁명스럽게 나왔다.

"여기서 버스 타고 나가서 뭐 사오려면 얼마나 오래 걸리는지 알아요? 버스에서 내려서 걸어오는데 아빠 잔다고 문자 딱 오고 진짜."

"그러게 아빠 차 있는데 왜 버스로 가? 위험하게?"

그는 버럭 소리를 질렀다. 둘은 잠시 말없이 서 있었다. 그는 만지작거리던 담뱃갑을 주머니에 집어넣었다.

"그래도 나는 가련다."

"가세요. 건강하시고요."

"다영이 너도, 촬영 일정도 긴데, 에너지 비축하고 파이팅 해라!"

그는 손을 내밀어 딸에게 악수를 청하려다 그만두었다. 다영이 픽 웃었다.

"왜 웃어?"

"그냥 비축 그런 말도 웃기고…… 아빠 만나서 그거 하나는 좋았어요."

"뭐? 고기?"

다영은 들은 척도 않고 식당 쪽 마당을 가리켰다.

"어제 저기서 아빠가 잘 못한다고 말한 거, 그거 좋았다고."

그는 단박에 알아듣고 기분이 좋아졌다.

"그러는 너는, 너도 스킨십 잘 못하면서 뭐가 좋았다고 그래?"

"네? 아니, 스킨십 말고 아빠가 내가 이런 거 잘 못한다 그런 거."

"그러니까 친밀하게 대하는, 그런 걸 내가 잘 못한다."

"아, 답답해. 그게 아니라, 아빠가, 무엇 무엇을, 잘 못한다, 그렇게 인정하는 말, 태도 말이에요."

"아, 그거……."

순간 그는 눈앞이 자욱해지면서 다영의 모습이 흐릿하게 멀어지는 걸 느꼈다. 고개를 들어 하늘을 보았지만 연유 빛으로 부예진 허공에 동글동글한 그물무늬만 아른거렸다. 비문증 때문이겠지만 그는 요즘 유독 눈이 갑갑하고 흐려져 백내장이나 녹내장이 아닌지 의심하고 있었다.

"근데 아빠 물귀신이에요? 왜 맨날, 그러는 너는, 그러는 너는, 그래?" 하고 툴툴대던 다영이 걱정스레 묻는 소리가 들려왔다. "아빠, 왜 그래요?"

"음…… 내가 요즘 당최 눈이……."

눈에 탁한 눈물이 고여 그는 눈을 깜빡거렸다.

"눈이 잘 안 보여요? 그럼 저기, 달 뜬 거 보여 안 보여? 되게 예쁜 달인데."

"달? 낮달이 또 떴어?"

아무것도 보이지 않았고 아무것도 잡을 수 없었다.

"안 보인다, 다영아."

그는 조금 무서워졌다.

"안 보여, 아빠? 병원에선 뭐래요?"

"응, 이제 가봐야……."

"아버지! 제정신이세요?" 다영의 목소리가 높아졌다. "왜 제때제 때 병원을 안 가세요? 어린애세요? 혼자 못 가세요? 안 보여도 음악은 하고 글은 써도 눈멀면 절대 사진 못 찍고 그림 못 그리는 거 모르십니까? 내 참, 기가 막혀서! 생각이 있는 거야 없는……."

다영이 타탁타탁 뛰어가는 소리가 들렸다.

명덕은 심봉사가 된 기분으로 더듬더듬 차문을 열고 차에 타서 글로브박스를 열어 휴지를 꺼내 눈물을 닦았다. 한참 동안 눈을 감았다 뜨기를 반복했다. 뭉글뭉글 뭉개져 보이던 세상이 차츰 제 모습을 되찾았다. 다영이 돌아올까 싶어 한참을 차 문을 열어놓고 담배도 피우지 않고 기다렸지만 다영은 오지 않았다. 간다면 간다고 말을 해야지 저 애는 대체 왜 저렇게 제멋대로 생겨먹었는지.

　　그는 차 문을 닫고 시동을 걸었다. 출발하려다 차창 너머로 초승달을 보았다. 어제보다 살이 더 오른 걸로 보아 바야흐로 차는 중인 것 같았다. 그러고 보니 어제부터 오늘까지 그는 누군가의 인생을 일별하듯 아침 오후 저녁의 낮달을 모두 보았다. 왜 아침달 낮달 저녁달이 아니고 모두 낮달인가 생각하다, 해 뜨고 뜬 달은 죄다 낮달인 게지, 생각했다. 해는 늘 낮달만 만나고, 그러니 해 입장에서 밤에 뜨는 달은 영영 모르는 거지, 그런 생각을 하며 그는 농가 펜션 주차장을 빠져나왔다.

제19회
이효석문학상

—

대상 수상작가 자선작

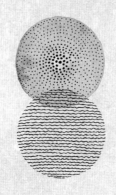

전갱이의 맛

:

권여선

가끔 아무 말도 하고 싶지 않을 때가 있다. 특정한 누군가가 아니라 아무와도 아무 말도 하고 싶지 않을 때, 응이란 말조차 하기 싫을 때 나는 가능한 한 빨리 지갑이나 휴대전화 등이 담긴 작은 파우치를 들고 그 자리, 그 상황을 빠져나온다. 포스트잇 박스와 펜도 챙긴다. 커피나 음료를 주문할 때 말을 하지 않기 위해서다.

그렇게 묵언의 시간으로 들어갈 준비를 할 때면 어김없이 그와 함께 먹은 전갱이의 맛이 떠오른다. 나는 기가 막힌 얼굴로 그를 빤히 응시했고 그는 입꼬리를 길게 늘이며 미소를 지었다. 그땐 몰랐지만 그게 진짜, 우리가 나눈 진짜 첫 대화였다는 걸 이제는 안다.

내가 변했다면, 하고 그는 잠시 망설이더니, 그건 아마 말을 못하게 되었을 때부터였을 거라고 했다. 나는 기운이 빠졌다.

"말을 못하게 됐다고? 말을 못하게 됐다고 말하는 건 또 무슨 농담이니?"

식사 주문을 하고 돌아온 그에게 좀 변한 것 같다고 말한 게 실수였다. 이혼하고 삼 년 정도 못 보다 오랜만에 만났기 때문에 그런 생각이 들었을 수 있다.

그날 나는 오전 인터뷰를 마치고 회사에 들어가기 전에 점심을 때우려고 식당 간판을 훑으며 천천히 걷고 있던 참이었다. 누군가 계속 내 주변을 얼씬거리는 느낌에 쳐다보니 그였다. 웬일로 그는 먼저 알은체를 하지 않고 내가 먼저 알아보기를 기다리는 얼굴로 서 있었다. 이런 우연이 다 있나 싶어 횡설수설하는 나와 달리 그는 그저 벙긋 웃으며 고개를 갸웃거릴 뿐이었다. 서로 점심을 먹지 않은 터라 그가 잘 아는 식당이 있다기에 따라온 길이었다.

농담은 아니고, 그는 또 뜸을 들이더니 재작년에 성대낭종 수술을 받았다고 했다.

"아니, 뭐? 으음……."

나는 놀라 버럭 소리를 지르려다 간신히 억눌렀다. 이번에야말로 큰 실수를 할 뻔했다. 말을 못하게 되었다는 말을 미리 듣지 않았다면 나는 분명 성기낭종 수술로 들었을 것이다.

"성대, 낭종, 그런 수술을 받았어? 지금은 괜찮아?"

그가 고개를 끄덕였다. 묵묵히 고개를 끄덕이는 그가 낯설었다. 우리는 오랜 연애 끝에 결혼했고 짧은 결혼 끝에 이혼했지만, 나로서는 이십대 전부를 그와 함께 보냈다고 해도 과언이 아니었다. 그런데 고작 삼 년 못 봤다고 그에게 이런 거리감을 느끼게 될 줄은 몰랐다. 그가 정말 조금이라도 변해서 그런 걸까.

"그 수술 받으면 말을 못해?"

"못하는 게 아니라 하지 말아야 해."

"얼마 동안?"

단계가 있는데, 삼 주에서 사 주까지는 아예 말을 하면 안 된다고, 응이라는 소리도 내면 안 된다고 했다.

"응도 안 된다고?"

"응 한번 해봐."

"응."

생각보다 성대가 많이 울리지 않느냐고 그가 물었다. 그런 것 같기도 하고 아닌 것 같기도 했다. 그는 응뿐 아니라 성대를 울리는 어떤 소리도 내면 안 된다고, 수술한 자리를 자극하면 다시 낭종이 생길 수 있는데 그의 경우엔 특히 조심해야 했다고 했다. 삼 주에서 사 주 동안 응 소리도 못 내는 상황이 어떤 건지 나는 상상할 수 없었다. 하물며 한번 얘기를 시작하면 멈추지 못하고 청산유수로 떠들어대던, 다변에 달변이었던 예전의 그를 생각하면 더욱.

"세상에, 그런 수술을 받은 줄은 전혀 몰랐네."

이렇게 말하면서 나는 여전히 성기낭종 수술을 생각하고 있었다.

"그동안 우리가 못 만났으니까."

"어디서 전해들을 수도 있었을 텐데."

그럴 순 없었을 거라고 그가 말했다. 이런 얘길 누구한테 하는 건 처음이라고.

"아니, 왜?"

모르겠어, 하더니 그는 무언가를 꼭꼭 씹듯이, 아무튼 처음이라고 했다.

그때 벨이 울렸고 그는 기다리라는 손짓을 하고 일어나 청송이라는 팻말이 붙은 음식 코너로 갔다. 그제야 나는 넓고 휑한 지하의 음식백화점을 둘러보았다. 자동주문기계에 주문을 입력하고 벨이 울리면 음식을 가져오는 방식이었는데 손님이라고는 우리 말고 늙은 남자들 서너 팀이 있을 뿐이었다. 그중에는 낮술을 마시는 팀도 있었다. 철거를 앞둔 상가처럼 대부분의 음식 코너가 문을 닫았고 서너 군데만 영업을 하고 있었다. 처음에 그를 따라 들어올 때부터 느꼈던 것이지만 번듯한 오피스텔 건물의 지하라는 사실이 믿기지 않을 만큼 침침하고 을씨년스러운 공간이었다.

그가 음식이 담긴 쟁반 하나를 가져와 내 앞에 놓고 자기 것을 가지러 갔다. 주문을 그에게 일임했던 터라 나는 내 앞에 놓인 커다란 구운 생선을 보고 당황했다. 기껏해야 우동이나 돈가스, 비빔밥이나 김치찌개 정도를 상상했던 것이다. 그가 가져온 쟁반에도 똑같은 생선이 있었다.

"이게 뭐야?"

"아지야."

"아지?"

우리말로는 전갱이 또는 각재기라고 한다고 그가 설명했다. 전갱이, 각재기? 한 번도 먹어본 적 없는 생선이었다. 그가 조심스럽게, 네가 구운 생선을 좋아해서 시켰는데, 라고 했다.

"그건 그렇지만, 어떻게 아지, 전갱이, 각…… 이런 걸 시킬 생각을 했어? 고등어나 삼치도 아니고?"

"오늘은 아지가 좋다고 아주머니께서 그러셔서."

"여기 단골이야?"

그가 고개를 끄덕였다. 그제야 나는 줄곧 낯설게 여겨졌던 그의 고갯짓이 응도 못하던 삼사 주의 시간이 그의 몸에 남긴 흔적일 거라고 짐작했다. 젓가락을 들어 전갱이 살을 뜯었다. 적당히 칼집이 들어가 있어 헤집을 필요도 없이 큼직한 살점이 뚝 떨어졌다. 구운 전갱이 살을 먹고 나는 기가 막혀 그를 빤히 쳐다보았다. 그도 젓가락으로 큼직한 살을 떼어내 밥 위에 얹어 먹고 있었다.

"너 참 잘 먹고 사는구나."

그가 입꼬리를 늘이며 부드럽게 웃었다.

"부드럽고…… 맛있네."

"네 입에 맞을 줄 알았어."

우리는 전갱이구이와 밥을 먹었다. 미소된장국에 김치, 꽈리고추조림, 양상추샐러드가 찬의 전부였지만 그것으로 충분했다. 여기 술도 파느냐고 물으니 판다고, 술값이 아주 싸다고 했다. 그래서 노인들이 대낮부터 죽치고 앉아 있는가 싶었다. 마시겠느냐고 그가 물었고 나는 아니라고, 조금 있다 회사에 들어가봐야 한다고 했다. 그에게 마시고 싶으면 마시라고 했더니 이제 낮술은 하지 않는다고 했다.

다 먹고 각자 접시에 남은 생선 잔해를 보니 분하게도 손까지 쓴 나보다 젓가락만 쓴 그가 가시를 더 섬세하게 발랐다는 걸 알 수 있었다. 그가 음식 쟁반을 반납하고 돌아와 내게 뭔가를 내밀었다. 물휴지에 감싼 레몬이었다. 손에 눌러 바르면 비린내가 가실 거라고 했다. 이쯤 되자 그가 변했다는 걸 확신할 수 있었다. 나는 생선을 만진 손에 레몬을 눌러 발랐다.

뭐랄까, 나직하다 할까 침착하다 할까, 그러면서도 풍성하다 할까. 그런 그가 무척 낯선 만큼 나는 더 궁금했다. 재작년에 받았다는 성대낭종 수술이 그에게 도대체 무엇이었기에, 응도 못하는 그 짧다면 짧고 길다면 긴 시간들이 그를 어떻게 관통해 지나갔기에, 한 번도 먹어본 적 없는 생선의 맛처럼 그는 내게 이토록 부드러운 놀람을 선사하는가.

지상으로 올라오니 밖은 환하고 찬란했다. 9월이었고 오후 두 시에서 세 시 사이였다. 퇴근 전에 회사에 들어가야 했지만 굳이 서둘러 들어갈 필요는 없었다. 나는 예의를 갖춰 그에게 뭘 할 거냐고 물었고 그는 잠시 쉬었다 운동을 갈 거라고 했다.

"그럼 어디서 차나 한잔할까?"

그는 좋다고, 좀 걸으면서 찻집을 찾아보자고 했다. 우리는 골목으로 들어가 한산한 주택가를 걸었다. 카페에 들어가기 전까지 우리는 거의 아무 말도 하지 않았다. 그가 걷다 말고 고개를 휙 돌리고 골똘한 표정을 짓기에 내가 왜 그러느냐고 물은 게 다였다. 그가 웃으며 고개를 저었다. 음악 소리 같은 걸 들은 모양인데 내게 구구절절 설명하고 싶지는 않은 얼굴이었다. 다정하지만 견고한 벽이 느껴졌다. 그와 말없이 걷는 건 생전 처음 같았다. 우리는 카페의 이층 창가에 자리를 잡았다.

"차는 내가 살게."

그가 고개를 저으며 뭘 마시겠느냐고 물었다. 조금도 위압적인 구석이 없는데도 그의 말을 거부하기가 어려웠다. 그의 말에 순순히 따르는 게 순리라는 생각이 들었는데, 그런 생각 역시 도무지 낯설어서 얼떨떨했다. 예전의 나는 늘 그에게 저항하기 위해 안간힘을 써야 했고, 그러다 제풀에 지쳐 나가떨어졌고, 때로는 분해서 울기도 했다.

그가 일층에 내려가 주문한 차를 가지고 올라왔다. 나는 그에게 대학에 있는 친구와 선후배 들 안부를 물었다. 예전에 학부와 대학원을 다닐 때도 나는 주변 소식에 어두워 늘 그에게 뭔가를 묻곤 했다. 그때마다 뭐든 모르는 게 없이 척척 대답을 해주던 그가 의외로 고개를 젓거나 잘 모른다는 말을 했다. 내 말에 관심이 없는 건지 내가 안부를 묻는 사람들에게 관심이 없는 건지 알 수 없었다. 겉도는 대화를 중단하고 나는 단도직입적으로 물었다.

"삼사 주가 지나면?"

그가 묻는 표정을 했다.

"그때까지는 응도 안 된다며? 삼사 주가 지나면 말을 해도 돼?"

그는 아, 하더니 삼사 주가 지나도 응, 아니, 정도는 되지만 서너 음절 이상은 안 돼, 했다.

"거 참! 그럼 언제 말을 해?"

삼 개월쯤 지나면 간단한 대화가 가능하고, 육 개월에서 일 년이 될 때까지는 성대에 무리가 가는 장시간 대화를 피해야 한다고 했다.

"대체 언제 정상인처럼 되는데?"

성대 상태를 봐서 허용치가 결정되는데 내 경우는, 하고 그는 말을 멈추고 차를 한 모금 마시더니, 일상적인 언어생활은 가능하지만 목을 많이 쓰는 일을 업으로 삼는 건 좋지 않다고 의사가 말했다고 했다.

"그럼 강의는?"

"못하지."

"참, 박사논문은 썼고?"

그가 고개를 저었다.

"왜? 말 못해도 논문 쓰는 데는 지장 없잖아?"

남의 말 하듯 그가, 공부 그만뒀는데 모르느냐고 물었다. 나는 깜짝 놀랐다.

"뭐라고? 공부를 때려치웠다고?"

그가 슬쩍 웃었다.

"농담이지? 그럼 지금 뭐하는데?"

"사서 일을 준비하고 있어."

"사서 일……? 도서관 사서 말이야?"

그가 고개를 끄덕였고 나는 어이가 없어 할 말을 잃었다. 그가 공부를 그만두고 사서 일을 준비하는데 내가 그런 사실을 감쪽같이 몰랐다는 게 놀라웠고, 이혼한 사이에 모를 수도 있고 몰라도 되는데 왜 이게 이토록 놀라운지 의아하기도 했다.

내가 말을 잃은 대신 이번엔 그가 제법 길게 말을 이어갔는데, 논문을 쓰는 중에도 그렇고, 쓰고 나서도 그렇고, 한동안 시간강사를 뛰어야 하는데, 자신의 목 상태로는 어렵겠다 싶었다고 했다. 요즘은 대학마다 강의 전담이 있어서 강의에 올인하지 않으면 아예 강의를 못 맡게 되는 구조이기도 하고, 설사 교수가 되더라도 강의를 안 할 수는 없고, 연구교수라는 것도 생각 안 해본 건 아닌데, 그런 자리는 극히 적은 데다 대우도 천차만별이고, 또 그게 강의만 안 한다 뿐이지 회의하고 보고하고, 기본적으로 말을 적게 하는 자리가 아니더라고, 심포나 강연이 있으면 인사 섭외하고 초청하느라 하루 종일 통화에만 매달려 있는 선생을 보기도 했다고, 그는 쉬엄쉬엄 말했다.

그의 말을 듣는 동안 흥분도 가라앉고 어느 정도 이해도 갔지만, 여전히 나는 공부를 그만둔 그를, 대학에 부재하는 그를 상상하기 어려웠다. 교수와 강사, 조교와 석박사 들 사이의 복잡다단한 관계망의 중심에는 항상 그가 있었다. 하루라도 그가 학교에 나오지 않으면 과가 돌아가지 않는다는 우스갯소리가 나올 정도였다.

"왜 하필 사서야? 사서는 말 안 해도 된대?"

비교적, 이라고 그가 짤막하게 대답했다.

"지금까지 나하고 얘기한 건 괜찮은 거야?"

그는 괜찮다고, 목에 무리가 가는 것 같으면 자신이 알아서 그만 말하게 된다고 했다.

"그럼 그 얘길 해줘."

그가 무슨? 하는 표정을 지었다.

"수술이 널 어떻게 변하게 만들었는지 하는 얘기."

그가 입을 꾹 다물었다.

"듣고 싶어."

그는 망설이다, 네가 듣고 싶다면 해볼게, 하더니 잘될지는 모르지만, 이라고 덧붙였다.

막상 얘기를 하려니까, 그는 이번에도 잠시 뜸을 들였는데 이것이야말로 그가 가장 크게 변한 부분이라 할 수 있었다. 예전에 그는 말 사이에 틈을 두는 법이 없었다. 그의 말은 묘한 활기와 확신에 차 있어서 그가 말을 시작하면 누구나 기대를 품고 경청할 준비를 했고 그 또한 그것을 알고 즐겼다. 그는 말의 강약과 리듬을 조절할 줄 알았다. 세고 독하면서 어딘가 유쾌하고 허풍스러운 데가 있는 그의 말은 좌중을 즐겁게 했고, 풍자나 비판 심지어 인신공격일 때조차 의외로 관대하게 수용되도록 만드는 매력이 있었다. 그래서 그는 젊은 군주처럼 점점 다른 사람들의 이의 제기를 용납하지 않는 쪽으로 변해갔는지도 모른다. 아니, 그런 부정적인 면은 우리 둘의 관계에서만 나타난 것인지도 모르겠다. 솔직히 다른 사람들이 그를 독선적이라고 비판하는 건 들어본 적이 없다. 나만의 생각일 수 있다. 이혼하고 삼 년이 지나도 확실한 건 없었다.

막상 얘기를 하려니까…… 순서가 잘 안 잡힌다고, 차근차근 순차적으로 떠오르지를 않는다고 그가 말했다.

"번개를 맞은 것처럼 번쩍, 그런 느낌이야. 그 묵언의 시간이……."

"묵언의 시간이라…… 묵언 수행하고 비슷했어?"

그렇긴 한데, 하고 그는 손을 모으고 생각하더니, 흔히 묵언의 시간이라고 하면 동굴 속처럼 고요한 시간을 상상하겠지만 실제로는 전혀 그렇지 않았다고 했다.

"어째서?"

"난 동굴 속이 아니라 세상 속에 있었으니까. 내가 말을 안 한다고 세상이 더 고요해지진 않았으니까."

"그건 그렇군."

"오히려 더 시끄럽게 여겨지기도 했어. 나만 빼고 세상이 혼자 떠드니까."

너 혼자 떠들고 세상이 잠잠하던 때에 비하면, 이라고 속으로 생각했지만 그를 비아냥댈 생각은 조금도 없었다. 그저 추방된 젊은 군주의 고독, 그 비슷한 게 상상되어 잔물결 같은 연민이 일었다.

"그날, 수술 받은 날 얘기부터 할게."

그는 아침에 수술을 받고 늦은 저녁에 퇴원을 했다. 병원을 나와서 처음 만난 사람은 택시 기사였다. 차 문을 열고 택시를 타자 기사가 어디로 가는지 물었고 그는 자신의 오피스텔 주소가 적힌 종이쪽지를 꺼내 보여주었다. 기사가 놀라더라고 했다. 가는 내내 그를 홀

낏흘낏 살피는 기색이었지만 그는 설명할 방법이 없어 가만히 있었다고 했다.

"그땐 그게 참 답답하게 여겨졌는데, 지금 생각해보면 그럴 일도 아니었지 싶어."

"왜? 무척 답답했겠구먼."

"그러니까…… 그때 내가 답답했던 건 해명하고 싶은 마음이 커서였을 거야."

"무슨 해명?"

"내가 원래 말을 못하는 사람이 아니다."

나는 속으로 웃었다. 그래, 너는 원래 말을 못하는 사람이 아니지. 너무 잘해서 탈인 사람이지.

"목 수술을 받아서 잠깐 못하는 거다, 그런 해명. 지금 생각해보면 택시 기사에게 그런 걸 밝히는 게 무슨 의미가 있었겠나 싶은 거지."

그래도, 하다 나는 입을 다물었다. 그래, 그게 무슨 의미가 있었겠나 싶었다. 어차피 말을 못하는 건 마찬가진데.

간단히 정리하자면 힘든 건 크게 두 종류였어, 라고 그는 말했다.

"말을 하지 못해서 겪는 불편함과 말을 하지 말아야 해서 겪는 불편함."

"그게 달라?"

"달라. 못하는 것과 하지 말아야 하는 것의 차이니까."

말을 하지 못해서 겪는 불편함은 타인과 소통하지 못하는 불편함이었다. 얘기를 나누지 못하니 아무도 만나지 않게 된다든지, 외출할 때면 늘 목에 수첩과 펜을 걸고 다니다 필요할 때면 자신의 요구를 적어 상대에게 읽도록 보여준다든지 하는 것들. 그러다 보니 사소한 물건을 사러 가도 근처 가게보다는 가급적 말을 하지 않아도 되는 대형 마트에만 가게 되고, 외식도 자동주문기계가 있는 푸드 코트에만 가게 되었다고 했다. 그래서 아까 거기도 가게 된 거고, 라고 그가 말했다.

"아, 전갱이?"

그가 고개를 끄덕였다. 그런데 자주 가니까 아주머니가 이것저것 말을 시키더라고 했다. 오늘은 뭐가 좋다, 요즘은 뭐 철이다, 그런 얘기들. 그가 말을 못한다는 손짓을 하자 아주머니는 그를 불쌍히 여기는 표정을 지었다. 그런데 택시 기사 때와 달리 그게 이상하게 기분이 나쁘지 않았다고, 뭔가 해명해야겠다는 답답한 마음도 들지 않았다고, 그래서 단골이 되었다고 했다.

말을 하지 않으니까, 그는 또 잠시 쉬었다가, 내 안에서 뭔가 이상하게 예민한 감각이 생겨난 것 같았어, 라고 말했다.

"원해서 생겨난 게 아니고 그냥 생겨난 거야. 이를테면 개인마다 감당할 수 있는 감각의 에너지나 민감함의 총량이 정해져 있다고 할 때, 한 감각이 억제되면 다른 감각이 계발되는 식이지. 예전 같으면 비슷하다고 여겼을 것들에서 무한한 차이를 식별하게 되더라고."

"예를 들면?"

"택시 기사와 청송 아주머니의 반응 같은 것. 똑같이 측은하게 여기는 얼굴인데 다르게 느껴졌지."

그는 이후로도 자신을 측은히 여기는 사람들의 표정에서 수많은 스펙트럼을 구분해낼 수 있었다고 했다. 전달해야 할 요구를 쪽지에 적어 읽힐 때 그들의 눈빛과 사소한 몸짓만 보고도 그게 독이 든 측은함인지 아닌지 저절로 알게 되었다고.

"그건 그때 네가 너무 예민해서 그렇게 느낀 건 아닐까?"

이렇게 말하고 나는 입술을 깨물었다. 조용히 들어줄 걸 하는 후회가 들었다. 그런데 뜻밖에도 그가 음, 그럴 수도 있지, 하는 바람에 나는 놀랐다. 이런 선선한 인정이라니, 허무했다. 그럴 수도 있다는 그의 말은 진심일까. 진심으로 내 말을 인정하고 수용해서 한 말일까.

내 복잡한 심사와 상관없이 그는, 말을 하지 말아야 해서 겪는 불편함은, 하고 자연스럽게 말을 이었다.

"나도 모르게 저절로 말 비슷한 걸 해서 성대를 울리게 될까 봐 주의해야 하는 불편함이었어."

자다가도 잠꼬대를 하지 않도록 조심해야 한다든지, 길가다 누군가와 부딪쳐도 억 소리를 내면 안 된다든지 하는 것들. 그러다 보니 사람 많은 곳을 피하게 되었고 술을 먹고 취해서 자신도 모르게 소리를 낼까 봐 술도 먹지 않게 되었다고 했다.

"아, 장난 아니네."

"그런데, 사람은 또 적응을 하게 되더라고. 말을 못해서든 하지 말아야 해서든, 모든 게 익숙해지니까 견딜 만했어. 별로 힘들게 느껴지지 않았어. 정작 힘든 건……"

"뭐가 또 있어?"

그는 이제까지 말한 것과는 비교도 할 수 없는, 도저히 견딜 수 없는 자폐감이 서서히 엄습해왔다고 말했다. 엄습, 이라는 말에 나도 덩달아 가슴이 답답해졌다.

시작은 비였어, 라고 그는 말했다.

그가 수술한 시기는 초여름이었는데 수술한 날 비가 왔다고 했다. 택시 차창 밖으로 비가 내리는 걸 보면서 그는 아무 말도 할 수 없는 게 답답하게 여겨졌다고 했다. 비 온다, 비 오네, 그런 말을 할 수 없으니 답답하다 하는 정도의 느낌.

"그런데 곧 장마가 시작됐지."

처음엔 사소하게 시작된 답답함이 장마가 시작되자 불어난 급류처럼 그를 압도해왔다.

"하루 종일 비오는 걸 보면서 비 온다고 말할 수가 없으니까…… 정말 죽을 것 같았어. 과장이 아니라 호흡이 가빠지고 가슴이 뻐근해져서 이러다 죽겠다 그런 생각이 들 정도였어. 왜 이럴까, 이까짓 비가 뭐라고, 수도 없이 생각해봤지."

그러다 그는 자신이 느끼는 절망적인 자폐감이 비로 인한 것만은 아니라는 걸 알게 되었다고 했다.

"그러니까 사람은, 사람이란 존재는…… 눈으로 보고, 귀로 듣고, 혀로 맛보고, 그렇게 감각하는 자체만으로는 도저히 만족하지 못하는 존재더라고. 내가 지금 이걸 느낀다, 하는 걸 나에게 알려주지 못

하면 못 견디는 거지. 어떤 식으로든 내 느낌과 생각을 내게 전달해
줘야 하는데 그러지 못하니까 감각이나 사고 자체도 그 자리에서 질
식해버리고 마는 것 같았어."

　나는 잠깐 멍한 상태가 되었다. 그는 지금 무슨 말을 하고 있는
거지?

　말이란 게, 하고 그가 말했다.

　"다른 사람과 대화하기 위한 것 같지만, 근본적으로 나와 대화하
기 위한 것이라는 생각이 들었어. 그러니까 그동안 난 쉴 새 없이 누
군가에게 말을 해왔는데, 그 말을 사실 나도 듣고 있었던 거지. 그런
의미에서 말은 순수히 타인만 향한 게 아니라 나를 향한 것이기도 했
던 거야. 그런데 말을 못하게 되면서 타인을 향한 말은 그럭저럭 포
기가 됐는데 나를 향한 말은, 그건 절대 포기가 안 되더라고."

　그는 자신이 느끼는 감각이 강렬하면 강렬할수록 그걸 자신에게
알려주고 싶어 미칠 것 같았다고 했다.

　"내가 알 수 있게! 내가 알 수 있게!"

　그래서 생각한 게 수화였다고 그는 말했다.

　"당장 검색해서 비 온다는 말부터 찾아봤지."

　그가 말을 멈추고 물 잔을 들었다. 문득 그의 목을 배려해야겠다
는 생각이 들었다.

　"천천히, 좀 쉬었다 얘기해."

　내 질문에 그가 고개를 끄덕였다. 그는 물을 한 모금 마시고 두
손을 가슴 높이로 들어 늘어뜨리더니 위아래로 두 번 움직였다.

"이게 비 온다는 말이야."

나도 그의 흉내를 내어 두 손을 가슴 높이로 들어 늘어뜨리고 위아래로 두 번 움직였다.

"이렇게?"

"응. 물 안 마시고 그렇게만 해도 해."

"뭐? 물 마시는 것도 수화에 포함된다고?"

"응. 물이 내린다, 그런 뜻이니까."

"그럼 물이 없으면 어떻게 해?"

그가 웃었다. 나를 만난 후 이렇게 밝게 웃는 건 처음이었다.

"이 바보야! 실제로 물을 마시지는 않아. 물 마시는 시늉만 하는 거지."

"넌 왜 마셨어?"

"난 마침 목이 말라서."

"이 사기꾼!"

그가 또 웃었고 나도 웃었다.

"그래서 수화를 배웠어?"

그가 고개를 저었다.

"처음엔 수화라도 하니까 좀 덜 답답하고 나와의 소통에 숨통이 좀 트이는 것 같았어. 그래서 아름답다, 맛있다, 기쁘다 같은 몇 가지 수화를 찾아보고 그대로 해보기도 했는데, 시간이 갈수록 내가 바라는 게 그게 아니라는 걸 알게 됐지."

"성대낭종 수술 한번 받고, 넌 참, 알게 된 게 많기도 하구나."

"그런 셈이지. 내가 학습 효과가 좀 좋잖아."

"그렇게 생각해왔다니 놀랍군. 아무튼 그럼 네가 바라는 건 뭐였는데?"

이런 말을 주고받자니 한때 다정했던 예전의 그와 나로 돌아간 것 같았다.

그는 혹시 기존의 수화에 불만이 있는가 싶어서 자기 마음대로 수화를 만들어보기도 했다고 했다. 입을 벌리거나 고갯짓을 하는 등의 짧은 감탄사부터 시작해서, 맛있을 것 같다 싶을 때 입을 두 번 다신다든가 뭘 좀 해볼까 할 때 손을 맞잡는다든가 하는 간단한 표현들을. 그러나 그렇게 직접 만들어낸 수화를 통해서도 그의 감각은 그에게 아주 조금밖에는 전달되지 않는 것 같았다고, 결국 기존의 수화와 마찬가지로 그에게는 자신의 수화가 무척 미흡하게 느껴졌다고 말했다.

"수화는 말에 가장 가까운 건데 왜 나는 만족하지 못할까 이상했지. 그러다 또 알게 된 게……."

그는 나를 보았고 나는 킥 웃었다.

"또 뭘 알게 됐어?"

이해가 안 갈 수도 있지만, 하더니 그가 물을 조금 마셨다. 손을 들어 늘어뜨리거나 하지는 않는 걸로 보아 수화를 한 건 아닌 모양이었다.

"내가 말을 원하는 게 아니었구나 하는 것."

말을 원하지 않다니, 말을 못하게 되어서 간절히 원한 게 말이 아니었다니.

"그럼 이번에 원한 건 또 뭔데?"

"나만의 말."

그는 수화가 타인과의 소통을 위한 약속이라는 의미에서 말과 같다고, 그런데 그는 타인과의 소통이 아니라 자신과의 소통을 원하고 있었고, 그런 의미에서 그만의 말을 원했다고 했다. 그의 삶이, 그의 감정과 기억이 오롯이 담긴 말, 궁극적으로는 말 너머의 말.

"그게 뭐야?"

"이를테면 나만의 말을 만드는 식인데, 나의 첫말은 당연히 비 온다였어."

"어떤 건데?"

그는 얕게 한숨을 쉬더니 창밖을 바라보고 다시 나를 보았다.

"그거야?"

그가 고개를 끄덕였고 나는 실망해서 외쳤다.

"그게 뭐야? 수화보다 더 빈약하잖아?"

"그렇게 보일 수도 있어. 사실 나만의 말은 내가 일부러 만들려고 해서 만든 게 아니야. 이미 만들어져 있던 게 뒤늦게 발견된 거지. 그러니까 지금 내가 한 비 온다는 말은, 비 온다는 말을 그리워하던 그때의 상태, 그때의 자세, 그게 그대로 비 온다는 말이 된 거야."

"난 잘 이해가 안 되네."

조금 부연 설명을 하자면, 하더니 그는, 턱을 조금 들고 몸에 서서히 힘을 빼고 팔을 늘어뜨린 채로 손가락 끝에 뭔가 맺히는 걸 상상하면서 손가락을 느릿느릿 움직여주는 것, 그게 바로 비 온다는 그만의 말이라고 했다.

"서서 말할 수도 있고 앉아서 말할 수도 있는데 서서 말할 때 좀 더 비 온다는 감각이 잘 느껴져. 또 비가 세차게 오면 저절로 손가락 끝이 무겁게 느껴지면서 대신 움직임은 좀 빨라지지."

나는 턱을 조금 들고 몸에 힘을 빼고 팔을 늘어뜨리고 느릿느릿 손가락을 움직여보았다. 비 온다는 말을 하고 싶어 미칠 지경일 때 그는 이렇게 비를 보며 앉아 있었던 걸까.

나만의 말은, 그는 힘주어 말했다.

"만들어지는 게 아니라 기억되거나 발견되는 거야. 내가 어떤 언어를 간절히 원했던 순간을 기억하거나, 그 간절함이 생겨나는 그 순간을 발견해서 내 말로 삼는 거지. 그러니까 내 말들은 어원을 잃는 법이 없어. 최초의 기억이 사라지지 않고 그 위에 다른 기억들이 차곡차곡 쌓이면서 말 속에 삶이 깃드는 방식이라고나 할까. 때로는 뜻을 알 수 없는, 그저 표현으로 먼저 생겨난 말도 있고, 가끔 아주 외설적인 말도 튀어나와."

나는 퍼뜩 정신이 들었다.

"외설적이라면 어떤……?"

내 표정에서 소심한 궁금증을 읽고 그가 웃었다. 아무튼 성대낭종 수술을 받고, 라고 그가 말했을 때 나는 움찔했다. 성대낭종에 반응하는 나의 움찔함도 외설적인 말이 될 수 있을 거라는 생각이 들었다.

"언제부터 어떤 식으로 변했는지 모르겠지만, 말을 조금씩 하게 되면서 내가 변했다는 걸 알았지. 예전처럼 말하지 않더라고. 묵언의 시간들이 번개처럼 번쩍 지나가고, 이동한 경로는 불타버렸지만, 나는 이미 다른 곳에 있게 된 거지. 그건 분명히 나만의 말과 관계가 있어."

나는 좀 멍한 상태로 그의 말을 듣고 있었는데, 그가 뜬금없이 국파산하재를 아느냐고 물었다.

"나라가 망했는데 뭐 그런 시?"

그가 고개를 끄덕였다.

"나라가 깨졌는데 산하는 그대로다 뭐 이런 뜻으로 알고 있잖아. 그런데 난 그게 나라가 깨지니 산하가 있음을 알겠다 이렇게 읽혀. 내 경우가 그랬으니까. 나라는 시스템이 망가지고 나니까 내 속의 자연이 있음을 알게 된 거지."

그가 손을 깍지 끼더니 그 위에 턱을 고이고 나를 바라보았다.

"왜?"

"이제 그만 얘기할게."

"왜?"

"이렇게 말을 많이 한 건 오랜만이야. 목에 이물감도 느껴지고. 할 말은 다 했어."

그는 그 자세 그대로 고개를 돌려 창밖을 내다보았다. 저건 과연 또 무슨 그만의 말일까, 생각하며 나는 물끄러미 그를 보았다.

—

"저거 봐!"

그가 약간 쉰 목소리로 말했다. 나는 창 쪽으로 고개를 돌렸다. 이층 창에서 내려다보이는 골목 안쪽에서 한 여자가 너덧 살 된 여자애의 손을 잡고 걸어오고 있었다. 여자는 키가 크고 매우 뚱뚱했고 아이는 작고 뚱뚱하지 않았지만 까맣고 숱 많은 머리칼을 하나로 묶은 모습이나 동글한 얼굴형이 꼭 닮아 누가 봐도 엄마와 딸임을 알 수 있었다.

"저 사람들?"

"가만. 애가 뭐를 해."

그는 누가 들을까 두려운 듯 작게 속삭였다. 나도 덩달아 숨죽이고 기다렸다. 아이는 몇 걸음 걸어가다 말고 갑자기 기쁨에 차서 엄마를 올려다보더니 엄마 손을 자신의 조그만 두 손으로 잡아 자기 쪽으로 끌어당기고 엄마의 통통한 팔목 위쪽에 몇 번이고 입을 맞추었다. 그런 귀엽고 돌연한 애정 표현이 놀랍지 않은지 엄마는 그저 웃고 말았지만 나는 놀라운 선율의 음악을 들었을 때처럼 완전한 감동에 사로잡혔다. 그와 나는 마주보았다.

"이럴 땐 무슨 말을 하지?"

내가 물었다.

이건 처음 해보는 말인데, 하더니 그는 고개를 뒤로 젖히고 천장을 응시하다 천천히 바로 했다. 나도 고개를 뒤로 젖히고 천장을 응시하다 천천히 바로 했다. 우리는 다시 마주보았고 서로가 똑같은 감동 속에서 똑같은 의문을 품고 있다는 걸 알아보았다. 아이의 작은 몸에 넘쳐흐르는, 저 샘물처럼 퐁퐁 샘솟는 청량한 기쁨의 원천은 무엇인지, 우리도 한때 저런 기쁨에 몸을 맡기고 서로 사랑하던 때가 있었는데, 그것은 언제 사라져버렸는지, 하는 것들……

카페를 나와 전철역까지 우리는 말없이 걸었다. 전철역 앞에서 헤어질 때 내가 물었다.

"맛있을 때, 그땐 어떤 말을 해?"

"그건 맛에 따라 다른데."

"아 그렇겠군. 그럼 오늘 전갱이구이의 맛은?"

그가 천천히 입꼬리를 늘이며 부드럽게 미소 지었다. 역시 그랬군. 나는 딸꾹질하듯 짧은 숨을 내쉬었다. 그는 내가 무엇 때문에 이런 소리를 내는지 아는 얼굴이었다.

"내 말은 뭐 같아?"

"깔끔하게 납득이 됐다?"

내가 눈을 크게 뜨고 입을 조금 내밀자 그가 말했다.

"맞혔다?"

우리는 웃었고 마지막으로 악수를 했다. 내 손을 잡는 그의 손, 비 온다는 말을 할 때 빗방울이 맺힐 그의 손가락을 느끼니 견딜 수 없이 이상한 기분이 들었다. 알 수 없는 말들이 손안에서 춤을 추다 사라지는 것 같았다. 그의 손을 놓고 돌아서면서 나는 주먹을 꼭 쥔 손을 주머니에 찔러 넣었다. 어깨를 펴고 허리를 곧추세우고 꼭 쥔 손으로 주머니를 아래쪽으로 누르며 또박또박 걸어갔다. 그때 내 첫말이 탄생했다. 9월이었고 오후 네 시에서 다섯 시 사이였다.

    그에 비하면 턱도 없겠지만 나도 이제 나만의 말들의 목록을 가지고 있다. 묵언의 시간 속에서는 항상 나만의 말들이 태어난다. 타인이 아닌 나 자신에게 가장 먼저 도달하는 말들이 주는 기쁨을 알게된 건 오로지 그의 덕분, 그의 성대낭종 수술 덕분이다. 그가 사서가되었다는 소식은 아직 듣지 못했다.

    어떤 말들은 뜻을 알 수 없는 채로 생겨난다고 그가 말했는데 정확히 그렇다. 어떤 감정이나 감각들은 나를 거치지 않고 곧바로 몸으로 표현되고 기억에 각인된다. 예를 들어 나는 아직도 내 첫말의 뜻을 정확히 알지 못한다. 처음엔 '안녕'쯤이 아닐까 생각했지만 꼭 그렇지만도 않은 것 같다. 그 뜻을 알고 싶어 가끔 주먹 쥔 손을 주머니에 찔러 넣고 어깨를 펴고 허리를 세우고 주머니를 아래쪽으로 누르며 또박또박 걸어보기도 하지만 여전히 모르겠다. 분명한 건 내가 그말을 할 때, 그 말을 계속 진행시킬 때, 무엇인가가 드러나기보다 사라진다는 느낌을 받는다는 것이다. 걷는 행위 속으로 사라지는 무엇이 보인다. 그렇다고 완전히 사라지지는 않는다. 작게, 점점 작게, 꼭쥔 손의 작은 어둠 속에서 점멸하며 살아 있다. 모든 건 사라지지만점멸하는 동안은 살아 있다. 지금은 그 뜻만으로 충분하다.

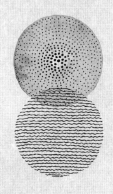

쓸 수 있을 때까지
쓰고 싶다는 열망

:

권여선

청소년 시절에 딱딱한 표지에 열두 권짜리 전집인 한국단편소설대계를 읽으면서 이효석 선생의 〈메밀꽃 필 무렵〉도 읽게 되었습니다. 명색이 작가이니만큼 제가 띄어쓰기에 민감한데, 소설 제목인 '메밀꽃 필 무렵'을 메밀꽃 띄고 필 띄고 무렵, 이렇게 쓰고 읽어야 한다는 것을 알지만 저는 자꾸 '메밀꽃 필무렵'이라고, 마치 필무렵이 하나의 단어인 듯 붙여 읽는 버릇이 있습니다. '필무렵 필무렵' 하고 주문처럼 중얼거리다 보면 메밀꽃이 더 많이, 더 빨리 피어나는 느낌도 듭니다.

한 작가의 이름이 붙은 문학상을 받는다는 것은 한 번도 본 적 없는 그 작가와 저 사이에 소중한 인연이 맺어지는 일이라고 생각합니다. 그런데 이번에 이효석문학상을 받게 되면서 유독 강한 친밀감이 밀려오는 걸 느낍니다. 그만큼 이효석 선생의 소설들이 제게 친숙하고 따뜻하게 받아들여졌다는 뜻이 아닐까 생각합니다. 까마득히 오래전 작가인 줄 알았던 이효석 선생이 제 곁으로 다가와 새끼손가락을 걸고 서로 모종의 약속을 할 수 있을 만큼 가까워진 듯한 즐거운 착각마저 듭니다. 경망스러운 제가 그 약속을 까맣게 잊고 헛된 세월을 보낸다 해도, 어느 날 문득 돌아보면 선생이 저와 처음 인연을 맺은 바로 이 순간, 이 자리에서 저를 기다리고 있을 것만 같은 착각, 허생원과 나귀처럼, '필무렵'처럼, 선생과 다시는 떨어 존재하지 않을 것 같은 착각 말입니다.

저는 한때 소설을 그만 쓰고 싶다는 고민에 시달렸습니다. 적은 재능은 종종 공포를 낳습니다. 앞으로 제가 그런 공포의 늪에 빠져 허우적거릴 때마다 길지 않은 생을 살다 간 이효석 선생을 생각하게 될 것입니다. 더 쓰고 싶어도 쓸 수 없는 날이 온다, 부질없는 고민을 미리 하지 말아라, 저보다 훨씬 더 젊은 나이에 떠난 선배가 늙은 후배에게 따뜻한 커피 한잔 내어주며 그렇게 말할 것만 같습니다. 저는 어려서부터 커피 잔을 들 때 새끼손가락을 뻗는 버릇이 있습니다. 많은 걸 약속드리지는 못하지만 아직은 더 쓰겠다는 마음을, 쓸 수 있을 때까지 쓰고 싶다는 열망을 새끼손가락을 뻗어 걸고 선생께 또 독자들께 약속드립니다.

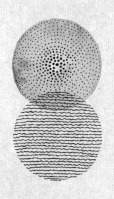

타인의 입장으로 보게 되면서
소설가로서 행복해졌다

:

《매일경제》문화부
김규식 기자

대부분의 소설은 한번 읽으면 다시 읽지 않는다. 매일같이 읽어도 읽고 싶은 소설은 쏟아져 나오기 때문이다. 그렇지만 어떤 소설은 몇 번이고 다시 읽고야 만다. 반드시 재밌거나 감동 깊은 소설만 그런 것은 아니다. 오히려 손에 잡힐 듯 잡히지 않는 경지에 다다른 소설을 반복해서 읽는다.

제19회 이효석문학상 대상을 수상한 소설가 권여선의 단편소설 〈모르는 영역〉이 바로 그런 작품이다. 작가와 독자의 거리를 미묘하게 유지하는 솜씨로 심사위원 전원의 극찬을 받은 것도 이런 이유였다.

이 소설의 주인공은 아내를 잃은 중년 남성과 딸이다. 두 사람은 서먹한 관계를 이어가는데, 사랑하면서도 미워하는 미묘한 심리가 수면 아래에 잠복해 있다. 작가는 독자를 주인공의 감정에 끌어들이지 않으면서 이를 스스로 느끼게 만든다. 정답을 주지 않으면서 마치

스무고개 하듯 해학적 긴장감마저 선사하면서. 권여선을 2018년 8월 30일 서울 필동1가 카페에서 만났다.

▷ 〈모르는 영역〉은 본인에게 어떤 작품인가.

▶ 한동안 자전적 소설의 영역에서 벗어나지 못했다. 작품 세계가 협소하고 반복된다고 할까. 조금씩 자폐적인 상태에서 벗어났다. 예전에는 내 속에서 쓰고 싶은 것을 쓰면 된다고 생각했다면, 요즘에는 내가 읽고 싶은 소설이 무엇인지 생각하며 쓴다.

▷ 어떤 소설이 읽고 싶은 소설인가.

▶ 〈안녕 주정뱅이〉도 그렇고 다른 사람의 생각과 삶을 관찰하는 것에 재미를 들였다. 〈모르는 영역〉도 예전에 썼다면 부녀 관계에서 나의 아버지를 모델로 썼을 것이다. 내가 경험한 관계를 계속 날카롭게 파고드는……. 섬뜩하다고 해야 하나. 그런 글을 썼을 텐데. 이번에는 전혀 그렇게 하지 않고 부녀 관계를 설정했다. '이런 아버지는 어떨까', '이런 딸은 어떨까' 삶의 과정을 구축하면서 썼다.

▷ 어떤 계기로 관찰에 재미를 느꼈나.

▶ 광주와 인혁당을 꼭 써야겠다고 생각했다. 내 딴에는 숙제를

한 것이다. 의무감을 갖고 있던 것을 장편으로 쓰고 나서 단편으로 돌아왔을 때 세상이 보였다. 이제는 내가 동시대의 사람을 봐야 하고, 보고 싶다고 생각했다. 그때부터 내 얘기가 아니라 다른 사람의 얘기를 조금씩 쓰기 시작했다.

(권여선은 등단 이후 장편소설을 두 권 썼다. 2012년 펴낸《레가토》는 광주민주화운동, 2014년 쓴《토우의 집》은 인혁당 사건을 주제로 한다.)

▷ 삶을 관찰하면서 어떤 변화가 있었나.

▶ 쓰면서 훨씬 재미있다. 여러 가지 생각을 한다. 좁고 깊게 들어가는 방식이 잘 쓸 수 있는 영역이라고 생각했는데, 이제는 두루두루 보고 있다. 내 세계는 아직 좁지만 소설은 내 얘기가 아닌 다른 사람의 얘기를 쓰는 것이다. 〈모르는 영역〉도 그 일환이다. '아버지 영역을 쓰자. 모험이지만 과한 모험을 하지 않으면서 관계의 단면을 보여줄 수 있구나. 다른 입장이 되면서 이렇게 소설가로서 행복하구나'라고 생각했다. 예전에 내가 쓴 소설은 아주 깊은 내면의 토로, 독백이었다. 이야기가 아니라 독백. 다른 사람을 만들어내는 것이 소설이다. 소설가도 성장한다. 소설이라는 장르가 소설이 되게 만들어주는 길로 나를 인도하는 것 같다.

▷ 이 작품을 독자들이 어떻게 읽었으면 하는가.

▶ 〈모르는 영역〉은 작은 풍경화 같다. 풍경을 보고 나면 현실적인 모든 부녀 관계 혹은 '이 부녀가 어떻게 살아왔을까'라는 질문으로 파문이 퍼지듯 여운 있는 글을 쓰고 싶었다. 다 설명할 필요는 없지만 둘이 대화하는 것만 보여줘도 '아버지와 딸은 이런 식으로 이야기를 하는구나'라고 생각할 수 있는.

▷ 작품을 읽으면 여운 때문에 반복해 읽게 된다.

▶ 읽고 나서 '이게 뭐지'라고 생각하게 만드는 것이 재밌다. 물론 굉장히 어렵지만. 다 읽고 나서 '이거 뭐야' 하면 실패한 것이다. '아 뭔지 알겠다!' 이것도 실패한 것이다. '이게 뭐지'에서 머물러야 한다. 양쪽으로 갈 수 있게.

▷ 요즘 어떤 작품을 준비하고 있나.

▶ 2018년 9월까지 마감해야 하는 단편소설이 하나 있다. 그걸 마무리해야 한다. 지하철을 타고 물건을 팔러 다니는 노인 얘기다.

▷ 장기적인 작품 계획은 어떤 것인가.

▶ 없다. 언제까지 쓸 수 있을까만 생각한다. 환갑까지는 소설을 쓰고 싶다. 조금씩이라도 변화하면서 쓰고 싶다. 전혀 변하지 않고 스스로 복제된 것 같은 느낌이 들면 그만 쓸 것이다. 환갑 때까지만 버텨줬으면 좋겠다.

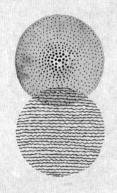

타자의 의미를
이해하는 법

:

방민호(문학평론가)

방민호

서울대학교 국문학과와 동 대학원 석사 및 박사 과정을 졸업했다. 2004년부터 서울대학교 국어국문학과 교수로 재직 중이다. 1994년 《창작과 비평》 제1회 신인 평론상을 수상했으며, 2001년 《현대시》 작품상을 수상하며 등단했다. 2012~2013년 근대문학회 운영위원장을 역임했으며, 《문학의 오늘》 편집위원으로 활동하고 있다.

1

올해의 수상작 권여선 씨의 〈모르는 영역〉은 사회적 타자들 사이의 의사소통 문제를 다룬 것이라 요약할 수 있다. 이 점에서 이 소설은 우선 작가 이효석이 처했던 고립적 상황을 떠올리게 한다.

이효석은 자기를 둘러싼 사회와의 의사소통에 어려움을 겪은 사람이었다. 그는 경성제일고보를 거쳐 경성제대 법문학부에 들어갔고 재학 중에 동인 활동을 했다. 제호를 《신흥》이라 한 법문학부 동인지에 그는 내가 기억하기로 러디어드 키플링의 단편소설을 번역해 내기도 했다.

키플링은 《킴》 같은 장편소설 작가요, 당시 최연소 노벨문학상을 받을 정도로 명망 있는 작가였지만 지금은 지식계에 오히려 악명이 높다고 해야 할 것이다. 에드워드 사이드의 《오리엔탈리즘》에 자주 등장하는 그는 인도에서 태어난 영국 사람이었고 나중에 제국주의적 인식을 품은 사람으로 알려졌다. 그러나 1920~1930년대에 한국 작가들은 그를 그렇게만 보지 않았고, 이는 백석이 《만선일보》에 키플링의 첫 창작집 《고원평화 *The Plain Story From the Hills*》의 단편들을 번역했던 것에서도 드러난다. 이 번역 작품으로 보건대 키플링은 처음에 인도적이면서 원시적인 산야와 그에 뿌리박은 원주민들의 삶에 가치를 부여했던 것으로 보인다. 이효석 역시 그와 같은 맥락에서 키플링의 소설 〈기원후 비너스〉(《신흥》, 1930.4)를 번역하여 소개했다고 볼 수 있다. 이효석의 초기 번역 활동과 창작 활동에 관한 한 연구에 따르면 이 소설에 등장하는 '비너스'라 지칭되는 여성 인물은 "'영원히 젊게 하는 법', '영원히 건강하게 하는 법'을 알려주는 에로틱한 존재"(백지혜, 〈경성제대 문청으로서의 이효석과 초기 번역 소설의 가치〉, 《한성어문학》 32, 2013, 248쪽)다.

이 논문은 〈기원후 비너스〉를 이효석의 창작 소설 〈개살구〉(《조광》, 1937.3)에 연결 지었지만 여성을 영원한 젊음과 건강을 선사하는 존재, 에로틱한 존재로 이해하는 방식은 그의 또 다른 문제작들, 그러니까 〈프렐류드〉(《동광》, 1931.12~1932.2)나 〈오리온과 능금〉(《삼천리》, 1932.3) 같은 소설에 연결되는 것이기도 하다. 〈프렐류드〉는 '서곡'이라는 말뜻처럼 이효석 소설의 변모를 예측케 하는 작품인 바, 이 소설 주인공 주화는 마르크스주의자이지만 삶을 역사주의적으로 사유하지 않은 사상의 일단을 내비친다. 소설 도입부에서 그는 "인류의 모든 움직임과 혁명을 조종하는 근본은 식과 색"이라며 이것이 우울한 것이라는 상념에 잠기는 것이다. 소설의 전개 자체는 주화가 주남죽이라는 싱그러운 여성을 우연히 알게 되면서 마르크스주의 투쟁을 향해 나아가는 것으로 끝나고 그것을 가리켜 또 다른 서곡이라 하고 또 재생이라 하지만 그를 투쟁으로 이끈 동력은 한밤에 만난 이 소녀 주남죽의 비상한 아름다움, 오뚝한 코와 어글어글한 눈망울이었다고 해도 과언은 아닌 것이다. 마르크스주의자이되 스켑티시즘scepticism 및 소피즘sophism에 물든 그의 삶을 바꾸어놓은 계기를 역사의 철리에 대한 인식론적 깨달음에서 구하지 않고 한 여성의 아름다움에서 찾는 것은 일찍이 그가 번역한 〈기원후 비너스〉의 여성미에 관한 이야기와 통하는 바가 있지 않던가.

그러므로 〈프렐류드〉, 곧 서곡은 이효석으로 하여금 더 치열한 투쟁의 소설로 나아가는 서곡이 되게 하지 않고 오히려 마르크스주의에서는 공백 지대에 해당하는 "식과 색"의 원시적 동력을 날카롭게 들여다보게 하는 첫걸음이 되었다. 물론 이것은 그의 첫 창작집《노령 근해》(1931)에서조차 발견되는 이효석 문학만의 미학적 특질이기도 했지만 말이다. 이 때문에 이효석은 쓸쓸하고 외로웠을 것이다. 그는 당대를 휩쓴 마르크스주의에서 가난한 자들을 향한 사랑의 정신은 수용할 수 있었지만 인간을 추상적 역사 원리의 한갓 매체로 이해하는 듯한 논리에서 자기 정신 및 취향과의 간극을 맛보았고, 이는 조선인 청년 마르크스주의자와 일본 여성 나오미의 만남과 사랑을 그린 〈오리온과 능금〉 같은 소설에서 이른바 "능금의 철학"으로 전면화된다. "체계와 절제"를 추구하는 '나'는 그럼에도 불구하고 "너무도 아름답고 사치하고 모던한 나오미"와 그녀의 능금 철학, 즉 "조상 때부터 좋아하던 능금과 우리는 인연을 끊을 수 없어요. 능금은 누구나 좋아하는 것이고 또 영원히 좋은 것이겠지요. 공간과 시간을 초월하여 높게 빛나는 능금이지요. 마치 저 하늘의 오리온과도 같이 길이길이 빛나는 것이에요" 하는, 능금으로 상징되는 위반의 생리, 미학에 기울어지지 않을 수 없다. 이에 이르렀을 때 〈프렐류드〉에서는 우울한 본성으로 반추되던 "식과 색"이, 나오미의 말을 빌려 "저곳을 내려다보세요. 번잡한 거리에서 헤매고 꾸물거리는 저 많은 사람들이 찾는 것이 결국 무엇일까요. 한 그릇의 밥과 한 개의 능금이 아닌가요. 번잡한 이 거리의 부감도는 아름다운 능금의 탐색도인 것 같아요"라는 식의, "능금"을 향한 찬미의 태도로 전변되어 나타난다. 여기 등장하는 탐스러운 능금은 먹을 수 있는 식재료라는 점에서 "식"과 아름다운 빛깔로 상징되는 "색"을 동시에 갖추고 있는 인간 삶의 근본적 동력에 관한 상징어라 할 수 있다.

　작가 이효석의 생각이 이렇게 변모되어감에 따라 그는 사회적·문단적 고립 상태에 처할 수밖에 없는 상황을 맞이하게 된다. 당시의 마르크스주의는 인간의 삶을 노동하는 인간의 생산력으로부터 '물질적'으로 설명하되 이 물질성의 실체로서 육체 또는 육체성에 대한, 긍정으로부터의 탐구는 외면한 점이 없지 않았다. 이러한 인간관에 기초한 마르크스주의 문학이 주도하던 1920년대 후반부터 1930년대 전반에 걸쳐 이효석은 일종의 문단적 타자로 존재했다. 그는 주류라 자처하던 문단에서 스스로를 거두어 아내 이경원의 고향 경성으로 향했고, 거기서 자신만의 색채를 가진 탐미적 소설 세계를 예비·

구축해 나간다. 이러한 이효석 문학의 경력으로부터 우리는 사람들 사이의 단절이라는 것, 그리고 타자에 대한 무지라는 것이 어느 시대에나, 어떤 형태로든 존속해온 인간의 굴레 같은 것임을 알 수 있다. 권여선 씨의 수상작 〈모르는 영역〉은 바로 이 '모르는 영역'에 대한 이야기며, 이 모름을 알기 쉽게 풀이해 놓은 작품이라 할 수 있다.

2

세대 간의 단절을 오늘날만큼 격심하게 겪고 있는 시대도 과히 없었다고 할 수 있다. 그러나 이렇게 말하면 인간 삶에서 전적으로 새로운 것은 없었다는 불변적 진리의 작은 일부조차 헤아려보지 못한 이야기가 된다. 필자만 해도 연광 사십에 이르렀을 즈음 이른바 '엑스 세대'라는 새로운 명칭을 부여받은 아래 세대의 존재를 심각하게 의식하지 않을 수 없었으며, 이 '모르는', 알 수 없는 세대의 근거 모를 자신감, 퉁명스러움, 거절벽 같은 것에 진저리를 친 나머지 '나' 자신의 경험과 생각, 감정, 감각 따위를 마치 보따리를 싸듯 통째로 짊어지고 '나' 자신만의 길을 걸어가겠노라고 '결정'해야 했던 것이다. 그러나 이와 같은 단절은 비단 나이가 많고 적음으로써 나타나는 세대 사이의 문제일 수만은 없다.

이효석은 그 자신으로서는 정당하지 않을 수 없는 인식론적 변화, 또는 마르크스주의에 대한 생명주의적 보충에 대한 몰이해로부터 심각한 고통을 강요당하고 또 그것을 감내해야 했다. 당시 문단에서 그가 상황을 견뎌나간 방식은 스스로 변방의 삶, 외부자적 삶을 선택하는 것이었다. 그는 앞에서 말했듯이 먼저 함경북도 경성으로 가 버스로 한 시간 걸려 원두커피를 마시러 갔다 오는 '고급' 취향 속에 자신을 깊이 밀어 넣었고, 동해안에 산개한 러시아 외인촌 같은 곳을 통해서 흘러들어오는 외부로부터의 방향芳香을 깊이 흡수함으로써 스스로를 강하게 재건할 수 있었다. 문학사를 조금이라도 넓게 들여다볼 수 있었던 사람이라면 그와 같은 단절이 이효석의 시대에나 있었을 것이라고는 물론 상상할 수 없을 것이다. 바로 이 현재에조차 문단은 '모르는 영역'들에 대한 겸손을 잃고 자신만의 아는 영역들에 만족하는 경우가 숱하게 많고 이로부터 자칭 일류들이 탄생하곤 한다. 외부를 모르는 내부자들끼리의 '공모'는 당혹감 없는 만족들을 낳는다.

권여선 씨의 〈모르는 영역〉에서 가장 좋은 점 가운데 하나는 바로 그 제목의 퉁명스러움 같은 것이라고나 할까. 소설에서 '영역' 같은 한자어는 여간해서는 쓸 수 없는 것인데, 이 소설에 와서는 그 이야기의 의미를 적절히 드러내주는 역할을 한다. 권여선 씨의 또 다른 작품 가운데 〈너머〉라는 것도 있었는데, 이 '너머' 역시 '영역'과 마찬가지로 알 수 없는, 더듬어 보기나 해야 그 존재를 의식할 수 있을 뿐, 그럼에도 어떤 진지한 탐색이나 '이끌어 들임'도 수반하지 않은, 타자의 어떤 방치된 공간을 가리키고 있었다.

이 일반적이면서도 통시대적인 단절의 이야기를 위해서 어떤 소재를 끌어오는 것이 좋을까. 〈모르는 영역〉에서 작가가 선택한 것은 아버지와 딸의 관계에 놓인 명덕과 다영이다. 두 사람의 관계에서 표면상 고민이 깊은 쪽은 손을 뻗치는 아버지 명덕 쪽이다. 두 사람은 다영의 어머니, 즉 명덕의 아내와 명덕이 헤어진 후 소원한 관계를 이어왔다. 명덕은 "자신의 페인팅에서도 색과 기운을 조금씩 뺄 필요가 있다는 생각"을 하면서 여주 쪽으로 딸을 찾아가보기로 한다. 여기서 페인팅은 물론 물감 칠하는 painting이겠지만 다르게 feinting에서 온 것처럼 해석할 수도 있을지 모른다. 자기를 감추고 속이는 것을 페인팅이라 할 수 있다면 오랫동안 멀리 하고 지낸 딸을 찾아가야겠다는 명덕의 마음은 자기를 속이는 행위를 해제하고자 함을 의미할 수도 있다.

그렇게 해서 만난 딸 다영을 작가는 섬세하게 그려내고자 했다. 다영은 아버지에게 '~입니다'체를 쓰는 딸로 "부정적인 반응"에 익숙해진 모습을 하고 있다. 명덕에게 이 다영은 알 수 없는 존재, '모르는 영역'과 같다. 그녀는 고기를 사주고 싶었노라고 변명하는 아빠에게 자기 팀이 네 명이나 되는데도 사주려느냐 한다. 알 수 없는 것은 딸만 아니라 딸의 팀원들 모두가 그렇다. 식당의 개가 신발을 물어간 사건 앞에서 그들은 명덕을 놀리듯 킬킬거리고 다영은 그를 나무라듯 지그시 바라보기도 한다. 셈에 민감한 이 세대의 젊은이들을 대표하듯 다영은 음식 값을 놓고 식당 여자와 첨예하게 대립하기도 한다. 남은 고기와 쌈, 고추, 마늘, 새우젓 등을 야무지게 챙기는가 하면 "왜 그냥 계산해요? 우리가 잘못한 것도 없는데 왜 바가지를 써요?"라고 아빠를 향해 따져드는 다영을 명덕은 알 수 없다. 그녀는 당돌하면서도 계산 잘하고 차디찬 세대의 일원이다. "다영이 그의 손가락에서 담배를 뽑아 재떨이에 눌러 끄는 바람에 그는 놀라 기절할 뻔"하기까지 한다. 두 사람의 관계를 단적으로 '모르는 영역'으로 규정하는 장면을 이야기 속에서 만날 수 있다.

다들 어딘가로 흩어지고 파라솔 아래엔 그들 부녀만 남았다. 그는 담배를 피우고 싶었지만 눈치가 보여 참았다. 하늘을 보고 있던 다영이 뜬금없이, 용두산 공원 기억나세요, 물었다.

"부산 말이냐?"

"거기서 찍은 사진 있잖아요."

그가 어렴풋이 기억하기로 그들 부부가 부산에 살던 시절, 너덧 살 난 다영을 번갈아 업고 안고 걸리고 하여 용두산 공원에 갔던 아주 더운 날이 있었다. 사진을 찍었는지는 기억나지 않았다.

"거기 하늘에 뭐가 희미하게 찍혔는데 엄마가 유에프오라고 했어요. 그거 낮달 맞죠?"

"모르지 그건."

그의 대답에 다영은 조금 놀란 듯했다.

"어쨌든 유에프오는 아닐 거잖아요?"

"아니야. 그건 우리가 모르는 영역이다."

다영이 아아 신음을 뱉었다.

"이럴 땐 엄마가 이해가 돼."

"그게 무슨 말이냐?"

"그냥 이해가 된다고. 왜 아빠 같은 사람을 만났는지."

"그러지 말았어야 한다는 거냐?"

그가 소심하게 물었다.

"모르죠 그건. 우리가 모르는 영역이죠 그건. 유에프오보다 더."

이로써 이 소설의 제목 '모르는 영역'이 가족들 사이에서도 서로를 알 수 없는 소원함에 대한 문제로부터 왔음을 알 수 있다. 이 소설은 가장 친밀한 가족들조차 서로에 대해서는 타자일 수밖에 없다는 인식에 더하여, 이를 '세대론'적 격절로까지 확장시킨다.

"이 사람들 상습적으로 바가지 씌우고 그럴 사람들 아니야. 또 한 번인데 어때? 한 번은 그냥 넘어가."

"한 번이니까 괜찮다⋯⋯." 다영이 팔짱을 꼈다. "한 번이니까 괜찮다, 그냥 넘어가자⋯⋯ 아버지는 그렇게 생각하시는 거네요? 그렇게 넘어가면 마음이 좋으세요? 한 번은, 한 번은⋯⋯ 해도 됩니까?"

명덕은 급속도로 굳어가는 다영의 얼굴이 낯설었다.

"왜 해도 됩니까, 한 번은?"

다영은 느닷없이 꽥 소리를 지르더니 흙 마당을 가로질러 뛰어갔다.

이 삽화에 등장하는 "한 번은", "한 번"이라는 말은 다영 세대가 가진 특질을 단적으로 드러내주는 '수사'라 할 수 있다. 한 번은 괜찮 느냐는 이 반문은 다영의 아빠로서 명덕이 '저지른' 이혼을 의미하는 것일 수도 있고, 물론 이 이혼은 이야기 표면에 정확히 제시되지 않은 정황인데, 또는 명덕이 속한 위 세대 모두를 향한 항변이자, 자신들의 각박한 처지를 드러내는 반항적 수사일 수 있다. 돌이켜보면 명덕은 늘 실수하고 "전처"는 번번이 용서했고, 용두산 사진은 그들 부부와 다영이 마지막으로 함께 찍은 사진이었을 수도 있었다.

그러나 이 "한 번은"의 무게를 작가는 한 번 더 나아가 독자들에게 더욱 섬세하게 표현해주고자 한다. 딸과 잠시 떨어져 저수지로 나간 명덕은 거기서 "한 번은"의 의미를 다시 생각할 수 있는 계기를 만난다.

어디선가 새가 날아와 나뭇가지에 내려앉았다. 날갯짓의 급격한 감속, 날개를 접고 사뿐히 가지에 착지하는 모습, 가지의 흔들림과 정지…… 그런 정물적인 상태가 얼마나 지속되었을까, 새는 돌연 가지를 박차고 날아갔고 그 바람에 연한 잎을 소복하게 매단 나뭇가지는 다시 흔들리다 멈추었다. 멍하니 서서 새가 몰고 온 작은 파문과 고요의 회복을 지켜보던 그는 지금 무언가 자신의 내부에서 엄청난 것이 살짝 벌어졌다 다물렸다는 걸 깨달았다. 그는 새가 날아와 앉는 순간부터 나뭇가지가 느꼈을 흥분과 불길한 예감을 고스란히 맛보았다. 새여, 너의 작은 고리 같은 두 발이 나를 움켜잡는 착지로 이만큼 흔들렸으니 네가 나를 놓고 떠나는 순간 나는 또 그만큼 흔들려야 하리. 그 찰나의 감정이 비현실적일 정도로 생생해 그는 거의 고통스러울 지경이었다.

한참 만에 주위를 돌아보니 그저 저수지였다. 그게 무엇인지 알수 없지만 그에게 왔던 것은 이미 사라져버렸고 다시 반복되지 않을 것이고 영영 지울 수도 없으리라고 그는 침울하게 생각했다. 단 한 번이라니…… 단 한 번이었다니…… 다영도 이곳에서 이런 무섭도록 강렬한 한 번을 경험한 것일까. 그래서 그에게 은밀한 보물이 묻힌 곳을 알려주듯 이곳으로의 산책을 권유했던 것일까. 순간 다영의 굳은 얼굴이 떠올랐고, 그게 그러니까…… 한 번은…… 한 번은 해도 됩니까 묻던 다영의 말이 식당 여자가 아니라 자신을 향한 것이었을지 모른다는 생각이 들었다. 왜 해도 됩니까, 한 번은? 그는 숨이 막힐 듯한 통증을 느끼고 자갈 위에 주저앉았다. 과연 그렇다. 왜 한 번은 해도 되나?

어쩌면 작가는 이 저수지에서의 새의 경험 하나를 위해 이 소설을 인물과 사건을 덧대어가며 썼는지도 모른다고 생각될 만큼 이 장면은 소설 전체에서 가장 강렬하다. 이것은 물론 아빠인 명덕이 딸 다영에게 저지른 어떤 잘못을 의미할 수도 있지만, 한 인간이 다른 인간을 향해 무심코 행사하는 폭력 일반을 시적으로 시사한 것일 수도 있다.

여기까지 이르러 명덕은 이제 딸을 알지 못하고 '모르는 영역'임에도 불구하고 더듬어 그 존재를 느낄 수 있을 만큼 가깝게 다가갔으므로 이야기는 하강 곡선을 그리지 않을 수 없다. 이 저수지에서의 명덕의 내밀한 경험을 바탕으로 두 사람에게는 미완의 화해가 예정될 수 있게 되었다. 그리하여 마침내 두 사람은 완강한 서로의 입장 속에서나마 상대방을 향해 어떤 작은 배려의 몸짓, 말짓을 건넬 수 있게 된다.

그렇다면 이 소설은 단순한 격절과 고립에 관한 이야기가 아니라 그 극복의 방법론에 대한 이야기까지 함축하고 있다고 봐야 할 것이다. '우리'는 어떻게 고립에서 벗어날 수 있는가? 혹은 타자에 대한 이해로까지 이월해갈 수 있나? 그것은 구체적 의미를 가진 분석적 논리를 통해서가 아니라 나뭇가지에 잠시 머물렀다 떠나는 새의, 그 "한 번"의 무게 감각에 대한 공감과 이해를 통해서다.

3

'우리'는 어떻게 모르는 영역에 대한 '인지'를 성의 있게 표현할 수 있을까? 권여선 씨의 〈모르는 영역〉은 필자를 작가 이효석이 추구한 당대의 다른 문학인들이 잘 '모르는' 세계로부터 오늘날의 한국 문단이 내포한, 내부에 대해서 너무나 잘 알고 또 외부에 대해서 그만큼 모르는 상황으로 시선을 던지게 한다.

우리는 그 시대에 이효석이라는 존재가 왜 있을 수밖에 없었던가를, 그를 포함한 당대 문학 전체를 앞에 두고 가늠해본다. 오늘의 한국문학은 '모르는 영역'을 많이 잃어버렸다. 그것은 마치 정치가 정치적 뜻이 맞지 않는 타자들을 모르는 채 상대하는 것과도 같다. 오늘날 문학은 정말 정치가 되어버린 것 같다.

이 작품에 나타난 '모르는 영역'의 편재성遍在性에 대해 생각한다. 한국 사회에서 '모르는 영역'에 대한 비례는 과거부터 현재에 이르기까지, 정치에서 문학에 이르기까지 어디에나 존재한다. 이 상황에서 벗어날 수 있는 방법은 새의 몸짓이 나무에 던진 존재의 무게 깊이를 헤아리는 것이리라. 그럴 수 있겠다면 말이다.

연말 특집

:

김미월

1977년 강릉 출생. 고려대 언어학과와 서울예술대학 문
예창작과를 졸업했다. 2004년 세계일보 신춘문예로 등
단했다. 소설집 《서울 동굴 가이드》《아무도 펼쳐보지 않
는 책》, 장편소설 《여덟 번째 방》이 있다. 신동엽문학상
과 오늘의젊은예술가상을 수상했다.

거울을 들여다보았다. 밤새 베개에 눌린 자국이 왼쪽 뺨에 붉고 깊게 길을 내고 있었다. 선은 손바닥으로 뺨을 문지르며 쓴웃음을 지었다. 십대 때는 자고 일어나도 베개 자국이 나 있지 않았다. 이십대 초반에는 자국이 있어도 금방 없어졌다. 이십대 후반에는 금방까지는 아니어도 세수하고 화장을 마칠 즈음이면 원래 피부 상태로 돌아와 있었다. 그런데 이제 삼십대 중반이 되고 나니 자국은 갈수록 더 깊어지고 좀체 사라지지도 않았다. 나이 든 거지. 이렇게 또 한 살 나이 들어가는 거지, 하고 선은 세면대에 물을 받으면서 생각했다.

문자메시지가 온 것은 그녀가 욕실에서 나온 후 휴대폰으로 단골 미용실에 예약 전화를 걸려고 할 때였다. 발신자의 번호가 낯설었다.

김영미?

그것은 김영미의 근황을 알리는 단체 문자였다.

아, 김영미!

처음 그녀가 김영미가 누구인지 감을 잡지 못했던 것은 김영미가 너무 흔한 이름이어서가 아니라 그녀가 아는 단 한 명의 김영미를 까맣게 잊고 산 지 오래기 때문이었다.

문자 때문에 이런저런 생각에 잠기느라 그녀는 예약 전화 거는 것을 깜빡했다. 하지만 아침밥을 먹고 외출 준비를 끝낸 후 집을 나설 즈음에는 문자에 대해서도 다 잊었다. 그녀에게 중요한 것은 오늘의 일정이었다. 12월의 마지막 주말이었고 저녁에는 가족 모임이 있었다. 그리고 모임에 가기 전에 그녀는 전부터 벼러왔던 대로 머리 색깔을 바꾸고 싶었다. 보라색이나 초록색으로 과감하게 염색해서 오랜만에 만나는 가족들을 놀라게 해줄 작정이었다. 아마 가족들은 놀라기보다 노처녀가 젊어 보이려 발악한다며 놀릴 것이다. 그럼에도 선은 뭔가 변화를 주고 싶었다. 연말이니까.

미용실에는 대기 중인 손님이 셋이나 있었다. 거울 속에서 선과 눈이 마주친 미용사가 뒤를 돌아보더니 앞으로 삼사십 분쯤 기다려야 할 거라고 했다. 그렇다면 실제로는 사오십 분쯤 기다려야 한다는 건데, 다른 미용실에 가볼까, 하고 선이 주저할 때였다. 탁자 위에 여성지가 펼쳐져 있는 것이 눈에 띄었다.

연말 특집, 새해 계획 공개 선물대잔치!

제목이 두 페이지에 걸쳐 큼지막하게 박혀 있었다. 그 내용에 관심이 갔다기보다는 이런 기사나부랭이 읽다 보면 시간이 금방 가겠지 싶어 선은 그대로 소파에 주저앉았다.

당신의 새해 계획은 무엇인가요? 당신만의 진실하고도 특별한

새해 계획을 공개해주세요. 세 분을 뽑아 명품 화장품 세트를 선물로
보내드립니다.

기사 하단에는 친절하게도 예시까지 적혀 있었다.

관심 있는 남자에게 먼저 고백하기, 자전거 타고 전국 일주하기,
동창회에 섹시한 드레스 입고 킬힐 신고 나가기, 낯선 여행지의 우체
국에서 자신에게 편지 보내기, 비자금을 털어 부모님 효도 관광 보내
드리기.

그리 진실한 것 같지도 않고 특별할 것도 없는 예들이었다. 그저
포장만 그럴듯한 전시용 계획들이라고 선은 생각했다. 잡지에서 고
개를 들었다. 나라면 어떤 계획을 세울 것인가. 그녀는 마치 거기 프
롬프터라도 있는 것처럼 허공의 어느 한 점을 응시했다. 그때 보조
미용사가 선 앞에 커피 잔을 내려놓았다. 동시에 잡지 옆에 있던 그
녀의 휴대폰이 진동했다. 대학 동기가 메신저로 말을 건 것이었다.

─영미 언니 소식 들었어?

응 하고 답장을 보냈다. 그러나 동기가 더 빨랐다.

─너 갈 거니?

─응.

졸지에 선의 대답이 그 질문 뒤에 입력된 것이다. 메신저로 대화
하다 보면 흔히 일어날 수 있는 일이었다. 그런데도 선은 당황했다.
황급히 자신의 대답은 첫 질문에 대한 것이었노라 설명하려 했다. 하
지만 이번에도 동기가 더 빨랐다.

─역시. 넌 갈 줄 알았어.

내가 왜? 그렇게 입력하고 전송 버튼을 누르려다가 선은 그것을 지웠다. 다시 입력했다.

―나 못 가.

동기는 아무렇지도 않다는 듯 그래 하고 대꾸했다. 선은 휴대폰에서 눈을 떼고 커피 잔을 들여다보았다. 웬걸, 잔에 든 것은 커피가 아니라 녹차였다. 녹차 티백에 달린 실을 잡고 천천히 흔들었다. 흔들면서 그녀는 생각했다. 왜?

왜 내가 거기 갈 거라고 생각하는 걸까?

김영미는 선의 대학 선배였다. 마지막으로 연락을 주고받은 것이 언제인지 기억도 나지 않을 정도니 친한 사이는 아니었다. 그렇게 생각하다가 선은 문득 자신이 친하지도 않은 영미 언니에 대해 꽤 많은 것을 알고 있다는 사실을 깨달았고, 이어서 대학 시절 자신이 그녀의 자취방에 두어 달 얹혀살았다는 것을 기억해냈다. 그리고 어떻게 그걸 잊고 있었지 하며 아연해했다.

선이 신입생일 때였다. 학기 초였고 그녀는 머물 곳이 마땅하지 않은 처지였는데, 어디서 어떻게 전해 들었는지 졸업반 선배 하나가 선 앞에 나타났다.

"너 방 구한다며?"

고도비만 판정을 받은 초등학생처럼 체구가 땅딸막한 여자 선배였다. 째진 눈과 통통한 볼살 탓에 얼굴도 심술 가득한 어린애처럼 보였다.

"난 룸메 구해."

선배는 말끝에 양 손바닥을 위로 하고 두 팔을 들어 올리며 어깨를 으쓱했다.

"월세는 됐고, 관리비만 분담하면 돼."

선은 말없이 눈만 끔벅거렸다. 일면식도 없는 고학년 선배가 자신의 개인적인 상황을 알고 있는 것이 당혹스럽기도 했고 동거의 조건이 파격적이라 놀란 것도 있지만, 그보다는 선배의 행동이 좀 정신 사나웠기 때문이다. 자신의 자취방에 대해 설명하면서 선배는 더 구체적이고 실감나게 묘사하기 위해 신체를 적극적으로 활용했다. 특히 두 팔을 아낌없이 썼는데 선의 눈을 사로잡은 것은 그 팔이었다. 팔꿈치부터 손목까지의 길이가 자라다 만 것처럼 유난히 짧은 데다 중간에 주름이 한 줄 접혀 있을 정도로 살집이 통통하여 마치 애벌레 같았던 것이다. 선배 말을 듣는 둥 마는 둥 하며 선은 저도 모르게 그 팔만 쳐다보았다.

영미 언니는 앞장서서 선의 짐을 옮겼다. 선이 혼자 하겠다고 만류해도 막무가내였다. 언니가 예의 그 짧고 통통한 팔로 자신의 덩치만큼 커다란 데스크톱 본체를 껴안은 채 뒤뚱거리는 것을 보고 선은 부리나케 달려가 그것을 빼앗았다.

"언니, 이러시면 제가 너무 죄송하잖아요."

그러자 언니는 눈을 크게 뜨고 두 손으로 양 뺨을 감싸며 말했다.

"어쩜, 너 꼭 윌리엄 같아!"

"네?"

"알잖아, 윌리엄이 나 힘든 일 절대 못하게 하는 거."

윌리엄이 누구지? 선은 머릿속으로 제가 아는 모든 윌리엄들을 꼽아보았다. 저 버킹엄궁의 윌리엄 말고는 떠오르는 이가 없었다.

"나 룸메 구하게 된 것도 걔 때문이잖아. 하도 난리를 쳐서."

통화하다가 무심코 학교 앞 원룸촌에 괴한이 혼자 사는 여학생들의 방을 훔쳐보거나 심지어 침입한다는 이야기를 했더니 윌리엄이 펄펄 뛰며 당장 룸메이트를 구하라고 했다는 것이었다. 통화였다면서 직접 본 것처럼 언니는 험악하게 인상을 쓰고 삿대질을 하는 시늉을 했다.

"걔가 화낸 건 처음이었어. 상상이 안 가지?"

그러더니 갑자기 아참, 하고는 소리 내어 웃었다.

"넌 새내기라 아직 모르겠구나. 우리 과 애들은 다 아는데."

윌리엄은 영미 언니의 남자친구였다. 어학원 영어 강사로 국적은 미국이라고 했다. 석 달 전에 두 사람은 어학원 건물 앞 횡단보도에서 운명적으로 마주쳤다. 서로 첫눈에 반했다. 언니는 어학원에 다니려던 계획을 접었다. 남자친구가 영어 선생인데 뭐 하러 애먼 데 돈을 갖다 바치겠는가. 윌리엄이 너무 바빠 요즈음은 통화만 하고 있지만 바쁜 일이 끝나는 즉시 그는 언니에게 달려올 것이다.

아름다운 한국 여자와 결혼해서 아름다운 한국에서 사는 것이 소원이라는 윌리엄에 대한 이야기를 선은 잠자코 들었다. 짐이 언니 집으로 옮겨지기도 전에, 같이 살아보기도 전에, 언니에 대해 벌써 너무 많은 것을 알아버린 기분이었다.

그것은 착각이었다. 영미 언니는 자신에 대해 알려주고 싶은 것들이 마르지 않는 샘처럼 항시 넘쳐흐르는 사람이었다. 동거 사흘째에 선은 언니가 아홉 살 때 초경을 했다는 것부터 언니 어머니는 언니가 어릴 때 집을 나가서 얼굴도 모른다는 것, 언니 아버지가 돈은 많지만 최종 학력이 국졸이라 학력 콤플렉스가 있다는 것, 언니의 계모는 중국 여자라서 국산이라는 표현을 중국산으로 이해한다는 것까지 알게 되었다. 함께 산 지 일주일 만에 선은 가만히 앉아 타인의 이야기를 들어주는 것만으로도 육체노동을 할 때처럼 열량이 소모되고 피로가 쌓인다는 사실을 절감했다. 세상에 공짜는 없는 법이었다. 말하자면 그녀는 매달 월세 대신 매일 귀를 내주고 있던 셈이다.

기이한 것은 영미 언니에 대해 많이 알면 알수록 점점 더 모를 사람이라는 생각이 드는 것이었다. 어느 날 언니는 이부자리를 펴다 말고 물었다.

"넌 장점이 뭐야?"

"장점요?"

선은 자신의 장점에 대해 생각해본 적이 없었다. 머리를 굴려보아도 딱히 떠오르는 것이 없었다. 그래서 장기를 말했다.

"저 달리기 잘해요."

그러면 대부분은 '그래? 백 미터 몇 초에 뛰는데?'라든가 '오, 달리기 잘한다니 부럽다'라든가 그것도 아니면 '그게 장기지 장점이니?' 같은 반응을 보이게 마련이다. 하지만 언니는 말했다.

"내 장점은 뭔 줄 알아?"

선은 언니의 장점에 대해서도 생각해본 적이 없었다. 부랴부랴 머리를 굴려보려고 하는데 언니가 스스로 대답했다.

"인복이 많다는 거야."

"아."

예상 밖의 답이었다. 언니는 예수처럼 두 팔을 좌우로 크게 벌리고 있었는데 아마 어깨동무 동작을 묘사한 것 같았다. 이어진 말은 더욱 예상 밖이었다.

"봐봐. 너를 만났잖아."

가슴이 철렁했다. 고맙다거나 쑥스러운 게 아니라 뭐랄까, 함정에 빠진 기분이었다. 어떻게든 빠져나가고 싶어 선은 제가 뭘 묻는지도 모르면서 일단 물었다.

"그럼 언니의 단점은 뭐예요?"

"말이 많다는 거."

거침없이 대답한 다음 언니는 이불에 드러누웠다. 선도 언니와 어깨동무 자세만큼의 간격을 두고 제 이불에 누웠다. 두 다리 쭉 뻗고 누워 있는데도 어째 편하지가 않았다. 단점을 고치지 못해도 정확히 알고는 있다면 불행 중 다행한 일일까, 아니면 단점을 알고 있는데도 고치지는 못하니 더 불행한 일일까, 쓸데없이 남의 인생을 걱정하고 있는데 언니가 다시 입을 열었다.

"하지만 그건 내 장점이기도 해."

인간관계가 피곤한 것은 서로 단점을 숨기려고 하기 때문이다, 단점을 스스로 인정하고 보여주면 관계가 더 진솔해진다, 나는 말이 많다는 단점을 그대로 보여줌으로써 타인에게 더 진솔하게 다가가려고 한다, 이것이 내가 인간관계에서 피로를 덜 느끼면서 인간관계를 더 좋게 만드는 비결이다, 하고 언니는 부연했다.

해괴한 논리였다. 그러나 논리적이지 않다고는 할 수 없었다. 선은 언니가 주장하는 단점의 장점에 대해 조금 더 숙고해보고 싶었지만 곧 그러지 않기로 했다. 어쨌든 그녀는 언니의 신세를 지고 있었다. 누군가의 방에 얹혀살아야 한다면 방 주인의 단점에 대해서는 깊이 생각하지 않는 편이 현명하지 않겠는가.

반대로 선은 이따금 언니의 장점들을 하나씩하나씩 헤아려보곤 했다. 그래야만 할 것 같은 순간들이 있었다.

이를테면 언니가 겨드랑이 털을 뽑을 때 그랬다. 언니는 사각지대에 있어 스스로는 볼 수 없는 털을 매번 선에게 뽑아달라고 부탁했다. 상체에 브래지어만 착용한 채였다. 땀이 촉촉하게 밴 언니의 겨드랑이에 얼굴을 바싹 가져다대고 족집게로 요기조기 숨은 털들을 뽑고 있노라면 언니가 숨을 쉴 때마다 브래지어 컵 밖으로 터질 듯 비어져 나온 젖가슴이 눈앞에서 오르락내리락했다. 민망해도 털을 뽑아야 하니 고개를 돌릴 수가 없었다. 선이 극도의 긴장 속에서 털을 다 뽑고 나면 언니는 두 팔을 만세 부르듯 올리며 말했다.

"룸메가 있으니 정말 좋구나!"

언니가 코팩을 할 때도 그랬다. 콧등에 코 모양의 시트를 이십 분 쯤 붙이고 있다가 떼어내면 되는 팩인데, 언니가 좋아하는 것은 그 과정이 다 끝난 후 떼어낸 팩을 들여다보는 순간이었다. 팩 안쪽에는 언니의 코에서 빠져나온 피지 알갱이들이 붙어 있었다. 상추 뒷면에 붙은 벌레 알처럼 작고 노랗고 기름진 그것들은 보통 두 개였으나 하나일 때도 있고 드물게 세 개이기도 했다. 언니는 그것들을 한참이나 뜯어보면서 선에게도 함께 볼 것을 권했다.

"귀엽지 않아? 귀엽지?"

여차하면 품고 부화라도 시킬 기세라 선은 기겁을 하며 몸을 뒤로 뺐다. 그러나 압권은 그다음이었다. 언니는 그 팩들을 버리지 않았다. 책갈피에 고이 끼워 간직했다. 도스토옙스키의 《죄와 벌》. 그것을 고른 이유는 그 책이 가장 두껍기 때문이었다. 《죄와 벌》은 시간이 지날수록 더 두꺼워졌다. 언니는 그것을 종종 펼쳐보며 흐뭇해했다.

언니의 장점을 헤아려보지 않으면 안 될 것 같던 순간들은 그 외에도 많았다. 언니는 언제부터인가 선에게 너무 사적이어서 곤혹스러운 질문들을 던지기 시작했는데, 돌아보면 그 질문들이 태동되던 그날 그 오후야말로 더없이 사적이고 곤혹스러운 순간이었다.

그날 오후, 갑작스러운 휴강이 있어 선은 집에 들렀다. 언니는 방바닥에 엎드려 자고 있었다. 선은 언니를 깨우지 않으려 발소리를 죽였다. 순간 언니가 엉덩이를 위아래로 격렬하게 흔들기 시작했다. 깜짝 놀란 선이 다시 보니 언니는 두 다리를 꼰 자세였는데 사타구니에

베개가 야무지게 끼워져 있었다. 움직임을 멈춘 후 언니는 한동안 거칠게 숨을 몰아쉬었다. 그리고 고개를 들었다가 뒤늦게 선을 발견하고는 어머, 하고 소리쳤다.

"왔으면 왔다고 말을 하지."

잠시 얼굴을 붉히는가 싶더니 언니는 곧 다리 사이에서 베개를 빼냈다.

"너 자위해봤어?"

선은 순간적으로 제 귀를 의심했다.

"아뇨."

"사실 나도 거의 안 해."

언니는 일어나서 이불을 갰다.

"너 남자랑 자봤어?"

다행히 언니는 곧바로 제 질문을 거둬들였다.

"미안. 프라이버시니까 대답하지 않아도 돼."

그런 다음 언니는 자신의 프라이버시를 늘어놓았다.

"난 버진이야."

선은 처음에 언니가 '난 버지니아' 하고 말한 줄 알았다.

"난 윌리엄이랑 처음 잘 거야. 결혼할 남자니까."

"……."

"아이 참, 이거 투 머치 인포메이션인가?"

언니는 몰라 몰라 하고 도리질을 하더니 부끄럽다는 듯 손으로 얼굴을 가렸다. 얼굴을 가리고 싶은 것은 저라고 선은 말하고 싶었다. 인포메이션 문제가 아니었다. 간접적으로 들은 정보가 아니라 직접 현장을 목격했다는 것이 문제였다. 언니를 볼 때마다 선은 방바닥에 다리를 꼬고 엎드려 엉덩이를 격하게 흔들어대던 그녀의 모습이 떠올라 괴로웠다. 물론 언니에게는 잘못이 없었다. 자위를 한 것도 그 장면을 들킨 것도 언니 잘못은 아니었다.

하지만 선이 잊을 만하면 언니는 물었다. 키스는 해봤지? 딥키스 좋아해? 넌 성감대가 어디야? 아, 미안해. 연애는 몇 번 해봤어? 자위를 안 하면 성욕은 어떻게 해결해? 아, 미안 미안.

언니 잘못이었다. 결론이 그렇게 나왔으니 선의 머릿속은 분주해질 수밖에 없었다. 영미 언니는 장점이 많다. 착하다. 매사에 적극적이다. 누구에게나 친절하다. 남의 흉을 보지 않는다. 편견이 없다. 정이 많다. 솔직하다. 반성을 잘한다. 사과도 잘한다.

그리고 내게 월세를 요구하지 않는다.

반복 학습의 효과로 선은 영미 언니의 장점을 줄줄이 읊을 수 있었다. 실제로 그럴 기회가 적지 않았다. 학과 사람들이 언니가 없는 자리에서 선에게 그들의 동거에 대해 묻곤 했기 때문이다. 어떤지, 괜찮은지, 힘들지는 않은지. 선은 그들이 저 없는 자리에서 언니에게 같은 질문을 하지는 않으리라는 것을 알았다. 질문에는 악의가 없었다. 대답 또한 선의로 가득했다. 그런데 어째서인지 그 짧은 문답이 오가는 동안 선은 일말의 죄책감을 느꼈다. 시간이 흐르면서 그 감정은 점차 무뎌졌다. 어쩌면 저 혼자만 그런 감정을 느끼는 것은 아닐지도 모른다고 생각하게 되면서부터였다.

축제가 일주일 앞으로 다가왔을 무렵이었다. 다들 학과 행사 준비로 바빴다. 선 역시 선배며 동기들과 함께 잔디밭에 앉아 행사 준비에 대해 의논하고 있었다. 잠시 쉬었다 하자며 담배를 꺼내 물던 남자 선배가 별안간 눈살을 찌푸렸다.

"어휴, 진짜."

모두 그가 턱으로 가리킨 곳을 바라보았다.

"쟤는 왜 항상 저런 옷만 입어?"

그들의 대화가 들리되 자세히는 들리지 않을 만큼 떨어진 곳에서 영미 언니가 통화를 하고 있었다. 소매 없는 하얀색 티셔츠는 상체에 꽉 끼어 브래지어 자국이 선명했고 팬티를 겨우 가릴 정도로 짧은 청반바지 밑단으로는 허벅살이 공격적으로 튀어나와 있었다. 선이 아침에 등교할 때 본 옷차림 그대로였다. 언니는 맨발에 통굽 샌들을 신고 있었는데 통화하면서 무심코 다리를 움직일 때마다 종아리의 살덩어리가 따라 출렁거렸다.

"솔직히 보는 내가 다 부담스러워."

"뭐 어때? 옷 입는 건 개인의 자유인데."

후배들이 듣거나 말거나 선배들은 개의치 않았다.

"뚱뚱한 여자들은 보통 노출 싫어하지 않나?"

"아냐. 오히려 노출을 해야 덜 뚱뚱해 보여."

"저렇게 하고 다니면 남자들이 더 안 좋아해."

"그게 무슨 상관이야? 자기 남친만 좋아하면 되지."

"뭐? 영미 남친 있어?"

"당연히 없지."

어, 모르세요, 윌리엄?

그 대목에서 선은 하마터면 끼어들 뻔했다. 윌리엄을 모르다니. 영미 언니는 과에서 윌리엄을 모르는 이가 없다고 했는데. 끝날 듯 끝나지 않던 대화를 끊은 이는 언니가 가장 친한 동기라고 말한 적 있는 여자 선배였다.

"그만하자."

모두 입을 다물었다. 선배는 선의 정면에 앉아 있었다. 무릎을 가지런히 모아서 안은 자세였는데 접어 올린 바짓단 아래 드러난 다리가 희고 날씬했다. 종아리에서 발목까지 내려가는 곡선이 아름다운 다리였다. 그것을 보고 있는데 선은 문득 초조해졌다. 왜 초조한지 알 수 없으니 더 초조했다. 그래서 저도 모르게 입을 열었을 것이다.

"저기, 영미 언니 남자친구 있어요."

모두 선을 바라보았다.

"진짜야?"

"누군데? 니가 봤어?"

"에이, 뻥이지?"

어, 진짜 모르네. 어떻게 윌리엄을 모를 수 있지?

선이 어디서부터 설명할까 고민하는데 여자 선배가 다시 나섰다.

"왜들 그래? 영미는 남친 있으면 안 되니?"

마침 저만치서 영미 언니가 통화를 끝냈는지 이쪽을 바라보았다. 언니는 잇몸이 드러나도록 활짝 웃으며 누구에게랄 것도 없이 손을 흔들었다. 사각지대까지 꼼꼼하게 제모한 겨드랑이가 이쪽에서도 훤히 보였다.

"영미 매력 많아, 인간으로서도 여자로서도."

선배는 영미 언니를 바라보며 나지막이 말했다. 아무도 이견을 달지 않았다. 아름다운 마무리였다. 그러나 선에게는 어쩐지 선배의 말이 다르게 들렸다.

영미 매력 없어, 인간으로서도 여자로서도. 우리 다 알잖아. 새삼스럽게 왜들 그래?

회의가 재개되었다. 선은 어쩌면 이들도 속으로 일말의 죄책감을 느끼고 있을지 모른다고 생각했다. 공범이 된 기분이었다. 그러나 누가 뭘 잘못했다는 것인가. 알 수 없었다. 그저 선은 제가 이유 없이 초조했던 것이 그 알 수 없음 때문이었나 짐작할 뿐이었다.

보조 미용사가 선에게 다가왔다.

"고객님은 어떤 서비스를 받으실 건가요?"

"염색하려고요."

대답해놓고 보니 아직도 색상을 정하지 못한 상태였다. 보라색이 나을까, 초록색이 나을까. 선이 색상을 저울질할 때였다. 미용사가 선의 찻잔을 들여다보더니 깜짝 놀라는 표정을 지었다.

"어머, 제가 잘못 갖다드렸네요."

녹차를 요구한 이는 다른 고객인데 자신이 헷갈렸다는 것이었다. 그리고 보니 선은 녹차건 뭐건 달라고 한 적이 없었다.

"어떻게, 커피 드릴까요? 다른 차를 드릴까요?"

선이 괜찮다고 하자 미용사는 고개를 숙여 보인 후 염색에 대해서는 더 묻지 않고 가버렸다. 녹차는 아무 맛도 느낄 수 없을 정도로 뜨거웠다. 선은 찻잔을 내려놓으면서 내가 방금 전까지 뭘 하려고 했더라, 생각했다. 휴대폰을 들었다.

―왜 내가 거기 갈 거라고 생각했어?

결국은 그것을 확인해보고 싶었던 것이다. 답장은 금방 왔다.

―그냥.

맥이 빠졌다.

―그냥?

―응. 누구든 가면 좋지.

그랬다. 그런 거였다. 선이 쓸데없이 예민하게 군 것이었다.

―그나저나, 이게 도대체 무슨 일이라니?

동기는 좀체 믿기지 않는 소식이라 처음에는 피싱 문자인 줄 알았다고 했다. 언니를 알 만한 사람들에게 두루 연락해보았는데 다들 믿지 못하기는 마찬가지였단다.

―그래서 누가 간대?

―간다는 사람 없어.

―그래?

―다들 바쁘잖아.

―그렇지.

―더구나 연말인데.

―맞아.

대화가 끝났다. 선은 메신저 창을 닫았다. 그리고 휴대폰을 잠시 만지작거렸다. 다시 확인해보지 않아도 그녀는 아침에 받은 문자메시지의 내용을 떠올릴 수 있었다. 영미 언니의 근황을 전해온 이는 자신을 케이블방송 시사고발 프로그램의 기자라고 밝혔다. 남도 산속의 빈집에 귀신이 출몰한다는 제보를 받고 가보니 여자 부랑자가 살고 있더라, 몰골은 추레했으나 의사소통에는 전혀 문제가 없는 정신 멀쩡한 여자더라, 스스로 무연고자라 주장하면서 여자는 대학 동문들이 자신의 소식을 듣는다면 당장 달려올 것이니 대신 연락을 해달라고 부탁했다, 이름 김영미, 방송용 소재는 못 되어서 더 이상 취재하지 않았지만 어쨌든 김영미 씨에게는 도움이 필요해 보였다, 이상이 문자의 요지였다.

모르고 있던 내용을 방금 알게 된 것처럼 선은 새삼스럽게 한숨을 쉬었다. 영미 언니가 난데없이 부랑자 신세가 되었다는 것도 놀랍지만 그보다 대학 동문들이 자신의 소식을 들으면 당장 달려오리라 믿고 있다는 것이 더 놀라웠다. 그 자신만만함은 대체 어디에서 오는 것일까. 가보겠다는 사람이 없는 것은 당연한 결과였다. 만약 그 문자가 언니의 부고였다면 어땠을까. 오히려 몇 사람쯤 조문하러 갔을지도 모른다. 그곳에 김영미가 없으니까. 앞으로 더 엮일 일이 없으니까. 한번 가면 끝이니까. 그러나 지금 남도로 내려간다면 이제부터 시작이다. 그걸 알고도 갈 사람은 없으리라고 선은 확신했다.

불현듯 영미 언니와 마지막으로 연락했던 때가 떠올랐다. 선이 대학을 졸업하고 첫 직장에 입사한 직후였다. 출근길 버스 안에서 언니의 전화를 받았다. 몇 년간 서로 소식도 모르고 살았는데 언니는 안부도 없이 대뜸 물었다.

"나 너네 집에서 좀 같이 살아도 되니?"

"아, 언니, 무슨 일 있어요?"

거절해야 했다.

"너 혼자 살지 않아?"

"혼자 살아요."

거절하지 못할 수도 있었다. 언니가 과거에 너도 내 집에 얹혀살지 않았느냐고 따진다면 할 말이 없을 터였다.

"그러니까 신세 좀 질게."

언니는 따지지 않았다. 자세한 사정을 말하지도 않았다. 그저 당장 갈 곳이 마땅하지 않다고만 했다.

"상황이 정리될 때까지만. 응? 괜찮지?"

차라리 언니가 한 달만, 혹은 두 달만, 이렇게 기간을 못 박았다면 선은 거절하지 못했을지도 모른다. 그러나 상황이 정리될 때까지라니. 그게 언제란 말인가. 그런 때가 오긴 온단 말인가. 머릿속으로 오만 가지 생각이 오갔다. 통화가 길어질수록 불리해지는 것은 자신임을 선은 모르지 않았다. 그래서 재빨리 말했다.

"제가 막 입사해서요. 신입사원이라 너무 정신이 없어요."

그것은 사실이었다. 하지만 직장에 다니지 않았어도 선의 대답은 같았을 것이다.

제가 아직 입사를 못해서요. 취업 준비하느라 너무 정신이 없어요.

집요하게 매달릴 거라 추측했는데 언니는 순순히 알았노라 했다. 요행 휴대폰에서 통화 중 대기음이 들렸다. 그러면 그렇지. 선은 언니가 저뿐 아니라 이 사람 저 사람 가능한 이들 모두에게 연락을 취했으리라 생각했다.

"언니, 빨리 전화 받아보셔야지요."

서둘러 전화를 끊었다. 그러나 끊고 보니 통화 중 대기음은 선의 휴대폰에서 울리던 소리였다.

휴대폰을 탁자에 내려놓았다. 선은 자신이 오래전 일을 그토록 구체적인 부분들까지 기억하고 있다는 사실에 놀라 조금 떨떠름한 상태였다. 소파 옆자리에 앉아 있던 여자가 일어났다. 그러고 보니 차례를 기다리던 손님의 수가 그새 세 명에서 한 명으로 줄어 있었다.

그래, 보라색으로 하자.

선은 충동적으로 결정해버렸다. 그런데 아직도 결정 못한 일이 남아 있는 것처럼 뭔가 찜찜했다. 내가 방금 뭘 하려고 했더라. 기억이 나지 않았다. 십 년도 더 된 일은 용케 기억하면서.

내가 그때 언니를 집으로 데리고 왔다면 지금 이렇게 부랑자가 되는 일은 없지 않았을까.

하나 마나 한 가정이었다. 하지만 가정을 하면서 깨달았다. 선은 옛날 일을 용케 기억해낸 것이 아니었다. 실은 한 번도 잊은 적이 없었다.

월리엄이 나타난 것은 축제 마지막 날이었다. 막연히 금발에 파란 눈을 상상하긴 했지만 정말 금발에 파란 눈을 가진 남자가 나타나자 선은 꽤 놀랐다. 다만 뺨을 맞아도 별로 안 아프겠구나 싶을 만큼 숱 많은 구레나룻이 얼굴 절반을 덮고 있어서 뭐랄까, 미련한 금색 털북숭이 같았다. 나이도 좀 많아 보였다. 가뜩이나 동안인 언니 옆에 있으니 큰 외삼촌 같을 정도였다. 그래도 축제의 깜짝 손님으로는 모자람이 없었다. 어쨌든 금발에 파란 눈 아닌가. 모두 월리엄을 환대했다. 다들 그 앞에서 되지도 않는 영어로 영미 언니를 치켜세웠다. 그리고 본토 발음을 장착한 월리엄의 영어 대사를 듣고 싶어 조바심 냈다. 정작 그는 몇 마디 하지 않았다. 누군가 오래 영작한 긴 문장으로 말을 걸면 빠르고 짧게 응수했다.

"리얼리?"

"오우, 리얼리!"

그게 다였다. 월리엄은 남들에게는 별로 관심이 없었다. 오로지 언니를 다정한 눈으로 바라보고 언니를 향해 미소 지었다. 언니로부터 룸메이트이자 베스트 프렌드라 소개받은 선에게도 언니에 대해서만 묻고 언니에 대한 당부만 했다. 사람들은 그를 윌리엄 왕세손이라 불렀다. 왕세손 커플은 내내 사람들에 둘러싸여 있었다. 끊임없이 웃고 떠들며 술을 마셨다.

언니가 귀가한 것은 이튿날 오후였다. 술이 덜 깬 선이 토하느라 변기에 처박았던 머리를 들자 거기 초췌한 얼굴의 그녀가 있었다.

"아, 언니, 이제 오시는 거예요?"

언니는 가방을 내려놓을 생각도 안 하고 벽 어딘가를 바라보며 중얼거렸다.

"내추럴하다는 게 무슨 뜻일까?"

"자연스럽다, 뭐 그런 거 아니에요?"

언니는 고개를 갸우뚱했다.

"그건가. 그럼 너무 평범한데."

"뭐가요?"

"윌리엄은 내가 내추럴해서 좋대."

"아."

"근데 끝까지 하지는 않았대."

"네?"

언니가 고개를 돌려 선을 똑바로 바라보았다.

"부탁이 있어."

약국에 가서 임신테스트기를 사다 달라는 것이었다. 선은 숙취가 한꺼번에 확 깨는 기분이었다. 언니는 여대생이 학교 앞 약국에서 임신테스트기 같은 걸 사면 당연히 눈치가 보이겠지만 너는 떳떳할 수 있지 않겠느냐고 했다. 단지 남의 부탁을 들어주는 거니까.

해괴한 논리였다. 그러나 논리적이지 않다고는 할 수 없었다. 선은 학교 앞 약국에서 임신테스트기를 샀다. 그리고 언니가 소변에 적신 종이 쪼가리를 방으로 들고 와서 테스트 결과를 기다리는 동안 그것을 함께 지켜보았다. 다행히도 임신은 아니었다. 언니는 윌리엄에게 곧바로 전화해서 그 사실을 알렸다. 임신이라고 알리는 게 아니라 임신 아니라고 알리기도 하는구나 하고 선은 생각했다.

"윌리엄이 뭐래요?"

"보고 싶대. 항상 날 위해 기도하겠대."

그렇게 말하면서 언니는 눈을 감고 두 손을 가슴 앞에서 모아 잡았다.

언니를 위해 무슨 기도를 했는지는 모르지만 그날 이후 윌리엄은 언니를 보러 오지 않았다. 다시 바빠졌기 때문이다. 보러 오기는커녕 통화할 짬을 내기도 어려울 정도라고 했다. 그래도 괜찮다고 언니는 말했다. 그는 원래 바쁜 사람이었다. 그리고 바쁜 일이 끝나면 곧장 언니에게 달려올 것이었다. 언니는 그렇게 믿었다.

기말고사 기간이 되었다. 그리고 인터넷에 올라온 지 얼마 안 된 동영상 한 편에 대한 소문이 학과에 퍼지기 시작했다. 한국 여대생과 금발의 백인 남성이 성교하는 장면을 찍은 몰래카메라 동영상이었다. 화면이 어둡고 화질도 형편없어서 침대 위 남녀의 얼굴이 또렷하게 보이지는 않는다고 했다. 아는 사람만 알아볼 수 있을 정도라서 그나마 다행이라고 했다. 모이기만 하면 다들 그 이야기뿐이었다. 그러나 그 동영상을 직접 보았다는 사람은 아무도 없었다. 하나같이 남에게 들었다고만 했다.

선은 다리가 휘청거릴 정도로 큰 충격을 받았다. 문제의 동영상에 대해 생각하고 또 생각했다. 눈을 감아도 눈을 떠도 눈앞에 그 동영상이 재생되는 기분이었다. 물론 그녀도 그것을 직접 보지는 않았다. 그런데 마치 본 것 같았다. 아니, 본 것 이상으로 자세히 알 수 있었다. 그녀도 거기 있었으니까.

축제의 마지막 날 저녁, 선에게 함께 움직이자고 제안한 것은 영미 언니였다. 윌리엄도 흔쾌히 좋다고 했다. 세 사람은 윌리엄의 오피스텔에 모여 술을 마시고 음악을 들었다. 언니가 가장 먼저 취했다. 선이 몸을 가누지 못하는 언니를 부축하면서 그만 가보겠다고 하자 윌리엄이 말렸다. 그는 언니를 거실 소파에 눕혔다. 언니가 잠든 소파 앞에서 윌리엄과 선은 계속 이야기를 나누었다. 소재는 주로 한국과 미국의 문화 차이 및 언어 장벽에 대한 것이었다. 선이 한국말할 줄 아는 것 있느냐고 물었다. 그가 정색을 하며 고개를 끄덕였다.

"너니 에뿌어."

알아들을 수가 없었다.

"너니 에뻐오."

그가 세 번째로 같은 문장을 되풀이했을 때 선은 비로소 알아들었다.

"아, 눈이 예뻐요!"

수수께끼를 풀었다는 것이 기뻐 선은 활짝 웃었다. 윌리엄은 웃지 않았다. 진지한 얼굴로 선을 보며 다시 한번 말했다, 눈이 예쁘다고.

그가 천천히 그녀의 어깨를 끌어당겼다. 숨이 막히는 것 같아 어찌된 일인가 했더니 그녀는 윌리엄과 입을 맞추고 있었다. 그의 입술이 그녀의 귓불과 목덜미를 지나 가슴까지 내려왔다. 그가 눈으로 선의 뒤쪽 어딘가를 가리켰다. 돌아보니 방문이 있었다. 열린 문 안쪽으로 연분홍 시트가 깔린 침대가 보였다.

정신이 퍼뜩 들었다. 선은 윌리엄을 밀치며 일어났다. 언니를 흔들어 깨웠다. 깨기는커녕 언니는 코까지 골기 시작했다. 더 세게 흔들려고 하는데 윌리엄이 막았다. 그는 언니의 남자친구였다. 결국 선은 혼자 그곳을 나왔다.

보지 않아도 알 수 있었다. 동영상은 침대가 있던 방, 선이 들어갈 뻔했던 바로 그 방에서 찍힌 것이었다. 동영상 속의 피사체는 선이 될 수도 있었다. 그녀는 가까스로 탈출한 것이었다, 등 뒤에 언니를 남겨두고.

기말고사 기간 내내 선은 언니 곁을 떠나지 않았다. 언니가 걱정되어서라기보다 언니가 혹시 사람들에게 그날의 이야기를 흘리지나 않을까 불안해서였다. 선은 술 취해 잠든 언니 앞에서 언니의 남자친구와 애정행각을 벌였다. 잠든 언니를 그곳에 두고 나옴으로써 결과적으로 몰래카메라의 제물이 되도록 방조했다. 어느 쪽의 죄질이 더 나쁜가. 어떤 것이 언니에게 더 큰 상처를 주었나.

몇 번이고 자문했지만 답은 매번 바뀌었다. 선은 언니가 어디까지 기억하고 있는지 알고 싶었다. 차라리 빨리 추궁당하고 싶었다.

변명할 기회라도 주어지기를 바랐다. 어쩔 수 없었다고. 내가 의도한 것이 아니라고. 우리 둘 다 운이 없었을 뿐이라고.

언니는 아무것도 묻지 않았다. 대신 윌리엄에게 전화를 걸었다. 그는 전화를 받지 않았다. 낮에도 밤에도 낮과 밤 사이에도 부재중이었다. 선은 언니와 함께 윌리엄의 오피스텔로 찾아갔다. 그곳은 이미 비어 있었다. 그가 재직 중인 어학원으로 갔다. 강의가 끝나기를 기다려 만난 윌리엄은 다른 사람이었다.

선은 언니가 그날 일을 기억하지 못할 리 없다고 생각했다. 그러나 언니가 계속 별 말이 없으니 어쩌면 기억하지 못할 수도 있다고 생각하게 되었다. 시간이 흐르자 언니가 기억하지 못하는 것이 분명하다는 생각이 들었다. 그리고 시간이 더 흐르자 선은 언니가 기억을 못하는 게 아니라 어쩌면 자신이 그날 그 자리에 처음부터 없었던 게 아닐까 하고 생각하기에 이르렀다. 물론 선이 어떻게 생각하든 상관없이 언니는 줄곧 휴대폰만 붙잡고 있었다. 이천 번쯤 걸었을 때 윌리엄의 전화번호는 결번이 되었다.

언니가 없는 자리에서 사람들은 선에게 물었다. 어떤지, 괜찮은지, 힘들어하지는 않는지. 어떤 이는 말했다. 더 이상 입에 담지 말자고, 우리부터 잊어주자고. 또 어떤 이는 말했다. 이건 범죄라고, 인격 살인이라고, 경찰에 신고해야 한다고. 또 다른 이는 요즘은 이런 동영상이 너무 흔하거니와 어쩌면 여자도 동의해서 찍었을 수 있으니 신경 쓰지 말자고 했다가 모두의 비난을 받았다. 더 큰 비난을 받은 것은 그나마 금발에 파란 눈이니까 좀 낫지 않느냐는 의견이었다.

좌우지간 다들 말만 했다. 그러다가 멀리서 언니가 나타나면 일제히 입을 다물었다. 언니는 아무렇지도 않은 것처럼 보였다. 사람들 앞에서 여전히 쉬지 않고 뭔가를 이야기했고 이야기하는 내내 두 팔을 몸에 붙였다 뗐다 흔들었다 머리에 올렸다 내렸다 하며 열성적으로 뭔가를 묘사했다. 사람들은 전보다 진지하고 성실하게 언니의 이야기를 경청했다. 하지만 이야기가 길어지면 전과 다름없이 딴청을 피우거나 하나둘 자리를 떴다. 결국 달라진 것은 아무것도 없어 보였다.

기말고사가 끝났다. 이제 방학이었다. 선은 잠자리에 누워 파란만장한 대학 첫 학기가 끝났다는 생각을 하고 있었다. 그녀는 조만간 부모가 있는 고향집으로 내려갈 계획이었다.

"자?"

일찍이 잠자리에 든 언니가 자지 않고 있을 줄은 몰랐다.

"아뇨."

"있지, 나 말이야."

"네."

정적이 흘렀다. 선은 언니의 얼굴을 보려고 고개를 옆으로 돌렸다. 방 안이 어두워서 잘 보이지 않았다.

"나…… 휴학할까?"

"갑자기 휴학은 왜요?"

다시 침묵이 흘렀다. 선은 천장만 바라보았다. 어둠에 익숙해지면서 천장의 형광등이며 도배지 무늬 같은 것들이 차츰 선명하게 눈에 들어왔다.

"있잖아."

"네."

"왜 나한테……."

"……."

"나한테 왜 그래?"

"……."

선은 무슨 말을 해야 하는지 알고 있었다. 학과 사람들이 언니 없는 자리에서 이미 여러 번 했던 말들을 자신이 언니에게 직접 들려줄 때가 된 것이었다. 입속으로 말을 고르고 있는데 언니가 몸을 뒤척였다. 이불이 크게 한번 들썩이면서 바람이 이는가 싶더니 곧 얕게 코 고는 소리가 들려왔다. 언니가 말하다 말고 그대로 잠든 모양이었다. 언니 잘못이 아니에요. 단지 운이 없었을 뿐이에요. 자책하지 마세요. 사람들은 금방 잊을 거예요. 기운 내세요. 다들 언니 편이니까요.

"넌 왜 툭하면……."

아, 잠든 게 아니었나.

"안경을 내 옷에 닦아?"

선은 누운 자세 그대로 굳었다.

"그 블라우스 비싼 건데."

등줄기로 식은땀이 흘렀다. 어디까지 알고 있을까. 아니, 어디까지 기억하고 있는 것일까. 선은 뭔가를 애써 찾아보려는 사람처럼 어둠 속에서 눈을 부릅뜨고 있었다. 시간이 얼마나 흘렀을까. 언니가 높낮이 없는 목소리로 아니야, 아니야, 하고 중얼거렸다. 잠꼬대였다.

코 고는 소리가 점점 커졌다. 그것을 들으면서 선은 조만간이 아니라 내일 당장 고향으로 내려가는 게 낫겠다고 생각했다.

언니는 졸업을 한 학기 남겨놓고 휴학했다. 그리고 선이 졸업할 때까지 학교로 돌아오지 않았다.

내가 뭘 하려고 했더라. 선은 녹차를 한 모금 더 마셨다. 차는 여전히 뜨거웠지만 못 마실 정도는 아니었다. 고개를 들었다. 소파에 아무도 남아 있지 않았다. 다음이 선의 차례였다. 근데 내가 뭘 하려고 했지. 다시 고개를 숙이자 탁자에 펼쳐져 있는 잡지가 눈에 들어왔다. 당신의 새해 계획은 무엇인가요?

계획이야 많았다. 일단 담배를 끊을 것이고, 새벽반 수영 강좌에 등록할 것이고, 승진 시험에 지원할 것이고, 집 안의 가구 배치를 바꿀 것이고, 부모님을 자주 찾아뵐 것이고, 차를 한 대 뽑을 것이다. 그리고 소개팅에서 괜찮은 남자를 만나…….

혀끝에서 쓴 맛이 났다. 담배 생각이 간절해졌다. 사실 선이 마시고 싶었던 것은 커피였다. 그녀는 녹차를 좋아하지 않았다. 게다가 미용실에서 이렇게 오래 기다리게 될 줄은 몰랐다. 예약 전화를 빼먹은 탓이었다. 이게 다 그 문자 때문이었다. 선은 갑자기 이 모든 상황이 마음에 들지 않았다. 어쩐지 새해 계획을 끝까지 세우기도 전에 이 계획들이 결코 이루어지지 않으리라는 것을 미리 알아버린 기분이었다. 모든 계획이 수포로 돌아가고 헛되이 나이만 한 살 더 먹은,

커피든 녹차든 주는 대로 마시면서 속으로나 불평하고 있을 내년 연말 자신의 모습이 머릿속에 훤히 그려졌다.

"고객님, 고객님."

거울 속에서 미용사가 선을 바라보고 있었다.

"고객님, 이쪽으로 앉으세요."

보라색으로 염색하려면 먼저 탈색을 해야 한다는 둥 컬러샴푸로 보색 작업을 하면 더 좋다는 둥 장황하게 이어지는 설명을 선은 건성으로 들었다.

"근데 늦잠 주무셨나 봐요?"

귀가 번쩍 뜨였다. 거울을 들여다보았다. 아, 왼뺨의 베개 자국이 아직도 그대로였다. 아침에 발견한 후 세 시간도 더 지났는데. 화장으로도 가리지 못한 저 붉고 깊은 자국이 혹 영원히 사라지지 않는 건 아닐까 하고 선은 잠시 부질없는 상상을 했다.

숨을 깊이 들이마셨다. 신이 어쩌면 자신을 시험하고 있는지도 모른다고 생각했다. 혹은 이제라도 기회를 주고 있는 것인지도 모른다고, 변명이라도 할 수 있는 기회를. 다시 한번 숨을 깊이 들이마시고 천천히 내쉬었다.

"저 그냥 커트만 할게요."

미용사와 선의 눈이 마주쳤다.

"염색 안 하시고요?"

"네. 염색은 다음에."

보라색은 아무래도 무리였다. 머리색을 너무 과감하게 바꾸면 오랜만에 만나는 사람은 알아보지 못할 수도 있을 테니까.

가위 끝에서 잘려나간 머리카락 뭉텅이가 바닥에 툭툭 떨어졌다. 머리 위 스피커에서 〈올드 랭 사인〉이 흘러나오고 있었다. 연말이었다. 누구나 새해 계획을 마음에 품는 시간이 올해도 어김없이 돌아온 것이다. 선에게도 물론 세워야 할 계획들이 있었다. 그러나 이제 그녀 앞에 새로운 무엇인가가 느닷없이 던져졌다. 그것이 무엇인지 자세히 들여다보아야 했다. 그 일이 우선이었다.

컬리지 포크

:

김봉곤

1985년 진해 출생. 한국예술종합학교 영상원 영화과와
동 대학원 서사창작과를 졸업했다. 2016년 동아일보 신
춘문예에 중편소설 〈Auto〉가 당선되면서 작품 활동을
시작했다. 소설집《여름, 스피드》가 있다.

시바타 교수의 출판 수업은 취지는 좋았으나 약간 허황했다.

"좋은 작가는 좋은 편집자이며, 좋은 편집자는 좋은 작가이기도 합니다."

그녀가 첫 수업 첫마디로 했던 말은 들을 땐 근사했으나 곰곰 생각해보면 과연, 으로 시작해 퍽이나, 로 끝났다. 그녀의 말은 작가에게 하는 말도 편집자에게 하는 말도 아닌 것 같았다. 둘 사이에 서서 누구와도 눈을 맞추지 못한 채 먼 곳의 가운데를 향해 던지는 말 같았달까. 모든 창작 활동이 예술이 된다는 건 좀 나이브했다. 아니어도 그래야만 할 것 같은 분위기. 나는 예술학교의 이런 예쁜 궤변들에 좀 질려가고 있었다.

진실을 말해주세요, 하고 외치고 싶었지만, 교수라고 언제나 믿는 바 곧이곧대로 말하겠니. 학생의 꿈도 수준도 고려해야겠지? 게다가 여기가 예술학교라면 자신의 뜻에 반하더라도 이상적으로 말할 필요는 또 있을 것이다. 시바타 교수는 일류 기획자이자 유능한 편집자였지만 수업에는 영 소질이 없는 게 분명했다. 나도 모르게 어떡하면 좋아, 하는 표정이 되고 말았는데 내가 미쳤다고 교수 걱정을 하나 싶어 고개를 틀어 턱을 괴고 창밖을 바라보았다.

교토조형예술대학, 이른바 교조는 '편집'을 크리에이티브 라이팅 코스에 함께 묶어두었다. 교수진에 편집자 출신이 두 명이나 있었으니 구색 맞추기는 아니었다. '편집을 예술로 볼 수 있는가?'에 대한 개개인의 판단과 별개로, 앞다퉈 현역을 교수로 모시는 예술학교의 흐름은 교수도 학생도 조로하게 만들었다. 그건 일본이나 한국이나 마찬가지였다. 나 아무래도 학교를 너무 오래 다닌 걸까? 딴생각을 하다 넋을 놓은 나는 이제 교수가 하는 말을 완전히 놓쳐버리고 말았다. 뭐 새삼스러울 것도 없다. 시바타 교수와 눈을 맞추고 마법의 주문을 왼다. 너네 나라 이야기.

오늘은 이론 수업의 마지막 날이었고 다음 주면 실습의 일환으로 책 한 권을 만드는 조별 활동이 시작될 것이었다. 이런 비협조 상태라면 학부 시절 내가 은근히 외국인 학생들을 따돌렸듯 나도 그렇게 되돌려받겠지? 최악을 상상해봐도 의욕은 생기지 않았다. 그래, 너네는 만들어라, 나도 적당히 못 알아듣는 척 고멘 고멘 하다 학점만 챙길 거다. 앗, 학점은 챙길 필요도 없다! 어차피 이곳에서의 성적은 pass or fail이니까, 더 애쓸 필요도 없겠다.

지붕을 따라 사선으로 기울어진 유리창 너머로 햇빛이 들어오기 시작했다. 이곳의 5월 오후 네 시는 거의 온실이었다. 어느덧 긴소매를 입기에는 더운 계절이었다. 나는 재킷을 벗어 의자에 걸고 소매를 걷었다. 시바타 교수는 지라르의 삼각형이라도 되는 양 작가-편집자-독자 삼각형을 그리고는 보드마커 뚜껑을 입에 물고 깊은 생각에 빠졌다. 나는 그녀가 판서를 재개하는 것을 지켜보다 핸드폰을 꺼내 데이팅 앱을 다운받았다. 거의 습관. 그동안 외롭지 않았던 것도 아닌데 일본에 와서는 처음으로 설치하고 있다는 것에 새삼 놀랐다.

이메일로 인증번호를 받고 익숙한 루트대로 나는 가짜 나이와 가짜 몸무게 가짜 사진—주로 곰 사진이었는데 이번엔 〈위 베어 베어스〉의 아이스 베어로 정했다—을 선택해 올렸다. 지피에스를 활성화하지 않은 채 서울로 위치 점프를 했다. 익숙한 얼굴이 주르르 떠올랐다. 오 년이 넘도록 그 사진에 그 나이, 넌 여전히 애인이 없구나, 하반신만 봐도 얼굴이 자동으로 연결되는 남자들. 나는 형섭이 일하는 여의도로 점프를 했다. 화면을 몇 번 밀어 올리자 그의 사진이 떴다. 강아지를 안고선 티브이를 보는, 내가 찍어준 사진이었다. 한국을 떠나오기 전 그에겐 애인이 생겼는데 그사이 혹시 헤어진 것인가 싶어 프로필을 터치했더니 '친구 모집'이라는 상태 창이 떴다. 볼일 끝.

나는 위치 서비스를 활성화시켜 내 위치를 띄웠다. 오십 미터 안에 무려 세 명이나 있었다! 혹시 이 강의실에도? 주위를 둘러보았으나 그럴 만한 사람은 없어 보였다. 사진을 하나하나 클릭했는데 한 명은 카페테리아에서 마주치곤 하는 패션 디자인 코스의 남자애였고, 나머지 두 명은 나처럼 페이크 사진을 달아놓아 누구인지 확인할 길이 없었다. 역시나 볼 것 없네, 부질없네, 생각하며 세 사람을 모두 블록하고 어플을 지웠다. 소독하는 느낌으로 탈퇴까지 마무리. 남자 따윈 이제 정말 필요 없다.

수업이 끝나고 하늘로 비상하는 계단, 이라는 이름의 계단을 터덜터덜 내려왔다. 오늘도 적운이 엄청나게 컸다. 석양이 내려앉아 도시의 풍경을 좀 더 아련하고 애틋하게 만들어주었다. 이 도시는 지나치게 서정적이군, 역시나 좋군, 생각했고 동시에 조금 분했다. 스키야에서 저녁을 먹고 갈까 잠시 고민하다 지나쳐 계속 걸었다. 얼마 전 기온 거리의 빈티지 숍에서 끝내주는 티파니 램프를 산 나에겐 이제 삼천 엔밖에 남지 않았다. 용돈을 받기까지 앞으로 오 일. 나는 카페 뮤로 향했다. 저녁은 거르기로 했다.

*

지난겨울, 나는 만 서른 살이 되었고, 조금은 비혼주의자가 되었으며, 전에 없이 오픈 릴레이션십에 호의적이 되었다. 물론 이것은 나 혼자서도 충분히 가능한 생각이니까. 나는 이제 누군가를 만나는 일은 완전히 그만두었으며 성적 긴장감은 망상이 아니라면 없다. 인간 때문에 기쁠 일은 점점 줄어가고 그래도 상관없다고 생각한 지도 이미 오래. 나를 기쁘게 하는 것은 쇼와昭和를 환기하는 물건과 건물, 식물, 때때로 강렬하게 사로잡히는 이형 동질을 발견하는 일이 거의 다다. 문학과 남자는 내게 가장 오랫동안 큰 기쁨이었으나 그것들이 이젠 사물처럼만 느껴진다.

나는 더 이상 사랑하는 사람이 아니다. 그 사실은 나를 자격 없는 사람으로 만든다. 힘이 없다. 그 사실에 더 피로하고 울적해졌다. 나는 더 가라앉기 전 읽고 있던 나가이 가후의 책을 덮고 담배에 불을 붙였다. 빡빡하게 메모가 붙은 유리창 너머 제각각의 이파리들이 동시에 바람에 흔들렸다. 소철, 켄차 야자, 여름 동백⋯⋯. 오늘 하루 중 처음으로 기뻤고, 처음으로 아름다운 것을 보았다고 생각했다. 가장귀 사이로 얼핏 지나가는 사람들과 자동차를 멍하니 바라보던 때 카페의 마스터가 노래를 바꿔 틀었다. 나카지마 미유키의 〈고작 사랑たかが愛〉이었다. 좀 더 포크풍인 그녀의 초기작을 선호했지만 이 노래도 정말 좋아했다. 언젠가 내가 나카지마 미유키를 제일 좋아한다고 말했던 것을 기억해두었다 틀어주는 것이 상냥했다. 나는 음악이 끝나기를 기다렸다 바깥공기를 쐬기 위해 가게 밖으로 나왔다. 그러고는 형섭에게 문자를 보냈다.

─야, 일본 남자 너무 못생겼어⋯⋯ 진짜 너무너무⋯⋯ 하나같이 박색에다 하나같이 볼품없다. 내가 불쌍해서 나는 어쩌니!

내가 오랫동안 만나길 꿈꿔왔던 담백한 털돼지들을 이곳 교토에서는 단 한 명도 발견할 수 없었다. 처음 교환학생으로 왔을 때만 해도 이 정도일 줄은 상상도 못했다. 응, 여긴 공항이니까, 응, 저 사람은 일본인이 아닐 거야(실제로 은각사 앞에서 마주친 게이 커플은 한국인이었다), 응, 저 아저씨는 나이가 드셔서 예전만 못하게 된 거랄까. 물론 한국에서도 이런 발견 비수기는 겪었다. 학교에 가도 시내를 가도 잘생긴 남자 한 명 마주치는 일 없이 보름이고 한 달이고

지나기도 했다. 어디서든 사랑할 남자를 찾아내는 것이 나의 특기였으나 두 달째 이러기는 또 처음이었다. 잘생긴 남자를 찾기 힘든 만큼 게이를 찾는 것도 어려웠다. 현해탄을 건너며 게이다가 망가진 걸까? 혹은 일본에서도 논케ノンケ† 스타일이 대인기? 혹은 이곳이 다름 아닌 교토이기에 일본 사람들조차 의중을 파악하기 어렵다는 교토 사람의 스테레오 타입에 충실한 건가? 고민하고 있을 때

　—신토불이~ 신토불이~

하고 그로부터 답장이 왔다. 못 보는 사이 개그감이 늘었군, 생각했다. 나는 피식 웃으며 지랄 ㅋㅋㅋ 하고 답장했다.

　나는 그와 헤어지고도 이 년을 넘게 함께 살았다. 지금도 잠시 이곳에 와 있을 뿐 그의 집은 여전히 나의 집이다. 이제는 전 남자친구와 함께 산다고 밝히는 것이 그리 어려운 일이 아니다. 어느 정도냐면 헤어지고도 엑스와 몇 번을 다시 만났다는 친구의 이야기에 넌 정말 또라이라고 진심으로 욕할 정도였으니 어려움을 떠나 완전히 까먹는 수준에 이르렀달까. 그에 대한 마음은 그의 마음이 떠나면서 완전히 접었다. 헤어지고도 함께 산다는 것은 남들이 생각하는 것만큼 불가능한 일은 아니었다. 심지어 괜찮았다.

　물론 불편해지는 순간은 있었다. 내가 그와 함께 산다고 말했을 때 친구들의 숨기지 못하는 첫 반응에 유려하거나 재치 있게 대응하지 못할 때면 나는 좀 당황했다. (그건 누구의 잘못도 아니다.) 잠시

† 스트레이트 남성.

라도 좋은 감정을 가지고 만나던 남자들에게 그 이야기를 터놓으면 모두가 나를 이해할 수 없는 사람이라 말하며 천천히 멀어져갔다. 내 사정을 뻔히 아는 게이 친구의 그러고도 한 번도 안 했느냐는 질문에 진지하게 절교를 고려했지만 인신공격으로 되갚아주고 넘겼다. (사실 딱 한 번 잘 뻔하기는 했는데 내 전기장판이 고장 났던 날 그가 안방에서 함께 자자고 한 적이 있었다. 내심 기대하지 않은 건 아니었지만, 너무 추웠고, 잠결에 그의 배에 손을 올렸는데 그가 돌아눕는 것을 보고는 빠르게 단념했다.) 그게 다였다.

그런데 올해 초 그에게 애인이 생겼다. 이 년 전, 그와 헤어지고 한 세 달쯤 반복되는 요절 사랑에 지쳐 구애 활동을 집어치운 나와 달리 그는 끊임없이 남자를 만나고 헤어지기를 반복했다. 언제나 연상을 고집했던 그는 동갑인 나를 만난 것이 기적 같다고 했으나 나와 헤어지고부터는 연하만을 만났다. 흠. 그의 쓸데없이 강한 책임감이 연하에게 잘 먹혔던 걸까? 그것 하나는 칭찬할 만했다. 그리고 나는 그의 책임감에 기대어 집세도 내지 않고 때때로 용돈까지 얻어 쓰며 살고 있었다.

그와 딱 한 번 얼굴을 붉힌 적이 있었는데 그와 그의 연인이 내가 집에 없는 줄 알고 들이닥쳤을 때였다. 나는 예의의 차원에서 부재를 확인하고 오는 것이 도리가 아니냐고 몰아세웠다. 나는 그게 누가 되었든 예고 없이 우리 집에 손님이 오는 것이 싫었을 뿐이었는데, 그는 그 뒤로 자주 외박을 했다. 나는 얹혀사는 주제에 눈치를 준 것만 같아 모텔비라도 줄여줄 겸, 나와 그랬듯 신혼살림 흉내를 내어보렴,

말하고선 한국을 떠났다. 졸업 전 마지막으로 신청할 수 있는 교환학생의 기회를 놓치고 싶지 않기도 했다.

—쿠마는 잘 있지?

하고 사흘돌이로 하던 질문을 했고 그는 그렇다고 대답하며 사진을 보내왔다. 혀를 빼물고 바보같이 잠든 강아지 뒤로 커다란 코끼리 인형이 보였다. 흠, 얼마 전 게이 친구들과 송끄란 축제에 다녀왔다고 하더니. 세상에서 제일 재미없고, 제일 재미없게 사는 남자인 줄 알았는데 그도 이제 변하고 있다는 것과 내가 모르는 일들이 점점 늘어간다는 것을 느꼈다. 나는 심술이 나서 니 엉덩이만 놀리지 말고 쿠마 항문낭도 좀 짜주라는 말을 남기고는 안녕~~~ 하고 답장을 막았다. 정말 답장이 없었다.

어쩌면 나는 젖떼기와 애도 그 모두에 실패한 것일지도 몰랐다. 나는 그와의 관계에서 벗어나야 한다고, 이제는 자립해야 한다고 생각했지만 조금만 더, 졸업 작품을 쓴 뒤로, 졸업 후에, 취업 후로…… 하고 계속해서 미룰 것이 분명했다. 그의 생각은 어떨지 알 수 없었지만, 큰일이 생기지 않는 한 여전히 이대로일 것이다.

다음 주면 벌써 6월이었다. 어설프고 어색한 환영 행사와 얄궂은 캠퍼스 투어와 오리엔테이션, 그 모든 웰컴 프로그램이 끝났다. 쓸데없이 터치가 많아 불편했던 도우미와도 작별, 이제 대화를 할 사람과 하지 않을 사람은 정해져 있기에 당황하는 일도 크게 줄었다. 이제야 나의 캠퍼스 라이프는 안정기에 접어들었다. 대학원 수업은 구 학점을 듣는 게 일반적이었지만 여유가 있어 육 학점만 신청했다. 글쓰기가 너무 지긋지긋해서 전공을 바꿔 교환학생을 신청해볼까도 했지만, 탈락 리스크가 크다는 말에 쫄아 동일 전공으로 신청했다. 문예표현학과라니 서사창작만큼이나 이상한 변종이었다.

나는 시바타 교수의 출판 수업, 그리고 문학서를 읽고 한 편의 단편소설을 완성하는 에하라 교수의 창작 수업을 신청했다. 다음 학기면 벌써 졸업 학기였다. 나는 졸업 심사에 제출할 세 편의 소설 중 한 편을 이곳에서 완성해 가기로 마음먹었다. 개나리색 포스트잇을 한 장 뽑아 이번 학기의 목표를 적었다.

— 책을 만든다.

— 소설을 읽고 쓴다.

딱 두 줄. 명료했다.

*

교토조형예술대학은 한예종과 여러모로 비슷했다. 도시의 동쪽 끝, 산 아래에 자리 잡아 학교 주변에 놀 데도 먹을 데도 없다는 점이 비슷했고 운동장이 없다는 것까지 똑 닮았다. 중소 커뮤니티 컬리지 크기의 작은 캠퍼스인 주제에 공간 낭비가 심하다는 점과 노출 콘크리트 마감으로 모던함을 얻는 동시에 학생들의 창의성을 고취하겠다는 가당찮은 야심이 비슷했다. 교조 학생들은 다들 고만고만한 차림새인 것 같았지만 보통의 교토 사람보다 요란했고, 특히 미술학부 애들은 한국에서와 마찬가지로 말하지 않아도 전공을 알 수 있었다.

예술학교란 어쩜 이리도 비슷한 건지, 나는 이 학교에 다니면서 전혀 위화감이 없을 정도였다.

한국과도 교조의 구성원과도 다른 존재가 있다면 그건 에하라 교수였다. 에하라 히로노부. 그는 불필요하게 모던하거나 제정신으로 정신 나간 예술학교의 분위기와는 조금 거리가 먼 사람이었다. 77년생이니 꽤 젊은 편이었는데도 어째서인지 나는 그와 대화할 때면 아버지 세대의 사람과 이야기를 나누는 기분이 들곤 했다. 좀 가라앉았고 편안했으며 제압당했다. 그는 교토대학에서 불문학을 전공했고 소설가라는 타이틀로 이 학교에 부임했지만, 번역 일에 조금 더 애착을 가진 사람이었다. 노마문예신인상을 받으며 데뷔했고 두 권의 단행본이 출판되었으나 아직 한국에 번역된 작품은 없었다. 에하라 교수는 왼쪽 눈이 살짝 밖으로 비낀 사시였는데 자세히 보지 않으면 좀 멍하니 있거나 시선을 둘 곳 없는 사람처럼 보였고 그게 귀여웠다. 중키에 처진 눈, 언제나 이틀 치 정도의 수염을 기르고 다녔다. 딱히 내 스타일은 아니었지만 나는 그를 만날 때면 기분이 좋아졌다. 굳이 말하자면 fuckable?

에하라 선생님의 교수실에서는 언제나 덜 익은 유자 냄새가 났고, 그곳에서 홀로 개별 수업을 받았으므로 나는 다른 때보다 조금 더 긴장했다. 그는 수업을 시작할 때면 다선으로 거품을 낸 말차를 내주었다. 매번 녹차라테를 생각하며 들이켰기에 매번 맛이 없어 깜짝 놀랐다.

오늘은 나가이 가후의 《강 동쪽의 기담》을 두고 그와 마주앉았다. 나는 한국어 번역본, 그는 원서였다. 그는 번역가의 자의식을 가진 사람이었지만 창작 교수라는 본분에 충실했고, 그래서인지 굳이 원서를 읽고 올 필요는 없다고 내게 말했었다. 나는 고급 일본어는 아닌 평이한 말들로 책에 대한 감상을 늘어놓았다. 물론 그조차 하루 전에 준비해둔 말이 태반이었지만. 나는 가후의 여성관은 이제 와 생각해보면 놀랍도록 올드하다, 액자식 구성은 팔십 년 전의 소설이라는 걸 감안하지 않았다면 참을 수 없었을 것이다, 영리하게 솔직한 게 좀 밥맛이다, 그러나 그의 눈에 잠긴, 지난 세기의 에도를 지금에 덧칠하여 일으켜 세우는 방법은 놀랍도록 아름답고 자연스럽다고 말했다.

"그의 책을 읽으면 쓰고 싶은 마음이 생기던가요?"

그는 내가 지나치게 성실한 독자라고 생각하고 있었다. 맞는 말이었다.

"그것까지는 생각해보지 못했어요."

"그의 소설 작법은 이제 와서는 쓸 수 없는 방법이 되었지요. 아주 얄팍해지고 말 겁니다. 하지만 현실과 글쓰기, 현실과 환상, 현실과 자신의 소설이 뒤섞여 직조되는 소설은 언제든 유효합니다."

라고 그는 말해주었다. 나는 그의 말을 받아 적었다. 나는 소설을 읽을 때면 쓰고 싶다는 욕망보다 유비의 욕망이 더 컸기에 그의 말들을 모두 이해할 수는 없었다. 사실 내가 그에게 물어보고 나눠보고 싶었던 말은 가후의 뒷골목 유곽 탐험이 얼핏 퀴어들의 야행과 비슷하지 않은지, 내 추측이 쓸 만한지 아닌지 따위의 이야기들이었다.

그는 군국주의 시대의 글쓰기와 작가 지형도를 개괄했다. 그러고는 자신의 말이 지나치게 길어졌다고 생각했는지 다시 가후로 돌아와 그의 여성관의 문제점에 대해서도 균형 잡힌 시각으로 말해주었다. 가후의 글에서 무엇을 취하고 버릴 것인지는 나의 선택이라는 말과 함께. 에하라 선생님은 내게 가후의 산문을 읽어보기를 추천했다. 나는 아까는 그렇게 말을 하고 말았지만, 이 책을 알게 되어서 기뻤다고 그리고 감사하다고 말했다.

"김 상은 롤랑 바르트와 필립 로스를 좋아한다고 했지요?"

"네, 선생님."

"제가 필립 로스에 관해서는 아는 바가 별로 없지만, 바르트라면 도움이 될지도 모르겠습니다. 다음 시간에는 바르트를 좀 읽어볼까요?"

"아, 너무 좋아요."

"이번에는 김 상이 무엇을 읽을지 정해서 메일로 알려주세요."

그는 벌떡 일어서서 쑥색 카디건을 왼팔에 걸쳤다. 시계를 봤더니 수업시간은 아직 한 시간이 넘게 남아 있었다. 그는 가후를 다 읽고 교정에 남아 있는 것은 불경이라고 했다. 마침 날이 좋으니 데마치야나기역 쪽으로 산책을 가자고 했다. 아무렴 좋았다.

데마치야나기는 다카노강과 가모강이 만나는 곳이라고 했다. 그게 무슨 의미인지 잘 알 수 없었지만, 교토를 세로로 지르는 가모강은 나 역시 좋아했다. 우리는 교토대학 운동장을 질러 강 쪽을 향해 천천히 걸었다. 교토대학은 상상했던 것만큼 아름답진 않았지만, 고

풍스러운 맛이 있어서 좋았다. 나는 그를 뒤따라가며 캐치볼을 하는 학생들의 사진을 찍었다.

에하라 선생님은 자신이 교토 토박이라고 했다. 은근한 자부심과 비하가 섞인 말. 그 말인즉슨 '저는 친절합니다, 하지만 저를 믿진 마세요' 혹은 '저는 음전합니다, 그리고 음흉하지요'라고 말하는 것처럼 들렸다. 나는 가끔 멈춰 서서 여기가 어디인지 물어보거나 이것의 정확한 명칭이 있는지 물어보았고 그때마다 그는 이것은 핫피法被, 저것은 너구리상タヌキ像, KWSK는 '자세하게'를 줄인 KY어[†], 하고 말해주었다.

관광 명소는 아니었기에 천변은 조용했다. 다리 아래로 지나가는 강물 역시 고요하게 흘러내렸다. 가후의 소설을 읽고 난 후의 소풍이었지만, 정작 그에 대한 이야기는 한마디도 나오지 않았다. 그게 이상하거나 불편할 건 없었지만, 의미를 찾아내지 못하면 난 언제나 불안해졌다. 그가 둔치로 내려가 강을 따라 조금 더 걷겠냐고 물어왔다. 나는 네, 대답하며 고개를 끄덕였다. 띄엄띄엄 일정한 간격으로 강을 바라보고 앉은 사람들 뒤로, 우리는 강물이 흐르는 방향을 따라 천천히 걸었다. 에하라 선생님의 오프화이트색 셔츠에 바람이 붙어 뒤태가 훤히 드러났다. 별 대화 없이 이십 분쯤 걸었을 때 작은 다리가 나타났고 그것을 기점으로 인도로 올라섰다. 마주본 건물은 마음의 미래 연구센터였다. 그곳을 지나쳐 조금 더 걷다 뒤를 돌아보았을

[†] 단어의 첫 발음을 로마자로 표기해 문장을 줄여 쓰는 일본의 신조어 방식.

때, 우리가 선 곳은 강의 동쪽이었다.

*

형섭에게 부탁했던 책을 이엠에스로 받았다. 한 보따리였다. 다 읽는 것만으로도 한 학기가 훌쩍 지나갈 만큼의 분량이었다. 몇 주 전 그에게 바르트의 책과 일본 근대소설 위주로 책을 좀 사서 보내 달라고 부탁했었다. 교환학생임을 감안하여 에하라 선생님과 새롭게 짠 실러버스에 맞춰 준비한 책들이었다. 《기호의 제국》은 어렵게 구한 책이라고 형섭이 말했지만 감사 인사도 잊은 채 손때가 묻고 가장자리가 구겨진 그 책을 안고 나는 으흐흐흐 하다가 베란다로 뛰쳐나가 도시를 내려다보며 또 으흐흐흐 웃었다. 건물은 낮고 나무는 높아! 감탄하면서.

나는 낮 시간 동안 학교 도서관이나 집보다는 카페 뮤에서 책 읽는 것을 선호했다. 포크송과 포크록 위주로 틀어주는 선곡이 마음에 들었고, 하나같이 니트처럼 보였지만 각자의 쓸모없는 일에 몰두한 남학생들을 보는 것이 좋았다. 쾌적함이라고는 찾아볼 수 없는, 카페라기보다는 더럽고 쇠락한 만화방 같은 이곳이 나는 마음에 들었다. 카페의 마스터도 내가 소설을 쓰는 사람이라는 것을 좋아했고 또 응원해주었다. 물론 그가 교토 사람이라는 것을 감안해야 하지만 말이다. 너무 읽는 모습만 보인 것 같아 오늘은 소설을 써볼까 잠시 생각했다. 노트를 꺼내 단어 몇 개와 맥락 없이 떠오른 파편적인 한두 문장을 적어넣었다. 그 위로 나뭇잎 그림자와 레이스 커튼 무늬가 아른거렸다. 나는 또…… 거기에 넋을 놓고 말았다. 오늘도 아니야. 가까운 오사카에서는 험한 시위가 한창이라고 했지만, 무심한 형섭마저 걱정을 해왔지만, 아무렴 이곳의 정오는 나른하고 한가하고 평안했다. 기만당하고 있는 건 아닐까 생각했지만 그래도 상관없었다.

한국은 전혀 그립지 않았다. 오히려 황홀했다. 영화를 전공하던 학부 시절 한 선생님이 '너는 결국 영화로 무엇을 하고 싶으냐?'고 질문한 적이 있었다. 나는 잠시 생각하다 1980년대의 진해를 완벽하게 복원하고 싶습니다, 라고 대답했던 것이 떠올랐다. 유년과 고향은 언제나 나의 화두였고 지금도 그러하다. 나는 옛 고향의 모습과 흔적과 그때의 일을 소설과 사진으로 꽤 많이 남겨놓았다. 부질없는 짓이었다는 생각에 가벼운 회한이 밀려왔다. 나는 단지 쇼와 레트로 마니아였다. 나의 기억은 소중했지만, 이곳 교토는 내 유년의 풍경으로 흘러넘쳤다. 이곳은 진해였고 저곳은 마산이었고 그곳은 광복동이었다. 굳이 기억을 쥐어짜 복원할 필요가 없는 풍경들. 억지로 갖다붙인 다음 그것이라 착각하여 황홀해할 필요 없이, 환영에 취해 휘갈길 필요도 없이 눈앞에 펼쳐진 모든 공간에서 나는 유년을 발견했다. 허망하게도 그랬다. 눈앞에 펼쳐진 기억 앞에서 나는 생각할 필요도 없었다. 그저 노다지를 발견한 사람처럼 주워 담으면 되었다.

해 질 무렵이 다 되어 계산을 마치고 카페를 나왔다. 피스타치오색 바탕에 진녹색 선이 그어진 교토 버스는 어린 시절 시외로 나가던 제일여객 버스와 매우 비슷했다. 그것이 드나들던 터미널을 떠올리던 찰나 배기가스가 내 쪽으로 훅 끼쳐들었다. 그리고 그건 명백히 남자 냄새였다. 그 냄새가 사라질 때까지 반복해서 들이마셨는데 그런 내가 미쳤다고 생각했다. 다시 맡아보고 싶었지만 집에 도착하도록 그 냄새는 결국 나타나지 않았다.

멀리서 바라본 삼층짜리 코포라스コ-ポラス 주택은 내 방을 제외한 모든 곳에 불이 켜져 있었다. 발을 뻗으면 발목이 삐져나오는 접이식 침대, 작고 불편한 책상과 의자, 교체 시기가 지난 다다미. 처음 이 방에 들어섰을 때 베란다로 향하는 미닫이창이 너무 얇아 걱정했던 일이 떠올랐다. 봄과 여름만 나면 됐기에 쓸데없는 걱정이었다. 나는 그가 보낸 책을 오브제로 방 사진 하나를 찍어 남겼다. 티파니 램프 아래로 고개를 들이밀어 입을 쩍 벌렸다. 기분은 한결 나아졌지만 배가 불러오진 않았다. 배가 좀 고픈 것 말고는 모든 것이 좋았다.

*

나는 그날 아침의 일을 선명하게 기억할 수 있다. 7월의 첫 월요일이었고 장마가 아직 끝난 것이 아니니 꼭 우산을 챙기라는 캐스터의 말을 듣고 집을 나선 날이었다. 몹시 습하고 더웠지만 비가 내리기 전 학교에 도착해 안심이라고 생각했다. 수업시간까지 여유가 있어 나는 담배를 피우러 요시다 쇼인 동상이 있는 곳까지 올라갔다.

동상 뒤편은 산이었고 는개에 섞여 날아온 나무 냄새가 향긋했다. 불을 붙이고 얼마 지나지 않아 동상의 볼에 비가 한 방울 두 방울

그리고 후드득 떨어져 내렸다. 나는 얼른 담배를 비벼 끄고 에하라 교수실을 찾아 건물로 뛰어 들어갔다. 월요일 일교시의 학교는 한적했다. 교수실이 있는 복도 역시 인적도 없이 고요했다. 복도 끝 반쯤 열린 창문 위로 떨어지는 빗줄기가 제법 굵어져 있었다. 에하라 교수실의 문에는 에이포용지에 인쇄한 사진과 타이핑된 글씨가 덕지덕지 붙어 있었다. 나는 처음에 그것이 설치미술이거나 테이핑으로 삼차원 공간을 착시로 만들어내는 과제인 줄 알았다.

눈높이에 붙은 사진은 에하라 선생님의 셀카였다. 약간은 남성적인 표정을 지은, 하와이안 셔츠를 입고 엄지를 들어 보인 포즈였다. 그 아래엔 하얀 브리프만 입은 그의 욕실 셀카, 그리고 그 옆으로 양팔이 침대 헤드에 묶인 한 남자가 온몸에 낙서를 당한 채 발기한 성기와 함께 앙각으로 찍힌 사진이 있었다.

암퇘지 노예 히로노부, 조련받고 싶어 참을 수 없습니다! 나는 색정 음란 구멍 암캐 새끼입니다.

검은 물감으로 휘갈겨 쓴 글씨였다. 주름까지 보일 정도로 높은 해상도의 선명한 사진이었으며 합성은 아니었다. 코 위로 얼굴이 잘린 사진이었지만, 갈라진 턱은 그가 부정할 수 없는 에하라 교수라고 말해주고 있었다.

마지막 사진은 양손이 뒤로 묶여 엎드린 채 항문을 드러내놓은 것이었다. 에하라 선생님은 외로 목이 꺾인 채 침을 흘리며 웃고 있었다.

육변기 에하라 기분 좋아? 네가 쓰는 불륜 소설은 전부 가짜?

그나저나 에하라 선생, 뒷보지 다이조부?

사진 주변으로 타이핑된 글자가 어지러이 붙어 있었다.

그것들을 천천히 읽어 내리던 나는 셔츠 앞이 흠뻑 젖어오는 것을 느꼈다. 사진은 모두 데이팅 앱에서 캡처된 것이었다. 뛰는 가슴을 주체할 수 없었고 호흡이 곤란할 정도로 가빠지는 한편 몸속 깊은 곳으로부터 무언가 치받쳐 올라 소리라도 지르고 싶었다.

나는 중앙 복도로 뛰어나갔다. 아무도 없는 것을 확인하고는 교수실로 돌아와 그 종이들을 모두 다 떼어 가방에 쑤셔 넣었다. 담배가 참을 수 없이 피우고 싶어져서 건물 밖으로 뛰쳐나가 세 대를 연속해서 피웠다. 습한 기운에 숨이 막혀 나중에는 헛구역질이 올라왔다. 담배를 피워도 진정되지 않았다. 화장실에 들어가서 흠뻑 젖은 러닝셔츠를 벗어 쓰레기통에 버렸다. 나는 세수를 하고 호흡을 가다듬고는 다시 에하라 선생님의 방을 찾았다. 아홉 시 이십 분이었다.

내가 노크했을 때 들어오라는 소리가 저편에서 들렸다. 그 역시 도착한 지 얼마 되지 않은 듯했다. 내가 자리에 앉자 그가 가방을 테이블 아래에 놓고 비에 젖은 바버 재킷을 벗어 옷걸이에 걸었다. 그러고는 여느 때처럼 말차를 내어와 거품을 내기 시작했다. 나는 그의 손만을 계속해서 쳐다보았다. 그와 눈을 마주칠 수 없었고, 그의 몸을 보지 않기 위해 안간힘을 써야 했다. 고개를 들지 않을 수 없는 상황이 되어 그의 턱을 보았을 때, 갈라진 턱이 쪼개져 흘러내릴 것만 같은 환영에 시달렸다. 나는 그가 건넨 차를 받아 마시고는 쓰고 비린 맛을 참을 수 없어 그 자리에서 토해버리고 말았다. 내가 치우려고 횡설수설하는 사이 그가 내 어깨를 지그시 누르며 자리에 앉혔다.

"김 상, 식은땀까지 나는데 괜찮은 건가요?"

나는 끝까지 괜찮다고 우겼지만, 그는 아무래도 오늘은 쉬는 편이 좋겠다고 말한 뒤 학생 보건실의 위치와 가까이에 있는 병원의 이름을 알려주었다. 혹시 문제가 생기면 연락을 달라고 전화번호도 적어주었다. 나도 내 몸이 이렇게까지 반응할 줄 몰랐다. 그러나 한바탕 게워내고 난 이후 많이 가라앉은 나는 그냥 집으로 되돌아가는 것을 택했다. 비가 쏟아지고 있었다. 투명한 우산 너머 풍경들이 빗물과 함께 녹아내렸다.

집으로 돌아와 나는 구겨진 종이를 하나하나 다시 펴보았다. 찢어진 곳은 테이프로 붙였다. 아까는 내 눈에 들어오지 않았던 더한 모욕의 말도 발견했다. 에하라 교수의 정보가 상세하게 담긴 프로필 캡처 화면도 있었다. 신체 사이즈, 섹스 포지션, 원하는 남자 스타일, 좋아하는 음악, 음식 취향과 주말을 즐기는 방법에 이르기까지.

그 정보들을 주워 담는 동시에 이것이 누구의 짓인지도 나는 추론해야 했다. 그러나 손에 잡히는 건 아무것도 없었다. 처음엔 에하라 교수에게 거절당한 학생의 보복이라고 생각했다. 하지만 이내 그 추측은 무효가 되었다. 선생이라는 표현을 쓴다 해서 꼭 이 학교 학생이라고 가정할 순 없었다. 금방 탄로 나고 말 것이기에 그 사진을 찍은 사람도 아닐 것이다. 또한 반드시 게이일 이유도 없었다. 그것은 분명 에하라 선생님의 비공개 프라이빗 사진을 캡처한 것이었지만, 얼마든지 게이로 가장하고 접근해 그 사진을 얻어낼 수도 있었을 것이다. 그의 소설을 읽었으리라는 사실, 그것만이 거의 확실해 보였으나 정작 내가 읽어보지 않았기에 그 내용이 맞는 것인지는 알 수 없었다. 그리고 안다 해도 달라질 것은 없었다.

어느 쪽으로 생각하든 추론을 기각하는 치밀하고 교묘한 문장들이었다. 눈을 감아도 사진이 떠올랐고 성별도 나이도 알 수 없이 뒤섞인 상상의 목소리가 내 귓속으로 문장들을 밀어 넣었다. 위험천만한 짓이자 위협적인 일이었다. 누군가를 만나는 것도 누군가를 위협하는 것도 너무나 손쉬웠다. 손쉬운 만큼 너무 위험했다. 그리고 그도 나도 터무니없이 나약했다.

그날 이후 며칠간 나는 틈날 때마다 학교 인터넷 게시판과 페이스북을 검색했다. 우려했던 일은 일어나지 않았다. 폭로도 목격도 없었다. 다행이라는 생각과 동시에 언제 또 그런 일이 일어날지 모른다는 불안감에 나는 그 무엇에도 잘 집중하지 못했다. 출판 수업이 있던 수요일에 에하라 선생님을 다시 마주쳤지만 그는 평소와 다름없어 보였다. 내 몸 상태가 어떤지를 물었고 나는 완전히 좋아졌다고 대답했다. 이야기를 나누는 중에도 그의 행동에 특이하다 여겨지는 점은 없었다. 그가 모른다고 단정할 수도 그렇다고 물어볼 수도 없었으므로 나는 짐작할 수밖에 없었다.

나는 형섭에게 오랜만에 전화를 걸었다.

야, 완전 개대박. 여기 지도 교수 게이였음!

하고 말하려다 이게 무슨 짓인가 싶어 오늘도 쿠마의 안부를 물었다.

"한국도 완전 더워지고 있다구. 수건으로 아이스팩 싸서 쿠마 옆에 놓아주고 출근하는 길이야." 그가 말했다.

나는 몇 번이고 그에게 에하라 선생님의 이야기를 하려다가 연애는 잘하고 있는지 물어보았다. 그는 뭐 똑같지, 하고 말했다.

"그나저나 나 여름옷 좀 골라줄래? 나 하나도 모르겠다구."

집에 있던 여름옷을 쓸어 담다시피 해서 떠나온 것이 떠올랐다. 인터넷 쇼핑몰에 주문을 넣고 계좌번호를 보낼까 생각하다 책을 보내준 답례로 여름옷 몇 벌을 보내겠다고 그에게 말했다. 그는 곧 스튜디오 촬영을 시작해야 한다며 전화를 끊었다.

그날 저녁 나는 수업을 마치고 기온 거리로 나갔다. 몇몇 스파 브랜드를 돌아다니며 그를 위한 티셔츠와 바지를 샀고, 조금 무리해서 브룩스 브라더스의 셔츠도 하나 골랐다(마음이 바뀌면 내가 입어도 되니까!). 교토의 여름은 더울 거라고, 교토의 여름을 겪어본 모든 이가 경고했지만, 이 정도일 줄은 몰랐다. 조금이라도 두꺼운 면 티셔츠는 대어보는 것조차 포기해야 했다. 나는 내가 입을 얇은 티셔츠도 특가 매대에서 몇 장 골라 담았다. 그리고 한참을 고민하다 트렁크 팬티만큼 짧은 회색 스포츠 쇼츠도 하나 샀다.

*

며칠 뒤, 우리는 《기호의 제국》을 두고 또다시 마주앉았다. 음료는 차가운 우롱차로 바뀌어 있었다. 눈을 마주치지 못할 정도는 아니었지만, 그를 바라보는 마음은 편치 않았다. 사진 속의 그가 눈앞의 그와 겹쳐 걷히지 않았다. 에하라 선생님이 두 손을 가지런히 모으고 상체를 앞으로 기울였다. 나는 침착해져야만 했다.

"김 상은 바르트의 어떤 면이 좋은가요? 제게도 좀 알려주세요."

"섬세하고 집요하지요. 세상엔 섬세하고 집요한 사람은 많지만 그 글까지 아름다운 사람은 제겐 바르트밖에 없어요. 물론 그의 주파수에 제가 반응하는 것이겠지만요. 제가 사랑하는 소설을 저보다 더 사랑한다는 점도 마음에 들어요."

"혹시 엄살이 심하다고는 생각해본 적 없나요? 그의 비약이 억지라는 생각은요?"

"그건 작가의 기본 소양 아니던가요?"

내가 받아치자 그가 나를 바라보고는 빙긋이 웃었다.

나는 바르트의 엄살, 비약, 억지 그 모든 것을 사랑했지만 그의 결정적인 아름다움은 은유의 막에서 나온다고 생각했다. 뜯어도 뜯어도 새로운 지요가미 포장지로 둘러싸인 선물 상자. 내게는 바르트가 쓴 글의 대부분이 자신의 존재, 동성애자인 자신의 존재 증명을 뒷받침하는 작업으로 보였다. 자신을 알아봐달라는 상냥하고 끝없는 시그널. 중심 없음, 푼크툼의 설명 불가해함, 비인칭과 영도, 코드와 환상. 내겐 이 모든 것이 바르트 자신의 퀴어니스를 지적·감정적으로 증명해 건네는 선물 상자였다. 그가 구조적으로 꿰어놓았듯 관통당

한 나 역시 그렇게 읽는 건 당연했다.

"선생님은 바르트를 좋아하시나요?"

"싫어하는 게 가능이나 한가요?"

평소라면 단순한 동의로 들렸을 그의 말이 의미심장하게 느껴졌다.

"그에게서는 깊이가 느껴져요."

에하라 선생님이 고개를 끄덕였다.

"바르트의 글은 깊이에서 나오지요. 그 깊이는 사려 깊은 진솔함에서 나옵니다."

그러나 그 말은 동의하는 한편 동의하기 어려웠다.

"진솔하단 말에 좀 더 설명이 필요해요."

"일차원적인 드러냄을 말하는 건 아닙니다. 그건 전혀 바람직하지 않습니다. 그런 식의 토로는 문학의 언어가 될 수 없어요."

한편 나는 바르트의 글쓰기가 비겁하다고도 생각했다. 좀 더 과격해지라고, 드러내어달라고, 천박해지라고, 있는 그대로를 보여달라고도 말하고 싶었다. 지긋지긋한 레이어. 그러나 바르트를 읽는 쾌감의 정수는 그의 숨김으로 인해 그와 나 사이에서 생기는 내밀함이라는 걸 부정할 수 없었다. 거기에서 깊이가 생겨났다. 비겁하고 아름답고 풍부했다.

"차라리 변죽을 울려야 합니다."

"그건 바르트식 작법인가요, 교토식 화법인가요?"

그가 다시 한번 미소 지었다. 에하라 교수는 이제 내게 바르트의 텍스트였다. 나는 그 은유의 막을 찢고 싶었다.

그가 졌다는 듯 양손을 펼쳐 보이며 일어섰을 때 유자 냄새 그리고 청결한 남자에게서 나는 기분 좋은 땀 냄새가 훅 끼쳐들었다. 그 냄새에 순간 구역질에 가까운 복받침을 느끼며 쿵, 쿵, 가슴이 뛰었다. 나는 이미 완전히 발기해 있었다. 그가 나를 향해 돌아서며 무언가 말하려 했을 때 나는 의자를 뒤로 빼 다리를 벌렸다. 그러고는 양손을 나의 허벅지에 올렸다. 그의 시선이 내 아랫도리로 향하는 게 보였다. 나는 회색 쇼츠 안에서 내 성기를 까닥여 보였다. 그는 내 그곳을 바라보는 것을 피해 고개를 숙여 아랫입술을 핥았고, 다시 내 사타구니로 시선을 옮겼다. 럭키.

나는 거의 그를 덮치고 싶은 욕망에 휩싸였다. 바지를 벗겨 땀으로 젖어 있을 그의 사타구니에 얼굴을 파묻고 마구 핥고 싶었다. 원한다면 그에게 밟히거나 오줌을 먹어도 좋다고 생각했다. 하지만 여기에서 그만두는 것이 좋을 거라 생각했다. 그쪽이 더 확실했다.

"김 상에게 완전히 설득당했는데요?"

그가 호주머니에 손을 찌른 채 말했다. 고개를 젖히고 수염을 쓸어내리며 오늘 수업도 여기까지가 좋겠군요, 하고 덧붙였다.

나는 교수실을 나서며 다음 수업에서는 가볍게 요시다 슈이치의 〈워터〉를 읽자고, 수업이 끝나면 기온시조에 가서 함께 술을 마시자고 말했다.

"좋아."

하고 그가 반말로 내게 말했을 때, 나는 그와 자게 될 것이라고 확신했다. 그 예감은 틀리는 법이 없었고 틀릴 거라면 예감하지 않았다.

　다음 수업은 무슨, 그와 나는 다음 날 저녁 바로 만났다. 그와 약속을 잡고 정말이지 오랜만에 느껴보는 기다림의 감각들, 전혀 비관적이지 않은 실패의 예감 따위가 다시금 내 몸을 채우는 것이 느껴졌다. 캡처된 데이팅 앱의 상세 프로필에 적힌 내용에 비추어봤을 때 내가 그의 타입이라는 걸 의심할 여지가 없었다. 그건 거의 수학이었다. 에하라 선생님의 사진을 발견한 그날 이후, 여전히 가슴이 뛰었지만 리듬은 완전히 달라져 있었다. 나는 옷을 갈아입고 어차피 땀에 녹아 없어질 것이었지만 힘껏 머리에 멋을 부렸다. 이렇게 무더운 교토에서는 향수보다는 민트 계열의 디오드런트가 훨씬 어울렸다.

　한 겹의 막이 벗겨진 그는 누구보다 잘 웃는 사람이었다. 또한 그것은 어쩌면 소설가적 기질이었을지 모르지만 자신의 감정과 기분을 과하지 않고 적절하게 잘 표현할 줄 알았다. 그와 나는 시조 거리에서 만나 그곳과 폰토초 여기저기를 쏘다니며 저녁을 먹고 술을 마셨다. 테이블 램프가 놓인 식탁 아래에서 우리는 허벅지를 비비며 점잖은 얼굴을 한 채 손장난을 했다. 그는 아주 추김의 천재이자 훌륭한 유혹자였다.

　집으로 가는 혼잡한 버스 안에서 나는 그를 앞세우고 손잡이를 잡았다. 얇은 리넨을 뚫고 그의 등의 열기가 고스란히 전해졌다. 붉어진 목 뒷덜미와 솜털을 보았을 때 나는 거의 미칠 것 같았다. 나는 까치발을 해 에어컨 바람을 얼굴에 쏘였다. 그렇게 뜨거워졌다 식기를 반복하다 이내 정류장에 내렸다. 그는 졸업을 하고도 모교 주변에 살곤 하는 학생이나 교수처럼 요시다혼마치의 한 빌라에 살고 있었다. 부모님은 기타야마에 살고 있으며 이곳은 서른 살 이후 쭉 살고 있는 집이라고 했다. 내가 기대했던 일본풍의 목조 주택은 아니었지만, 내부는 집 전체가 하나의 커다란 서재처럼 보이는 쇼와풍의 인테리어였다.

"누군가를 이렇게 현실에서 만난 건 처음이야."

"네? 현실?"

"아니, 업소나 앱을 통해서 만난 거 말고."

"저도 그래요."

라고 말하고는 죄책감을 부끄러움으로 포장하여 시선을 돌렸다. 나는 다시 그와 눈을 맞추었다.

"현실이 아니라 일상이겠죠. 선생님도 가끔 틀릴 때가 있나 보네요."

하며 그를 끌어안았다. 그가 천천히 내게 삽입했다. 온몸에 肉, 亥, 淫, マンコ 따위의 글자를 써놓았던 사람이라는 걸 떠올릴 수 없을 정도의 다정하고 얌전한 섹스였다. 물론 상상했던 모습에 비해 얌전했다는 것이지 우리의 섹스가 격정적이지 않았던 건 아니었다. 그와 나 모두 올이었기에 한 번씩 주고받으며 섹스를 했다. 해본 중에 최고였다. 그의 작품을 읽어보진 못했지만, 이쪽 방면으로 훨씬 뛰어난 건 아닐까 의심될 정도였다. 예의상, 먼저 가도 괜찮겠냐고 물어보는 그 익숙한 문형이 좀 웃기고 귀여워서 웃음이 새어 나왔다. 사정한 그가 웃는 나를 보며 괴롭히듯 내 몸 위로 자신의 몸을 던져 꾹

비벼 눌렀다. 나도 모르게 더 세게, 라고 말하고 말았다. 그래 이거, 나는 남자가 나를 터져나갈 듯, 질식할 듯 짓누를 때 가장 좋았다.

에어컨을 끄고 땀이 나기 전에 창문을 열었다. 뜨겁고 차갑던 몸이 노곤하게 기분 좋게 녹아내렸다. 집 맞은편은 산이었기에 마음 놓고 문을 열어도 괜찮았다. 밤의 풀 냄새는 짙었다. 아침만큼 짙게 느껴지는 풀 냄새와 나무 냄새, 무엇보다 건물 높이를 훌쩍 넘어 자란 계수나무의 단내가 불어와 방을 가득 채웠다. 매미 소리는 작게 줄어들어 있었다. 뒤를 돌아 그를 보았을 때 그는 완전히 잠든 것은 아니었지만, 나를 바라보다 눈을 잠시 감았다, 다시 웃으며 눈을 떠 보였다. 그는 꽤 많이 취해 있었고 졸린 듯했다. 그러고 보니 누군가와의 첫 섹스는 단 한 번도 맨정신에 한 적이 없었다.

발걸음을 옮길 때마다 다다미가 발에서 떨어지며 쩍쩍 소리가 났다. 쪼그라든 그의 성기는 귀여운 개불 같았다. 그의 옆에 엎드려 배를 어루만지다 그것을 입에 넣었다. 포피를 살짝 깨물어 짓이겨보고는 그게 마침표라도 되는 듯 고개를 들어 그의 옆에 누웠다. 다시 생각해봐도 나는 남자가…… 너무너무 좋았다! 그의 머리를 조심스럽게 들어 팔베개를 해주었다. 나는 지금보다 그가 훨씬 좋아질 거라는 예감이 들었다. 그건 미처 예상하지 못한 일이었다.

안온, 이란 단어가 떠올랐다. 아무것도 모른 채, 내게 안겨 잠든 그를 보니 더욱 그랬다. 동시에 이건 잘못되었다는 생각도 함께 밀려들었다. 내가 아무 말을 하지 않는다면, 아무 말도 하지 않는다면.

……말하지 않는 건 거짓말일까?

과연 그런 것일까? 나는 비겁한 것일까? 혹시 그건 비난받을 일일까? 단지 아무 말도 하지 않았을 뿐이라면, 그것은 기만인가 사려인가.

희미하게 맴도는 불안만이 선명할 뿐, 그 어느 쪽으로도 결론지을 수 없었다. 나는 얇은 무명 이불을 끌어당겨 그와 나 모두 감쌌다. 생각의 소리가 멈추었고 그의 숨소리가 잦아들었다. 마지막엔 오직 풀벌레 소리만이 멀리서 들려와 내 귀를 괴롭혔다.

*

그날 밤 이후 나는 매주 일요일을 그의 집에서 보냈다. 물론 그와 나의 관계도, 나의 자문에 대한 결론도 여전히 미결정의 상태였다. 나는 내가 가진 정보량의 우위를 쉽게 포기할 수 없었다. 그는 자신의 취향에 내가 이상할 정도로 빠삭하다는 걸 의심조차 할 줄 몰랐다. 그런 그의 얼굴을 마주할 때면 나는 그저 좋다는 감정에 젖어 모든 판단을 보류하고만 싶었다.

함께 잠들었다 함께 등교하는 일은 처음 느껴보는 종류의 설렘이었다. 그리고 수업이 도무지 끝나질 않았다! 우리는 각자의 수업이 끝나면 카페테리아에서 만나 밥을 먹고는 주변을 소요하거나, 우류산에 오르거나, 커피숍에 가 자신의 작업을 했다. 에하라 선생님은 오히려 과감해졌다. 한적한 공원에서는 내 허리를 팔로 감고 걷는다거나 내가 딴짓을 하다 돌아볼 때면 멍한 표정으로 내 쪽을 바라보고는 사랑에 빠진 남자의 눈을 하고 있었다. 물론 나 역시 그를 앞에 두고 글을 쓰거나 책을 읽기는커녕, 다시 보니 참 괜찮네, 잘생겼어, 그래 너와 나는 했지, 암암, 하는 쓸데없는 생각만 하기 일쑤였다. 그런 내 앞에서 그는 주로 갈리마르에서 나온 불어 원서를 펴 랩톱과 번갈아 보며 번역 작업을 했다. 스피츠의 노래를 흥얼거리며 커피에 크림을 잔뜩 집어넣는 모습이 귀여웠다.

흥미로운 사실도 하나 알게 되었다. 출판 수업 최종 과제를 준비하며 표지 시안에 수정 사항을 적어 넣던 중, 지켜보던 에하라 선생님이 자신의 책 두 권을 만들어준 사람이 바로 시바타 교수라고 말했다. 그가 호기심 가득한 얼굴로 그녀의 수업이 어떠냐고 물었을 때 나는 그녀가 굉장히 근면하고 열정 가득한 선생님이라고 말할 수밖에 없었다. 아닌 게 아니라 정말로 그랬다. 그가 물어왔을 때 편집에 대한 나의 생각은 처음과 많이 바뀌어 있었다.

학기 초 이론 강의를 들을 때만 해도 나는 편집이 그저 교정, 교열, 윤문 정도에 그치는 테크닉에 가까운 단순 작업인 줄로만 알고 있었다. 하지만 한 권의 책을 만드는 작업은 다분히 예술적이기도 했다. 바르트를 만난 후여서였을까? 그의 식으로 말하자면 편집은 무아르moire의 향연이자 뉘앙스의 세계였다. 표지 디자인은 말할 것도 없었고, 폰트의 선택과 포인트의 섬세한 조절, 세부 사항의 미세한 차이들이 모여 결과물은 순식간에 뒤바뀌곤 했다.

"그녀가 날 만들었어."

뭐 듣기 좋은 소리도 아니었거니와 그녀가 자신의 원고를 알아봐

주고 읽어내어 세상에 내놓았다는 뻔한 이야기였다. 그럼에도 감동적이었다. 편집자는 보이지 않는 사람, 이라는 것이 그녀의 원칙이라고 했다.

그의 말을 듣고 있자니 꼭 글을 쓰는 사람만을 작가라고 부르지 않는다는 생각이 뒤늦게 찾아왔다. 그러나 편집자든 작가든 좋은 독자여야 한다는 생각에는 변함이 없었다. '보이지 않는 사람'이란 말은 생각해볼 거리가 있었다. 그는 편집은 꽃다발을 만들어내는 작업이라 말했다.

저녁 무렵 에하라 선생님과 나는 공원에 앉아 관목 안으로 호스를 집어넣어 물을 뿌리는 조경사를 바라보고 있었다. 나무막대기에 꽂은 오이 아사즈케를 먹으며 니 맛도 내 맛도 없다, 라는 말을 가르쳐주며 바로 이 맛, 하고 손짓했다. 반쯤 먹었을 때 그거, 선생님 것만 하네요, 라고 말하고 싶은 걸 꾹 참아야 했다. 그날은 나의 집에서 그와 섹스했다. 접이식 침대의 삐걱거리는 소리가 거슬려 우리는 아예 바닥으로 내려갔다. 고소한 다다미 냄새와 달라붙는 촉감이 나쁘지 않았다. 그는 SM의 S도 더티 플레이의 D도 일절 꺼내지 않았다. 내 위를 오르내리는 그를 보며 작가에 따라 독법이 달라지듯, 섹스 역시 상대에 따라 달라지는 게 당연한 건가? 생각하며 허리를 감싸 그의 몸을 내게 포갰다.

며칠 후 형섭에게서 전화가 왔다. 곧 생일이지? 하며 그는 운을 뗐다. 보내준 옷은 잘 입고 다니고 있다고, 그나저나 언제 귀국하느냐고 물어왔다. 8월 중순쯤 돌아갈까 생각한다고 했더니 그가 어쩌면 고향으로 내려갈지도 모르겠다고 말했다. 순간 당황했지만 계속해서 그의 이야기를 들었다. 형섭은 자기가 다니던 외주 프로덕션이 하반기 홈쇼핑 방송 입찰에 실패했고, 이 기회에 고향으로 내려가 실업 급여를 받으며 공무원 준비를 하고 싶다고 했다. 나와 사귈 때에도 서울 생활은 너무나 팍팍하다고 언젠가 고향으로 내려가고 싶다는 말을 종종 해왔는데 이런 식이 될 줄은 생각도 못했다. 다른 맥락도 있었다. 한창 신혼생활을 즐기고 있을 거란 나의 예상과 달리 연하 남친과는 얼마 전 깨졌다고 했다. 다 덧없고 부질없고 회사도 때려치우고 싶던 차에 매형이 알려준 소방공무원 특채 이야기는 너무나 매력적으로 들렸을 것이다.

그는 내게 어떻게 하면 좋겠냐고 물었다. 큰 결정을 내려야 할 때면 형섭은 언제나 내게 의견을 물어오곤 했다. 나는 그게 좋았다. 그때마다 내게 유리한 방향으로 틀어놓기는 했지만. 나는 너무 급박한 선택은 아니냐고 되물었다. 남자친구 때문에 그런 거라면 다른 회사를 알아보라고, 공무원은 아무나 되는 거냐고, 너같이 공부랑 담쌓고 사는 애가 무슨 시험이냐고도 말했다. 그러나 이번만큼은 그도 이미 마음을 정하고 내게 묻는 것처럼 들렸다. 그는 보증금은 천천히 돌려주어도 된다고, 두 달 치 정도의 월세는 본인이 내줄 수도 있다고 말했다.

나는 집으로 돌아와 커다란 노트를 꺼내 칸을 나누고 7월부터 내

년 2월까지의 약식 달력을 만들었다. 어느덧 학기말이었다. 해야 할 것들과 써야 할 것들을 노트에 정리했다. 여차하면 나는 기숙사로 들어가도 괜찮았다. 서류를 뗄 생각을 하면 마음이 조금 급해졌지만, 그렇게까지 서두를 일은 아니었다. 시바타 교수의 과제는 이미 내 손을 떠났고 내가 해야 할 일은 오직 한 가지였다.

나는 '에하라 최종 과제=소설'이라고 쓴 글씨 옆에 언제, 언제, 어떻게, 어떻게, 라고 적어 넣었다. 그리고 그의 이름을 반복해서 써넣다 글씨가 보이지 않게 될 때까지 그 위로 선을 마구 그었다.

*

장마는 완전히 물러가 찌는 듯 무더운 날씨만 이어지고 있었다. 수국이 만개했던 자리는 누렇게 바싹 마른 지 오래였다. 그의 수업은 이미 종강했지만 여전히 나는 소설을 쓰지 못한 채였다. 그가 아이스 커피가 담긴 컷글라스 잔을 탁, 소리 내며 내려놓았다.

"8월 17일, 오봉 연휴가 끝난 다음 날 아침까지."

갑자기 선생님의 얼굴이 된 그를 보며 나는 좀 당황했다.

"오늘 밤이 마지막이잖아요. 그런 얼굴 하기예요?"

나는 후식으로 딸기 파르페를 하나 더 시켰다.

오늘 밤이 교토에서의 마지막 밤이었다. 그와 나는 조금 더 친밀해지고 가까워져 있었지만 우리 둘 중 그 누구도 고백의 말을 꺼내지 않았다. 비슷한 말도 없었다. 그랬기에 곧 작별할 그에게 어떤 표정을 지어야 할지 나는 알 수 없었다. '그동안 가르쳐주셔서 감사합니다' 하는 수학을 마친 제자의 표정도 '정말 좋았어요, 다음에 꼭 다시 찾아올게요' 하는 감동받은 여객의 표정도 '그동안 잘 지내고 있어야 해, 사랑해' 하고 말하는 연인의 표정도 지을 수 없었다. 이런 애매한 관계의 남자가 한둘이었나 생각하다가도 조급해지는 마음은 어쩔 수 없었다. 제발 좀 서둘러보라고, 그럼 나도 모르는 척 넘어갈게, 무엇이든 될게, 간절히 바라면서도 내가 먼저 말할 수는 없었다. 그래선 안 된다는 생각뿐, 그 역시 아무 말 없이 의연했다.

레스토랑에서 나왔을 때 이미 해는 저물어가고 있었다. 이곳의 일몰은 한국보다 빠른 걸까? 지는 해를 걷어차 다시금 띄워 올리고 싶었다. 진심을 말해다오 교토 남자여! 참지 못하고 소리치고 싶었을 때 그가 내게 어깨동무를 걸어왔다. 나는 또 그게 좋아 배시시 웃었다. 그렇게 땀을 흘리면서도 나는 그에게서 몸을 떼지 않고 계속해서 걸었다. 미끈거리는 팔을 옷으로 훔쳐내며 십 분을 걷자 노란 불빛으로 밝혀진 작고 고즈넉한 서점이 우리 앞에 나타났다. 가게 밖 나무 걸상에 삼색 고양이 한 마리가 배를 뒤집고 누워 등을 비비고 있었다. 그는 내 손을 잡고 그 안으로 들어갔다.

그는 내게 자신이 쓴 소설 두 권을 선물해주었다.《接吻입맞춤》그리고 또 하나는《ヘッドライト・テールライト 헤드라이트·테일라이트》였다. 이것만 봐서는 도대체 무슨 내용인지 가늠하기 어려운, 하지만 그를 닮아 점잖고 아름다운 제목이었다. 나는 답례로 무엇을 주면 좋을까 생각하며 서점 이곳저곳을 둘러보았으나 마음에 차는 건 하나도 없

었다. 그저 바보처럼 미안하다, 감사하다는 말만을 반복했다.

우리는 이치조지 공원에 나란히 앉아 더그아웃을 정리하는 소년들을 바라보았다. 잠시 후 중학생쯤 돼 보이는 야구부원들이 서로의 어깨를 걸고 둥글게 뭉쳤다가 핫! 기합 소리를 내고 흩어졌다. 등 뒤로 북으로 향하는 에이잔 전철이 소리를 내며 빠르게 지나갔다. 새로 산 아이스커피도 이제 얼음이 다 녹아버려 미지근해졌다. 내가 그의 책을 계속해서 펼쳤다 덮기를 반복하자 그는 부끄럽다고 말하며 책을 빼앗아 뒤로 숨겼다. 그러고는 한참을 가만히 있었다. 열에 한 번은 그래도 시원한 바람이 불어 우리를 지나가기도 했다. 나는 그때마다 셔츠 가슴께를 쥐고 흔들며 바람을 집어넣었다.

그가 내게 손수건을 건넸다. 나는 손수건을 건넨 손을 잡고서 간이 대피소로 그를 데려갔다. 어쩐지 나는 오늘이 마지막이라는 예감이 들었다. 무엇의 마지막이 될지는 나도 알 수 없었다. 약속이라도 한 듯 우듬지의 높이가 일정한 잎갈나무가 밤바람에 흔들렸다. 구름이 새하얗게 보일 정도로 밤하늘이 맑았다. 나는 그의 어깨를 쓸어내렸다. 그가 나를 보며 웃었다. 역시 말할 수 없다. 나는 뚫어져라 그의 눈을 바라보았다. 그러다 입을 맞추었고, 아주 세게 정말이지 아주 세게 그를 껴안았다. 몇 번의 입맞춤과 입 뗌, 눈을 맞추었다 눈을 뗌. 누군가에게 보이지 않기 위해 어두운 곳으로 왔지만, 이제는 누가 봐도 상관없었다. 누가 봐주었으면 하는 마음마저 들었다.

데마치야나기역 앞에서 그가 오늘 밤 자고 가지 않을래? 하고 물어왔지만 나는 웃으며 돌려 말했다.

"할 일이 있어요, 이제 할 일이 아주 많아요."

그는 고개를 끄덕이며 이해한다는 표정을 지었다. 아아, 정말 하나도 모르는군, 아는 게 너무나 많지만 아는 게 하나도 없는 남자야. 그가 손을 흔들며 뒤로 돌아섰다. 나는 언제나 그런 남자들을 좋아했고 세상엔 그보다 귀여운 존재는 없었다.

높은 나무와 낮은 건물 사이, 호흡하듯 오르내리는 노렌과 자판기 앞을 지나 천천히 걸어가는 그의 뒷모습을 사라질 때까지 바라보았다. 마침내 그가 사라지고 나는 반대 방향으로 천천히 걷기 시작했다. 석등이 켜진 미로 같은 골목의 초입에서 혹시나 하고 나는 다시 뒤를 돌아보았다. 그럼에도 그가 보이지 않았을 때 나는 문득 그럴 수 있는 기분이 되었다.

이제는 정말 말할 수 있다고, 이제는 고백해야 한다고.

*

방안의 모든 창문을 다 열어젖히고 캐리어를 집어던졌다. 그리고 그 자리에 드러누웠다. 으악, 이 정도만 돼도 정말 시원해! 서울의 여름이 끔찍하지 않은 건 올해가 처음이었다. 8월의 첫날, 나는 예정보다 빠르게 귀국했다. 형섭은 예고했듯 자신의 모든 짐을 싸들고 광주로 내려가버렸다. 옷장 안이 반 이상 홀쭉해졌고, 텔레비전과 셋톱박스가 사라진 것에 나는 조금 상심했다. 책상은 여전히 두 개였지만, 한쪽의 데스크톱과 모니터와 스피커가 사라져 있었다. 그리고 쿠마가 없었다. 기분이 이상했다. 너무 적막했고, 그건 거의 더러운 기분에 가까울 정도로 참담했다.

나는 엄마에게 무사히 돌아왔다는 연락을 했고, 형섭에게도 도착했다는 문자를 남겼다. 그는 벌써 독서실을 끊고 학원에 등록해 아침에는 필기 공부를 저녁에는 체력 시험 준비를 한다고 했다. 번거롭겠지만 쿠마를 데려다 달라고, 기숙사에 들어가기 전까지만이라도 내가 쿠마를 키웠으면 좋겠다고 말했다. 운동하다가 살이 빠지면 옷은 다 나에게 넘기라고 말하고는 이야기를 끝냈다.

냉장고 속 음식을 모두 꺼내 갖다 버렸다. 옷장의 모든 옷을 꺼내 세탁기를 돌렸고, 세탁할 수 없는 옷은 차곡차곡 옷걸이에 끼워 행어에 걸었다. 이가 나간 그릇과 예쁘지 않은 컵도 모두 모아 버렸고, 욕실은 물청소를 했다. 쓰레기를 버리고 들어오는 길에 그의 이름으로 도착한 고지서가 우편함에 혓바닥처럼 늘어진 것을 보았다. 새로운 삶은 급작스러웠지만, 급작스럽지 않으면 시작되지 않았다.

펑 하는 소리에 놀라 잠에서 깼다. 창밖으로 몸을 내밀었다. 경의선 너머 상암 쪽에서 불꽃놀이를 하고 있었다. 티브이를 틀어 어느 방송국 행사인지 알아보려다 리모컨마저 없다는 사실을 뒤미처 깨달았다. 잠이 덜 깬 채 난분분 흩어지는 불꽃을 바라보다 이 불꽃놀이는 끝나는 것이야? 시작하는 것이야? 바보 같은 질문을 했다.

샤워를 하고 노트북을 열었다. 그 앞으로 잔뜩 메모를 해놓은 노트와 월간 계획서를 꺼내 펼쳤다. 에하라 선생님의 책 두 권도 캐리어에서 꺼내 빈 책상 위에 올려놓았다. 과제 제출 기한은 이제 보름

뒤였다. 처리해야 할 일이 너무 많았지만, 제일 먼저 해야 하는 일이 무엇인지는 분명했다. 나는 누군가를 사랑하게 되면 그 어느 때보다 성실해졌다. 그것은 하나도 섹시하지 않았지만, 내가 가장 멋질 때라는 건 잘 알았다. 나는 스탠드의 조도를 높이고 나카지마 미유키의 노래를 틀었다.

기억할 필요가 없었던 나날들에 대해 기억해야 할 순간이 왔다.

기억할 필요가 없었던 날들은 쓰지 않아도 되는 날처럼 여겨졌다. 그리고 잠시 후 쓰지 않으면 살지 않았다, 고 말하고 싶은 기분에 사로잡혔다. 하지만 그건 비약이었다. 쓰지 않으면 살지 않았다고 말해버리는 건 어쩐지 내 삶을 너무 얕잡아 보는 게 아닌가 하는 생각이 들어서였다. 나를 절하하는 건 얼마든 좋았지만, 내 삶을 할인하고 싶지는 않았다. 하지만 쓰지 않으면 살지 않았다고 한 번쯤 우겨보고 싶었다.

에하라 선생님의 책 위로 가후와 바르트의 책을 포갰다.

나는 지난 몇 달간의 기억을 되살리며 글을 쓸 것이다. 이제 와서 그들처럼 쓸 수 없었지만, 그들만큼 아름답고 싶었다. 하지만 드러내지 않고서는 왜 배길 수 없는 것인지, 무언의 안온함을 왜 견딜 수 없는 것인지 나는 알 수 없다. 그러니 이제는 말할 것이다. 도리 없이 지체 없이. 내가 가진 모든 패를 다 보여주지 않고서는 시작할 수 없다. 그건 페어한 게임도 나의 방식도 아니었다. 부디 나보다 나의 글이 더 진실할 수 있기를. 그의 뒷모습을 생각하면, 조금 더 그럴 수 있는 기분이 되었다.

나는 소설을 쓸 것이다.

소설을 쓰던 중 그와 그에 대한 기억을 떠올리다, 여전히 형섭을 사랑했었다는 사실에 나는 경악하게 될 것이다. 동시에 에하라 선생님을 진심으로 사랑한다는 것도 깨달을 것이다. 사랑한다고 끝내 말하지 못한 것을 나는 아쉬워한다. 글을 쓰던 어느 날, 형섭이 쿠마를 내게 안겨주고 떠났을 때 눈물을 쏟게 될 것이다. 한동안 나는 쓰지 못한다. 그리고 다시 쓰기 시작했을 때, 당신의 사진을 보았던 날 내가 느낀 감정은 분노를 가장한 흥분이었다는 사실을 나는 인정해야 할 것이다. 어쩌면 퇴고하던 중, '보이지 않는 사람'이란 유비에 이끌려 편집자가 되어볼까 진지하게 고민도 한다. 한참을 망설인 끝에, 당신의 사진을 발견했을 때 나는 몹시 기뻤다고, 은폐는 나의 계획이자 무기였다고 고백하지 않을 수 없다. 놓친 것은 없는지, 풀리지 않아 답답하던 때에 나는 당신의 책을 읽는다. 레이어를 걷어내자 그것이 당신의 유혹이자 진심이라는 생각에 미소 짓는다. 당신의 주파수에 나는 틀림없이 반응한다. 그리고 마침내 나는 그때 하지 못한 답례를 정성스럽게 준비해 당신에게 보낼 것이다.

이런저런 생각이 엉키고 풀어지는 가운데 가장 먼저 제목이 솟아올랐다.

컬리지 포크.

가을이 시작되기 전 당신은 내 소설에 pass or fail로 답신해올 것이다.

그 어느 쪽이 되더라도 상관없다고 생각하지만, 모니터 속 P 혹은 F라는 알파벳에 나는 큰 의미를 둘지도 모른다. 그럼에도 나는 승복할 것이다. 그럼에도 당신이 나를 좋아해주기를 바랄 것이다.

하늘색 포스트잇을 한 장 뜯어 떠오르는 생각을 받아 적었다.

–나는 모르겠다.

–나는 알고 싶다.

딱 두 줄. 단순하고, 자명했다.

오늘 밤은 쓰지 못할 것이다. 그러나 내일 밤, 나는 쓸 수 있다. 나는 다시 시작해야 한다.

은행잎이 흔들리는 소리와 함께 선선한 바람이 불어왔다. 라라라, 라라라, 라라 라라라라라. 나는 자리에서 일어나 변전소 너머 망막한 야경을 내려다보았다. 그녀의 목소리도 기타 반주도 드럼 소리도 모두 잦아들었다. 나는 창문을 닫고 눈을 감았다. 그와 함께했던 봄과 여름이 쏟아져 들어왔다.

그 밤과 마음

:

김연수

1970년 출생. 1994년 장편소설 《가면을 가리키며 걷기》를 발
표하며 소설가로서 활동을 시작했다. 장편소설 《밤은 노래한
다》《네가 누구든 얼마나 외롭든》《파도가 바다의 일이라면》 등
과 소설집 《사월의 미, 칠월의 솔》《세계의 끝 여자친구》《나는
유령작가입니다》《내가 아직 아이였을 때》 등을 출간했다. 이상
문학상, 동인문학상, 대산문학상, 황순원문학상 등을 수상했다.

1

　시각표에는 기차가 오후 한 시 이십오 분에 길주역을 출발해 저녁 일곱 시 이십팔 분에 혜산역에 도착한다고 나와 있었다. 하지만 스위치백 구간을 지나가기 위해 앞뒤로 붙인 두 대의 기관차에서 짐작할 수 있다시피 해발 일천 미터 이상 올라가야만 하는 험준한 구간인 데다 눈보라가 휘몰아치는 악천후라 제때 도착할 수 있을지 장담하기 어려웠다. 기행은 마음을 느긋하게 먹기로 하고 출판사에서 받은 미하일 바실리예비치 이사콥스키의 시집 번역 원고를 가방에서 꺼냈다. 평양에 있을 때는 처리해야만 할 일들이 많아 원고를 받아놓고도 한 번도 들춰보지 못했다.

　객차 안은 배치받은 직장으로 찾아가는 제대군인들로 소란스러웠다. 차분하게 교정을 볼 만한 분위기는 아니어서 일단 첫 시 〈조국찬송〉부터 읽었다. 표기법이 조금 달라졌을 뿐, 십여 년 전 기행이 번역한 그대로였다. 그런데 번역한 그대로라는 그 사실이 너무나 이상했다. 사실은 이상한 정도가 아니라 기행에게는 심장이 그대로 멎을 정도로 큰 충격이었다. 그때 앞쪽에서 시끄러운 노랫소리가 들려왔다. 제대군인들이 손뼉을 치며 군가를 불렀다. 그 모습을 물끄러미 바라보다가 기행은 다시 한번 〈조국찬송〉을 읽었다.

　　살아라 쏘베트의 조국아
　　레닌의 끼치신 말씀에 어긋남이 없이
　　살아라 사회주의의 나라야
　　쓰딸린의 뜻을 뜻으로 한 나라야
　　　레닌의 끼치신 말씀에 어긋남이 없이
　　　우리들에게는 기쁨이 되게 살아라
　　　원쑤들에게는 무서움이 되게 살아라

　　기행이 번역한 《이사콥스키 시집》이 출판된 건 1949년의 일이었다. 그 이듬해 전쟁이 일어났다. 전쟁의 화마는 문자의 세계를 전혀 고려하지 않았다. 기행의 집에 있던 책과 시고詩稿와 번역 원고가 깡그리 불타버렸다. 당연히 그런 사정은 다른 이들도 마찬가지였다. 평양 중앙도서관이 소장한 칠만여 권의 장서도 그때 모두 불타버렸다. 하지만 길거리에 숯덩이처럼 시커멓게 타버린 시체들이 돌멩이처럼 굴러다니던 시절이었던지라 책 같은 것이, 하물며 시고나 번역 원고

따위가 불타는 것에 비통해하는 사람은 많지 않았다. 이사콥스키를 비롯해 전쟁 전에 출간됐던 번역서를 재출간하라는 당의 지시가 출판사에 내려온 건 전쟁이 끝나고 옛 자리에 삼층 건물로 국립중앙도서관을 복구한 뒤의 일이었다. 그렇게 해서 1954년, 기행의 번역본 《이사콥스키 시집》이 재출간됐다.

이번에 《문학신문》에서 주최한 '현지 파견 작가의 좌담회'에 참석하러 기행이 평양에 올라갔더니 문학예술서적출판사에서도 한번 보자는 연락이 왔다. 무슨 일인가고 찾아갔더니 당의 지시로 《이사콥스키 시집》을 새로 펴내려고 하니 교정과 감수를 맡아달라는 것이었다. 전쟁이 일어난 것도, 또 책이 모두 불타버린 것도 아닌데, 몇 년 전에 나온 시집을 재출간한다는 게 영 이상하고, 또 본인이 번역한 시집을 본인이 감수한다는 것도 앞뒤가 안 맞는 얘기인 것 같아 기행은 대꾸 없이 가만히 앉아 있었다. 할 수 있겠는가, 없겠는가고 편집자가 물었다. 번역한 지 몇 년 지나지도 않은 시집을 굳이 재출간하려는 뜻을 모르겠다고 기행이 대답했다. 그러자 편집자가 막 떠올랐다는 듯 아, 라고 말꼭지를 땠다.

"아, 동무한테 미리 말했어야만 했는데, 내가 까먹고 있었소. 이번 시집의 번역자는 동무가 아니라 다른 사람이오."

그 말을 들었을 때, 기행은 무척 실망했다. 중대한 오역이 발견된 것도 아니고, 번역된 지 오래된 것도 아닌데 굳이 다른 사람을 시켜 새로 번역하게 할 필요가 있었을까? 하지만 그는 곧 수긍했다. 그런 의문이란 당의 결정에 반하는 불필요하고 무의미하며 개인적인 불만에서 비롯된 것이라고 생각했기 때문이었다. 그랬던 것인데, 교정을 위해 출판사에서 받아온 번역 원고가, 거기 맨 앞에 적힌 번역자의 이름만 다를 뿐, 기행이 예전에 번역한 원고와 토씨 하나 다르지 않았던 것이다. 불현듯 기행은 당의 의도가 궁금해졌다. 당은 출판된 모든 책에서 기행의 이름을 지우려는 것일까? 그렇다면, 도대체 왜 그래야만 할까? 기행으로서는 그 이유를 전혀 짐작할 수 없었기 때문에 갑자기 팔다리를 쓰지 못하게 된 사람처럼 무기력한 상태가 되어 기괴할 정도로 과장되게 입을 놀리며 혁명가를 열창하는 젊은 제대군인들 사이에 가만히 앉아 있었다.

군가 소리에 짓눌린 기행은 창으로 시선을 돌렸다. 난방용 스팀 때문에 자잘한 물방울들이 맺혀 밖이 보이지 않았다. 기행은 소매로 물기를 닦아내고서는 차창 밖을 내다봤다. 낮이었음에도 창밖은 어두웠다. 하얀 물줄기처럼 눈발이 비스듬하게 스쳐갔다. 유리창으로는 금세 다시 김이 서렸다. 그는 한 번 더 소매를 끌어당겨 창을 닦았다. 김을 닦아낸 둥근 자리로 이번에는 기행의 얼굴이 보였다. 한 늙은이의 얼굴이, 자신이 늙으면 저런 얼굴이 아니겠는가 싶은 얼굴이 거기 있었다. 불쌍한 건 그 얼굴이라고 기행은 생각했는데, 측은하게 상대를 바라보는 건 차창 속 그 늙은 얼굴이었다. 기행은 다시 소매로 창을 닦았다. 골짜기로 접어들자 점점 더 눈보라가 심해지더니 사도蛇島역을 지나 도道 경계선을 향하자 강풍으로 바뀌어 객차의 출입문을 흔들었다.

백암역에는 해가 떨어지고 나서도 한참 뒤인 저녁 여섯 시를 넘겨서야 도착했다. 객차를 가득 메웠던 제대군인들은 백무선 열차 시간이 다 되었으니 서두르라는 인솔자의 지시에 따라 우르르 기차에서 내렸다. 그들이 빠져나가자 객실은 조용해졌다. 기행은 다시 시집 원고를 펼치고 읽기 시작했다. 〈조국찬송〉을 다시 읽고, 다른 시들도 읽었다. 〈나의 우크라이나 우크라이나〉를, 〈살틀한 것들〉을, 〈므·이·칼리닌의 돌아가심에 미쳐서〉를 읽었다. 거기에 자음과 모음으로 이뤄진 언어의 세계가 있었다. 평생 혼자서 사랑하고 몰두했던 자신만의 세계. 하루에 일만 톤에 가까운 네이팜탄과 칠백 톤이 넘는 폭탄이 떨어지는 등 종일토록 불비가 쏟아져 평양 곳곳이 불타오르던 순간에도 기행은 적개심 가득한 문장을 통해서만 그 잔인한 세계의 참상을 이해할 수 있었다. 살던 집도 불타버리고, 빼곡히 꽂혀 있던 책이며 은은하게 풍기던 커피 향내 같은 것이 모두 사라지고, 아내와 어린것들과도 헤어져 지내는 동안에도 문자들은 그를 떠나지 않았다. 그 문자들을 쓰거나 읽을 수 있어 그는 전쟁이 끝난 뒤까지도 살아남을 수 있었다. 전쟁의 광기로 가득한 이 세계 속에서 자신을 구원한 그 언어와 문자들의 주인은 누구일까? 기행은 궁금했다. 자신의 것인가, 당의 것인가? 인민들의 것인가? 아니면 수령의 것인가?

기차는 좀체 백암역을 떠날 기미를 보이지 않았다. 평소에도 삼십 분씩 서 있다가 출발하곤 했다기에 다른 승객들과 마찬가지로 기행도 객차에 가만히 앉아 있었다. 양쪽 출입구 위에만 전등이 켜져 있어 원고를 읽기에는 너무 어두웠다. 난방장치가 꺼진 객차는 점점 식어갔다. 아무런 말없이 앉아 있는 승객들의 얼굴이 어둠 속에서 희끄무레하게 떠 있었다. 무릇 천지는 만물의 여인숙이요, 세월은 영원한 나그네라. 옛 시인의 시구가 어둠 속에서 번쩍하고 떠올랐다. 기행은 그 문장을 읊조렸다. 그때 한 사람이 밖에서 들어오더니 짐을 들고 다시 나갔다. 그러자 다른 승객들도 하나둘 자리에서 일어났다.

"이 기차, 안 가는 겁니까?"

선반에서 짐 꾸러미를 내리는 젊은 남자에게 기행이 물었다.

"글쎄, 이렇게 늦도록 출발하지 않는 걸 보면 오늘은 어렵지 않겠습니까?"

남자가 대답했다.

"안내가 있었소?"

"능력 없으면 눈치코치라도 있어야죠."

그러면서 남자는 백치처럼 이를 드러내고 웃었다.

"남설령 고개에서 눈사태가 나 열차 운행이 전면 중단됐다누만. 대각봉 낙석 감시초소의 상호등 신호가 안 보였다던데……."

뒤쪽에서 누군가 말했다.

"거, 보시라요."

젊은 남자가 말하며 빙긋 웃었다.

기행이 돌아보니 사냥캡을 쓴 풍채 좋은 중년 남자가 의자를 잡고 서 있었다.

"그럼 오늘 혜산으로 가는 기차는 없는 겁니까?"

"철도부대원들이 출동했다지만, 이 어둠 속에서 뭘 어쩌겠누? 제설차로 잘못 밀어붙이다가는 탈선할 수도 있는데……."

"오늘 밤으로는 꼭 혜산으로 들어가야겠는데……."

기행이 말했다.

"여기 그런 사정 없는 사람 어디 있겠소? 나만 해도……"

중년 남자가 말했다. 풍채에 어울리지 않은 그의 넋두리를 듣고 있는데, 번쩍하고 또 다른 문장이 떠올랐다. 부평초처럼 떠가는 인생 꿈과 같으니 기쁨을 누린들 얼마나 되겠는가. 기행은 손을 뻗어 기온이 내려가면서 서리꽃이 피어난 차창을 만졌다. 그는 '넘어'라고 달막거렸다가 곧 다시 '너머'라고 중얼거렸다. 넘어인지, 너머인지 혼자 따져보는 사이 앞쪽에서 기적 소리가 길게 들렸다. 혜산은 산 너머에 있었다.

2

일 년 전, 기행은 혜산에 도착했었다. 그때가 소한 전이었으니까 아직 혹심한 한파는 찾아오지 않았을 때였다. 바람도 심하지 않아 혜산역에 내리니 변방 낮은 지붕들 위로 하얀 눈이 소복소복 쌓이고 있었다. 깡깡 얼어붙은 길 위로는 짐을 실은 달구지와 마바리만 워낭소리를 내며 오가고 있었다. 역 앞에는 군용차량들만 서 있을 뿐, 버스 같은 건 보이지 않았다. 작가동맹에서는 기행에게 1959년 1월 1일부터 삼수군 관평리 관평협동조합으로 출근하라고만 지시했을 뿐, 어디를 어떻게 가서 누구의 지시를 받으라는 등의 자세한 사항을 알려주지 않았다. 어찌어찌 혜산역까지는 갔으나 거기서는 또 어디로, 어떻게 가야만 할지 기행으로서는 난감하기만 했다.

하는 수 없이 기행은 개찰구에 선 역무원에게 가서 관평협동조합으로 가는 교통편에 대해 물었다. 역무원은 대답 대신 무슨 일로 거길 찾아가느냐고 기행에게 되물었다. 기행은 평양의 작가동맹에서 관평협동조합으로 파견돼 내려가는 시인이라고 설명했다. 그때 국경 경비대 소속 군인들이 대합실 문을 열고 들어왔다. 군인들이 개찰구 쪽으로 다가오자, 역무원은 조금 있다가 얘기하자며 돌아섰다. 기행이 조금 뒤로 물러서서 휴가를 가는 모양인지 군복을 잘 차려입은 군인들을 바라보는데, 누군가 "아바이!"라고 말했다. 자신에게 하는 말이라고 기행은 생각하지 않았다. 그러자 그 사람은 한 발 더 다가와 기행에게 말했다.

"관평협동조합을 찾아가시는 건가요?"

기행은 고개를 끄덕이며 그 사람을, 이십대 초반의 젊은 여자를 쳐다봤다. 그녀는 누빈 옷에 방한모를 쓰고 있었는데, 볼이 통통하고 살집이 있어 찌든 구석이 하나도 없었다.

"그렇소만."

조금 뜸을 들였다가 기행이 대답했다.

"그럼 저랑 같이 가시죠. 한 삼십 분 지나면 삼수읍으로 가는 승합버스가 올 겁니다. 추우니까 그때까지는 여기 대합실에서 기다리시면 됩니다."

벽에 걸린 시계를 올려다보며 그녀가 말했다. 기행은 선뜻 그 호의를 받아들이지 못했다. 그가 별다른 반응을 보이지 않자 그녀는 그의 가방을 뺏어들고는 난로 쪽으로 걸어갔다. 그러더니 뒤쪽 빈 의자에 앉아서는 남은 짐을 들고 가만히 서 있는 기행에게 오라고 손짓했다. 기행이 쭈뼛거리며 다가오자, 그녀는 일어나며 기행에게 자리를 양보했다.

"동무, 그냥 앉아 있어요. 폭삭 늙어 보이겠지만, 나는 아직 아바이가 아닙니다."

그러자 그녀는 정색하며 손을 내저었다.

"아바이라서 이러는 게 아닙니다. 아바이라고 부른 건 잘못했습니다. 언뜻 호칭이 떠오르지 않았습니다."

"시절이 바뀌어 이젠 다들 아래위 없이 동무라고 하니, 그렇게 부르면 되지 않겠소?"

"그러나 시인 선생님께 어떻게 동무라고 부르겠습니까? 시인 선생님이시라는 건 아까 선생님께서 역무원과 대화할 때 들었습니다. 작가동맹에서 관평협동조합에 파견한 시인이라는 것 말입니다. 이렇게 만나 뵙게 돼 영광입니다. 저는 진서희라고 합니다."

그녀가 손을 내밀어 악수를 청했다. 기행은 주저했다. 그러자 서희는 멋쩍게 웃으며 오른손을 내렸다.

"어쨌든 앉으십시오. 관평협동조합까지는 제가 안내해드리겠습니다."

"동무도 관평협동조합에서 일하시오?"

"저는 조합에서 멀지 않은 곳에 있는 인민학교 교원입니다."

"그런데 왜 나를 협동조합까지 안내한다는 말이오?"

"그건 말입니다. 일단 자리에 앉으십시오. 그러면 말씀드리겠습니다."

서희는 억지로 잡아끌다시피 기행을 자리에 앉혔다. 그리고 그에게 말했다. 일주일 전, 다음 해에 전국적으로 시행되는 현지 파견 작가 사업의 일환으로 백석이라는 시인이 관평협동조합에 배치돼 출근할 것이라는 소식을 전해 듣고 깜짝 놀랐다고. 왜냐하면 그 시인은 여학교 시절, 흠모하던 국어 선생이 수업시간이면 줄줄 외던 시를 쓴 사람이기 때문이었다. 그때부터 그녀는 시와 문학에 빠져들었다. 교원대학에 진학해서도 서희는 시를 계속 썼다. 졸업한 뒤, 교원 수급 사정에 따라 삼수로 배치되자 부모는 여성인 그녀가 삼수 같은 험지로 부임하게 된 것을 꽤 걱정했는데, 정작 본인은 그런 거친 환경 속에서 글이 더 잘 써질 것 같다며 좋아했다. 하지만 막상 와보니 생각지도 못한 어려움이 많아 고민이었는데 이번에 그 멋진 시를 쓴 시인이 가까운 곳으로 온다니 어찌 놀라지 않을 수 있겠는가.

"고향은 정주로 알고 있는데, 삼수까지는 어떻게 오게 된 것입니까?"

하고 싶은 말을 모두 꺼냈는지 서희가 그에게 물었다. 그 물음에 기행은 쉽게 대답하기 어려웠다. 어디서부터 무엇이 잘못됐기에 자신이 삼수로 가게 된 것인지 기행은 여전히 알지 못했으니까.

"말씀 안 하셔도 저는 알 것 같습니다. 선생님께서 왜 삼수까지 오셨는지 말입니다."

기행은 앞에 선 그녀를 올려다봤다. 앉아서 올려다보기 때문인지, 그 자신만만한 태도 때문인지 그녀는 기행보다 훨씬 더 큰 사람처럼 보였다. 서희는 고개를 갸웃거리며 기행을 내려다봤다. 그러더니 사람들로 북적대는 혜산역 대합실 한쪽에서, 어떤 두려움이나 부끄러움도 없는 선한 표정으로 그녀는, "가난한 내가 아름다운 나타샤를 사랑해서 오늘 밤은 푹푹 눈이 나린다"며 시를 낭송하기 시작했다. 그런 곳에서, 오래전에 잊어버렸던 시를, 다른 사람의 입을 통해서 듣게 되니 그의 목구멍으로 뜨거운 것이 치밀어 올랐다. 여학생 시절, 국어 선생을 따라 외웠다는 그 시의 한 음절 한 음절은 쇠도끼날처럼 그의 머리통을 내리쳤다.

우연히 만난 시인 앞에서 그의 시를 욀 줄 안다고 자랑하고 싶은, 그 높은 자부의 마음을 알아차리기도 전에, "쓸쓸히 앉어"라든가 "소주를 마시며" 따위의 비관적이고 퇴폐적인 문장을 저토록 큰 소리로 말하는 철없는 입술을 만류하기도 전에, 기행을 둘러싼 모든 것들이 갑자기 낯설어졌다. 아니, 비로소 그가 자신을 둘러싼 세계를 제대로 인식하게 된 것이랄까. 타오르는 갈탄의 힘으로 한쪽 표면이 빨갛게 달아오르던 난로며, 좀체 귀에 와 닿지 않는 변방의 사투리며, 도내에서도 손꼽히는 축산반을 자랑한다는 협동조합을 찾아간다는 사실 등등이 모두. 그때 그는 눈이 푹푹 나리는 밤 안에 있었다. 누군가를 사랑하는 마음 안에 있었다. 그 밤과 마음이 지금 그와 함께 있었다. 그는 고개를 숙인 채 한참이나 대합실 바닥을 내려다봤다. 미래나 과거에서 타임머신을 타고 날아와 사투리를 쓰는 시골 사람들의 솜 신에서 녹아내린 얼음물로 바닥이 검게 물드는 혜산역 대합실에 떨어진 사람처럼, 멍하니.

"그래서 삼수까지 오신 게 아닙니까?"

그 말에 기행은 다시 고개를 들었다. 거기 인민학교 교원 서희가 서 있었다. 앞의 말을 듣지 못했기에 기행이 아무런 대꾸도 하지 못하자, 그녀가 재차 설명했다.

"이 시에 이미 쓰시지 않았습니까? '산골로 가는 것은 세상한테 지는 것이 아니다. 세상 같은 건 더러워 버리는 것이다'라고 말입니다."

그 말에 기행은 자리에서 일어났다.

"지금 보니 교원 동무가 사람을 잘못 본 것 같습니다. 저는 그런 시는 쓸 능력도 없는 사람이올시다. 나그네를 배려하는 마음은 감사합니다만, 협동조합은 제가 알아서 찾아갈 테니 신경 안 써도 되겠습니다."

"아까 시인이라고 하지 않으셨습니까?"

"동무가 잘못 들은 모양이오. 작가동맹이 나를 조합에 파견한 것은 맞지만, 나는 시를 번역하는 사람이오."

"정말입니까?"

서희가 기행을 쳐다봤다. 기행은 그 눈을 피하며 서희에게서 가방을 다시 뺏어들었다.

"정말 시인 백석 선생님이 아니십니까?"

"아니오, 아니오. 나는 그런 사람이 못 됩니다."

그는 출입구 쪽으로 걸어갔다. 문을 열고 나가려고 보니 역 앞으로는 눈이 내리고 있었다. 그건 '오늘 밤은 푹푹 눈이 나리는' 세상이었다. 이런 세상이라면 아름다운 나타샤는 나를 사랑하고 어데서 흰 당나귀도 오늘 밤이 좋아서 응앙응앙 울고 있을 게 분명했다. 어디에 있다가 갑자기 이런 세상이 나타난 것일까? 자신은 다만 시를 한 편 들었을 뿐인데…… 그나마 오래전 자신이 쓴 시였는데…… 기행은 푹푹 나리는 눈을 맞으며 가만히 서서 좋아서 응앙응앙 대는 흰 당나귀의 울음소리를 듣고 있었다.

3

1958년의 마지막 날을 기행은 양강도 삼수군 관평리 독골에서 보내게 됐다. 새해도 아니고, 하필이면 섣달 그믐날 저녁에 그가 찾아오는 바람에 집에서 쉬다가 사무실로 나온 축산반장의 표정은 편하게 보이지 않았다. 더 이상 조합원을 받을 여력이 못 된다는 보고를 올렸으나 일방적으로 기행의 배치가 이뤄졌다. 이런 경우라면, 중대한 잘못을 저지르고 쫓겨 오는 게 분명하다는 게 삼수 사람들의 생각이었다. 하지만 12월이면 영하 삼십 도를 밑도는 삼수에서 그런 건 크게 중요하지는 않았다. 다만 중요한 것은 일을 잘할 수 있느냐 없느냐는 것이었는데, 누가 봐도 기행은 환영받기 힘든 중늙은이에다가 러시아 문학을 번역하는 시인이라고 했다.

"여기가 왜 독골인지 아시오?"

축산반장이 느닷없이 기행에게 물었다. 물론 대답을 원하는 건 아닌 게 분명했다.

"평양에서 왔다지 않았소? 거기서는 동무가 삼수에 떨어지게 됐다고 다들 고생길이 훤하다고 말했겠지. 그런데 어쩌나, 이 골짜기는 그 삼수에서도 저만치 혼자 외따로 떨어져 있다고 해서 독골이라오. 어쩌다가 여기까지 왔는지는 내가 알 바가 아니고, 다만 늙었다고 꾀부릴 생각하다가는 큰 코 다칠 줄 아시오."

"여기까지 와서 꾀부릴 생각은 없소이다."

기행이 대답했다.

"합숙소는 이미 다 차버려 동무가 들어갈 자리가 없소. 1월 3일에 정식으로 배치되어야 자리를 쪼개든, 비집고 끼워 넣든 할 수 있으니까 그때까지는 가져온 이불로 여기 사무실에서 생활하시오."

그러더니 축산반장은 3일 아침에 보자며 가버렸다. 낮 동안 달아올랐던 갈탄 난로에는 아직 불이 남아 있었다. 기행의 삼수 생활은 그 난로의 바람구멍을 틀어막는 것으로 시작됐다. 그다음 날은 1959년의 첫날이었고, 명절맞이 특식이 나와 아침부터 공동 식당은 잔칫집 분위기였다. 낮이 되자 근처 관평천에서는 스케이트 대회가, 과녁봉과 마산 사이의 능선에서는 사냥 대회가 열렸다. 이따금 포수들이 쏘는 총소리가 먼 골짜기에서 한가로이 울려 퍼졌다. 워낙 오가는 사람들이 많은 것인지, 감정 표현에 서툰 것인지 조합원들은 낯선 얼굴의 기행을 보고도 외면하거나 반기지 않고 그저 데면데면하게 대했다. 모두 팔십여 명에 달하는 조합원들 중에는 고아도 있고 상이군인도 있고 과부도 있었는데, 이제 시인까지 왔으니 구색은 다 갖춘 셈이라고 누군가 말했다. 시인이라니까 시인인 줄로 알지 기행이 쓴 시를 한 번이라도 읽어본 사람은 아무도 없었다. 팔십여 명 중, 글을 읽을 줄 아는 사람도 많지 않았으니까. 기행은 그런 사람들 틈에서 어떻게든 잘 어울려보기 위해 애를 썼지만, 해가 저물고 나니 의욕이 조금도 남아 있지 않았다.

축산반장은 무슨 마음으로 그를 합숙소가 아니라 사무실에서 재웠는지 모르지만, 삼수에서의 처음 며칠을 혼자서 지낸 일이 기행에게는 행운이었다. 다음 날에는 좀 더 요령이 생겨 새벽까지도 난로의 불을 꺼뜨리지 않을 수 있었다. 난로 덕분에 기행은 밤새 물을 데워 마실 수 있었다. 뜨거운 물로 몸이 따뜻해지니 삼수의 겨울이라도 이 정도라면 버틸 수 있지 않겠는가 자만도 들었다. 다만 아쉬운 건 평양을 떠나올 때 한 달이 되든 석 달이 되든 이번만큼은 펜대를 굴리거나 책갈피를 넘기다가 오는 일 없이 노동 현장에 투신하자는 마음으로 책 한 권, 사전 하나 들고 오지 않은 일이었다. 그는 사무실의 책장을 기웃거렸다. 거기 꽂힌 《스타하노프운동이란 무엇인가》《새 민주주의》《조선 정치형태에 관한 보고》《조소문화》《문화전선》《건설》《인간문제》 등등의 제목들을 별다른 흥미 없이 읽어가다가 그는 《수의학 기본》이라는 책을 발견했다. 이제 막 조합에 도착해 양들을 대면한 기행에게는 더없이 필요한 책이었다.

그렇게 해서 1월 6일, 소한이 되어 수온주가 영하 사십 도 가까이 떨어지면서 합숙소로 짐을 옮기기 전까지 기행은 축산반 사무실에서 《수의학 기본》을 읽으며 연말연초의 밤들을 지냈다. 책을 읽다가 이따금 기억할 만한 구절들이 있으면 가져온 새 공책에 옮겨 적었다.

'사회주의 건설의 보람찬 목표를 달성하기 위하여서는 제1차 5개년 계획을 기한 전에 완수하여야 한다.'는 전체 당원들에게 보내는 조선 로동당 중앙 위원회의 편지

오직 김일성 동지를 수반으로 하는 조선 로동당 중앙 위원회와 공화국 정부의 축산 정책이 유일하게 옳았으며

말씀하시면서 "우리는 2~3년 내에 육류 생산을 40만 톤, 우유는 46만 톤, 계란은 15억 개, 양모는 700톤 이상"에 이르게 하며, "축산업의 토대를 계속 강화하여 2~3년 내에 가축 두수를 소는 100만 두, 돼지 400만 두, 면양 및 산양은 60~70만 두로 장성시켜야 할 것입니다"라고 교시

제1장 가축의 질병에 대한 개념
제1절 질병이란 무엇인가

질병이라는 것은 가축체와 외부 환경 간의 호상 관계가 파괴되는 결과

만일 가축의 중요 장기의 기능이 정상적이고 외부 환경이 량호하다면, 병든 가축은 완전히 회복된다. 반대로 병든 가축을 혹독하게 부리고 나쁜 사료를 주면 죽음의 전귀를 취하거나

그러다가 그 공책에 편지를 썼다. 평양에 있는 친구 준에게.

구랍 말일, 삼수에 도착했소. 여긴 삼수에서도 외따로 떨어진 독골이라는 곳이오.

그렇게 써놓고 보니 어쩐지 편지가 마음에 들지 않았다. 마치 지옥으로 떨어진 단테가 띄우는 편지처럼 느껴졌기 때문이다. 누군가 읽는다면, 노동 현장으로 보냈더니 앓는 소리만 늘어놓는다고 비판받을 게 분명했다. 그래서 줄을 죽죽 그었으나 마음이 놓이지 않았다. 그는 어떻게 할까 생각하다가 공책을 찢어 난로 안에다 던져 넣었다. 그러자 불길이 사그라들던 난로 안이 일순간 환해졌다.

아침이 되어 재를 치우느라고 난로 아래쪽의 재받이통을 꺼내니 타버린 종잇조각들이 있었다. 혹시나 해서 손끝으로 집어 들어 살펴보니 글자 같은 건 하나도 보이지 않았다. 그러다가 손가락으로 비비니 종이는 흔적도 없이 바스러져 먼지처럼 흘러내렸다. 그 사실을 확인하고 기행은 무척 기뻤다. 자신이 쓴 글자들이 강철이나 바위 같은 것이 아니어서 사그라드는 불씨에도 쉽게 타버려 먼지처럼 사라지는 것들이어서.

그다음 밤에도 기행은 편지를 썼다. 평양에 있는 친구 준에게.

구랍 말일, 삼수에 도착했소. 여긴 삼수에서도 외따로 떨어진 독골이라는 곳이오. 밤이면 기온이 영하 이십 도까지 뚝뚝 떨어져 물이란 물은 죄다 얼어버리기 때문에 잉크를 쓰지 못하오. 이불을 둘둘만 채, 잔불만 남은 난로 앞에 엎드려 남포 불빛에 의지해 책도 읽어보고, 편지도 끼적여본다오. 물론 자네에게 가 닿지 않고, 어디선가사그라들 편지라는 것을 잘 알지만. 그러다가는 연필을 내려놓고 누워 찬바람이 쌩쌩 불어대는 축산반 사무실 안의 천장이나 벽을 바라보곤 한다오. 일렁이는 그림자들 위로 살아오면서 겪은 일들이 하나둘 스쳐가곤 하는데, 해방되고 얼마 지나지 않아 아오야마 영문과 후배 하나가 죽은 아들을 둘러메고 동대원의 집까지 찾아오던 일이 문득 떠올랐소. 그때 그 후배는 하얼빈에서 막 탈출한 직후였는데, 이야기를 듣자하니 하얼빈에 소련군이 들어오자 백계 러시아인들 중에는 자살자가 속출했다더군. 지금 생각하면 그들이야말로 자신들이선택한 삶을 살아간 사람들이지 싶으네. 자신에게 남은 유일한 것을선택한 사람들이니까. 죽음을 선택하는 게 삶이라니까 이상하게 들리는가? 나는 조금도 이상하게 들리지 않네. 삼수에서 나는 하루에도 몇 번씩 모든 주머니를 다 털어 내게 남은 선택이 몇 개나 되는지따져보고 있으니까.

어차피 아침이면 재로 돌아갈 문장들이어서 기행은 거리낌 없이써내려갔다. 원하는 만큼 마음껏 편지를 쓴 뒤, 기행은 연필을 내려놓았다. 죽음에 대해 생각하고 있다고 쓰고 나니 비로소 기행은 살것 같았다. 기행은 편지를 쓴 페이지를 찢어 난로 속으로 던져 넣었다. 불꽃이 일었다가 이내 사라졌다. 기행은 이불 속으로 들어갔다.

삼수에 온 지 사흘째, 이제 비로소 기행은 불면의 고통에서 벗어나 편안히 눈을 감을 수 있었다. 그렇게 불을 끄고 누웠는데 사무실 안이 너무나 고요한 것이었다. 밤새 육중한 통나무 문을 흔들어대던 바람 소리가 들리지 않았다. 대신에 어떤 가냘픈 소리가, 작고 약한 소리가 들렸다.

기행은 이불 속에서 나와 나무문을 열었다. 문 앞에는 어떻게 우리를 빠져나온 것인지 암양 한 마리가 서 있었다. 기행은 쪼그리고 앉아 도망가지도, 다가오지도 않고 가만히 서서 자신을 바라보는 그 양을 안았다. 양에게서는 똥냄새와 비린내가 났다. 양을 들어보려다가 이내 포기하고 기행은 사무실 옆 양사 쪽으로 양을 몰았다. 새로 쌓인 눈 위에 양의 발자국이 찍혔다. 어떻게 이토록 선명한가? 기행은 생각했다. 고개를 들어보니, 구름이 걷힌 밤하늘로 하현의 반달이 떠 있었다.

다시 사무실로 돌아온 기행은 혜산역에서 만난 인민학교 여선생에게 들었던 시의 제목을 공책에 썼다.

나와 나타샤와 흰 당나귀

그러자 그 제목 옆으로 가지런히 놓여 있던 글자들이 머릿속에 떠올랐다. 그는 그대로 받아 적었다. 페이지를 한 장 넘기고 이번에는 '가즈랑집'이라고 썼다. 그리고 그 옆으로 오래전 자신이 쓴 시구를 받아 적었다. 글자들이, 문장들이, 사투리와 비유들이 저마다 제

자리를 차지하고 있으니 보기가 참 좋았다. 그게 좋아 기행은 페이지를 넘겨 또 썼다. '祭古夜'라고, '女僧'이라고, '伊豆國奏街道'라고, '統營'이라고. 기행은 쓰고 또 썼다. 다행히도 밤은 길었으므로 기행은 얼마든지 쓸 수 있었다. 원한다면 평생 써온 시들을 모두 그 공책에 쓸 수 있었다.

그렇게 한 편의 시를 쓰고, 쭉 읽은 뒤, 난로에 넣어 그 불꽃을 보는 일을 반복하다가 그는 '舘坪의 羊'이라고 썼다. 마찬가지로 그 왼쪽으로 글자들이 쭉 떠올랐고, 그는 그대로 받아 적었다. 그런데 차마 이 시만은 난로에 넣어 태워버릴 수가 없었다. 그건 한 번도 쓴 일이 없었던 시였으니까.

4

그날, 어떤 기차도 혜산으로 떠나지 못했다. 기행은 다른 승객들과 함께 객차에서 내렸다. 얼어붙은 길 위로 해발 일천 미터가 넘는 고원의 하얀 바람이 기행의 온몸을 샅샅이 훑었다. 기행은 털모자를 눌러쓰고, 외투의 옷깃을 세운 뒤, 목도리를 친친 감았다. 역 앞 분주소로 들어간 그는 짐을 내려놓고《문학신문》을 통해 발급받은 공무 여행 증명서를 제시하고 숙박 등록을 했다. 숙소에 대해 문의하니 깡마르고 얼굴이 검은 보안원이 역 앞에 공무 여관이 있기는 하나 혹한기라 문을 닫았다며 백암각으로 가보라고 했다. 백암각은 여관이 문을 닫는 기간에만 공무 여행자를 받는데, 원래는 식당이라고 했다.

"기자 동무, 평양에서 이 먼 곳까지 취재 다니느라 고생이 많소. 내일은 설날이니까 백암각에 가거들랑 떡국이라도 얻어먹으시오."

증명서만 보고서 하는 말이었다. 생각지도 못한 보안원의 친절에 고맙다고 말하고 분주소를 빠져나오니 다시 강풍이 기행의 몸을 흔들었다. 두 뺨을 긁고 지나가는 눈발이 점점 더 굵어지는 듯했다. 고개를 들고 있을 수가 없어 기행은 얼어붙은 길바닥만 바라보며 걸었다. 그러면서 그는 뜨거운 고깃국물 속에 잠겨 있을 떡들을 생각했다. 그가 걸어가는 길의 양편으로는 단층집들이 늘어서 있었는데, 등화관제의 밤처럼 새어 나오는 불빛 하나 없었다. 그 어두운 거리 저편에 떡국을 파는 식당이 있을 것 같진 않았지만, 보안원의 말을 믿는 수밖에 없었다. 강풍에 맞서 걸으며 기행은 생각했다. 김이 모락모락 피어나는 떡국을. 평양의 가족들을. 친구인 병도와 준을.

《문학신문》이 주최하는 현지 파견 작가의 좌담회에 참석하기 위해 평양에 올라갔을 때, 무던히도 애를 썼건만 결국 기행은 병도를 만나지 못했다. 집까지 찾아갔는데도 병도는 나와보지도 않고 그를 문전박대했다. 그가 의도적으로 기행을 피한다는 것만은 확인했으니까 다행이라고나 할까. 한 삼 개월, 길어봐야 반 년 정도 호젓한 시골에서 푹 쉬다가 오라던 그의 말을 기행이 곧이곧대로 믿은 건 아니었다. 그들이 원한다면 삼수에서 귀신이 되어도 상관없는 일이라고 생각했다. 하지만 적어도 친구라면 자신이 그런 운명에 처했다는 사실 정도는 귀띔해줬어야 했다. 고생하다 보면 돌아갈 날이 있겠지, 내가 잘하면 당도 인정해 주겠지, 하는 헛된 희망을 품지 않도록 말이다.

언제나 기행은 충분히 불행해질 준비가 되어 있었다. 벌써 오래 전부터, 어쩌면 어린 시절의 놀라웠던 산천과 여우들과 붕어곰과 가 즈랑집 할머니가 겨우 몇 편의 시로 남게 되면서, 혹은 통영까지 내 려가서는 한 여인의 마음 하나 얻지 못하고 또 몇 편의 시만 건져온 뒤로. 세상 사람들이 모두 불행해질 것을 두려워한다 해도 기행은 헛 된 희망보다는 확실한 불행을 택할 사람이었다. 다행이 평양에는 병 도만 있는 게 아니었다. 눈물의 나라에서, 볕살의 나라에서 온, 기행 의 친구 준도 있었다.

오로지 번역만 할 뿐, 어떤 시도, 소설도 쓰지 않았기 때문일 테 지만 용케도 준은 평양에 남아 있었다. 일 년 만에 준과 함께, 평양의 거리를 걸어갈 때, 기행의 가슴은 벅차올랐다. 전쟁이 일어나 그 거 리의 모든 것들이 파괴되고 부서지는 것을 지켜보는 동안, 그들의 청 춘도 완전히 빛을 잃어버렸다. 그 거리야말로 청춘의 무덤이었다. 그 들은 자신들이 살아온 시대를 그 거리에 묻었다. 하지만 그럼에도 그 들은 아직까지 살아남아 이렇게 같이 걷고 있었다.

"모든 게 끝난 게 맞을까? 이제 다른 길은 정말 없는 것일까?"

일 년 새 부쩍 늙어버린 친구의 질문에 준은 고개를 돌려 그 눈을 바라볼 뿐이었다.

"있지 않고. 왜, 나무도 없는 높은 고원으로 다녀보면 길이라는 건 걸어가는 사람에게만 보이는 것이지 않던가."

점잖은 친구의 현명한 충고 앞에서 기행은 게사니처럼 꽥꽥거리 고 싶었다.

"파스테르나크가 《노빅 미르》에 《쥐바고 박사》를 투고했다가 결함을 지적받자 그 원고를 서방 출판사로 보냈다지 않은가. 그 사람 눈에는 그게 길처럼 보였던 모양이지. 자네에게 보내지 않고 태워버린 편지에 이런 얘기를 쓴 적이 있지. 언젠가 아오야마 시절의 후배가 나를 찾아온 밤이 있었어. 하얼빈에서 돌아오고 다시 몇 년이 지난 뒤의 일이었지. 그때 그 사람이 말하기를, 이런 곳에서는 답답해서 살 수 없으니 같이 남으로 내려가자더군. 나는 남으로 가는 것 말고도 다른 길이 있는 것 같아 그 제안을 거절했지. 그런데 요즘 그런 생각을 많이 한다네. 만약 그 사람이 삼수에 다시 나타나 그때와 똑같은 권유를 한다면 나는 뭐라고 대답할까."

그날 밤, 그의 아내와 어린아이들이 잠든 준의 집에서 기행은 조금 취했다. 기행은 조금 서러웠다. 기행은 조금 쓸쓸하니 또 외로웠다. 기행은 가방에서 공책을 꺼내 준에게 내밀었다. 전쟁이 일어나기 전의 언젠가, 혹은 더 오래전 만주를 떠돌다가 우연히 준을 만나면 늘 그랬던 것처럼. 마치 내일이라도 당장 어느 하늘 밑에선가 죽어갈 운명인 듯 그간 써온 시들을 모두 건넸던 것처럼. 준은 더 묻지도 않고 그 공책을 받았다. 그러고는 잠시 표지를 어루만졌다. 그의 새까만 눈에 하이얀 것이 가랑가랑했다. 준은 공책을 열어 한 장 한 장 넘겨봤다. 그가 오래전에 읽었던 친구의 시 제목들이 쭉 이어졌다. 그러다가 마지막에는 '관평의 양'이라는 제목을 봤다.

"이건 못 보던 것이군."

"삼수에서 쓴 것이니까."

그렇게 말하고 기행은 그 시를 읊었다. 준은 말없이 술을 들이켰다. 공책을 넘겨보니 그 뒤에도 시의 제목들은 계속 이어지고 있었다. 빈 페이지가 나올 때까지 넘기고 나서 준은 공책을 다시 기행에게 내밀었다.

"이건 자네가 다시 가져가는 게 좋겠네. 그 언제였던가, 자네와 소식이 끊어지고, 우리가 저마다 시대의 광풍에 휩쓸려 떨어진 이파리처럼 이리 구르고 저리 뒹굴던 시절에 자네가 내게 맡긴 시들을 잡지사에 넘긴 일이 있었지. 그때 나는 자네가 살았는지 죽었는지도 모르고 있던 무정한 친구였네. 그때 그런 생각을 했다네. 다음부터는 이런 짓은 두 번 다시 하지 말아야겠다고. 만약 우리가 살아서 다시 만날 수 있다면. 오늘, 이렇게 다시 살아서 자네를 보게 되니 더없이 기쁘다네. 이제는 그때의 약속을 지키고 싶어. 나는 자네가 자네의 시보다 불행해지지 않았으면 한다네."

보안원이 말한 길로 한참 걸어가면서 기행은 준이 말한 불행에 대해 생각했다. 그리고 시에 대해 생각했다. 아무리 걸어도 이층짜리 건물이라는 백암각은 보이지 않았다. 대신 어두컴컴한 골목을 빠져나가니 벌판이 나왔다. 기행의 등 뒤에서 무시무시한 소리를 내면서 눈보라가 몰려오더니 어둠 속으로 사라지고 있었다. 아무리 눈을 부릅뜨고 살펴봐도 거기에 길이, 그 어둠 너머에 건물이 있을 것 같지 않았다. 기행은 서희가 사람들로 북적대는 혜산역 대합실 한쪽에서, 어떤 두려움이나 부끄러움도 없는 선한 표정으로 "가난한 내가 아름다운 나타샤를 사랑해서 오늘 밤은 푹푹 눈이 나린다"라고 시를 읊조리기 시작하던 순간을 기억했다. 그 순간, 자신이 어떤 기분이었는지, 그 시의 한 구절 한 구절이 어떻게 자신의 귀에 와 박혔는지, 그리고 이제 더 이상 자신의 것이 아닌 그 아름다운 언어가 어떻게 쇠도끼처럼 자신의 머리통을 내리쳤는지. 그래서 어떻게 자신과 시를 둘로 쪼개 놓았는지. 이제 시는 기행의 것도, 그 누구의 것도 아니었다. 자신의 불행과 시는 아무런 관계가 없었다. 기행이 다시 돌아서자 눈보라가 그를 뒤흔들었다. 바람이 불어오는 곳을 향해 기행은 걷기 시작했다.

공의 기원

:

김희선

강원대 약학과를 졸업하고, 동국대 국문과 석사 과정을
수료했다. 2011년 《작가세계》 신인상에 소설이 당선되
어 등단했다. 소설집 《라면의 황제》, 장편소설 《무한의
책》이 있다.

군함이 항구에 들어왔을 때 사람들은 삼삼오오 모여들어 생전 처음 보는 거대한 배를 구경했다. 아직은 부두에 그렇게 커다란 배가 들어올 만한 설비가 마련되어 있지 않았기에, 군함은 멀리 수평선 조금 못 미친 지점에 가물가물 떠 있을 뿐이었다. 그래도 눈을 가늘게 뜨고 보면 낯선 국기가 바람에 펄럭이는 모습이 어렴풋이 보였다. 배가 떠 있는 지 이틀 정도 지났을까, 저 멀리로부터 보트 한 척이 빠르게 해안으로 다가왔다. 거기서 하얀 모자를 쓴 수병들이 뛰어내리는 장면을, 한 소년이 발돋움을 한 채 보고 있었다.

배에서 내리는 수병들의 표정은 밝았다. 그럴 만도 한 게, 그들은 벌써 꽤 오래 갑판에서만 지내온 터라 오랜만에 밟는 육지가 그렇게도 반가울 수 없었던 것이다. 낯선 이들이 점점 가까이 다가오는 것을 보고, 그때까지 빙 둘러서서 구경을 하던 마을 사람들은 주춤주춤 뒤로 물러났다. 사실 과히 가까이하고 싶지 않은 얼굴을 가진 족속들이었다. 거참, 괴이하게도 생겼군. 그들은 속으로 중얼거렸다. 일부는 재빨리 그 자리를 떴다. 굳이 그런 데 있어봤자 좋을 일이 없다는 걸, 반만년이 넘는 역사에서 미리 배운 자들이었다.

하지만 소년과 친구들은 그렇지 않았다. 그들은 배에서 내린 외인들이 기묘한 물건을 가지고 뭔가를 하는 장면을 넋을 놓고 구경했다. 그 놀이(로 추정되는 이상한 행위)를 하며, 그들은 무척이나 즐거워보였다. 구경하던 소년 역시 덩달아 신이 났다. 수병들은 둥글고 땅에 던지면 퉁 튀어 올랐다가 멀리멀리 날아가는 기이한 물건을 가지고 있었다. 그게 축구공이라는 것을, 소년은 나중에 알게 된다. 그러니까 그런 식으로 영국 군인들의 축구 경기를 며칠간 지켜본 끝에 말이다. 그리고 그것이 축구공이라는 것을 알게 됨과 동시에 소년의 운명은 180도 바뀌게 되었던 것이다.

즉, 그 사연은 이러하다. 어느 날 수병들이 공놀이 하는 것을 지켜보던 소년의 발 앞으로 그 신비로운 물건이 데굴데굴 굴러왔다. 그 공 좀 이리 차줄래? 아마도 수병은 이렇게 말했을 테지만, 소년이 그걸 알아들었을 리는 없다. 그럼에도 불구하고 그는 어떤 본능의 힘에 이끌려 공을 발로 뻥 찼다. 그런데 그 공이 하늘로 붕 떠서 높이 날아올랐는가 하면, 아쉽게도 그렇지는 않았다. 공은 그저 느릿느릿 굴러갔고, 소년은 발이 아파 어쩔 줄 모르며 제자리에서 펄쩍펄쩍 뛰었다. 그러나 그게 인연이 되어 소년은 친구들과 함께 외인들의 공놀이에 끼어들 수 있었다. 여전히 말은 통하지 않았지만, 소년은 빠른 속도로 공 다루는 기술을 배웠다. 그는 드리블이라든가 골인 같은 중요한 용어도 습득했다. 사실 증거가 없어서 어디까지 믿어야 할지는 알수 없지만, 당시 소년의 일취월장하던 기술은 가히 후일의 마라도나에 필적할 만한 수준에 이르렀었다는 것이다. 게다가 영리한 데다 붙임성까지 있던 소년은 영국인 수병들과 약간의 대화가 가능할 정도로 언어를 배웠고, 그리하여 그들이 인천항에 정박하고 있던 이유도대충 이해하게 되었다.

그들은 자기들이 지도를 그리러 여기에 온 거라고 말했다. 지도가 뭔지 소년은 알 수 없었기에 고개를 갸우뚱했다. 그들 중 하나가맨 위에 세계전도世界全圖라고 적혀 있는(그러나 소년은 읽을 수 없었을) 커다란 지도 한 장을 펼쳐서 보여줬다. 이것이 세계야. 소년은 세상이 한 장의 종이 속에 모두 들어갈 수 있다는 사실에 놀랐다. 그는지금 우리가 축구를 하고 있는 이 바닷가도 여기에 다 들어가 있느냐고 물었다. 수병이 고개를 끄덕이자, 소년은 갈매기가 끼룩대는 항구나 나지막한 초가지붕 같은 것들이 어디 있을지 찾기 위해 한동안 종이 구석구석을 뒤졌다. 그러나 곧 가죽으로 만들어진 축구공을 차고노느라 지도에 대한 것은 다 잊어버리고 말았다.

때로 공을 차다 돌아보면, 수병과 장교들이 측량 도구를 가지고여기저기 돌아다니는 것을 목격할 수 있었지만, 그게 다였다. 그렇게얻은 자료를 가지고 이후 그들이 무엇을 했는지도 소년은 잘 모른다. 왜냐하면 얼마 뒤 수평선 조금 못 미친 곳에 떠 있던 군함이 어디론가 가버렸기 때문이다. 배가 떠나기 얼마 전, 수병은 소년에게 공을줬다. 아마 더 이상 쓸모가 없었던 걸지도 모르고 어쩌면 소년과 친해졌기 때문에 그야말로 순수하게 건넨 마음의 선물일지도 모른다. 여하튼 공을 주며 그는 소년에게 앞으로 위대한 축구 선수가 되라는 (말도 안 되는) 축원까지 해주었다. 아마도 그 수병은, 누군가가 축구 선수가 되려면 축구팀과 축구화, 축구복, 코치, 운동장 등이 필요하다는 것까진 생각하지 못했던 듯하다.

소년은 아쉬운 마음으로 손을 흔들며 보트가 해안을 떠나 수평선 쪽으로 어른어른 사라질 때까지 서 있었다. 축구 선수가 되어야지. 소년은 공을 안고 집으로 달리면서 생각했다. 하지만 그게 그렇게 쉬운 일은 아니었다. 아니, 사실은 매우 어려운 일, 더 나아가서는 거의 불가능한 일에 속했다. 특히 1882년 인천의 작은 바닷가 마을에선 더더욱 그러했는데 왜냐하면 앞서도 말했듯이, 일단 축구 선수가 되려면 축구팀과 축구화, 운동장, 코치 같은 것들이 있어야 했기 때문이다. 그러나 소년이 알기론 세상 어디에도 그런 건 없었다. 게다가 소년은 할 일이 많았다. 그러지 않으면 먹고살 길이 막막했기 때문이다.

그는 결국 축구공을 뒤꼍 광 가장 깊숙한 장소에 잘 감춰뒀다. 그리고 틈날 때마다 꺼내 먼지를 닦고 해진 부분을 실로 꿰맸다. 때로 아무도 안 보는 밤이면, 그러니까 항구에서 짐을 나르고 돌아와 잠깐 눈을 붙였다 깨어난 밤이면, 그는 축구공을 꺼내 기술을 연마했다. 해안을 지나던 배에선 깊은 밤 달빛 아래서 한 남자가 머리로 공을 통기며 모래사장을 달리는 모습이 보였다. 광대인가? 바닷속에 던져둔 항아리에 문어가 들어가길 기다리며, 어부들은 나지막이 중얼거렸다. 미친 게 틀림없지. 누군가는 이렇게 떠들기도 했지만, 그는 아랑곳하지 않았다. 덕분에 그의 기술은 나날이 발전했는데, 언젠가부터 그와 공은 거의 한 몸이 되어 공이 그인지 그가 공인지 구분할 수 없는 경지에까지 도달했던 것이다. 물론 그러는 사이 인천항도 점점 커졌으며 점점 붐벼갔고 수많은 외인들이 갖가지 이유로 그곳을 드나들게 되었다. 사실 말이 났으니 말이지만, 항구가 그렇게 커진 데엔 소년(어느새 자라 청년이 되어 있었는데)의 공로도 무시할 수 없을 만큼 컸다. 왜냐하면 그는 (당시 마을에 살던 사람들이 모두 그랬듯이) 매일 부두에 나가 등짐을 졌는데, 얼마 안 되는 삯을 받으며 하루 종일 항구를 넓히는 데 쓸 돌과 흙을 나르는 것은 정말이지 호락호락한 일이 아니었기 때문이다.

결국 그는 나이에 비해 겉늙고 등도 완전히 굽어버렸는데, 실제로 박물관에 걸려 있는 단 한 장의 사진에선 겨우 스물대여섯 정도밖에 안되었을 그 청년이 거의 육십을 훌쩍 넘긴 노인 같은 얼굴로 근심스럽게 정면을 응시하고 있었다. 사진 속 남자가 정말로 그인가에 대하여는 여러 이견이 있었지만 세계적 공 장인匠人인 박홍수는 그 사람이 자신의 증조부임에 틀림없다고 단언했다. 눈매며 입매가 자기와 꼭 닮았고 무엇보다도 그가 한 손에 축구공을 끌어안고 있다는 점을 강조하면서 말이다. 박홍수는 돋보기까지 이용하여 사진 속 공의 한 부분을 확대한 뒤 사람들에게 보여줬다. 거기엔 다 지워져가는 글씨로 '토마스 굿맨®'이라는 상표가 새겨져 있는데, 그것이야말로 그 낡은 사진 속 인물이 자기 증조부임을 드러내는 완벽한 증거라는 것이었다. 그는, 새로 지은 '굿맨 앤드 박 볼 컴퍼니' 공장 옆에 건립

한 공 역사박물관에 그 사진, 그러니까 갯벌과 한창 공사 중인 항구와 갈매기 몇 마리를 배경으로 서 있는 남자의 흑백사진을 걸면서 설명문 한 장을 특별히 붙여뒀다.

한글과 영문, 펀자브어로 작성된 그 설명문은 은빛 알루미늄 액자에 들어 있었고, 거기엔 '토마스 굿맨' 상표 축구공의 역사와 그게 어떤 연유로 그의 증조부에게까지 흘러들어왔는가에 대한 사연이 꼼꼼하고도 세세하게 기록되어 있었다. 그리고 거기 적힌 바에 의하면, 세계적 공 장인이자 파키스탄 펀자브 인근 시알코트에 세계 최대의 수제 축구공 공장을 가지고 있는 박홍수의 운명은 이미 증조부 대에 결정된 거나 마찬가지였다. 왜냐하면 개항기 인천의 한 바닷가에서 어느 영국인 기자에게 우연히 찍힌—그러나 알고 보면 필연적으로 찍혀야만 했던—그 사진 속에서, 박홍수의 증조부가 들고 있던 공은 무척이나 유서 깊고도 중요한, 역사의 산증인 같은 물건이었기 때문이다.

이야기는 1872년으로 거슬러 올라가는데, 그해 잉글랜드 축구협회는 "모든 축구 경기에서는 가죽으로 만든 공만을 사용해야 한다"고 공식적으로 선포했다. 그 선언 이후 런던 시내에서 수작업으로 가죽 축구공을 만들어 팔던 사람들에겐 일종의 특수가 찾아왔는데, 토마스 굿맨 역시 그런 수혜를 입은 업자들 중 하나였다. 원래 런던 시내에서 대대로 구두점을 경영해오던 그는, 무역 회사들이 인도 및 세계 각지의 식민지에서 훨씬 저렴한 가격에 품질까지 좋은 구두를 대량으로 들여오는 통에 망하기 일보 직전에 처해 있었다. 사실 토마스 굿맨은 '해가 지지 않는 나라' 따위의 수사를 무척 싫어했는데, 왜냐하면 영국이 해가 지든 안 지든 어차피 그가 사는 런던 뒷골목에서는 낮과 밤이 반복되는 일상이 변함없이 계속되고 있었고, 이상하게도 오히려 점점 더 밤이 길어지는 것 같은 기분마저 들었기 때문이다.

어쨌거나, 불만에 가득 차 있던 토마스 굿맨이 남아도는 소가죽과 (당시로서는 신소재에 속하는) 천연고무를 이용해 축구공을 만들어야겠다는 생각을 하게 된 건 순전히 우연이었다. 어느 날, 은행 이자를 어떻게 갚아야 할지 고민하며 고개를 푹 숙인 채 걷다가 어디선가 날아온 커다란 덩어리 같은 것에 머리를 세게 맞고 말았기 때문이다. 눈에서 불이 번쩍하는 순간 길바닥에 철퍼덕 쓰러졌던 그가 겨우 몸을 일으키자, 한 소년이 달려와 미안하다며 머리를 긁적였다. 정신을 차리고 보니, 그에게 날아온 것은 얼기설기 엮은 가죽 주머니에 바람을 불어넣은 뒤 입구를 대충 꿰매 만든 축구공이었다. 탄성이라곤 없는 그 딱딱한 공은 그의 머리를 정통으로 때렸고, 이마에는 이미 커다란 혹이 부풀어 오르고 있었다. 보통 사람 같으면 소년에게 한바탕 욕을 퍼부었겠지만, 그러나 그때 토마스 굿맨은 아무 말도 하지 않았다. 도리어 괜찮으니 걱정 말라며 소년의 머리까지 쓰다듬어준 그는, 그 비실용적으로 무거운 데다 탄성이 없어 잘 날아가지도 않는 공을 보며 구두점 한구석에 가득 쌓여 있는 남아메리카산 고무를 떠올렸다. 고무를 가져온 사람은 평소 소가죽을 공급해주던 업자였는데, 그의 말에 의하면 그건 완전히 새로운 소재라는 것이었다. 물도 스며들지 않고 젖지도 않아. 이걸로 신발을 만들면 비 오는 날 런던 거리를 아무리 뛰어다녀도 발에 물 한 방울 묻지 않을 거야. 내 장담하는데, 앞으로 신발업계는 이 고무가 평정하게 될 걸. 업자는 반신반의하던 토마스 굿맨에게 어음으로 차차 갚으라며, 그 신소재 무더기를 잔뜩 내려놓고 가버렸던 것이다.

그래, 바로 그거야. 이렇게 외치며 어디론가 달려가는 뚱뚱한 남자를, 소년은 공을 품에 안은 채 멍하니 바라보고 있었다. 토마스 굿맨은 그 길로 구둣방으로 달려와 고무를 둥근 주머니 모양으로 재단했다. 거기에 바람을 불어넣은 다음, 이번엔 가게에 지천으로 널려 있던 소가죽을 가위로 자르기 시작했다. 총 열두 조각의 길쭉한 가죽을 바늘로 단단하게 꿰매 둥근 고무공 위에 붙이자, 보기에도 아름다운 멋진 축구공이 만들어졌다. 그는 새로 만든 공을 힘껏 벽에 던져보았다. 퉁. 공은 소리도 경쾌하게 벽에 부딪히며 되돌아왔다. 바야흐로 탄성을 가진 축구공이 처음으로 탄생하는 역사적인 현장이었다.

당시엔 영국 여기저기서 축구클럽들이 우후죽순처럼 생겨나고 있었는데(그러니까 공장지대 한 군데당 클럽 하나씩이 생겼다고 보면 된다) 그는 자신이 만든 축구공을 자루에 담아 등에 지고 선수들을 찾아다녔다. 낮에는 공장에서 석탄을 퍼 나르다가 저녁이면 축구를 하던 남자들이, 그가 만든 자칭 세계 최고의 축구공을 구경하기 위해 모여들었다. 한 손에 맥주잔을 든 채 그들은 공을 차보기도 하고 굴려보기도 했으며 선술집 바닥에 통통 튕겨보기도 했는데, 어찌나 탄성이 좋은지 그 장면을 보던 다른 술꾼들까지도 와! 하는 함성을 지르기 일쑤였다. 결국 공은 날개 돋친 듯 팔려나가기 시작했다.

그야말로 없어서 못 팔 지경이었는데, 따라서 굿맨은 뒷골목의 비좁은 구둣방을 팔고 교외에 공 제작 공장을 차리게 된다.

그런데 공이 그렇게 잘 팔렸던 데에는, 물론 모든 공인 경기에선 소가죽 공만을 써야 한다는 축구협회의 규정이 끼친 영향도 컸으나, 무엇보다도 그의 뛰어난 마케팅 실력이 한몫했다는 것을 간과해선 안 된다. 그는, 군함을 앞세워 세계 곳곳에 식민지를 만든 국가 덕분에 갑자기 돈에 여유가 생긴 중산층이 무엇을 원하는지 정확하게 간파했다. 현대적 마케팅 기법이나 광고학도 배우지 않은 토마스 굿맨이 어떻게 그런 대단한 판매 기법을 개발했는지는 알 수 없으나, 어쨌든 그는 당시 런던에서 가장 잘 나가던 신문인 《데일리모닝》과 손잡고 '한 가족 한 축구공 가지기 운동'이라는 생소한 캠페인을 전개시켰다. 사설을 가장한 광고문 속에서, 당대 최고의 내과의사가 쓴 다음과 같은 글을 보면 그때 런던을 휩쓸었던 축구공 광풍이 어느 정도였는지 짐작할 수 있다. 즉 거기서 의사는 "체력은 곧 국력이며, 지구 반대편까지 국가의 힘이 뻗어나가는 이때 어린 시절부터 공을 차고 달리며 심신을 강화시키는 것이야말로 진정한 애국"임을 엄숙하게 설파한 뒤, 짐짓 아무렇지도 않은 어조로 "그런데 얼마 전 필자가 직접 공을 차보니, 토마스 굿맨이라는 업자가 만든 가죽공이 체력 단련에 가장 좋다는 걸 확실히 느낄 수 있었다"는 사연을 덧붙이고 있었던 것이다. 마침내 어느 정도 여유 있는 중산층 집안에선 아들들에게 토마스 굿맨® 상표가 새겨진 가죽 축구공을 선물하는 것이 일종의 관습으로 자리 잡았다. 그렇게 하여 일군 부를 바탕으로 토마스 굿맨은 왕실로부터 작위를 얻었으며, 일약 체육계의 명사가 되었고, 그게 계기가 되어 군납업체로까지 선정되는 행운마저 누리게 되었다. 즉, 그의 업체가 세계 곳곳에 나가 있는 영국군에게 독점적으로 가죽 축구공을 공급할 권리를 얻었다는 뜻이다. 그리하여 그의 공장에서 만들어진 공은, 지도 제작이라는 미명 하에 인천 앞바다를 어슬렁거리던 '플라잉피시'란 이름의 군함에까지 실리게 되었으며, 결국 제물포 인근에 살던 한 소년에게 전달되어 그의 운명을 바꿔버리는 결과를 낳게 되었던 것이다.

그러나 이후 토마스 굿맨의 인생은 그리 영광되지 못했다. 사람들은 그가 더 이상 욕심내지 않고 조용히 공만 만들었으면 그렇게까지 되진 않았을 거라고들 했는데, 왜냐하면 공 제작자에서 갑작스레 귀족의 신분으로 뛰어오른 그 남자의 영혼이 어느 날 문득 정치인이 되고 싶다는 흔해 빠진 욕망에 잠식당하고 말았기 때문이다. 그는 하원의원 선거에 도전했고 당연히 패했다. 그 와중에 공을 팔아 쌓아올린 부까지 거의 탕진했는데, 그의 완전한 몰락에 쐐기를 박은 마지막 사건은 한 젊은 기자 덕분에 일어났다.

앤더슨이란 이름의 그 기자 역시 런던 토박이였는데, 어린 시절 옆집에 살던 수염이 텁수룩한 독일인 할아버지(그는 나중에야 그가 무척이나 유명한 사람, 그러니까 너무 유명해서 지구 전체의 운명과 지도까지 뒤바꿔버린 사람이었다는 것을 알게 된다)가 남긴 책을 읽으며, 뭔가 세상을 뒤엎을 만한 일을 해야 한다는 열정에 사로잡히게 되었다. 그러기 위해선 언론인이 되어 사회 구석구석의 어둠을 파

헤쳐야 한다고 생각했고, 실제로 그리 어렵지 않게 기자가 된 앤더슨은, 토마스 굿맨의 공장에서 법에 의해 금지된 음험한 일이 일어나고 있다는 정보를 접했을 때 재빨리 행동에 돌입했다. 그는 무두질장이로 위장하여 굿맨의 공장에 취업했다. 이후 일어난 일은 익히 알려진 대로다. 거기서 그는 대여섯 살 밖에 안 된 아이들이 온통 유황 연기에 취한 채 손으로 공을 꿰매고 있는 참담한 현장을 목격했던 것이다. 근 한 달여에 이르는 잠입 취재 끝에, 앤더슨은 충격적인 르포르타주를 작성하는 데 성공했다. '런던 아동노동의 실태'라는 제목의 그 기나긴 보고서는 당시 가장 구독률이 높았던 《데일리모닝》의 1면을 장식했는데, 아이러니하게도 그것은 토마스 굿맨이 공 제조업자로 성공을 거두던 초기, 가죽 축구공 광고를 실었던 바로 그 신문이었다. 여하튼 아무리 아동의 노동이 공공연하게 자행되던 시대였다고는 해도, 그리고 거의 대부분의 공장주들이 자기 소유의 공장에서 그런 일이 일어나는 것을 모른 척하며 지내왔다 해도, 그렇게 신문에 대서특필된 이상 뭔가 조치를 취하긴 취해야 했다. 본보기로라도 토마스 굿맨을 처단해야만, 마치 그런 흉악한 일은 난생처음 들어본다는 듯 분노하여 들고 일어난 런던 시민들을 진정시킬 수 있었단 뜻이다. 결국 굿맨의 공장은 폐쇄됐다. 경시청에서 직접 나온 기마경찰들이 공장 문을 열고 유황과 가죽 냄새에 절어 있는 창백한 얼굴의 아이들을 밖으로 데리고 나왔다. 카메라를 든 채 서 있던 앤더슨은, 일렬로 걸어 나오는 아이들 중 하나에게 질문을 던졌다. 기쁘지 않니? 넌 이제 해방이야. 그러나 아이는 아무 대답도 하지 않았으며 오히려 자기들을 구경하기 위해 몰려든 사람들을 한동안 둘러보다 울음을 터뜨리고 말았다.

토마스 굿맨의 말로에 대해서는 두 가지 이야기가 떠돌았다. 일설엔 그가 원래의 구둣방이 있던 런던 뒷골목으로 되돌아왔으며 거지꼴로 이곳저곳을 돌아다니다가 구빈원에서 눈을 감았다고 하는데, 또 다른 소문에 의하면 그는 그런 일에 전혀 개의치 않았고 오히려 그 사건을 전화위복의 계기로 삼아 공 제조원가를 더 낮추기 위해 노력했다. 즉, 이참에 아예 공장을 인도로 옮기는 게 낫겠다고 생각한 토마스 굿맨은—자국 내에서의 아동노동이 아니라면, 대부분의 도덕적·정치적으로 올바른 시민들은 수제 가죽 축구공의 가격이 왜 그리도 저렴한지에 대해 별로 개의치 않을 거라는 것을, 그는 잘 알고 있었다—대단히 빠른 속도로 일을 추진했고, 그리하여 몇 년 뒤엔 전보다 더 거대한 사업체를 운영하는 스포츠용품업계의 거물로 성장했다는 게 두 번째 소문의 요지였던 것이다.

덧붙이자면, 토마스 굿맨의 공장이 폐쇄되던 날 거기서 걸어 나오던 아이들이 그 후 어떻게 되었는지까지는, 앤더슨 역시 더 이상 취재하지 못했다. 호기심과 모험심에 불타던 그가 영국 식민 지배의 실태를 파악한다는 명분으로 상선에 승선했기 때문이다. 그런데 그 배는, 그가 그동안 익히 알고 있던 인도나 중국으로 가는 대신 계속 동쪽으로만 항해했고 마침내 생전 처음 들어보는 제물포라는 항구에 닻을 내렸다. 그곳엔 쓸쓸한 갯벌과 고깃배, 이제 막 공사가 끝난 듯한 현대식 갑문, 그리고 검게 그을고 깡마른 사람들과 갈매기들이 기이하게 뒤엉켜 있었는데, 선장은 망원경으로 먼바다를 바라보더니 이렇게 말했다. 몇 년 전, 아직 군인의 신분이었을 때, 이곳을 측량하기 위해 들른 적이 있다네. 그때 우린 저기 바닷가에서 축구를 했지. 그러면서 그가 망원경을 건네주는 바람에, 앤더슨은 먼 능선과 그 아래 펼쳐진 작은 마을을 꽤 오랫동안 바라보았다. 선장에게 다시 망원경을 돌려주려는 순간, 그의 시야에 한 남자가 들어왔다. 남자는 어둑어둑해지는 황혼의 바닷가에서 축구공으로 보이는 뭔가를 머리로 연신 통기며 달려가고 있었다. 잠깐만요, 선장님. 앤더슨은 좀 더 자세히 보기 위해 최대한 몸을 앞으로 내밀었으나, 어느새 남자는 사라지고 보이지 않았다. 하긴, 잘못 봤겠지. 여기에 저런 최신식 축구공이 있을 리 없잖아. 그는 이렇게 생각하며 자기 가방을 챙겼다. 카메라 및 장비 일체를 어깨에 메는 것도 잊지 않았다. 배에서 내려온 그는, 물씬 밀려오는 비릿한 냄새를 맡으며 그 낯선 부두를 한 바퀴 둘러봤다. 뭐랄까, 거기엔 모든 것, 그러니까 그때까지 문명이 만들어낸 나쁜 것과 좋은 것들이 온통 한데 뒤섞여 있는 느낌이었다.

공원 옆에 마련된 외인 거주지에 자리를 잡은 그는, 드디어 어느 달 밝은 밤 한적한 바닷가에서 공과 혼연일체가 되어 달리는 한 조선인을 마주치게 된다. 바로, 박홍수의 증조부와 그의 사진을 찍은 영국인 기자 앤더슨의 첫 만남이었던 셈이다. 저 정도라면 런던의 클럽에서 뛰어도 손색이 없겠군. 기자는 이렇게 생각하며 그 남자에게로 다가갔는데, 그 이후의 이야기 역시 이미 알려진 그대로라고 보면 될 것이다. 즉, 어떻게 하여 이렇게 공을 잘 다루게 되었냐며 다가

오는 낯선 외국인에게 박홍수의 증조부는 그간의 사연을 손짓 발짓을 섞어가며 설명했고, 그 인연을 계기로 박물관에 걸려 있는 흑백사진의 모델로도 섭외되었다는 얘기 말이다. 사진을 찍기 위해 박홍수의 증조부는 일이 없는 날 일부러 갯벌에 나오는 수고도 마다하지 않았다. 그런데 막상 사진을 찍으려고 하니 한 가지 문제가 생겼는데, 그 즈음 공사장에서는 돌을 나를 때 더 이상 지게를 사용하지 않았다는 사실이다. 지게는 나뭇단이나 쌀가마니를 옮길 땐 효율적이었지만 돌이나 흙을 나르기엔 적합하지 않았다. 대신 도크 건설 현장에서는 바퀴가 하나 달린 손수레를 사용하는 게 일반적이었다. 하지만 박홍수의 증조부가 그 손수레를 끌고 나타났을 때, 앤더슨은 손사래를 쳤다. 아니, 그건 안 돼요. 당신은 좀 더 이국적으로 보여야 한다고요. 외국인 기자는 한숨을 쉬며 사방을 둘러보다가 멀리서 어떤 남자가 지게에 쌀가마니를 지고 가는 걸 찾아냈다. 그는 남자에게 달려갔고 뭐라고 한참 동안 얘길 나눴다. 그러더니, 한 손에 공을 들고 다른 한 손엔 수레의 손잡이를 잡고 있던 박홍수의 증조부에게 다가와 이렇게 말했다. 미안하지만 그 공 좀 잠깐 빌려줄래요? 영문을 모른 채 박홍수의 증조부가 공을 내놓자, 기자는 그걸 지게를 지고 있던 사람에게 가져갔다. 그러고는 그에게 공을 품에 안도록 지시했고, 바닷가를 배경으로 서게 한 다음 최대한 슬프고 지친 표정을 짓도록 주문했다. 그렇게 몇 번을 반복한 끝에 앤더슨은 마음에 꼭 드는 사진을 하나 건졌고, 그제야 공을 다시 받아서 박홍수의 증조부에게 도로 건네줬던 것이다.

그런데 여기엔 또 다른 버전의 스토리가 하나 전해지고 있다. 즉, 앤더슨은 아예 처음부터 박흥수의 증조부를 만나지 못했다는 이야기 말이다. 그가 본 건 단지 달밤에 공과 혼연일체가 되어 해안을 달리던 한 남자의 실루엣뿐이었다. 그러니까 그건 이렇게 된 사연인데, 어느 날 밤 앤더슨은 문어잡이 어부의 사진을 찍기 위해 배를 타고 바다로 나갔다. 어부는 작은 항아리를 바다 밑으로 하나씩 내려 보냈다. 내일 아침이면 이 항아리 안에 문어가 들어가 잠자고 있을 거요. 늙은 어부가 (통역을 통해) 말했다. 그러니 그때까지 잠이라도 자 두시구려. 하지만 앤더슨은 잠이 오지 않았다. 뱃전에 서서 해안을 바라보고 있을 때, 그는 달빛에 환히 빛나는 모래사장을 달리는 어떤 남자의 그림자를 보았다. 그 남자는 공을 자유자재로 다루며 마치 공과 한 몸이 된 듯 달려 어둠 속으로 사라져갔다. 앤더슨은 제물포에 처음 도착하던 날 선장의 망원경 너머로 봤던 남자가 그일 거라고 확신했다. 잠깐만요. 그는 어부를 불렀다. 저기 저 사람 보이지요? 혹시 누군지 아세요? 그러나 늙은 어부는 눈을 찡그린 채 한참을 보더니 고개를 저었다. 아무도 안 보이는데요. 그런 다음 어부는 별 싱거운 사람 다 본다는 듯 앤더슨을 한 번 쳐다보고는 배 뒤편으로 가버렸다.

하지만 그날 밤 앤더슨은 뜬눈으로 밤을 새웠다. 비록 어두웠지만 환한 달빛 덕분에 그는 해변을 달리던 남자가 갖고 있던 게 축구공이라는 것을 알았다. 축구공. 소가죽. 남아메리카산 고무. 유황 냄새. 그리고 토마스 굿맨. 그는 굿맨이 인도 동북부 산악 지대인 펀자브 지방 어딘가 작은 마을에 수제 축구공 공장을 차렸다는 소문을 들은 적이 있었다. 앤더슨은 몇 년 전 자신이 취재했던 '런던 아동노동의 실태'라는 르포르타주도 생각했다. 그걸 썼을 당시 그는 저널리스트로서 최고의 영광을 누렸다. 그러나 인기는 오래가지 않았다. 어느덧 세간의 관심은 다른 데로 옮겨갔고, 사람들은 빠르게 모든 것을 잊었다. 이제 그는 한물간 기자가 되어 생전 듣도 보도 못한 극동아시아의 어느 나라에 와 있었고 웬 추레한 늙은 어부가 항아리로 문어를 잡는 광경이나 사진기에 담고 있다.

새벽이 되어 육지 쪽부터 서서히 세상이 밝아오기 시작했을 때, 앤더슨은 카메라와 촬영 장비를 재빨리 가방에 챙겼다. 그걸 본 통역이 다가와 어부의 말을 전했다. 잠시 후면 항아리 안에 든 문어들을 낚아 올릴 거라고 합니다. 그런데 벌써 가려고요? 앤더슨은 고개를 끄덕였다. 더 급한 일이 생겼거든요. 늙은 어부는, 인사도 제대로 하지 않고 서둘러 떠나는 기자의 뒷모습을 물끄러미 바라보다가 항아리를 하나씩 건져 올리기 시작했다. 외인 거주지에 있는 숙소로 돌아온 앤더슨은 트렁크 가장 안쪽에 소중하게 넣어뒀던 '토마스 굿맨' 축구공을 꺼내 들고 밖으로 나갔다. 그가 쓰고자 하는 것, 가짜를 진짜처럼 보이게 하는—그러면서 동시에 진짜를 가짜처럼 보이게도 하는—스토리를 만들려면 사진이 필요했으니까. 만약 사진만 있다면 아무리 기이한 이야기일지라도 진실이 된다는 것을, 그는 누구보다도 잘 알고 있었다.

앤더슨은 공을 들고 해변을 걸었다. 저쪽에서 누군가가 걸어오고 있었다. 그는 노인인 듯도 보였고 얼핏 봐서는 젊은이인 듯도 보였는데, 굽어진 등에는 커다란 지게를 지고 있었다. 잠깐만요. 부탁이 있어요. 앤더슨의 말에 남자가 천천히 고개를 들었다. 이 공을 들고 여기, 이렇게 서 있어 볼래요? 남자는 공을 받아 들었다. 사실 그 둥글고 딱딱한 물건이 뭣에 쓰는 건지도 몰랐다. 그는 지쳐 있을 뿐이었다. 당시 그 땅에 살고 있던 거의 대부분의 사람들이 그랬듯. 그러나 그럼에도 불구하고 그는 다른 이들이 누리지 못한 단 한 가지 호사를 누렸다. 즉, 어떤 연유로든 간에 자신의 모습을 후세에 길이 남기게 된 것 말이다. 주변 어디에도 그런 식으로 영원한 삶을 얻은 이는 없었다. 하지만 사진이 찍히던 당시 그가 그런 걸 알았을 리는 없다. 그저 항구를 드나드는 수많은 외국인들 중 하나에게 잠시 포즈를 취해줬을 뿐이니 말이다. 공을 한 손에 들고 지게가 살짝 보이도록 비스듬히 등에 진 채, 그는 최대한 슬픈 표정을 지었다. 그런 얼굴은 그 바닷가에서 사진을 찍는 몇몇 외국인들이 가장 좋아하는 것이었기 때문이다. 그런데 한 가지 덧붙이자면, 그날 그가 보여준 표정은 결코 일부러 연출한 것이 아니었다. 그건 가장 자연스러운 얼굴, 그때 그 장소에서 그가 지을 수밖에 없는 필연적인 표정이었다.

숙소로 돌아온 앤더슨은 저녁도 먹지 않고 사진을 인화했다. 따로 암실이 없었기에 방을 온통 어둡게 해두고 코를 찌르는 인화액 냄새를 맡아가며 한참을 분주히 군 끝에, 그는 마음에 드는 그림 하나를 건졌다. 그것은 아련히 멀어지는 바다를 배경으로 지친 얼굴의 남자가 지게를 진 채 토마스 굿맨 상표의 축구공을 소중히 끌어안고 있는 사진이었다. 그걸 벽 한가운데 압정으로 고정해둔 다음, 앤더슨은 눈을 감았다. 대체 저 남자는 왜 영국산 수제 가죽 축구공을 가지게 된 걸까. 그리고 그는 저 공을 가지고 무엇을 할 것인가. 아니, 무엇보다도 저 공은 미래에 그의 가계에 어떤 영향을 끼치게 될 것인가. 거의 잠든 듯 보였던 영국인 기자가 퍼뜩 눈을 뜬 것은, 자정을 훨씬 넘긴 깊은 밤이었다. 머리맡에 있던 등을 끌어다 심지에 불을 돋운 다음, 그는 빠르게 뭔가를 써내려가기 시작했다. 어느새 창밖은 희뿌옇게 밝아왔고 어디선가 갈매기 우는 소리가 들려오고 있었다.

그럼 이쯤에서 그 소년, 그러니까 아주 오래전 제물포의 어느 쓸쓸한 바닷가에서 영국인 수병으로부터 공을 하나 얻었던 소년의 이야기로 되돌아가보자. 공을 뒤꼍 깊숙이 감춰두고, 소년은 부두에서 돌과 흙 나르는 일을 하게 된다. 그것밖엔 먹고살 길이 없었던 탓이라는 건, 이미 앞에서도 말한 바 있다. 여차여차하여 부두의 축항 공사가 끝난 다음, 그는 이번엔 경성과 인천을 잇는 철도 공사 현장에서 잡역부로 일하게 됐다. 축구 선수가 되겠다는 꿈 따윈 아예 잊은 지 오래였지만, 그래도 그는 경성에 진짜 축구 골대가 있는 운동장이 생겼다는 소문을 듣고는 그걸 구경하기 위해 길을 나섰다.

역에서 내린 그는 지나가는 이들에게 길을 물으며 헤맨 끝에 어느 학교에 도착했다. 거기선 축구 경기가 한창이었는데, 그는 울타리 안에서 들려오는 왁자지껄한 소리를 들으며 한동안 가만히 서 있었다. 까치발을 한 채 안을 들여다보니, 비록 진흙 바닥이었지만 네모반듯하게 닦아놓은 운동장에서 학생들이 힘차게 내달리며 공을 차고 있는 게 보였다. 그러더니 어느 순간 공은 붕 떠올라 하늘에서 아름다운 포물선을 그렸고 그대로 골대를 향해 마법처럼 빨려들었던 것이다. 골대라는 것도 그는 그때 처음 보았다. 그것은 소나무를 깎아 양 옆에 기둥처럼 세우고 가운데에 긴 나무 막대를 사다리처럼 연결한 모양이었는데, 만든 지 얼마 안 된 듯 옹이가 그대로 남아 있었고, 송진 냄새는 그가 서 있던 담 너머까지 실려 날아오는 듯 했다.

준비해갔던 주먹밥도 입에 대지 않은 채 골대와 운동장, 축구 선수들을 바라보던 그는, 저녁 기차 시간이 다 되어서야 그곳을 떴다. 노을이 지고 있어서인지 아니면 별 이유 없이 그랬던 건지는 모르지만, 그의 마음은 이상하게 스산했다. 그는 그게 배가 고파서일 거라고 짐작했고, 그래서 뒤늦게야 주머니를 뒤져 차갑게 식은 좁쌀주먹밥을 한 입 베어 물었다. 집에 돌아온 그는, 컴컴한 뒤꼍을 더듬은 끝에 실로 오랜만에 축구공을 꺼냈다. 아까 그 학생들이 차고 있던 새끼줄을 둘둘 만 딱딱한 공에 비한다면, 그것은 거의 완벽하게 둥근 아름다운 축구공이었다. 그는 공을 손에 든 채 한참 동안 바라봤고 발로 몇 번 차보기도 했는데, 그러는 사이 한때 소년이었던 남자의 마음엔 그야말로 원대한 소망 하나가 자리 잡게 되었던 것이다. 언젠가는 이것보다 더 둥글고 더 가벼우며 더 잘 튕겨 오르는 공을 만들리라. 그는, 온 세상의 모든 운동장에 자신이 만들어낸 축구공이 굴러다니는 모습을 상상했다. 이제 곧 태어날 아들이 그 완벽하게 둥근 공을 머리로 통기며 운동장을 질주하는 광경을 상상할 땐 자기도 모르게 미소를 짓기까지 했다.

다음 날부터 그는 돌과 흙 나르는 일을 하고 돌아온 밤이면 등잔에 불을 밝히고 토마스 굿맨 상표의 축구공을 이리저리 돌려보았다. 공을 머리로 퉁길 때 가장 걸리적거리는 것은 바람을 불어넣기 위해 만든 구멍이었다. 구멍을 완전히 없앤다는 것은 기술적으로 불가능했기에, 토마스 굿맨의 축구공엔 마치 자루 끝을 여민 것처럼 보이는 작게 튀어나온 부분이 있었던 것이다. 실제로 남자는 바닷가를 달리며 헤딩을 하다가 그 뾰족하게 튀어나온 부분에 이마를 부딪쳐 피를 흘린 적도 있었다. 그는 연필 한 자루와 종이를 구해왔고, 어떻게 하면 그 문제를 해결할 수 있을지 생각했다. (종이는 그냥 종이가 아니라 주로 성냥이나 양초를 포장할 때 쓰는 파라핀 용지였는데, 그래서 그가 연필 끝에 침을 발라가며 적은 아이디어가 지워지거나 흐릿해지지도 않은 채 갯벌의 진흙과 짠 바닷물을 견뎌냈던 건지도 모른다.)

하지만 남자는 완벽한 축구공을 만들어내지 못했다. 왜냐하면 언제나 그랬듯, 그에게는 할 일이 너무나 많았기 때문이다. 더 이상 바닷가에서 먹고살 길을 찾을 수 없게 되자, 한때 소년이었던 남자는 하와이로 가는 이민선에 몸을 실었다. 대부분은 가족을 모두 이끌고 떠났지만, 그는 혼자서 배에 타고 있었다. 아내가 만삭이라 데리고 갈 수가 없어요. 이번엔 낯설고 척박한 땅으로 떠나는 사람들을 취재하기 위해 부두에 나와 있던 앤더슨에게, 그는 이런 대답을 했다. 일단 거기 가면 농장에서 열심히 일할 생각입니다. 돈을 벌어서 집도 짓고 땅도 사면, 그때 아내와 아이를 데려가야죠. 그는 정말로 자신의 꿈이 실현될 거라고 믿는 듯 활짝 웃었다. 그런 다음엔 한 가지 꼭 하고 싶은 일이 있어요. 안 쓰는 땅을 좀 사들여서(그러면서 그는 하와이란 곳은 그야말로 신세계라서 거기 가면 헐값에 땅이 마구 팔리는 통에, 조금만 열심히 일을 하면 대지주가 되는 건 시간문제라고 기자에게 설명했다) 고르고 평평하게 다진 다음, 나무를 베어다가 축구 골대를 만들 겁니다. 거기서 아들에게 축구를 시키고 싶거든요. 그러면서 그는 주머니를 뒤져 꼬깃꼬깃 접은 파라핀 종이 한 장을 펼쳐보였다. 이걸 보세요. 나에겐 오래된 축구공이 하나 있었어요. 그걸 가지고 밤마다 생각하고 또 생각한 끝에, 완벽하게 둥근 축구공 만드는 방법을 찾아냈답니다. 거기엔 당시 널리 사용되던 열두 장의 가죽을 길게 잘라 붙이는 방식 대신, 서른두 장의 육각형과 오각형 가죽을 오려붙여 태양처럼 둥근 구球 형태로 만든 공의 설계도가 그려져 있었다. 앤더슨은 그 아름다운 구 앞에서 벌린 입을 다물지 못했다. 그건 거의 혁신이나 마찬가지였고, 만약 이런 모양의 축구공이 정말로 만들어진다면 그 공으로 연습을 하는 클럽은 무조건 리그에서 우승을 차지할 것이었다. 그때 출발을 알리는 뱃고동이 길게 울렸다. 행운을 빌어요! 반드시 꿈을 이루기 바랍니다. 앤더슨은 벌써 굽기 시작하는 남자의 등에 대고 최대한 큰 목소리로 외쳤다.

　한참 동안 손을 흔들던 그는, 배가 더 이상 보이지 않게 되자 쓸쓸히 돌아섰다. 어쩌면 나도 이젠 돌아가야 하지 않을까. 그는 문득 런던 뒷골목의 온갖 냄새들이 그리워졌다. 이상하게 싱숭생숭해진 마음을 달래지 못해 긴 한숨을 내쉬던 앤더슨이 퍼뜩 놀라며 허리를 굽힌 것은 그때였다. 갯벌을 뒤덮은 진흙과 쓰레기, 물에 떠밀려 온 미역과 온갖 물풀, 불가사리들 사이에 떨어져 있는 뭔가를 발견했을 때. 피우던 담배를 옆으로 내던지고, 그는 그 꼬깃꼬깃 접힌 파라핀 종이를 주워 들었다. 바닷물로 축축해진 데다 손때 묻고 기름에 절어 있기까지 한 그 종이를 손에 쥔 채, 앤더슨은 어두워질 때까지 부두에 가만히 서 있었다.

그러고 보면, 그 영국인 기자가 파라핀 종이를 발견한 즉시 우정국 사무소로 달려가 누군가에게 전보를 쳤다는 소문은 사실이 아닐지도 모른다. 또, 그 전보의 수신인이 당시 펀자브 지방에서 수제 축구공 공장을 운영하던 토마스 굿맨이었다는 소문 역시 확인할 길 없는 루머에 불과할지도 모르고 말이다. 일설에는 그가 그렇게 함으로써 오래전 '런던 아동노동의 실태'라는 르포를 쓴 뒤부터 마음 한구석에 남아 있던 일말의 미안함을 털어버릴 수 있었다는데, 그것 또한 말도 안 되는 헛소문일 가능성이 높다. (비록 파라핀 용지를 발견한 뒤 앤더슨이 고향으로 돌아와—출처를 알 수 없는 돈으로—출판사를 차리긴 했지만, 나중에 그가 밝힌 바에 의하면 그것은 아주 오래전 수습기자 시절부터 투자했던 어느 회사의 주식으로 충당한 자금이었다. 그 회사가 펀자브 지방에서 수제 축구공을 만드는 토마스 굿맨의 공장이라는 것도 그저 우연의 일치에 불과한 사건일 뿐이고 말이다. 무엇보다도 앤더슨은 나이를 먹은 뒤 이렇게 말한 적이 있다—《데일리모닝》의 금요일 섹션에 실린 '명사의 서재를 가다' 코너에 그와의 인터뷰가 실렸었다—"총 서른두 장의 가죽으로 완벽하게 둥근 축구공을 만든다는 아이디어는 정말 놀라운 것이었소. 그렇지만 나도 한때 축구공에 관한 르포를 썼던 만큼, 공에 대해서는 꽤 잘 알고 있었거든. 그래서 그게 실현될 수 없는 불가능한 꿈이라는 것도 대번에 알았지. 그건 뭐랄까, 당대의 기술로는 도저히 만들어 낼 수 없는, 일종의 공의 이데아 같은 것에 해당했다오. 그런 이유로, 난 그냥 그 파라핀 종이를 간직했소. 그러다가 어느 달 밝은 밤, 바닷가에서 또 다시 그 똑같은 공—1882년산 토마스 굿맨 축구공 말이오—을 가지고 노는 어린애를 만났고, 그 아이가 누군지 알게 된 다음엔 그야말로 아무런 미련 없이 종이를 건네줬던 거요. 아이는 낯선 외국인이 이상한 종이를 건네자 처음엔 뒷걸음질 쳤소. 그렇지만 나는 성의를 다해 아이에게 설명했지. 자, 받으렴. 겁내지 말고. 이건 네 아버지가 머나먼 땅으로 떠나며 남긴 유일한 유품이나 마찬가지니까. 그 후 어떻게 되었냐고? 글쎄, 나도 거기까진 모른다오. 투자했던 회사의 주가가 많이 올랐다는 소식을 듣고, 난 오랜 꿈을 이루기 위해 고향으로 돌아가는 배에 올랐으니까.")

　　그와 관련해선, 파라핀 용지를 남긴 남자의 후손이자 세계적 공장인이며 현재는 '토마스 굿맨' 회사를 인수하여 '굿맨 앤드 박 볼 컴퍼니'를 운영하고 있는 박홍수 역시 같은 증언을 하고 있었다. "네, 확실합니다. 확실해요. 제 증조부가 파라핀 용지에 서른두 장의 육각형과 오각형 가죽을 이어 붙인 공을 설계할 때만 해도, 절대로 그걸 만들어낼 수 있는 기술력은 존재하지 않았으니까요. 그러나 인간의 아이디어는 세계 곳곳에서 동시다발적으로 발전하게 마련입니다. 뭐 요즘 말로는 그런 것을 집단 지성이라고 한다지요. 여하튼, 아마 토마스 굿맨—지금 제가 소유하고 있는 유서 깊은 공 제작회사의 창업자이죠—역시 어느 날 은연중에 증조부님과 비슷한 생각을 떠올렸을 겁니다. 마치 그레이엄 벨과 토마스 에디슨이 거의 같은 날 전화를 발명했듯이 말이에요. 뭐라고요? 굿맨에게 공적을 빼앗긴 게 억울하지 않으냐고요? 아니요, 전혀 그렇지 않습니다. 어차피 중요한 것은, 제 증조부의 꿈이 이루어졌다는 사실이니까요. 자, 보십시오. 이젠 전 세계에서 수많은 아이들이 바로 여기서 생산된 축구공으로 연습을 하고 있어요. 그것도, 과거엔 꿈조차 꿀 수 없을 최고의 품질을 가진 공으로 말이에요."

어쨌거나, 최초로 축구공을 가졌던 남자가 파라핀 용지를 갯벌에 떨어뜨리고 머나먼 땅으로 떠난 지 얼마 되지 않아, 토마스 굿맨社는 경제 전문지에 중대한 발표를 했다. 그것은 세계 최초로 서른두 조각의 가죽으로 재단된 축구공이 탄생했다는 기사였고, 예상대로 그 완벽하고 아름다운 공은 날개 돋친 듯 팔려나갔다. 바야흐로 제2의 전성기가 도래하였는데, 덕분에 토마스 굿맨의 공장도 나날이 커져갔다. 그럼에도 불구하고 세계 각지에서 밀려오는 주문량을 도저히 맞출 수 없던 굿맨은 마을 곳곳의 가정집에 수공업으로 공 제작을 맡기게 되었고, 그러다 보니 어느새 펀자브 일대는 수제 공 생산의 메카로 다시 태어났던 것이다. 그리고 앤더슨은 여기까진 알지 못했다지만—그는 자신이 투자한 회사가 어떤 노동자를 고용하는지, 그들에게 임금을 얼마나 주는지 등에 대해서까지 신경 쓸 여력은 없었다고 강변했다. "출판사 일이 이렇게 바쁜데, 대체 누가 그런 데까지 일일이 관여할 수 있겠소?" 그는 이렇게 말했는데, 하긴 그의 말마따

나 출판사는 성장 가도를 달리고 있었다. 거기서 주로 내는 책은 앤더슨의 어린 시절 옆집에 살았던 수염이 텁수룩한 독일인 할아버지의 사상을 담은 서적이었는데, 그게 당시 지식인 사회에서 꽤 큰 인기를 얻었던 탓이다―주문이 한도 끝도 없이 밀려들었기 때문에 공장에선 점차 어린애들까지 공 만드는 일에 동원하기 시작했다. 그런데 막상 아이들에게 일을 시켜보니 어른의 크고 투박한 손으로 꿰매는 것보다 어린애들의 작은 손으로 가죽을 바느질하는 것이 백배나 더 정교하다는 것을 알게 됐고, 그런데도 몸집이 작기 때문에 임금은 십분의 일만 줘도 된다는 놀라운 사실까지 깨닫게 되었던 것이다. 게다가 그 일대엔 아이들이 무척 많았다. 아무리 많이 고용해도 어디선가 아이들은 또 다시 나타났고, 그리하여 마침내 펀자브 지방은 세상에서 가장 꼼꼼하게 바느질된 공을 만드는 곳이라는 명성까지 얻을 수 있었다.

"하지만, 그건 모두 오래전의 일일 뿐입니다." 경기 서부에서 소규모로 축구공을 제작하다가 1980년대 올림픽 특수를 거치며 회사의 규모를 키운 뒤 펀자브로 공장을 옮긴 박홍수는, 토마스 굿맨사를 사들여 '굿맨 앤드 박 볼 컴퍼니'로 합병하던 날 이렇게 말했다. 그는 요즘 같은 시대에 아이들이 손으로 공을 꿰맨다는 것은 있을 수 없는 일이라고 단언했다. "왜냐하면 그런 일은 저의 증조부께서 결코 원하지 않으셨을 테니까요."

하긴, 그리고 보면 증조부에 대한 그의 애정은 유별난 데가 있었다. 회사가 이상한 소문(예를 들자면, 그의 축구공 공장이 2014 월드

컵 공인구 생산 공개 입찰에서 탈락한 이유가, 그곳에서 암암리에 자행된 아동노동 때문이었다는 악의적인 소문 같은 것들 말이다)에 휩싸일 때면 박홍수는 공 역사박물관 내 강당에서 간담회를 열고는, 증조부와 축구공에 얽힌 감동적인 사연에 대해 이야기하곤 했으니까. 그는, 아주 오래전 처음으로 축구공을 가졌던 한 소년이 어떤 꿈을 가졌었는지, 그러나 항만에서 짐을 나르는 고된 노동이 그의 등을 어떻게 굽게 만들었는지, 그리고 마침내는 먼바다로 떠난 남자가 다시는 고향으로 돌아오지 못한 채 어떻게 눈을 감았는지에 대해 낮고 차분한 목소리로 찬찬히 설명했다. 증조부가 그렇게 눈을 감은 뒤 인천항에 또 다른 군함들이 몇 번이나 들어왔다 나갔는지, 검은 연기와 포성은 세상을 어떻게 뒤덮었는지, 그리고 마지막으로 군함이 들어왔을 때 그의 어린 아버지가 손에 들고 흔든 것이 어느 나라 국기였는지까지도, 그는 마치 곁에서 지켜본 것처럼 자세히 묘사했다.

"그러나 운명의 힘이란 놀라운 것이었습니다. 그래요, 그건 내 안에 새겨진 인장 같아서, 아무리 없애려 해도 결코 사라지지 않았지요!" 어느덧 조용해진 사람들을 둘러보며, 박홍수는 천천히 고개를 끄덕였다. 그러고는 오래된 토마스 굿맨 축구공을 다시 찾아냈던 먼 옛날의 어느 오후에 대해 이야기하는 것이었다. 잡동사니 속에 처박힌 채 먼지를 잔뜩 뒤집어쓰고 있던 그 공을 발견한 것은 어린 박홍수였다. "아버지는 자전거포를 경영하셨습니다. 우린 가게 한구석에서 놀았고요." 자전거 바퀴와 어지러이 쌓여 있는 연장들 사이에 있던 상자를 열어본 그가 아버지에게 물었다. 아버지, 이게 뭐죠? 아버지는 아들이 가져온 상자를 물끄러미 바라봤다. 한참 후에야 그는 그게 축구공이라고 말했고, 자신의 할아버지와 축구공, 갈매기, 군함, 돌과 흙, 지게, 손수레 그리고 끝없이 펼쳐져 있던 바닷가에 대해 얘기해줬던 것이다. 이걸 발로 찰 수 있을까요? 소년이 물었을 때 아버지는 쓸쓸하게 웃으며 고개를 저었다. 그건 너무 낡고 오래됐단다. 게다가 여기저기 해졌고 가죽도 성한 데라곤 한 군데도 없잖니. 그러나 소년은 포기하지 않았다. 그는 아버지의 공구 상자를 가져다가 공을 수리했다. 해진 곳을 꿰맸고 정성스럽게 아교칠을 했다. 기름먹인 천으로 가죽을 잘 닦고 마지막으로 자전거포에 있던 공기펌프로 바람을 불어넣자 쭈글쭈글했던 1882년산 토마스 굿맨 축구공이 팽팽하게 부풀어 오르기 시작했다. "그것은 마치 마법 같았습니다. 네, 저에겐 그랬지요. 생각해보십시오. 제대로 된 공이라곤 단 한 번도 가져본 적도 없던 내 눈앞에 갑자기 크고 둥글고 매끄러운 공이 생겨났으니까요!"

벽에 던지자 공은 기세 좋게 튕겨져 나오며 퉁, 하는 맑고 영롱한 소리를 냈다. 박홍수는 그 공을 수없이 많이 발로 찼고 망가지면 머리를 짜내어 수선을 했다. 그러다 마침내는 공을 직접 만들기에 이르렀는데, 기나긴 세월 동안 토마스 굿맨 축구공을 고쳐 쓰며 공에 대한 모든 것을 파악했던 그에게 그건 그리 어려운 일이 아니었다. "그러니까 제 말은 이겁니다. 만약 1882년 제물포의 어느 한적한 바닷가에서 증조부님께 이 공이 주어지지 않았다면, 이 자리의 저도 없었을 거라는 사실이지요." 꿈꾸는 듯한 표정으로 이야기를 마친 박홍수에게 우레와 같은 박수가 쏟아지면 으레 뒤에 걸린 거대한 휘장에 부드러운 조명이 비쳤다. 거기서 그의 증조부는, 아니 어쩌면 누구인지 아무도 알 수 없을 그 노인은, 여전히 한 손에 공을 안고 다른 쪽 어깨엔 지게를 진 채 모두를 내려다보고 있었다.

간담회가 끝나면 박홍수는 사람들을 바로 옆에 있는 공장으로 안내했다. 얼마 전 새로 지은 그 공장은, 이번에 처음으로 모두에게 공개되는 것이라고 했다. 안으로 들어선 이들은, 거대한 규모라든가 최첨단 설비들의 메탈릭한 광채에 놀라기 전에 먼저, 내부에 사람이라곤 단 한 명도 없다는 사실에 충격을 받았다. 잡지나 다큐멘터리에 많이 나오던 광경—히잡을 쓴 여자들이나 작은 아이들이 각각 앞에 둥근 공을 하나씩 놓고 손으로 가죽을 꿰매고 있는—을 기대했던 이들은, 혹시 잘못 본 게 아닌가 싶어 사방을 두리번거렸다. "그건 세상이 바뀌기 전의 일이지요." 증조부를 기리기 위해 배경 음향으로 틀어놨다는 파도치는 소리와 갈매기 끼룩대는 소리에 섞여 박홍수의 목소리가 들려왔다. 지금은 기계가 이 모든 일을 해냅니다. 그들은 정교하고 치밀한 데다 지치지도 않아요. 이들 덕분에 우린 최고의 공을 만들어낼 수 있습니다. 어떻습니까, 정말로 멋진 신세계 아닌가요? 잠시 후 뱃고동 소리가 울려 퍼지더니, 어딘가에 설치된 영사기가 오른쪽의 넓고 하얀 벽면에 수평선과 배를 비췄다. 그리고 지켜보고 있는 사이에 배는 점점 더 가까이 다가오더니 마침내 벽 전체를 뒤덮는 그림자가 되는 것이었다.

고독 공포를
줄여주는 전기의자

:

최옥정
(1964~2018)

1964년 익산 출생. 건국대 영문과와 연세대 국제대학원을 졸업했다.
2001년 《한국소설》에 〈기억의 집〉으로 등단했다. 소설집 《식물의
내부》 《스물다섯 개의 포옹》, 장편소설 《안녕, 추파춥스 키드》 《위
험중독자들》 《매창》, 포토에세이집 《On the road》 《오후 세 시의 사
람》, 소설 창작 매뉴얼 《소설창작수업》 《2라운드 인생을 위한 글쓰
기 수업》이 있다. 허균문학상, 구상문학상, 젊은작가상을 수상했다.

그는 한 시간 넘게 나무의자에 앉아 있다. 한옥 한 채를 부수고 건진 얼마 안 되는 고재로 만든 의자다. 이십 년째 이사 갈 때마다 따라다니는 이 의자는 그가 스물두 살에 만들었다. 한낮의 햇살이 그와 의자를 고르게 비춘다. 마른 살갗에 닿은 햇볕은 부드럽고 따사롭다. 그는 눈을 감는다. 햇살은 눈꺼풀 위에서 몸 전체로 퍼져나간다. 지금 그가 가질 수 있는 전부다. 그는 깊게 느낀다. 죽을 때까지 죽지 않는, 그가 마지막까지 가지고 갈 것은 이 감각이다. 딱딱하다, 차갑다, 뜨겁다, 밝다, 춥다, 덥다, 그러다 마침내 암전. 달팽이처럼 몸 전체를 밀고 다니며 어딘가 닿고 싶다. 지금은 땅 밖으로 나온 지렁이같이 말라가고 있다. 곧 움직임을 멈추고 딱딱하게 굳을 것이다. 여긴 아무도 없다. 창문을 통해 들어오는 빛과 소음, 먼지, 아무 상관없는 것들의 부딪침뿐이다.

몸에서 암세포가 자라고 있어요. 처음 그 말을 들었을 때 그는 몸에서 죽음의 씨앗이 자라고 있다고 생각했다. 수술로 그것을 잘라냈고 일차 항암 치료로 핏속에 남아 있을지도 모르는 암세포를 없애면서 죽음의 씨앗을 제거했다고 믿었다. 일 년 후 암이 폐로 번졌을 때 그는 자신이 잘못 생각했음을 깨달았다. 암은 죽음의 씨앗이 아니라 삶의 씨앗이었다. 그의 몸을 숙주 삼아 움튼 새 생명. 그래서 그토록 열렬히 살아남으려고 항암제의 포탄도 견딘 거였다. 그의 몸보다 더 강력한 생명력으로 암세포는 그의 몸속에 길을 냈다. 냉정한 현실을 알고 난 뒤 그는 오히려 마음이 편안해졌다. 자기 안에 살고 있는 삶과 죽음, 두 개의 씨앗이 대체 뭘 하는지 지켜보겠다는 뚝심도 있었다. 물론 그건 극심한 통증이 잠을 깨우던 어느 날 이전의 이야기다. 통증이 시작된 후 그의 모든 생각은 무의미해졌다. 통증은 그의 이성도 감정도 판단도 다 덮어버렸다. 그러나 세상에는 진통제라는 신통한 물건이 있었다. 진통제의 도움을 받아 그는 다시 멀쩡한 척하며 살았다. 암세포도 자신의 세포도 잠잠히 그를 내버려두고 있다고 착각할 수 있었다. 그에겐 착각이 필요했다. 그 무엇보다 절실히. 진실을 알 필요가 있을까. 얼마를 더 살든지 잠시라도 마음 편하고 싶었다.

그는 자신의 대표작인 〈고독 공포를 줄여주는 전기의자〉를 생각한다. 그가 온 마음을 바쳐 만들었던 의자. 그때 그는 어떻게 전기의자를 이인용으로 만들 생각을 했을까. 지금 그에게 일어날 일을 예견하기라도 했단 말인가. 그는 다만 의자의 완성도만을 생각했을 뿐이다. 지금은 다르게 느낀다. 옆에 누군가 있다면. 나랑 똑같은 운명을 가진 누군가가 내 소멸을 지켜본다면. 아니 내가 그 사람의 소멸을 지켜봐준다면. 흰 종이처럼 가볍게 부서질 수 있다면. 이런 간절한 바람을 되뇔 날이 자신에게 오리라고는 상상조차 하지 않았다. 이제 모든 것을 놔두고 이 낡은 몸만 가지고 이곳에서 저곳으로 옮겨가야 한다. 여기서 지은 마지막 표정으로 어딘가에 다시 태어난다면 그건 기쁜 일일까 슬픈 일일까.

그녀를 만나러 나가야 한다. 오늘 그는 그녀와 헤어질 작정이었다. 아침에 갑작스러운 통증이 찾아와 그를 쓰러뜨리지 않았다면 그랬을 것이다. 그러나 몸을 움직일 수가 없다. 어젯밤 그는 깜깜한 거실 소파에서 이제 그만 셔터문을 내리고 싶은 강렬한 욕망을 느꼈다. 잠깐이었다. 그 잠깐 사이에 그는 그녀 생각을 했고 그녀의 목소리를 들었다. 따닥따닥 다급하게 달려가는 말발굽 소리 같은 화난 목소리. 그녀는 그 목소리로 사는 게 어울린다. 울음이 배어든 축축한 목소리는 안 어울린다. 그녀는 종이 같은 여자다. 불이 붙으면 화르르 타버리고 물이 묻으면 축 늘어져 찢어진다. 그녀를 생각하자 죽기 전에 정리해야 할 큰 채무라도 되는 듯 숨이 막혔다. 그는 방바닥으로 내려와 큰대자로 누웠다. 크게 숨을 몰아쉬며 "그래, 끝내는 게 좋겠어"라고 소리 내서 말했다. 그의 귀를 핥던 그녀의 뜨거운 혀끝 감촉이 떠올랐다. 어쩌면 그가 그녀를 만난 이유는 오직 섹스 때문인지도 모른다. 금속성 목소리가 아니라 놀랍게 매끄러운 살결과 그보다 더 매끄러운 질의 감촉이 그녀의 정체성이었다. 그에게 오직 그 순간만 생각할 수 있게 했다. 죽음도 그렇게 올 수 있을 것 같았다. 부드럽고 따스하지만 날카롭고 강렬한 그 무엇이 그를 관통했다. 여기가 끝이라면. 그는 그녀의 몸에서 빠져나올 때마다 외쳤다.

어젯밤 그는 전기의자를 딱 하나만 더 만들어보려고 했다. 자다가 일어나서 에이포용지가 들어 있는 박스를 열었다. 종이를 한 묶음쯤 꺼냈다. 그다음 그의 손이 뭔가 하기를 기다렸다. 일어나서 손을 움직여 도면대로 종이를 붙이고 형태를 잡아가기를. 그는 묵묵히 기다렸다. 가만히 오는 것, 멈춤 없이 오는 것, 뒷덜미를 잡고 목줄을 어루만지며 친한 척하는 것, 그에게 의자는 그렇게 왔다. 그런 시간을 다시 갖고 싶었다. 몸은 제멋대로였다. 기운이 한 톨도 없어서 손끝에 힘이 주어지지 않았다. 의자를 종이로 만들기 시작하면서 그는 더 민감한 사람이 되었다. 하얀 종이를 접어 붙이면서 종이가 형체를 이루어 의자가 될 때를 기다리며 무엇이 다른 무엇이 될 때 바쳐야 할 것은 무엇일까 생각했다. 시간과 변덕과 끈기를 다듬이처럼 두드리며 한 발 한 발 앞으로 나갔다. 나무라면 망치로 두들길 수도 있다. 쇠라도 마찬가지. 하지만 종이는 침을 묻혀서도 안 되고 세게 힘을 주어서도 안 된다. 무조건 살살 다루어야 한다. 때로 숨까지 죽이며 이쪽 끝과 저쪽 끝을 맞추려고 손을 떨었다.

그는 오랫동안 의자에 집착했다. 의자를 만들고 있을 때가 가장 행복했다. 자신의 몸을 얹을 수 있는 우주 하나를 창조하는 기분이었다. 미국의 미술대학에서는 형체의 균형과 조화를 배우기 위해서 일학년 커리큘럼에 의자 만들기를 넣는다. 그에게는 그런 실용적인 이유보다 직선의 미학이라고 부를 만한 의자의 형상이 마음에 들었다.

의자를 만들려면 조각가보다는 목수가 되는 편이 나았을지도 모른다. 하지만 그는 이미 조각가가 되었고 만들고 싶은 것은 의자였다. 그는 모든 재료를 다 동원해 의자를 만들었다. 청동과 철은 물론이고 테라코타와 알루미늄으로 자신의 머릿속에 있던 의자를 꺼내 세상에 내보였다. 사람들이 그가 만든 의자를 자신만큼 환호하지 않아도 크게 좌절하지 않았다.

어쩌다가 그가 의자에 빠지게 되었는지 똑 부러지게 말할 수 없지만 그가 기억하는 첫 의자는 중학교 교실의 나무의자였다. 길쭉한 나무 패널을 이어 붙여 만든 그의 의자는 패널 하나가 부러지고 못이 위로 튀어나와 엉덩이를 찔렀다. 그가 망가진 의자를 보여주자 담임은 알았다고만 하고 의자를 고쳐주지도 바꿔주지도 않았다. 며칠 뒤 참다못한 그가 밤이 될 때까지 기다렸다가 의자를 들고 학교 밖으로 나갔다. 집에 가서 고쳐 올 생각이었다. 운 나쁘게 그는 교문에서 발각되었고 일주일 근신 처분을 받았다. 구구절절 변명을 하지 않은 그의 탓도 있다. 그의 인생에 요행은 없다는 것, 자신이 저지른 죄보다 더 큰 벌을 받는 운명이라는 것을 가르쳐준 사건이었다. 의자가 그에게 결핍의 상징이 된 게 특별한 일은 아니다. 그런 일 한번쯤 안 겪은 아이는 별로 없을 테니까.

사 년 전 그는 아일랜드의 벨파스트라는 도시에 레지던스 파견을 나간 적이 있었다. 모처럼 해가 쨍한 날 미국 친구와 바닷가에서 와인을 마시며 수다를 떨었다. 가끔 작업을 하다 지치면 몇몇이 몰려 나가 잠깐 휴식 시간을 가질 때가 있다. 사적인 것들을 공유할 기회였다. 작품에 대한 얘기나 연애담을 늘어놓다 술에 취하기도 했다. 외국에서 사는 것도 홀로 자기 작업을 들이파는 일도 다 고달팠기에 다들 그 시간을 즐겼다. 이제 의자는 딱 하나만 더 만들고 그만 만들 거라는 그의 말을 들은 미국 친구가 말했다.

"마지막으로 만들어야 할 의자라면 에디슨의 전기의자가 좋겠지?"

그 말은 귀로 들어온 것이 아니라 그의 뇌 한가운데를 파고들었다.

"에디슨이 전기의자를 만들었다고? 사형수를 위한?"

그가 그 사실을 모르고 있다는 데 놀란 미국 친구는 작업자 특유의 열정으로 자세히 설명을 해주었다. 웨스팅하우스 전기회사에서 교류 전기를 대중에게 보급할 계획을 세우자 그때까지 직류 전기를 공급했던 에디슨 전기회사는 위기를 느꼈다. 그래서 에디슨은 교류 전기가 사람을 죽일 수도 있을 만큼 위험하다는 걸 증명하기 위해 전기의자를 발명했다. 나중에 온갖 흉악범이 모여 있던 뉴욕의 싱싱 교도소에서 그걸 실제 사형 집행에 사용했다는 역사적 사실까지 전해주었다. 그 얘기를 듣던 그는 전기 충격이라도 받은 듯 머리카락이 쭈뼛 곤두서는 것을 느꼈다. 그 역시 자신이 만들 마지막 의자는 전기의자여야 한다고 확신했다. 일은 그렇게 시작되었다.

그가 여기저기 알아봐서 다음 레지던스로 잡은 도시가 뉴욕이었다는 것은 놀랍지 않다. 그는 뭐든 한번 꽂히면 막다른 골목까지 가보는 사람이었다. 곧바로 싱싱 교도소로 찾아가 도면을 얻어다 직접 전기의자를 만들어보았다. 목재와 가죽으로 만들어진 원본을 에이포

모듈로 된 전개도로 변환해서 프린트한 이백삼십팔 장의 도면을 열다섯 개 부분으로 조립하는 방식이었다. 재활용으로 폐기할 수 있고, 도면을 포함한 매뉴얼이 원작이 되어 언제라도 다시 제작할 수 있도록 했다. 입체물을 만드는 도중에 구겨지거나 망가질까 봐 숨죽이며 손을 움직였다. 그 예민함은 그를 그 시간에 붙잡아두었다. 그가 완전히 소유할 수 있는 시간, 그가 원한 것은 그것이었는지도 모른다. 문제는 그가 선택한 소재였다. 최근 그는 작업 연수가 늘고 나이를 먹어가면서 나무와 돌과 쇠 같은 고전적인 재료에 흥미를 잃었다. 그의 작업에 변화를 줄 건 소재밖에 없었다. 그때 그가 발견한 소재는 에이포용지였다. 언제 어디서나 구할 수 있고 값도 싸고 다루기도 편한 사무용지가 그의 눈에 들어왔다. 작품을 완성하고 나서 바라볼 때 종이에서 퍼져 나오는 형광빛 흰색은 감동적이기까지 했다.

그는 수없이 많은 의자를 만들었다. 식탁의자, 안락의자, 미끄럼틀의자, 휠체어, 그리고 각종 의자의 미니어처들. 최근에 에이포용지로 가장 많이 만든 것은 벤치였다. 그는 바깥에 내놓고 앉는 의자에 관심을 갖기 시작했다. 공원이나 마당이나 놀이터에 내놓으면 아무나 와서 앉을 수 있는 주인이 따로 없는 벤치를 만들고 싶었다. 그런데 역설적이게도 그가 선택한 소재는 종이였고 종이의자에는 아무도 앉을 수가 없다. 그가 왜 그런 작업을 했는지 그조차 뚜렷하게 설명할 수 없었다. 그의 인생에서 벌어진 일은 대부분 이런 식이었다. 한때 자신을 던져 몰두했지만 나중에 돌아보면 이유를 알 수 없는 것들이 많았다. 여자 문제도 비슷했다. 왜 만났고 왜 헤어졌는지 스스로조차 이유를 납득할 수 없었다. 납득할 수 없다고 해서 이유가 없는 건 아닐 것이다.

그에게는 의자가 꼭 앉는 용도의 실용적인 물건일 필요는 없었다. 사람을 닮은 형상의 의자라는 물체에 끌렸다. 베란다나 방 한쪽 구석에 놓여 있는 의자는 구부정하게 서 있는 노인 같기도 하고 수줍게 돌아앉은 소년 같기도 했다. 그에게 의자는 마치 도자기처럼 어루만지고 더듬고 바라보는 물건이었다. 자신이 만든 의자가 팔려나가기를 진심으로 원하지 않았을 수도 있다. 수집가들의 환심을 살 수 있는 매력적이고 앉기에 적합한 의자를 만들지 않는 이유도 혹시 그 때문인지 모른다. 아무도 원치 않는 의자, 끝까지 자기 소유로 남는 의자. 그가 만든 대부분의 의자는 그런 것들이었다. 그는 종이로 만든 벤치를 오래도록 바라보곤 했다. 손으로 만졌을 때 손가락에 와서 닿은 차고 가볍고 메마른 느낌이 좋았다. 소재를 단단하고 무거운 것으로 바꿨더라면 손이 아니라 엉덩이를 얹을 수 있고 또 다른 기쁨을 얻을 수도 있었을 텐데 그는 자신이 만든 의자를 바라보는 것에 만족했다. 그러나 전기의자의 경우는 달랐다. 완성하고 나서 바라보았을 때 이 퍼센트가 부족하다는 생각이 들었다.

'이건 완전하지 않아.'

그는 누가 인정하건 안 하건 늘 자신이 만든 의자를 사랑했다. 자신의 분신이었고 인생이었고 전부였다. 전기의자는 어쩐지 저만치에 있는 남의 물건 같았다. 뭔가 모자란다는 이 느낌이 뭘까? 원래 도면과 똑같이 만든 의자는 좀 약해 보여서 크기를 일 점 일 배로 늘렸다.

며칠 동안 의자를 이리저리 살펴보던 그는 문득 의자를 두 개 만들어서 붙여보면 어떨까 상상했다. 마지막 죽는 순간은 누구에게나 찾아온다. 그때 혼자 죽으려면 너무 고독하지 않을까. 그 점은 사형수라고 해도 다를 바 없었다. 그는 옆에 의자 하나를 덧붙인 도면을 다시 그렸다. 의자의 모양도 좀 바꾸었다. 의자 양쪽 끝을 약간 늘려 사다리꼴로 만들었다. 그러면 의자에 앉은 두 사람의 자세가 살짝 돌아앉은 모양이 된다. 비록 가운데 붙어 있는 팔걸이에 두 사람의 팔을 같이 넣어 맞대고 있을지라도 몸은 상대에게서 조금 비껴나 있다. 상대가 죽는 순간 얼마나 겁나하는지 고통스러워하는지 외면할 수 있을 만큼 몸을 모로 틀고 있는 모습이다. 온기를 느낄 수 있을 정도로 가깝지만 그렇다고 상대의 전부를 다 볼 수 있는 건 아닌 자세다.

그는 그제야 만족했다. 에디슨도 인체 공학을 이용해 가장 안락하고 자연스러운 자세로 앉아서 죽음을 맞을 수 있게 전기의자를 고안했다. 곧 죽을 사람이 짧은 시간 앉을 의자였는데도 불구하고 말이다. 그는 거기에다 사형수가 죽는 순간 느낄 공포를 줄여주는 배려를 더했다. 사람을 죽이는 의자를 발명했다고 엄청나게 욕을 먹었다지만 완벽한 물건에 대한 집착을 가진 에디슨의 유지를 받든 것 같아 기쁘기까지 했다. 그의 수고는 세상에서도 충분히 보상받았다. 고독 공포를 줄여주는 의자라는 이름과 발상은 사람들의 관심을 끌었고 여러 갤러리에 초대받았다. 뉴욕의 미술관에서도 초청을 받아 〈Chair for Monophobia〉라는 새로운 이름을 달고 전시회를 열었다. 한국과 미국의 에이포용지 사이즈가 약간 달라서 애를 먹기는 했어도 마침내 성공적으로 전기의자를 만들어냈다. 그는 사람들이 관심을 갖는 것이 전기의자인지, 에이포용지인지, 죽음인지, 공포인지, 고독인지 궁금했지만 그 궁금증은 잠시뿐이었다. 그는 오직 자신의 의자에만 관심이 있고 의자만을 사랑하는 사람이었다. 머릿속에 있던 의자가 완벽한 형상을 갖춘 채 자신의 눈앞에 있다는 사실에 만족했다.

뉴욕 전시회 마지막 날 작품을 어떻게 했으면 좋겠느냐는 미술관 측의 연락을 받았을 때 관람객이 그 의자에 실제로 앉아봤으면 좋겠다고 대답한 것도 같은 맥락이었다. 그 의자를 어떤 방식으로 한국에 가져오겠는가. 사람들이 앉을 수 없는 것처럼 상자에 넣고 가져오는 것도 어울리지 않는 일이라고 생각했다. 관람객들에게 의자에 앉아보라고 해도 선뜻 나서는 사람이 없었다. 애써 만든 작품을 망가뜨리는 일을 할 수 없어서 모두 쳐다만 보고 있었다. 그때 백인 아이 둘이 의자에 달려들어 털썩 주저앉았다. 결과는 예상한 대로였다. 의자는 찌그러졌고 아이들은 엉덩방아를 찧었으며 사람들은 놀랐다. 아이들은 깔깔대고 웃으며 즐거워했다. 그 소식을 들었을 때 그는 만족해했다. 그것은 그 의자의 생멸 과정으로 잘 어울리는 광경이었다. 그는 이곳에서 언제든 전기의자를 또 만들 수 있다. 실물에서 가죽으로 만들었던 부품들을 하나하나 그려서 종이로 만들고 리벳으로 연결하는 부분은 종이에 구멍을 뚫어 재현하려면 완성하는 데 열흘 이상 걸리기는 하지만 어려운 일이지 불가능한 일은 아니었다.

한국의 수집가들은 작품을 오래 보존하고 싶다면서 스테인리스 소재로 만든 이인용 전기의자를 주문했다. 먹고살기 위해 다른 소재로 몇 개 만들어 팔긴 했지만 전기의자는 종이여야만 한다는 그의 생각은 바뀌지 않았다. 고독 공포를 줄여주는 전기의자는 그의 인생에 드물게 행운을 가져다준 작품이었다. 그런데 신기하게도 자신에게 성공을 가져다준 전기의자에는 이상하게 집착이 생기지 않았다. 의자가 팔려나가든 망가지든 쓰러지든 앙앙불락하지 않았다. 전기의자와 관련한 어떤 좋은 일이 생겨도 그는 담담했다. 그의 마음속에서 모든 것이 이루어지고 사라지고 얻어지고 잃으면서 다 해소되었다. 더는 무얼 바라지도 불평하지도 안달하지도 않았다. 지금 그에게 일어난 몸의 재앙만 아니었다면 죽 그렇게 살았을 것이고 언젠가는 다른 의자, 다른 작품에 시선을 돌리며 여태 살던 것처럼 살아갔을 것이다. 무미건조하지만 불행하지 않고 특별히 행복하지는 않지만 큰 불만도 없는 가난한 삶.

그는 이 삶에 오래 머물 수 없다. 그는 떠나야 한다. 의사가 말한 시간을 넘기든 못 넘기든 그의 죽음은 기정사실이다. 그도 처음에는 어쩔 줄 몰라 했다. 무슨 말인지 납득이 가지 않았다. 왜 아직은 젊은 축에 속하는 자신이 병에 걸려 죽어야 하는지 이해할 수 없었다. 그는 자기관리를 잘하는 사람에 속했다. 식사 습관도 나쁘지 않았고 운동도 좋아했고 몸을 망치는 나쁜 습관도 별로 없었다. 어지간한 음식은 다 소화하고 아무 데서나 자도 탈이 안 난다. 유지 관리비가 별로 안 드는 건강 체질이었지만 건강검진 결과 하루아침에 시한부 인생으로 전락했다. 하지만 곧 이해할 수 있었다. 인생에는 두서없고 인과관계도 맞아떨어지지 않는 일이 비일비재로 일어난다는 것을. 그가 할 수 있는 일은 아무것도 없었다. 그저 받아들이는 길밖에. 더 정확히 말하면 당하는 수밖에. 튼튼하다는 것이 얼마나 허상인지 그는 잘 안다. 그것이 사람의 몸이든 종이의자든. 의자를 나무와 가죽으로 만들면 더 튼튼하다는 건 지금 내 눈에 비친 모습, 혹은 상식에서 오는 착각이다. 옛날 사람들도 종이는 천 년 가고 비단은 오백 년 간다고 하지 않았나. 물론 사람의 엉덩이를 들이미는 순간 무너지는 것을 기준으로 강도를 정한다면이야 얘기가 달라지지만. 두고 보는 물건으로는 아무 상관이 없다. 그러나 에이포용지 이백삼십팔 장으로 만든 의자. 순백의 얇은 의자. 불가능한 동반을 꿈꾸는 유쾌한 상상이라는 부제가 붙은 의자만은 마지막 순간까지 눈앞에 있기를, 그와 함께하기를 바랐다. 동반이라는 단어를 그는 평생 한 번도 써먹은 적이 없었다. 실제로도 누구와 동반한 적이 없었다.

달리 살아보고 싶었던가. 이제 늦었다. 그는 하나의 트랙 위에 섰다. 죽음을 향한 트랙. 조금 앞당기느냐 늦춰지느냐 그 시기가 문제지 결과는 달라지지 않는다. 그는 지난달 시티 검사 결과를 들었을 때 병원을 나서며 항암제를 더는 맞지 않기로 결심했다. 부작용으로 밥을 먹을 수 없는 데다 온몸이 무감각해지고 검게 타들어가면서 남은 시간을 보내고 싶지 않았다. 통증이 심해서 제어하기 힘들어지기 전에 자기 스스로 삶에 종지부를 찍기로 마음먹었다. 너무나 많은 공포의 밤을 지나왔기 때문에 더 이상은 흔들리지 않았다. 문제는 방법이다. 어떻게, 나는, 이 세상을 떠날 것인가. 매일 밤 그걸 생각하면서 잠이 들었다. 주치의는 그에게 위험을 경고하며 정신과 상담 예약을 잡아주었다. 결과적으로 정신과 의사를 만나러 가길 잘했다. 거기서 그녀를 만날 수 있었으니. 종이처럼 얇아진 몸으로 방바닥에 누워 시간을 보내던 차였다. 치료도 받지 않고 사람도 만나지 않았다. 밥도 조금씩 먹으면서 밀도가 적은 공기를 마시는 기분으로 하루하루 지냈다. 그것은 비정상적인 반응일지도 모른다. 그래서 주치의가 정신과 의사를 만나라고 했을 것이다. 왜 의사가 권고하는 방법대로 치료를 받지 않으면 머리가 이상한 사람 취급을 받는 걸까. 정신과 의사가 그를 설득해서 주치의의 말을 따르도록 해줄 수 있기라도 한단 말인가. 아니면 그에게 암 말고 다른 정신병의 징후가 보이기라도 한 건가. 예전 같으면 이 모든 걸 무시하고 그의 생각대로 결정하고 행동했을 것이다. 암에 걸린 이후 그는 자신을 믿을 수 없는 사람이 되었다. 정기검진에서 이미 심각해져버린 상태로 발견될 때까지 눈치조차 못 챈 인간이었다. 나는 내 몸 안에서 무슨 일이 일어나고 있는지도 몰랐던 인간이야. 내가 뭘 안다고 인생에 중요한 결정을 혼자 내릴 수 있겠어.

그는 자신에게 일어날 일 중에 가장 두려운 것이 무언가 생각했다. 아직 일어나지 않은 일, 그러나 일어날 가능성이 높은 일. 그건 아마도 암세포가 뇌나 뼈나 림프선 같은 치료가 곤란한 부위에 전이되는 것이리라. 지금처럼 고형암으로 폐에 전이되어 검사할 때 잘 보이고 비교적 다루기 어렵지 않은 부위가 아닌 엉뚱한 곳, 극심한 통증이 수반되는, 더 이상 자유롭게 거동할 수 없게 하는 어떤 부위. 그 생각만으로도 그는 공포를 느꼈다. 그가 새로이 알게 된 건 세상에 통증만 한 공포가 없다는 사실이다. 지금은 진통제로 다스려지지만 의사 말대로 몇 달이 지나 더 이상 어떻게 해볼 수 없는 지경이 되면 통증이 진통제를 이기게 될 것이다. 그다음은…… 그다음은 생각할 수 없다. 그는 그다음이 일어나기 전에 이 전쟁을 끝내고 싶다고 눈을 감으며 생각했다. 다행이다. 참 이상한 순간에 이상한 말이 떠올랐다. 그가 결혼을 하지 않은 것도 자식을 낳지 않은 것도 아내가 없는 것도 다행이었다. 언어는 이상하군. 이 상황을 어떻게 다행이라는 단어 하나로 설명할 수 있단 말인가. 다행도 불행도 아닌 어느 지점, 지독하게 재수가 없는 지점을 달리 표현할 말이 없었다.

그는 주치의가 시키는 대로 정신과 의사를 만나러 갔다. 그가 정신건강의학과에서 만난 사람은 의사가 아니라 그녀였다. 의사는 단한 번 만나고 끝이었지만 그녀는 그 후로 열 번쯤 만났으니까. 그는 깡말랐고 말이 없고 호감을 주는 인상이 아니었다. 그런 점들이 그녀에게는 큰 문제가 되지 않는 것 같았다. 처음 만났을 때부터 스스럼없었다. 그건 그녀가 사람을 대하는 태도일 수도 있고 병의 징후일수도 있다. 분노가 많은 여자와 우울한 남자, 그 둘이 만난 것은 정신건강의학과 대기실이었다. 어쩌다가 두 사람이 사귀게 되었는지 설명하기는 쉽지 않다. 그는 아무 생각이 없었다. 결정이나 선택은 그에게 너무 어렵다. 굳이 이유를 찾자면 그녀의 손톱 때문이었다.

그녀는 손톱을 짧게 깎았다. 손가락 끝이 핏물이 새 나올 만큼 진한 분홍색이었다. 물어뜯은 흔적이 있는 짧은 손톱을 보면서 그는 안심했다. 그녀가 너무 정상적인 사람이었다면 만나지 않았을 것이다.

너무 정상적이란 게 어떤 건지 모르지만 그에게는 정상이 '너무'의 범주에 속했다. 조금만 예상과 달라도 흔들리며 떨리는, 불안을 담은 눈빛도 그를 안심하게 했다. 평안한 얼굴은 뻔뻔하다고 느꼈다. 그에게는 혼란과 불안과 공포가 피부처럼 덮여 있는 그녀의 얼굴이 편했다. 그녀 앞에서는 부끄러워하거나 긴장할 필요가 없었다. 그녀가 가끔 웃을 때가 있는데 그때 양쪽 입가에 생기는 잔주름은 섹시하기까지 했다. 처음에는 둘 다 남한테 관심이 없었다. 각자 자신의 우울과 분노를 손에 쥐고 꼼지락거리며 앉아 있었다. 간호사가 두 사람의 순서를 헛갈려 그녀보다 그를 먼저 진료실로 안내했다. 주민등록번호를 미처 확인하지 않은 게 불찰이었다. 그녀는 불같이 화를 냈다. 두 사람은 동명이인이었다. 간호사는 하루에 이 대학병원을 찾아오는 환자 중 서른 명이 같은 이름을 가졌다고 변명했지만 그녀는 화를 멈추지 않았다. 급기야 그가 들고 있던 테이크아웃 커피 컵을 손으로 쳤다. 커피는 그의 재색 스니커즈 위로 쏟아졌다. 더욱더 우울해진 그는 그녀에게 먼저 들어가라고 했지만 그녀는 진료보다 화내는 일이 더 급했다. 순식간에 주변 사람들의 시선이 그녀에게 쏠렸고 의사가 나와서야 상황이 종결되었다.

그녀가 먼저 진료실 안으로 들어가 상담을 했다. 그는 그냥 가버릴까도 생각했지만 그럴 힘이 없었다. 무기력하게 앉아 다시 자기 이름이 불릴 차례를 기다렸다. 그녀는 화가 풀린 상태에서 밖으로 나왔다. 그에게 조금 미안한 얼굴로 억지 미소를 지었다. 그도 비슷한 미소를 지어 보이고 그 자리에서 일어났다. 그가 상담을 마치고 나왔을 때 그녀가 기다리고 있었다.

"아무래도 미안해서요."

그녀는 커피를 사고 싶다고 했다. 그 정도로 미안해할 일인가. 빨리 화내고 빨리 사과하는 것이 그녀의 증상인지도 모르겠다고 생각하며 그는 그녀를 따라갔다. 그녀는 그의 승낙이 뜻밖이라는 듯 잠깐 빤히 쳐다보더니 로비에 있는 커피숍으로 앞장서서 걸어갔다. 그녀는 뭘 먹을 거냐고 물었다. 그는 카페라테를 시켰다. 서지우. 그는 자신의 이름이 맘에 들지 않았어도 흔한 이름이라고 생각한 적은 없었다. 그녀는 카페라테 두 잔과 티라미슈 한 조각을 사왔다. 약간 살집이 있는 체형이었다. 딱 봐도 단 음식을 좋아하게 생겼다. 아까의 기세와 달리 그녀는 말을 많이 하지 않았다. 이 병원의 시설이나 의사에 대한 자기 생각을 툭툭 던지듯 한마디씩 건넸다.

"꼭 내 인생 같아요. 이 시간, 오후 세 시 말이에요. 밥을 먹기도 술을 마시기도 애매하고 누구를 불러내기도 집에 들어가기도 애매해요. 참 어중간한 시간이죠."

그녀는 밖을 내다보며 말했다. 맞는 말 같기도 하고 아닌 것 같기도 했다. 그녀의 말이 맞는다면 그건 그에게도 해당하는 말이다. 무얼 하기에도 어중간한 때다. 살아 있지만 살았다고 할 수 없는 경계에 서 있다. 그녀는 의사에 대한 인상평을 간단히 말했다. 그도 의사를 별로 신뢰하지 않던 터라 그녀의 푸념을 이해했다. 의사는 말을 아끼려고 애썼지만 그는 느낄 수 있었다. 의사가 그를 가망 없는 환자, 반쯤은 죽음에 발을 담근 사람으로 보고 있다는 것을. 그가 손도

대지 않은 케이크는 벌써 삼분의 이가 없어졌다. 그녀는 잠깐 사이에 죽이고 싶어요, 끝장났으면 좋겠어요, 정말 화가 나요, 없애버리고 싶어요를 몇 번이나 말했다. 극단적인 단어들을 좋아했다. 그녀가 없애고 싶은 대상은 주로 타인이었다. 그것이 그와 다른 점이었다. 그녀가 그에게 직업을 물었을 때 그는 자신을 조각가라고 소개했다. 그녀는 살면서 조각가는 처음 만난다고 했다.

"어떤 작품이 있죠? 조각은 잘 몰라서……."

"고독 공포를 줄여주는 전기의자가 대표작이에요."

"흥미롭네요. 좀 더 얘기해줘요."

그는 평소답지 않게 이백 장이 넘는 에이포용지를 붙여서 만든 사형수용 전기의자에 대해 길게 설명했다. 설명서도 있으니 나중에 기회가 있으면 직접 만들어보라는 말까지 했다.

"참, 그 의자는 이인용이에요. 사람이 죽을 때 마지막 순간에 그렇게 외롭다네요."

그녀는 눈을 감았다 뜨며 고개를 느리게 주억거렸다. 무엇에 대한 긍정일까? 사형수의 고독, 사형수의 마지막 인권? 의자의 인체 공학적인 디자인? 아니면 전기의자라는 물건 자체에 대한 경의? 전기의자라는 발상 자체가 놀라웠다. 사람을 의자에 앉혀놓고 고압 전류가 흐르게 해서 죽음에 이르게 한다니. 그에게는 이 세상에 놀랍지 않은 게 하나도 없었다.

"에디슨 말인데요. 혹시 불교 신자 아니었을까요? 다음 생이 있다고 생각했으니까 마지막에 그렇게 신경을 썼겠죠. 이번 생의 마지막 감정이 다음 생의 첫 번째 감정이라면서요."

그럴지도 모르겠다고 그는 생각했다. 요새 그는 뭐든 다 그럴지도 모른다고 생각한다. 세상에는 안 일어나는 일이 없다. 특별하다고 생각하는 건 자기뿐이다. 남들도 다 그 정도는 특별한 일을 겪으면서 산다. 이제 그는 어떤 시간을 갖든 온전히 소유한다는 느낌을 가질 수 없게 되었다. 침범당하는 기분, 패대기쳐진 기분으로 하루하루 살고 있다. 누가 자신을 여기서 빼내주었으면 좋겠다는 헛된 꿈을 매일 밤 꾼다. 지금에서야 사형수의 고독을 조금, 아주 조금 공감할 수 있다. 사형도 죽음도 물리적으로 심리적으로 무거울 수밖에 없다. 그 무거움은 사형수에게 고스란히 두려움으로 다가왔을 것이다. 처음 그가 전기의자를 만들 때는 비평가들의 말대로 사형당하는 인간에 대한 위령제, 사형수의 죽음을 조금 가볍게 해주고 싶은 마음이 있었을지도 모른다. 지금은 그런 재기발랄한 상상이 아니라 온몸으로 느끼는 구체적인 감각이다. 죽음에 누군가와 동반한다는 것은 현실에서는 불가능한 일이다. 종이로 가볍게 의자를 만들 듯 죽음에서 공포를 벗겨내는 것도 불가능한 일은 아니라고 죽음과 멀리 있을 때의 그는 생각했다. 그가 강조하는 건 늘 완벽한 구조물의 의자였다. 의자를 만들고 싶어 하는 제자들에게도 건조하게 설명했다.

"그냥 종이를 붙이는 거야. 접고 각을 만들어서 이어 붙여. 나무나 쇠를 대신해서 만드는 거니까 좀 더 신중한 손길로 다루어야 모양이 망가지지 않아. 다른 건 절대 쓰면 안 돼. 에이포용지와 양면 접착제만을 써야 돼."

그는 그녀를 만나면서 잠시라도 자신의 처지를 잊을 수 있었다. 둘의 관계는 다채롭고 역동적이었다. 둘 다 주고받을 게 있었다. 그녀에게는 데이트에 대한 판타지가 있었다. 이혼한 남편은 자상한 사람은 아니었던 모양이다. 그녀는 "남자랑 데이트할 때 이런 거 해보고 싶었어요"라는 관용구를 좋아했다. 남자가 섹스에 대한 판타지를 품고 있는 것처럼 여자들은 데이트에 대한 판타지가 있나 보다고 그는 생각했다. 그는 그녀의 몸에만 집중했다. 이상하게도 그는 성적인 욕망을 억누를 수가 없었다. 기운이 없고 식욕도 별로 없었지만 섹스에 대한 갈망만은 펄펄 끓었다.

"우울하면 성욕이 없지 않나?"

그녀가 물었다. 그는 눈만 끔벅거리고 대답을 하지 않았다.

"나야 물론 좋지만."

그녀에게 자신의 병에 대한 이야기는 하지 않았다. 그가 가벼운 우울증을 앓고 있다고 짐작했다. 지나치게 마른 것도 식욕이 없고 매사에 무기력한 것도 우울증 때문인 줄 안다. 불안하고 분노가 많은 사람에게 더 큰 문제를 떠안게 할 필요는 없었다. 그는 그녀가 조금만 얼굴이 굳어져도 곧 폭발할 거라고 예상했다. 그녀 또한 그가 조금만 말수가 줄어도 초조해했다. 뭘 먹으러 갈까? 배 안 고파? 그는 배고픔을 잘 못 느꼈다. 하루에 한 끼만 먹을 때도 있다. 소화와 배설, 대사 모든 것이 그가 통제할 수 있는 영역 바깥에 있었다.

병원에서 목격한 죽음은 생각보다 끔찍하지 않았다. 며칠 죽음의 경계를 오가다가 누군가의 비명과 함께 숨이 끊어졌다. 어떤 죽음은 비명을 부르지도 않고 조용히 일어났다. 생각보다 죽음은 조용하고 일상적인 일이었다. 더 놀라운 건 죽음이 굉장히 빨리 잊힌다는 사실이다. 저 사람이 없으면 난 어떻게 살아야 하느냐고 울부짖던 극도로 의존적이던 가족도 죽음과 함께 후닥닥 자기 자리를 찾았다. 죽음은 살아 있는 사람의 삶을 금방 자유롭게 했다. 죽음은 기다리는 일이 어렵지 막상 일어나면 그냥 일상일 뿐이었다. 사형수용 전기의자도 마찬가지 물건이었다. 사형수의 몸에 전기가 흐르고 고통받다 죽으면 그는 곧 잊혔다. 삼십 년 동안 육백십삼 명의 남녀가 전기의자에서 죽었다. 싱싱 교도소는 전기의자로 유명해져 기념엽서까지 판매했지만 사람들의 상상을 자극하는 흥미 요소일 뿐 진짜 죽음과는 거리가 멀었다. 누군가 몸으로 겪는 것을 타인이 실감한다는 게 가능하기나 한 일인가.

햇살은 아까보다 많이 누그러들었다. 그는 졸기 시작한다. 그의 눈앞을 떠도는 먼지와 햇살을 식어가는 몸으로 바라본다. 조금 있으면 새 진통제를 먹어야 한다. 움직여야 하는데, 이렇게 잠들면 안 되는데, 중얼거리다 그는 자신의 몸을 내려다본다. 발가락도 손가락도 무언가에 가 닿기 좋게 만들어져 있다. 입도 입술도 눈도 두 팔도 밖을 향해 있다. 살아 있다는 건 이것들을 맘껏 사용하는 것이다. 발가락으로 땅을 딛고 손가락으로 무언가를 접촉한다. 눈으로 보고 손으로 만지고 입을 가져다 입술로 문지르고 혀를 내밀어 핥는다. 몸에서 힘이 빠져나가면서 더는 할 수 없게 된 일이다. 손이 뻗어지지 않고 발가락도 무감각하다. 그 전에 마음이 먼저 굳는다. 생각도 딸깍딸깍

빈 그릇 소리를 낸다. 눈을 뜨되 바라보기를 멈추고 입은 잘 벌어지지 않는다. 오늘은 특히 더 상태가 나쁘다. 혀는 거무스름하고 침이 말라 자유로이 움직여지지 않는다. 그녀가 있었으면 한마디 했을 것이다. 그의 미지근한 태도를 그녀는 언제나 냉정함으로 해석했다. 그럴 때면 화를 억누르며 그를 다독였다.

"어쨌든 사랑하는 사람이 있어야 해."

바다에서 헤엄치려면 산소통이 필요하듯이. 그녀는 혼잣말처럼 되뇌었다. 그는 고개를 끄덕거려주었다. 그가 할 수 있는 게 남아 있다면 맘껏 통속적인 사람이 돼보고 싶었다. 연애는 마지막 생존 수단이었다. 다른 목소리도 들렸다. 너는 곧 죽어. 죽는 사람에게는 아무것도 필요 없다고 함부로 말한다. 죽을 건데 좋은 옷이 무슨 소용이며 돈이나 집, 애인이 무슨 필욘가. 숨이 끊어질 때까지는 몇 달이든 며칠이든 살아 있다는 사실을 모르는 것처럼. 누구나 죽지만 죽을 때까지는 죽은 게 아니다. 비록 짧더라도 사는 동안은 살아야 한다.

'죽음 앞에서 왜 나는 팔랑거리는 종이의자처럼 흔들린단 말인가. 나는 사형수다. 사람들이 와서 얼른 버튼을 눌러주었으면 좋겠다. 늙음과 병듦을 생략하고 삶에서 바로 죽음으로 질주해가는 자들은 경배의 대상인가 경멸의 대상인가.'

그가 감옥에 갔을 때 제일 놀란 건 사람이 거처할 수 있는 실평수가 그토록 작다는 사실이었다. 아무것도 필요하지 않고 오직 자신과만 동거할 수 있는 공간이었다. 사형장은 어떤가. 사형수의 목을 잡아당기는 포승줄을 보며 아주 잠깐, 이라는 말을 떠올렸다. 버튼 하나 누르면 끝난다. 그때 감옥 창문 사이로 들이치던 햇살, 그 햇살 속에서 미친 듯이 살아서 움직이는 먼지. 그는 그 먼지를 오래 바라보았다. 자신은 죽으면 분명히 먼지가 될 거라고 생각했다. 먼지는 내려앉아 흙이 될 것이다. 아프면서 그는 알게 되었다. 그의 몸이 그의 감옥이라는 사실을. 무엇을 해도 이 몸 안에서 해야 한다. 손도 발도 얼굴도 눈동자도 몸 안에 갇혀 있다. 여태 그걸 몰랐다니. 자신이 제 멋대로 자기 뜻대로 살고 있는 줄 알았다. 겨우 몸의 틀 안에 갇혀 왔다 갔다 한 거였다. 그는 다시 일어설 수 있다면 세상에서 제일 작은 감옥을 한번 만들어보고 싶었다. 사람의 몸을 닮은 감옥. 무엇 하나에 오래도록 매달려서 뿌리를 뽑는 건 그의 주특기니까 이번에도 재미있는 일을 많이 벌이겠지. 거짓말이다. 그는 길게 한숨을 쉰다. 헛소리를 늘어놓고 있는 자신이 부끄럽다. 아까부터 그의 몸은 튀어나온 못이 엉덩이를 찌르는 것처럼 불편했다. 그 불편은 몸이 아니라 생각 저 밑바닥에서 시작되었다. 그래, 진실은 다른 데 있어, 더 이상 외면하지 말자, 그는 조용히 체념한다.

앉을 수 없는 의자라니, 그는 헛웃음을 웃었다. 세상에! 앉을 수 없는 걸 의자라고 만들었다니. 그 전기의자에 앉을 수 없기 때문에 죽음을 밀어낼 수도 있다고 믿은 건가. 그는 아무것도 보지 않겠다는 듯이 눈을 꾹 감는다. 아무것도 볼 수 없게 되자 그는 자기 앞에서 펄럭이는 흰 종이의자를 제대로 볼 수 있었다. 그의 속마음은 알고 있었다. 영원히 자신의 것이길 바라서, 팔고 싶지 않아서 의자를 종이로 만든 게 아니었다. 종이의자는 의자의 유령이다. 기능할 수 없는 의자를 만듦으로써 그는 의자에게서 생명을 빼앗았다. 그때부터 그에게서도 생명의 기운이 빠져나가기 시작한 것은 아닐까 의심한다. 값싸고 흔하다고 종이로 의자를 만든다는 게 말이 되나. 그는 자신이 무엇을 원하는지도 정확히 몰랐던 사람이다. 그는 다음 생의 첫 장면으로 동반을 꿈꾸었음을 스스로에게 고백한다. 이인용 의자에 앉아 이생을 떠났으니 새 삶의 첫 장면은 누군가와 동반하는 삶으로 시작할 수 있으리라 믿고 싶었다. 수수께끼가 이제야 풀린다. 그의 삶은 패널이 부러진 의자를 들고 빈 운동장을 혼자 건너던 그 어느 밤에서 멈추어버렸다. 앉을 수 없는 의자를 만들듯 그는 줄곧 자멸의 방식을 선택해왔다. 그래도 상관없다는 그의 눈앞에 종이의자는 없다. 그는 여전히 혼자고 그의 병든 몸은 낡은 나무의자에 얹혀 있다. 그토록 애정을 쏟았던 종이의자는 다 사라졌고 다시 만들 수도 없다. 오늘 아침 그의 몸을 꼼짝 못하게 쓰러뜨린 것은 바로 그가 평생 자신의 삶을 스스로 사보타주했다는 자각이었다. 그의 두 눈에서 눈물이 흘러내린다. 눈물은 햇살에 데워진 것처럼 따뜻했다.

..

2018년 9월 13일 최옥정 작가가 54세를 일기로 이 세상을 떠났습니다. 최옥정 작가는 암 투병 중에도 놀라울 정도로 집중력을 발휘하여 단단하고 빈틈없는 이 소설 〈고독 공포를 줄여주는 전기의자〉를 써내려갔습니다. 소설 앞에서 조금의 낭만도 허락하지 않고 치열한 생을 살다간 최옥정 작가가 저세상에서는 부디 고통 없이 행복하길 빕니다.

아치디에서

:

최은영

1984년 출생. 2013년 《작가세계》 신인상에 당선되
며 작품 활동을 시작했다. 소설집 《내게 무해한 사람》
《쇼코의 미소》가 있다.

1

스물다섯에 내가 좋아했던 사람의 이름은 일레인이었다. 일레인 월터. 주홍빛 머리칼에 회색과 초록이 섞인 눈동자. 연보라색 비키니를 입고 내가 일하던 해변의 파라솔 그늘에 하루 종일 누워서 책을 읽던 사람. 그녀는 한 달간 우리 동네에서 휴가를 보냈다.

첫 데이트 날 나는 일레인의 귀여운 포르투갈어 악센트와 얇고 보드라운 입술의 촉감, 약간 찡그리며 웃는 표정에 빠졌다. 무채색 면바지와 파스텔 계열의 시폰 블라우스 밖으로 보이는 검붉게 그을린 피부, 플립플롭 샌들에서 삐져나온 기다란 발가락에서 눈을 뗄 수 없었다.

삼 주간의 데이트 후 일레인은 떠났다. 나는 그녀가 베고 자던 베개를 안고 오지 않는 잠을 자려고 노력했다. 베개에서는 라벤더와 파우더 향이 섞인 일레인의 향기가 났다. 나는 반년 동안 일레인에게 메일을 보내고, 스카이프로 영상통화를 걸었다. 처음에는 금방 오던 답신이 점점 뜸해졌고, 온라인 상태로 표시되어 있는데도 전화 연결이 잘 되지 않았다. 열 번 전화를 걸어서 한 번 연결이 되더라도 시험 공부 하느라 바쁘다거나 급히 가야 할 곳이 있다며 그녀는 일 분도 되지 않아 전화를 끊었다.

친구들은 내가 미쳤다고 했다. 그만 잊으라고, 정신이 어떻게 된 거 아니냐고 웃었다. 가끔은 그 애들을 따라 나도 웃었는데 내가 생각해도 말이 안 되는 일이어서였다. 일레인이 내 전화를 끝까지 받아 주지 않았던 4월의 어느 밤, 나는 일레인의 나라 아일랜드로 가는 비행기표를 끊었다. 물론 그녀는 그 사실을 알지 못했다.

겨자색 잠옷을 입은 짧은 단발머리의 일레인. 양쪽 콧구멍 사이에 고리 피어싱을 하고, 잠이 덜 깼는지 눈이 부어 있었다.

랄도. 너 왜 여기 있어?

그녀는 웃고 있었다. 화를 낼까 걱정했던 마음이 풀리는 것도 잠시였고 그녀는 얼굴에서 웃음을 거뒀다.

설마 나 보러 온 거야?

널 보러 왔어.

랄도.

그녀는 내 이름을 부르더니 인상을 찌푸렸다.

난 우리가 좋은 친구라고 생각했어. 솔직히 스카이프에서 널 차단할 수도 있었지만 네가 내 친구라고 생각해서 전화도 받았던 거고. 그런데 이건 뭐라고 해야 하지?

거기까지 포르투갈어로 말하곤 일레인은 영어로 말을 이었다.

위협적이잖아. 올 거면 온다고 말을 하든가. 물론 그랬다면 내가 말렸을 거고. 무섭네.

그녀의 얼굴에 공포의 빛이 떠올랐다. 내가 너에게 무서운 사람이라고? 현관문에 손을 갖다 대려고 하자 그녀는 뒤로 물러났다.

네가 보고 싶어서 왔어. 널 좋아해.

그녀는 현관문 손잡이를 잡고 그 틈 사이로 나를 봤다.

정말 날 좋아한다면 떠나. 경찰 부르기 전에. 연락도 하지 말고.

일레인.

네 현실을 좀 봐. 엄마 집에서 메이드가 해주는 밥 먹으면서 대마초에 취해 비디오게임이나 하는 네 현실을.

눈앞에서 현관문이 닫히고 일레인은 사라졌다.

난 그런 사람이 아니야. 나는 닫힌 문 앞에 서서 생각했다.

넌 날 오해하고 있어. 내가 널 얼마나 사랑하는데.

나는 현관문을 몇 번 노크하다가 뒤돌아서서 앞으로 걸어갔다. 어디로 가는 줄도 모르면서 길이 난 쪽으로 걸었다.

그때 나는 많은 것들을 몰랐다. 내가 거의 열다섯 시간 동안 커피 말고는 먹은 게 없었다는 것, 한 번도 내 삶에 책임을 진 적이 없었다는 것, 이 밖에도 많은 것들을 몰랐지만 무엇보다도, 나는 그때가 에

이야퍄들라이외퀴들 화산이 대폭발하기 열다섯 시간 이십 분 전이라는 것을 알지 못했다.

다음 날 새벽, 브라질로 돌아가는 비행기 창가 자리에 앉을 때만 해도 다시는 아일랜드에 발을 붙이지 않으리라고 생각했다.

나는 창문 밖, 어두운 활주로를 응시했다. 탑승 수속이 마감되고 나서도 비행기는 한 시간 넘도록 활주로를 벗어나지 않았다. 사람들의 웅성거림, 아기들이 우는 소리, 각양각색의 언어로 항의하는 소리가 이코노미 클래스를 가득 채웠다.

처음에는 영어로, 다음에는 포르투갈어, 그다음은 스페인어로 안내 방송이 나왔다. 한 시간쯤 전 아이슬란드의 에이야퍄들라이외퀴들 화산이 폭발해 화산재가 아일랜드와 서부 유럽 쪽으로 빠르게 퍼지고 있다는 내용이었다. 우리는 올라탄 지 한 시간 반 만에 비행기에서 내렸다. 우리 비행기뿐만 아니라, 그 시각, 더블린 공항에서 대기 중이던 모든 항공기는 이륙하지 못했다. 그 순간에도 에이야퍄들라이외퀴들 화산은 분화를 멈추지 않았고, 사람으로 가득 찬 공항에서, 나는 앞으로 얼마나 지나야 아일랜드를 벗어날 수 있는지 알 방법이 없다는 말을 들었다.

결론적으로 더블린 공항은 그날 이후 열흘간 폐쇄됐다. 폭발 규모가 커서 아주 높은 대기층까지 화산재가 퍼져나가고 있다고 했다. 화산재는 제트기류를 타고 동쪽으로 퍼질 예정이었다. 심지어 한국,

일본 같은 극동 아시아까지도.

공항 바닥에서 하룻밤을 노숙하고 밖으로 나왔을 때, 피켓을 든 사람들이 여럿 보였다. 멈춰 서서 그들을 바라보고 있자, 어떤 나이 든 남자가 피켓을 들고 내 쪽으로 걸어왔다.

종이 박스를 잘라 만든 그 피켓에는 '하룻밤 삼십 유로, 중앙역과 가까움, 아침 포함'이라는 글씨가 보라색 매직으로 쓰여 있었다. 그는 이만하면 괜찮지 않으냐는 표정으로 자기를 따라오라는 눈빛을 보냈다. 배가 몹시 고파서 쓰릴 지경인 데다 온몸이 욱신거렸으므로 나는 순순히 그를 따라갔다. 삼십 유로가 어느 정도의 돈인지도 계산하지 않았다. 내가 아일랜드에서 쓸 모든 돈은 엄마에게서 받은 것이었고, 내 돈이 아닌 돈은 쓰기 쉬웠으니까.

그의 집은 깨끗했지만 햇빛이 잘 들어오지 않았다. 첫날은 그가 해준 토스트와 구운 베이컨, 커피, 오렌지 주스를 먹고 잠만 잤다. 둘째 날부터는 대낮에 일어나서 거리를 조금 걷다가 다시 돌아와 잠에 빠졌다. 저녁에는 가까운 펍에 가서 간단한 안주에 맥주를 마셨다. 텔레비전에서는 계속 에이야퍄들라이외퀴들 화산 뉴스가 나왔다. 화산재로 가득 덮인 아이슬란드 대기의 모습, 화산 폭발로 빙하가 녹아 대피하는 사람들의 모습을 나는 텔레비전으로 확인했다.

스탠드에 앉아 있으면 몇몇 사람들이 말을 걸기도 했다. 웃으면서 답했지만, 대화를 잘 이어나갈 수 없었다. 외로웠고 누구라도 붙잡아 말을 하고 싶으면서도 한편으로는 실제로 대화가 시작될까 봐 겁이 났다. 그건 이상한 감정이어서, 내게 말을 건 사람들은 곧 그 마음을 알아차리고 자리를 떠났다. 스탠드에 앉아서, 민박집 부엌에 우두커니 앉아서 나는 내쫓기지도, 받아들여지지도 않는 사람의 처지라는 것을 느꼈다. 놀랍게도 그런 감정은 낯선 것이 아니었다.

스물여섯, 대학 중퇴생으로 나는 엄마와 함께 살고 있었다. 대도시에서 엔지니어로 일하는 누나는 언제까지 엄마에게 얹혀살 거냐고 타박했지만, 내 삶까지 신경 쓰기에 누나는 너무 바빴다. 부활절, 여름휴가, 크리스마스에 와서 얼굴이나 잠깐 비치고 가는 누나가 내 삶에 대해 왈가왈부할 자격은 없다고 생각했다.

누나는 나를 죽여버리겠다고 했다. 얼씬도 하지 말라고, 참을 만큼 참았다고 했다.

화산 때문이라고! 내가 안 가고 싶어서 안 가는 게 아니라고.

핸드폰 너머 누나는 울고 있었다. 숨 쉬듯이 꺼져, 꺼져, 라고 말하면서.

마리솔……. 나는 누나의 이름을 몇 번이고 불렀다.

누나는 다시는 나를 보고 싶지 않다고 말했다. 돈줄을 다 끊어버렸으니 유럽에서 굶어 죽든지 말든지 상관하지 않을 거라고.

이건 좀 심하잖아. 이건 아니지……. 내가 우물쭈물하는 사이 누나는 전화를 끊었다.

나는 거실에 쓰러져 있는 엄마의 모습을 떠올렸다. 옆집 아주머니가 쓰러진 엄마를 발견하지 않았더라면, 앰뷸런스를 부르지 않았더라면 엄마는 이미 죽은 사람이었다는 누나의 말을 곰곰이 생각했다. 네가 그냥 원래대로 집에만 있었더라면. 누나는 말했다. 인생에 도움이 안 되는 인간은 끝까지 도움이 안 되는 거야. 약물 알레르기로 인한 쇼크였고, 엄마는 입원실로 옮겨져 안정을 취하고 있다고 했다. 엄마의 핸드폰은 꺼져 있었다.

놀란 마음을 추스르려고 펍에 가서 맥주를 마셨다. 맥주를 다 마시고 결제하려는데 카드가 되지 않았다. 다른 카드 두 장도 마찬가지였다.

셋 다 정지됐다고 나오는데.

주인이 입맛을 다셨다. 나는 주머니를 뒤져서 십 유로를 내고 펍을 빠져나왔다. 민박집에 돌아와 남은 돈을 계산해보니 오십 유로가 전부였다. 우선 이틀 치만 계산한 터라 당장 내일 아침에 삼십 유로를 추가 결제해야 하는 상황이었다. 온몸의 피가 다 빠져나가는 것 같았다.

텔레비전에서는 유럽 지역 대부분의 공항에서 무더기 결항 사태가 발생했다는 뉴스가 나왔다. 이름도 얄미운 그 화산이 마치 '에이야퍄들라이외퀴들, 에이야퍄들라이외퀴들' 하면서 나를 놀리는 것 같았다. 나는 당장 돈이 필요했다.

다음 날 아침, 숙박비를 결제하면서 나는 민박집 주인에게 사정을 설명했다. 비행기가 뜰 때까지 일할 곳이 필요하다고. 아일랜드에 도움을 구할 만한 사람이 아무도 없다고. 어머니가 스페인 사람이어서 나도 스페인 시민권을 지닌 유럽연합 시민이라고.

그는 내 쪽으로 몸을 기울이며 신중하게 내 이야기를 들었다.

브라질에서는 뭘 했어요?

대학에서 영어교육과를 다녔어요.

졸업은 했고?

나는 고개를 저었다.

일은 뭘 했어.

동네 해변에서 파라솔을 빌려주는 일을 했습니다.

그리고?

해변 매점에서도 일했고요.

그의 얼굴에, 거의 다정하다고 할 법한 미소가 떠올랐다. 그는 한 번 웃더니 한숨을 쉬고 내 어깨를 두드렸다.

돈이 다 떨어진 여행자라면 비행기 타고 자기 나라로 가라고 하면 되지만…… 이건 뭐 가고 싶어도 갈 수가 없는 상황이니 어쩌나.

그 순간, 이제는 이름조차 잊은 그만큼 가까이 느껴지는 사람은 없었다. 그가 아주 오랫동안 알고 지낸 사람처럼 여겨졌다. 그런 마음의 한편에는 그가 나를 도울 이유가 전혀 없으며, 부탁을 거절하는 것이 오히려 더 자연스러운 일이라는 생각이 함께했다.

잠시만.

그는 방에 가더니 이곳저곳에 전화를 했다.

사람들은 내가 그저 운이 좋았다고 말할지도 모른다. 세상 사람들은 철저히 계산적이며, 자기에게 득이 되지 않는 이상 낯선 사람을 결코 돕지 않는다고. 설사 도와준다 해도 그런 선의의 이면에는 자신보다 못한 사람을 돕는다는 오만한 기쁨이 어려 있다고. 그 말은 아마 많은 경우 사실일 것이다. 어쩌면 그도 나를 돕는 행동으로 자기만족을 얻었는지 모른다. 그러나 그것이 어떤 의지의 결과였든지 내가 당시 그에게 도움을 받았다는 사실에는 변함이 없다. 그날 저녁, 나는 그의 친구 전처가 운영하는 과수원을 향해 떠났다. 그곳은 더블린에서 버스로 세 시간 걸리는 소도시에서 다시 차를 타고 이십 분쯤 더 들어가야 하는 외진 마을이었다. 마을의 이름은 아치디였다.

아치디에 도착한 한밤중에 엄마에게서 음성 메시지가 왔다.

네가 보낸 메시지들을 읽었어. 랄도, 네 누나와 내 생각은 같구나. 죽다 살아나니까 예전처럼 살고 싶지는 않네. 내가 널 망쳤다고 생각한 적도 있지. 그래서 너에겐 늘 미안하고 죄책감을 느꼈어. 근데 말이야, 내가 뭘 잘못한 거지? 내가 멍청하긴 했지만 죄를 지은 건 아닌 거지. 네 인생은 내 인생이 아니야. 네가 열 살 먹은 애도 아니고 내가 왜 널 책임지고 살아야 해? 아, 넌 그렇게 말하겠지. 너도 돈 번다고. 그래, 네가 그렇게 용돈 번 거, 다 대마초 사는 데 들어간 걸 내가 모를 것 같냐. 말아 피우는 담배라고? 내가 대마초 냄새도 모르는 바보로 보여? 제기랄.

엄마는 한동안 흐느꼈다.

랄도, 널 사랑하지만 더 이상은 안 되겠어. 네 엄마로 사는 거 진짜 돌아버리는 짓이야. 내 마음 약한 거 이용해서 상황 바꾸려고 노력하지 마. 안 먹힐 테니까.

게임을 할 때, 낮잠을 잘 때, 술을 마시고 아침에 집에 들어올 때,

나를 보던 엄마의 표정이 떠올랐다. 언젠가부터 엄마는 내게 아무 말도 하지 않았고, 그래, 문자 그대로 내게 아무 말도 하지 않았다. 나를 보는 엄마의 표정에는 어떤 감정도 담겨 있지 않았다. 엄마는 그저 지쳐 보였는데, 어느 날인가는 엄마의 얼굴이 너무 나이 들어 있어서 속으로 놀란 적도 있었다. 엄마도 나를 포기했으니까 나도 그 관계를 포기하겠다고, 그렇게 살 수도 있다고 생각했다. 그게 더 간편한 방법이니까. 소리 지르면서 싸우는 건 피차 소모적인 일이라고.

엄마의 친구나 친척들, 누나가 오면 같이 이야기하기는 했지만, 우리 단둘이 마지막으로 이야기를 나눈 게 언제였는지 잘 기억나지 않았다.

그래서 엄마의 음성 메시지를 들었을 때 내가 처음 느낀 감정은 반가움이었다. 랄도, 널 사랑하지만. 엄마는 그렇게 말했다. 더 이상은 안 되겠어, 라는 말은 중요하지 않았다. 엄마는 타들어갈 듯 분노하고 있었는데, 나는 내가 아직도 엄마를 요동치게 하고 돌아버리게 할 수 있는 사람이라는 사실이 기뻤다. 타고난 사디스트여서가 아니라, 그저 그런 식으로라도 우리 관계에 아직도 피가 흐른다는 것을 확인할 수 있었기 때문이다. 내가 엄마와의 감정적인 교류를 오래도록 바라왔다는 사실은 나조차도 놀랄 일이었다.

'엄마가 무사하다니 기뻐.' 나는 그렇게 문자를 보내려다 '아치디라는 마을의 사과 과수원에서 일하기로 했어. 랄도'라고만 보냈다. 엄마에게서는 답신이 없었다.

언젠가 하민은 나에게 어떻게 그런 무모한 결정을 했느냐고 물었었다. 생판 남인 민박집 주인만 믿고 생전 처음 들어본 동네로 가는 경우가 어디 있느냐고. 왜 더블린에서 일을 찾아볼 생각은 못했느냐고. 그러네, 대답하고 나는 이어 말했다. 돌이켜 생각해보면 그때 나는 사람이라기보다는 길거리에 널브러진 비닐봉지 같은 존재였다고, 바람이 불면 허공으로 날아갔다가 가까운 나뭇가지에 아무렇게나 걸려버리는, 될 대로 되라는 식으로 가고 있었다고 말이다. 내가 그 말을 할 때 하민은 화난 것 같은 표정으로 날 보고 있었다.

처음부터 하민은 화난 사람 같았다.

아치디에 온 지 일주일쯤 지났을 때였다. 그녀는 오물이 잔뜩 묻은 장화를 신고, 무릎 아래까지 내려오는 방수 앞치마를 두르고 빠른 속도로 걷고 있었다. 나는 맞은편 길가에 서서 내 쪽으로 걸어오는 그녀를 멍하니 쳐다봤다. 그녀는 나보다 큰 키에, 중단발머리를 하나로 묶고 있었다. 오토바이에 시동을 걸면서 나를 잠시 쳐다보고는 곧 출발하는 그녀의 뒷모습을 나는 바라보고 있었다. 얼마나 오래된 오토바이인지 엔진 소리가 요란했다.

이런 시골에 웬 동양인이 있지, 그것도 저렇게 키가 크고 사나워 보이는 동양인이. 나이는 십대라고 해도 믿을 것 같았고, 사십대라고 해도 믿을 수 있을 것같이 보였다.

내가 일하던 과수원 뒤편으로는 낮은 언덕이 무리 지어 있었다.

하루는 오후 휴식 시간 때 언덕을 지나가는데, 멀리서 어떤 사람 하나가 짚더미 위에 누워 자고 있는 것이 보였다. 승마 체험장의 마구간 앞이었다. 그곳에는 가끔 짚더미가 놓였는데, 햇볕을 받은 짚 위로 동네 고양이들이 몰려와서 따뜻하게 볕을 쬐곤 했다. 그런데 사람이라니.

울타리 문이 열려 있어서 가까이 다가가니 저번에 봤던 동양 여자가 고양이 세 마리와 함께 짚더미 위에 대자로 누워서 침을 흘리며 잠을 자고 있었다. 삼색 고양이 한 마리는 아예 그녀의 배 위에 앉아서 졸았다. 그 모습을 보고 있자니 나도 아무 데나 누워 잠을 자고 싶었다. 실로 사람을 노곤하게 하는 봄볕이었다. 눈앞에 보이는 모든 것들이 현실처럼 느껴지지 않았다. 나도 짚더미 위에 엉덩이를 붙이고 앉아 햇빛을 쬈다. 햇볕에 달궈진 짚 냄새와 말똥 냄새, 물먹은 흙 냄새, 이끼 냄새를 맡았고, 머리와 어깨 위로 내려오는 햇볕의 온기를 느꼈다. 나도 모르는 사이에 고개를 떨어뜨리고 잠에 빠져들었다.

눈을 뜨자, 삼색 고양이가 내 무릎 위에서 자는 모습이 보였다. 여자의 배 위에서 자던 고양이였다. 자리에서 일어나니 여자는 사라지고 없었다. 나는 마구간 쪽으로 걸어갔다. 아까 본 그 여자가 커다란 플라스틱 삽으로 말똥을 치우고 있었다. 그녀가 나를 쳐다봤을 때에야 나는 내가 마구간 안쪽까지 들어왔다는 사실을 알아챘다.

마구간 안의 공기는 바깥보다 차가웠다.

누구죠?

이웃이에요. 아래쪽 회색 지붕 집.

그녀는 삽을 든 채로 나를 물끄러미 쳐다봤다.

무슨 일인가요.

그냥 구경 와봤어요. 울타리 문이 열려 있어서.

레베카 보러 왔으면 앞쪽 뜰로 가세요. 여기 없어요.

그녀는 나가라는 손짓을 하고 다시 똥을 치우기 시작했다. 화가 난 얼굴을 보고 무안해져서 나는 쭈뼛거리며 자리에 서 있었다.

좀 나가주시죠.

분노가 담긴 목소리였다. 나는 쫓겨나듯 마구간을 빠져나와 숙소로 걸어갔다.

오후 휴식이 끝나고 다시 과수원에 갔다. 주인인 리사와 그의 남자친구 레오, 파트타임으로 일을 하러 오는 동네 사람들 서넛이 일꾼의 전부였다. 나를 제외하고는 평균연령이 육십 세쯤 되었는데 가위로 꽃대를 솎는 속도가 나보다 더 빨랐다. 새벽 다섯 시쯤 일어나 레오가 해주는 아침을 먹고 여섯 시부터 일을 했다. 열한 시쯤 오전 일을 정리한 뒤 점심을 각자 자유롭게 먹고, 두 시에 다시 일을 시작해서 다섯 시에 마쳤다. 일을 마치면 파트타임 일꾼들은 저마다의 집으로 돌아갔고, 나는 조금 쉬다가 리사와 레오와 함께 식탁에 앉아서 레오가 해주는 저녁을 먹었다.

그러고 나면 일고여덟 시쯤 되었다. 도시라면 젊은 사람들을 만날 기회가 많았겠지만 아치디에서는 그러기가 어려웠다. 기분 전환

삼아 마을을 돌아다니다 보면 더 울적해졌다. 내가 뚫고 들어갈 수 없는 분위기라는 것이 있어서였다. 집집마다 불이 켜져 있었지만 내가 들어갈 수 있는 곳은 어디에도 없었다. 답답해서 찾아간 샌드위치 가게에서도, 동네 남자들이 모여 웃고 떠드는 펍에서도 쭈뼛거리다 도로 나오기 일쑤였다.

내가 펍 게시판에 붙은 광고문을 본 건, 아치디에 도착한 지 한 달이 되었을 무렵이었다.

'저녁, 영어 말하기 모임. 누구든 환영합니다.' 장소는 아치디의 작은 성당이었다. 외국인들을 그런 식으로 꾀어서 종교를 강요하려 한다고 생각했지만 이틀 뒤, 나는 그곳으로 향했다. 하루 여덟 시간을 꼬박 사과나무만 바라보고 있노라면, 눈을 감아도 보이는 것이라고는 사과나무와 전지가위뿐이라면, 말수가 적은 중년 커플과의 저녁 시간마저도 기다리게 되는 정도의 외로움에 빠져 있노라면 한 달은 견딜 수 없을 정도로 긴 시간으로 느껴지기 마련이므로. 내게는 시간을 흘려보낼 구멍 같은 것이 필요했다.

오래된 성당은 온기를 잃은 듯했다. 회색 돌을 쌓아 만들어 차가워 보였고, 한눈에 봐도 이미 사람들의 발길이 끊긴 곳 같았다. 예배당에는 작은 고상 하나가 걸려 있었다. 우리는 예배당 옆 응접실에 동그랗게 의자를 두고 모여 앉았다. 스탠드를 하나 켜고, 가운데 빈자리에는 초를 한 자루 올려놓았다. 나는 젊은 남자에게서 핫초코를 한잔 받아들고 자리에 앉았다.

저는 조반니입니다. 젊은 남자가 말했다. 이번 봄부터 이 모임을 시작했구요. 오늘 새로운 분이 오셨네요. 돌아가면서 자기소개 할까요?

나는 그곳에서 마케도니아에서 오페어로 온 니코, 헝가리에서 오페어로 온 이레네, 조지아에서 와 농장에서 일하는 아냐의 자기소개를 들었다. 다들 모임을 몇 번 해서인지 이 말을 다시 해야 하나, 라는 표정으로 웃으며 자기 이야기를 했다.

나도 내 이야기를 했다. 이름은 에두아르두, 보통은 랄도라고 불린다, 고향은 브라질이고 이곳에 온 지는 한 달이 됐다, 사과 과수원에서 일하고 있다, 대학에서 영어교육을 전공했는데 졸업은 하지 못했다.

다들 나를 호의적으로 바라보던 모습이 떠오른다. 아치디에 온 뒤 거의 매일 느꼈던 벽 같은 것이 그곳에는 존재하지 않았다. 모두들 준비가 되어 있었고, 그건 나도 마찬가지였다. 우린 모두 비슷한 처지였으니까.

말을 계속 이어나가려는데 응접실 문이 열렸다. 마구간에서 봤던 동양 여자가 그곳에 서 있었다. 여자는 나를 한번 보더니 안으로 들어왔다.

에두아르두, 하민을 위해서 다시 말해줄 수 있어요?

조반니가 물었다.

그녀는 자리에 앉아서 팔짱을 끼고 나를 쳐다봤다. 여전히 화나 보이는 얼굴이었다.

나는 그녀의 시선을 피하려고 노력하면서 다시 내 소개를 했다.

그럼, 우리끼리는 서로 다 아니까 하민이 에두아르두에게 자기소개를 해봐요.

해야 돼요?

그녀는 그렇게 말하고 나를 쳐다봤다.

내 이름은 하민. 한국 사람이야. 아일랜드로 온 지 일 년쯤 됐어. 처음엔 영어도 배우고, 채소 가게에서 일하다가 지금은 마구간에서 일해.

북한이야, 남한이야?

나도 모르게 그 말이 나와서 나는 슬며시 입을 다물었다.

남쪽. 남쪽이라고 해서 따뜻한 나라는 아니고.

그렇게 말하는 그녀의 얼굴에 처음으로 적개심이 없는 표정이 어렸다.

사람들은 돌아가면서 지난 일주일 동안의 이야기를 했다. 영어로 말하는 능력은 제각각이었는데, 말을 가장 잘하는 니코는 천천히 말하려고 노력했고, 아냐도 사전에서 단어를 찾아가며 떠듬떠듬이나마 자신이 전하고자 하는 말을 했다. 이곳에서의 생활을 말하다 보면 약속이라도 한 것처럼 자연스럽게 떠나온 곳의 이야기를 하게 됐다. 무슨 일을 했는지, 그곳에 대한 감정은 어떤지 같은 것들이었다.

나도 브라질에서의 삶에 대해 이야기했다. 별다른 직업도 없이 엄마 집에 얹혀살았다는 이야기를. 내 딴에는 재미있으리라는 생각에 웃으면서 말했는데 내 이야기는 모두를 당혹스럽게 했다. 특히 하민은 듣는 내내 인상을 찌푸리고 불만스럽다는 표정을 지었다.

하민은 돌보는 말들에 대한 말을 많이 했다. 전부 여덟 마리인데 가장 말을 듣지 않는 게으른 녀석과 나이가 제일 많은 녀석은 손님이 여덟 명이 되지 않는 이상 언제나 제외된다고. 이건 비밀인데, 사실 자기는 그 두 녀석이 가장 좋다고. 그중에서도 게으른 녀석이. 왜 말썽 피우는 거냐고 다그치면서도 속으로는 응원하고 있다고 했다. '게으른 녀석lazy one'이라고 발음할 때 그녀의 얼굴은 그때까지 본 모습 중 그나마 가장 즐거워 보였다.

꽤나 짧은 시간이었다고 생각했는데 시계를 보니 두 시간이 지나 있었다. 대부분 다음 날 새벽부터 일을 해야 해서 그쯤에서 흩어졌다. 말 그대로 동서남북으로 찢어졌는데 나와 하민이 동행이었다.

우리는 한 뼘 정도 거리를 두고 나란히 걸었다. 선선한 바람이 불었다. 어색한 사이일수록 이런저런 이야기로 침묵을 피하려 하는 법이라고 생각했는데, 하민은 그런 침묵이 익숙한 사람 같았다. 한참을 걷던 하민이 입을 열었다.

더블린 공항 다시 열렸잖아. 표도 받았을 텐데 왜 안 갔어?

몰라.

나는 그냥 그렇게 대답했다. 한동안 다시 침묵이 이어졌다.

그럼 너는? 왜 이 시골에서 일해?

하민은 별 대꾸 없이 어깨를 으쓱하더니 주머니에 손을 넣었다.

너, 화난 것처럼 보여.

그 말에 하민이 걸음을 멈추고 나를 봤다.

여기 와서 그런 말 많이 들었어. 근데 아니야. 미안한데 너 이름이 뭐라고 했지?

랄도.

그래, 랄도. 나 화 안 났어. 오해 마.

그 말을 하던 하민의 표정을 어떻게 묘사할 수 있을까. 하민은 내 말에 상처받은 것처럼 보였다. 그런 오해를 받은 게 당황스러워 어떻게든 해명해야 한다는 조급함까지 느껴졌다.

내가 아시아인들을 많이 못 봐서 그랬을 거야.

그래, 그럴 거야.

그녀는 메마른 표정으로 나를 봤다. 우리는 한동안 말없이 걷다가 하민의 집 앞에 다다랐다.

심심하면 연락해. 정말 심심하면.

나는 주머니에서 볼펜과 종잇조각을 꺼내 내 연락처를 적었다. 하민은 팔짱을 낀 채 우리가 걸어온 길 쪽을 돌아보고 있었다. 나는 연락처를 적은 종이를 그녀에게 건넸다. 화가 난 것처럼 보인다는 말을 한 게 걸리기도 했지만 그보다는 무척 외로웠던 탓이 컸던 것 같다.

과수원을 지나면 작은 숲이 나왔고 그 숲 끝에 언덕들이 있었다. 언덕 아래에서 손님들을 태우고 걸어가는 하민의 말들이 멀리서 보이기도 했다.

근처에 큰 강이 있는 데다 언덕이 있어서인지 아치디에는 자주 안개가 꼈다. 보통은 아침 아홉 시 정도가 되면 걷혔는데 심할 때는 열한 시가 지나도록 사라지지 않았다. 그럴 때면 눈앞의 나뭇가지만이 볼 수 있는 것의 전부여서, 우리는 손목에 작은 방울을 달고 일했다. 가위를 든 서로를 방울 소리로 피해 갈 수 있도록. 차츰 안개가 걷히고 세상이 눈에 들어올 때면 나는 이상한 안도를 느꼈다.

나는 침묵 속에서 일했다. 나무 아래쪽 가지를 치는 건 어렵지 않았지만 위쪽 가지를 칠 때는 사다리를 타고 올라가야 했다. 챙이 넓은 모자를 쓰고 가만히 일을 하고 있으면 브라질에서 있었던 일들이 생각났다. 스냅사진처럼 떠오르는 장면과 장면 들이 모두 꿈같이 느껴졌다.

하민을 다시 본 건 이틀 뒤, 금요일 늦은 오후였다. 심심해서 소도시의 펍에 가려고 버스 정류장에 다다랐을 때였다. 거기에 하민이 있었다. 그녀는 검은색 옷으로 차려입고 굽이 높은 앵클부츠를 신고 서서 책을 읽고 있었다. 우리는 가볍게 눈인사를 하고 버스에 올랐다. 나는 맨 뒤에, 하민은 맨 앞에 앉았다.

창밖으로 해가 지는 들판이 보였다. 들판 위로, 언덕 위로, 지붕 위로 따뜻한 햇살이 내렸고, 그건 마치 하늘이 본연의 빛으로 세상에 흘러내리는 것 같았다. 아름다운 것들을 보고 있으면 위로가 된다는, 누군가 내게 했던 말이 떠올랐다. 나는 너무 많은 것들에서 아름다움을 봤다. 그래서 위로가 되었을까. 그러나 내게 위로받을 자격이 있는지 그때의 나는 확신하지 못했다.

하민은 종점에 도착해서도 고개를 완전히 떨군 채로 계속 졸고 있었다. 가방과 책은 바닥에 떨어진 지 오래였다. 나는 그것들을 주워 들고서 그녀를 깨웠다. 그제야 눈을 뜬 그녀는 아마 한국어일, 내가 이해할 수 없는 말로 중얼거렸다. 나와 하민은 버스에서 내렸다.

방금 나한테 뭐라고 했던 거야?

아무 말도 안 했는데.

아까 잠 깨웠을 때 네가 뭐라고 했어.

정말? 전혀 기억 안 나는데.

그녀는 그렇게 말하고 길을 건넜다. 멀어져가는 그 모습을 바라보면서 나는 이로 손끝을 뜯었다. 그만둬야지, 그만해야지 생각하면서도 그 짓을 멈출 수가 없었다. 열 살 무렵 습관이 생긴 이후로 나는 하루도 그 짓을 멈춘 적이 없었다. 상태가 그나마 좋을 때는 조금 뜯다 말았지만 불안하거나 마음이 좋지 않은 날은 피가 날 때까지 뜯어야 멈출 수 있었다.

앞으로 걸어가는 하민을 보며 문득 내가 찾아갔을 때 놀라던 일레인의 얼굴이 떠올랐다. 현관문을 열려고 하자 문 뒤로 숨던 그 얼굴이. 보고 싶었다느니 좋아한다느니 하는 말들은 모두 변명일 뿐이었다. 내가 만들어냈던 것은 오로지 일레인의 공포와 두려움이었으므로. 눈물이 날 때까지 손끝을 뜯고서야 나는 메인 도로에 있는 펍으로 향했다.

펍은 의외로 넓었다. 디근 자 모양의 스탠드도 크고, 서서 술을 마실 수 있는 테이블도 있었다. 스테이지도 널찍했는데 시간이 아직 일러서인지 춤을 추는 사람은 아무도 없었다. 빌보드 차트 최신 히트송 같은 음악이 흐르고 있었다.

나는 스탠드에 앉아서 맥주 한 잔을 주문했다. 그렇게 혼자서 두 잔째 마시고 있을 때 하민이 들어왔다. 그녀는 내게 눈인사를 하고는 맥주 두 잔을 시켰다. 그러고는 서서 마시는 테이블에 가서 맥주를 마시기 시작했다. 나에게 등을 돌리고서.

하민이 두 잔을 다 비우고 나도 세 잔을 비웠을 무렵, 펍에 사람이 하나둘씩 들어왔다. 음악 소리가 점점 커졌고, 몇몇 커플이 춤을 췄다. 블랙 아이드 피스의 노래가 시작됐을 때, 하민이 스테이지로 걸어갔다.

하민은 스탠드 쪽을 향해 서서 춤을 췄다. 그걸 춤이라고 부를 수 있다면 말이다. 어떻게 저런 몸짓을 할 수 있는 것인지, 저렇게까지 춤을 못 출 수 있는 것인지, 하민은 리듬과 리듬 사이에서 혼자만의 리듬을 탔다. 심각한 표정을 짓다가, 신이 나는지 웃기도 하고 눈을 감기도 하면서 큰 동작으로 춤을 췄다. 사람들이 웃음을 터뜨렸는데 그 소리가 음악 소리에 묻히지 않을 정도였다. 어떤 남자들은 하민 옆에 서서 그녀의 춤을 따라 추기도 했다.

저게 무슨 짓이지. 그녀가 스스로를 웃음거리로 만들고 있다는 생각에 나는 하민 쪽으로 걸어갔다. 그때 한 무리의 사람들이 스테이지에 합류했고, 나는 말도 안 되는 춤을 추는 하민과 다른 무리에 치이며, 멀뚱히 그녀를 바라봤다. 노래 한 곡이 끝날 동안. 그건 생각보다

긴 시간이었다. 사람들의 움직임에 이리저리 떠밀리면서, 하민을 향해 큰 소리로 웃는 사람들의 목소리를 들으면서, 맥주를 마셔 약간은 몽롱해진 정신으로 그곳에서 나는 엉망으로 춤을 추는 하민을 봤다.

노래가 끝나자 하민은 춤을 멈추고 계산대로 갔다. 나도 그녀를 따라 술값을 계산하고 밖으로 나왔다.

펍 입구에서는 사람들이 삼삼오오 모여 담배를 피우고 있었다. 하민은 주머니에 손을 넣고 그 사람들을 지나 앞으로 걸어갔다.

너 자주 이러니?

나는 그녀를 따라가며 물었다.

자주 뭘?

여기서, 혼자 춤추는 거.

추고 싶을 때 와서 춰. 여기서만 추는 건 아니고.

집에 가?

버스 타고 가야지.

그렇게 말하고 그녀는 정류장 쪽으로 뛰어갔다. 우리는 때마침 도착한 버스에 올라탔다. 주말을 앞둔 가벼운 공기, 웃음, 차창으로 들어오는 산뜻한 밤바람이 버스 안을 가득 채웠다. 우리는 버스 앞쪽에 나란히 섰다. 버스가 출발하고 얼마 지나지 않아 그녀가 입을 열었다.

너 왜 여기 있어?

그 말을 하는 그녀의 얼굴이 피곤해 보였다. 눈에는 핏발이 서 있었고 턱에는 붉은 뾰루지 두 개가 보였다. 나는 재미있는 이야기랍시고 웃으면서 말했다.

말했잖아. 여자친구 일로 왔다가 화산이 터졌다고. 그 와중에 엄마는 쓰러지고, 카드는 정지되고, 돈은 안 주겠다 하고. 그래서 여기있지. 시시한 우연들 때문에.

응. 난 그게 전부란 거 안 믿지만.

그런 너는?

내 말에 그녀는 심술궂은 표정으로 웃었다.

네가 궁금해하니까 말해주기가 싫네.

그럼 관둬.

하민은 무표정한 얼굴로 차창을 바라봤다. 검은 차창으로 빛에 반사된 그녀와 내가 보였다. 어둠 속에서 흰 개 한 마리가 버스를 쫓듯이 빠른 속도로 달리고 있었다.

그 주말 내내 비가 내렸다. 나는 오래 잠을 자고 일어나 창밖을 보다 다시 잠을 잤다. 요란한 소리에 현관문을 열고 밖을 보니 언덕 위로 선명한 번개가 내리치고 있었다. 짧은 간격을 두고 천둥이 쳤고 뒤이어 다시 번개가 내리쳤다. 나는 지붕 아래에서 홀린 듯이 그 모습을 보았다. 땅에서는 뜨거운 블랙티 냄새가 났다. 비가 들이쳐 옷이 젖는 줄도 모르고 나는 내 몸에서 빠져나온 사람처럼 그곳에 앉아 있었다.

너 왜 여기 있어? 하민은 그렇게 물었었다. 몰라. 나는 입술을 움직여 그 말을 했다. 엄마도 예전에는 그런 말을 했었지. 그나마 내게 인간적인 기대가 남아 있었을 때는. 너 왜 여기 있어? 그 말 이후에는 언제나 싸움이었다. 나를 좀 내버려두라고 말했을까. 들이치는 비를 맞으며 나는 엄마의 그 말을 떠올렸다. 랄도, 너 왜 여기 있어? 나를 보던 일레인의 회색과 초록이 섞인 눈동자를 떠올렸다. 네가 보고 싶어서. 그렇게 답했지만 그날, 지붕 아래에 앉아서 나는 그때의 내 대답이 옳았는지 확신할 수 없었다. 너 왜 여기 있어?

별다른 직업 없이 엄마 돈으로 살아왔다고 웃으며 말하는 거 보면서 처음에는 조금 화가 나더라. 근데 넌 자꾸 웃잖아. 웃을 일이 아닌데도 웃잖아. 하민은 펍에서 돌아오던 버스에서 무표정하게 말했다. 심심하면 연락해. 나도 연락할게. 그 말을 하기 전, 그녀는 버스 손잡이를 잡고 있던 내 손을 봤다. 내 손가락들로부터, 그녀는 자연스럽게 시선을 돌리려고 노력했다.

나는 현관 앞 콘크리트 바닥에 누웠다. 가장 오래 방에서 나가지 않은 기록은 한 달이었다. 암막 커튼을 쳐놓은 채 최소한으로 음식과 물을 먹고 누워만 있었다. 누구보다 대학을 졸업하고 싶었다. 클럽에 가서 춤을 추고 싶었고 새로운 사람들을 만나고 싶었다. 집 밖으로 나가 삶을 살고 싶었다. 하지만 진심을 말하는 것보다는 뻔뻔하고 게으른 사람이 되는 편이 쉬웠다. 가볍고 한심한 사람처럼 보이는 정도가 가장 좋았다. 랄도, 너 왜 여기 있어? 나는 양쪽 주먹을 움켜쥐고 뻣뻣하게 누워 대답했다. 나갈 수가 없었으니까. 그러고 싶었는데도 그럴 수가 없었으니까. 그랬으니까요, 엄마.

나는 스물 이후의 삶에 만족했다. 대학에서는 친구를 사귈 수 있었고 예전의 나를 아는 사람들도 없었으니까. 사람들에게 처음으로 받아들여진다고 느꼈을 무렵 아버지가 돌아가셨지만, 나는 그 고비도 수월하게 넘겼다. 이상이 찾아온 건 아버지가 돌아가시고 일 년이 지난 후였다.

내가 할 수 있었던 일. 세 시간 동안 샤워하기. 돌아와 다시 두 시간 동안 샤워하기.

그 뒤로 내가 할 수 있었던 일. 먹지도 자지도 않고 열여섯 시간 동안 텔레비전 보기.

한심하게 사는구나. 사람들은 그렇게 생각했을 것이다. 그러나 한심하게라도 살기까지 얼마나 힘을 내야 했는지, 마침내 배가 고프고 몸을 움직일 수 있고 밖으로 나갈 힘이 생긴다는 것이 얼마나 어려운 일이었는지 아는 사람은 없었다.

천둥은 하늘이 아니라 땅이 우는 소리 같았다.

얼굴 위로 차가운 물이 흘렀다. 몸이 떨렸다.

그다음 주 말하기 모임에 하민은 오지 않았다. 지난번처럼 늦는가 싶었는데 모임이 끝날 때까지도 모습을 보이지 않았다. 집에 두고 온 핸드폰이 떠올랐다. 집으로 가서 확인하니 하민에게서 문자가 와 있었다.

—작은 사고. 넘어져서 손가락 두 개에 금이 갔음. 깁스를 했어.

아는 번호가 이거 하나야. 모두에게 전해줘. 하민.

다음 날 점심때 나는 샌드위치 하나를 더 만들어서 하민이 일하는 승마장으로 갔다. 승마장 뒤쪽 울타리 밖에서 그녀의 이름을 불렀다. 유독 화창한 날이었다. 챙이 넓은 모자를 쓰고 방수 앞치마를 두른 그녀가 외바퀴 수레를 끌고 마구간에서 나왔다. 왼손 넷째손가락과 새끼손가락에 깁스를 한 채로.

나는 그녀에게 나오라고 손짓했다.

잠시만 기다려봐. 손 좀 씻고.

울타리에 기대앉아 있을 때 그녀가 나왔다. 앞치마를 벗고 운동화로 갈아 신은 모습이었다. 우리는 성당 뒤쪽에서 샌드위치를 먹기로 하고 그쪽으로 걸어갔다.

손은 어쩌다 그렇게 됐어?

새벽에 화장실 가다가 맥주병 밟고 뒤로 넘어졌어. 아픈 줄도 모르고 자고 일어났는데 부어올라서. 그냥 참고 진통제 먹고 일하다가 손가락이 소시지처럼 변했어.

그 지경이 될 때까지 어떻게 참아? 그러다 더 나빠지면 어쩌려고.

할 일은 해야지. 처음엔 부러진 줄 알았는데 그건 아니라니 다행이지. 일 빨리 마치고 병원 갔거든. 엑스레이 찍어보니 금이 갔대. 그래서 깁스했지. 그래도 왼손이잖아.

나는 그 말을 하는 그녀의 얼굴을 봤다. 화나 보인다고 오해했던 무표정한 얼굴 그대로 그녀는 별 감정 없이 그렇게 말했다. 별로 애정 없는 물건이 파손되었다고 이야기하는 듯한 사람의 얼굴로.

성당 뒤편에는 큰 나무들 몇 그루와 벤치가 있었다. 노인 몇몇이 벤치에 앉아서 햇볕을 쬐고 있었다. 나와 그녀도 그중 하나를 차지하고 앉았다. 6월 초였지만 바람이 찼다. 나는 천 가방에서 랩에 싼 치킨 샌드위치 두 개와 커피가 든 보온병과 물병, 컵 두 개를 꺼냈다. 커피를 컵에 따르고, 먹기 좋게 샌드위치의 랩을 벗겨서 하민에게 건넸다. 그녀는 커피를 맛보더니 샌드위치를 한입 베어 물고 나를 봤다.

이렇게 다쳤는데도 레베카가 일을 시켜?

내가 하겠다고 한 거야. 일이 많지도 않고.

한국에서도 이 일 했어?

아니, 병원에서 일했어. 간호사로. 대도시에 있는 큰 병원에서.

거기까지 말하고 그녀는 허겁지겁 샌드위치를 먹었다. 크게 베어문 뒤 충분히 씹지 않고 삼켰다. 뜨거운 커피도 급하게 마셨다. 샌드위치를 다 먹은 그녀가 입을 열었다.

네가 저번에 물어봤지. 왜 여기에 있냐고.

그녀는 주위를 둘러보고 나를 봤다.

여기에 일이 있으니까 왔지. 막상 왔는데 여기 참 좋더라. 좋은 소리가 나. 들어봐.

들리는 것이라고는 바람 소리, 바람이 나뭇잎에 부딪치는 소리, 새들 소리, 가끔 자동차 지나가는 소리, 노인들이 이야기하는 소리, 기침 소리, 웃음소리뿐이었다.

이런 소리는 사람을 지치게 하지 않아.

한국에는 이런 곳이 없어?

그녀는 무표정하게 나를 보다가 대답했다.

내가 자란 곳도 이런 시골이야. 그런데 난 그곳이 제일 싫거든. 생각만 해도.

왜?

사람들.

그녀는 그렇게 답하고 물끄러미 깁스한 손을 바라봤다. 노란 고양이 한 마리가 성당 벽에 기대어 햇볕을 쬐고 있었다.

그래도 한국에 있는 사람들 그립지 않아?

몇몇은.

그녀는 잠시 생각하다 말을 이었다.

그런데 이제는 다시 돌아가서 살 자신이 없어졌어.

나는 망설이다가 입을 열었다.

깁스 풀 때까지 나랑 점심 먹을래? 어차피 챙기는 거, 하나 더 챙기는 게 어렵지도 않고.

충동적이고 무리한 제안이라고 생각했지만 그녀는 별다른 말없이 그러자고 했다.

그날부터 우리는 별일이 없는 이상 점심 도시락을 같이 먹었다. 하민이 깁스를 다 풀고 나서도 그랬다. 대부분 샌드위치였지만 가끔은 굽거나 으깬 감자에 생선튀김이나 닭튀김을 먹기도 했고, 여러 종류의 샐러드를 먹기도 했다. 기온이 올라가면서 시원한 맥주를 한 병씩 챙겨와 마시기도 했다.

하민은 아일랜드 라페스트에 있는 대학원 간호학과에 들어가려고 준비 중이었다. 학생 비자를 받지 않는 이상 이 년 이상의 체류는 불가능했고, 학위를 받으면 현지에서 취업할 수 있는 기회가 있었다. 법으로야 가능하지만 대학원 입학도, 현지 취업도 완전히 확실한 일은 아니라고, 처음 비자를 받아 아일랜드에 들어왔을 때는 사 개월의 구직 끝에야 채소 가게 아르바이트 자리를 구할 수 있었다고 했다.

난 항상 열심히 살았어.

하민은 종종 그 말을 했다. 나는 '살다'라는 동사에 '열심히'라는 부사가 붙는 것이 이상하다고 생각했다. 'hard'는 보통 부정적인 느낌으로 쓰이는 말 아닌가. 'hardworking'이라는 말이 있긴 하지만 사는 게 일하는 건 아니니까. 나는 하민이 어떤 맥락에서 그 말을 하는지 궁금했다. 자기를 몰아붙이듯이 살았다는 것인지, 별다른 재미없이 살았다는 것인지, 열심히 산다는 게 그녀에겐 올바르다는 가치의 문제라는 것인지, 삶의 조건이 그녀를 힘들게 했다는 것인지 말이다. 그녀가 그 말을 할 때, 그래서 나는 별다른 대답을 하지 못했다.

3

말하기 모임에 참여한 지 두 달 정도 지났을 무렵 우리는 여행을 갔다. 가까운 섬에 가보고 싶다는 이레네의 바람에 날을 잡았지만, 서로 바빠 계속 날짜를 미루다가 7월 중순이 되어서야 출발할 수 있었다.

버스를 타고 항구에 내려 작은 섬으로 가는 페리를 탔다. 섬에 도착해서는 지붕이 열리는 지프차를 한 대 빌려서 해안선을 끼고 돌았다. 니코가 지프차를 몰았고, 우리는 작은 것 하나에도 크게 웃고 떠들었다. 내리막길을 내려갈 때면 놀이기구라도 타는 것처럼 소리쳤고 바다의 빛깔이 얼마나 예쁜지, 지나가는 요트가 얼마나 크고 멋진지 쉬지 않고 떠들면서 바람에 헝클어진 서로의 머리를 보고 웃었다. 그때 하민은 예의 그 무표정한 얼굴로 창밖을 바라보고 있었다. 바람에 날리지 않게 머리를 하나로 묶고, 그러지 않으면 떨어질 거라는 듯이 손잡이를 꼭 붙잡았다.

해변 근처 식당의 야외 테이블에서 점심을 먹었다. 푸른색과 흰색의 체크무늬 비닐 식탁보가 바닷바람이 불 때마다 펄럭였다. 공기에 바다 냄새가 섞여 있었다. 기다란 테이블에 우리는 일렬로 앉아서 바다를 보며 점심을 먹었다. 오목하게 들어선 작은 백사장에 흰 파라솔이 드문드문 보였다. 파도가 거셌다.

어디 아파?

아냐가 하민에게 물었다.

아니, 안 아파.

하민, 넌 좀 쉴 필요가 있어.

그 말을 한 사람은 이레네였다. 나는 하민의 얼굴을 바라봤다. 선크림을 대충 발라서 군데군데 흰 얼룩이 진, 지쳐 보이는 얼굴.

그래. 좀 쉬어. 긴장한 것처럼 보여. 어깨 좀 펴고 숨을 쉬자.

조반니가 이레네의 말을 거들었다. 호의와 염려가 깃든 말이었다.

포크로 밥을 뒤적이던 하민이 입을 열었다.

나 긴장한 거 아니야. 신경 쓸 것 없어.

그렇게 말하고 하민은 밥을 입에 넣었다. 말을 건넨 사람들이 머쓱해질 정도로 건조한 말투였다.

쟤가 밤마다 술을 마셔서 그래. 숙취 때문이지 뭐.

내가 말했다.

하민이 그래?

아냐가 하민을 보고 웃었다.

말도 마. 얼마나 술을 사랑하는지.

나는 손을 휘휘 저으면서 하민을 봤다. 하민은 표정을 풀고 나를 향해 웃었다.

사실이야.

하민이 말했다.

랄도랑 하민이 좀 친해졌구나.

이레네가 말했다.

전혀 아닌데.

하민은 그렇게 말하고 나를 봤다. 특유의 심술궂은 웃음을 지으면서.

전날 비가 와서 바람이 평소보다 시원했다. 우리는 해변에 비치 타월을 깔아놓고 햇볕을 받으며 파도 소리를 들었다. 검은 비키니를 입은 하민은 엎드려 잤다. 키에 비해 비치 타월이 짧아서 타월 밖으로 발이 삐죽 나와 있었다. 그녀는 자나가 가끔씩 잠꼬대를 했다. 누군가와 대화하듯이 말을 하면서 웃기도 하고 인상을 쓰기도 했다. 그럴 때 그녀는 예의 내가 알아들을 수 없는 언어로 말을 했다.

영어를 배울 때 교수는 우리에게 생각도 영어로 하라고 조언했다. 의식적으로 노력해도 결국 나는 포르투갈어로 생각했다. 영어로 말을 할 때도 머릿속에서 포르투갈어 문장이 먼저 구성됐다. 나는 내가 어디에 있든 살아 있는 한 영원히 포르투갈어를 벗어날 수 없으리라는 것을 알았다. 포르투갈어로 생각하고 포르투갈어로 꿈을 꾸고 포르투갈어 안에서 산다. 하민 또한 그렇겠지. 한국어로 생각하고 한국어로 꿈을 꾸고 한국어 안에서 살 것이다. 자신의 모국어를 조금도 이해하지 못하는 사람들에게 둘러싸여서 살아갈 삶을 선택했지만, 그 선택과 무관하게도 그녀는 언어의 국경을 마음대로 벗어날 수 없다. 응, 그건 확실히 제한된 조건일 거야. 언젠가 그녀는 그렇게 말했다.

자고 있는 하민을 두고 우리는 바다에 나가 놀았다. 여자아이들은 웅크리고 앉은 내 어깨를 밟고 일어서서 바다로 점프했다. 별것도 아닌 그 놀이에 우리는 배가 아프도록 웃었다.

어릴 때 어른의 어깨를 밟고 올라가서 이렇게 놀았던 일이 떠올랐다. 학교도 다니기 전 아주 어렸을 때, 그렇게 놀면서 잘 노는 모습을 가족들에게 보여줘야겠다고 생각했던 마음이 기억났다. 엉뚱하고 철딱서니 없는, 말도 안 되는 얘기로 모두를 웃게 하는 막내 랄도. 그런 역을 맡으려고 노력했던 내 모습이. 나는 모두를 실망시켰지. 그런 생각을 할 때면 누군가가 내 배를 걷어찬 것처럼 아팠다.

백사장과 파도에 햇빛이 반사되어 눈에 보이는 모든 것이 눈부셨다. 멀리 잠에서 깨어 앉아 있는 하민의 모습이 보였다. 하민, 이리로 와. 하민은 우리를 보고 손을 흔들었다. 다리를 앞으로 펴고 편안한 자세로 앉아서 그녀는 우리를 구경했다. 멀리 있어서 얼굴이 제대로 보이지 않았는데도 웃고 있다는 것을 알 수 있었다. 그 모습을 보면서 그녀가 한없이 가깝게 느껴졌다. 이건 순간일 뿐이겠지. 결론적으로 그건 사실이었지만, 멀찍이 앉아 있는 그녀를 보던 순간, 파도에 몸을 맡기고 앞으로 떠밀려 갈 때, 해변에 앉아 우리들을 보며 경계심 없이 웃는 그녀의 얼굴을 보던 순간과 그때의 마음은 사라지지 않고 내 안에 남아 있다. 친족에 대한 애정 같은 것을, 그런 애정이 어쩔 수 없이 품고 있는, 따뜻한 온도에서 가슴이 무너지는 느낌을 나는 멀리서 웃고 있는 그녀를 보며 받아들였다.

그날 오후 해변을 떠날 무렵에는 모두의 볼과 어깨가 붉게 익어 있었다. 우리는 다시 지프차를 타고 섬을 돌았다. 유명한 절벽 앞에 내려서 한참 동안 절벽을 내려다보기도 했다. 깎아지른 듯한 절벽 아래는 그대로 바다였다. 그곳에 서서 우리들은 서로 겁을 주며 웃었다. 무서운 것들을 보면 웃음이 났으니까. 태양이 서서히 바다 쪽으로 내려오고 있었다.

배를 타고서는 다들 지쳐서 갑판에 나가지도 못하고 선실 의자에 앉아서 잠을 잤다. 나도 잠이 들었다가 목이 말라 깼는데, 해가 언제

졌는지 밖이 깜깜했다.

갑판으로 걸어 나가자 난간 근처에 서 있는 하민의 모습이 보였다. 후드가 달린 흰 바람막이 옷을 입고서 하민은 배가 지나온 길을 바라보고 있었다. 혼자 있는 시간을 방해하기 싫어서 다른 쪽으로 가려는데 하민이 내 이름을 불렀다.

랄도.

피곤하지 않아?

나는 하민의 옆에 서서 물었다.

아니.

넌 항상 그러더라. 안 피곤하다, 안 아프다, 괜찮다, 괜찮다.

내가?

응.

넌 내가 솔직하지 못하다고 생각했겠네.

그 말을 하고 하민은 배가 그리는 물길을 바라봤다.

근데 나 사실 잘 몰라. 내 기분이 어떤지, 내가 어떤 느낌을 받는지 무감각하다고 해야 하나. 그래서 모른다는 말 대신에 그렇게 얘기했나 봐.

피곤할 수밖에 없잖아. 일하고 공부하고 말도 계속 외국어로 해야 하니 피곤하지.

자리 잡아야 하니까.

하민은 두 손으로 눈을 비볐다.

한국에서 직장도 좋았는데 왜 관뒀던 거야?

그간 한 번도 하지 않은 질문이었다. 하민은 잠시 생각하다가 입을 열었다.

어떤 간호사가 있었는데, 내가 많이 싫어했거든.

일을 관둘 정도로?

응.

뭐가 어땠는데?

그냥 모든 게 다. 인간 같지도 않았지.

얼마나.

그녀는 손으로 눈을 다시 비비다가 입을 열었다.

내가 일했던 병원은 다른 병원에서 보낸 호스피스 환자들이 많았어. 더는 희망이 없는 환자들. 공부할 때부터 나는 그런 환자들이 가장 존중받아야 한다고 생각했었어. 사실 살날이 별로 남지 않은 사람들이잖아. 얼마나 무섭고 얼마나 외로워.

그렇지.

근데 그 간호사는 그런 환자들에게 제대로 된 대우를 하지 않았어. 기계적으로 일은 했지. 손이 빠르고 실수도 거의 하지 않아서 업무 평가도 좋게 받았어. 그런데 그게 끝이었어. 환자들이 조금이라도 감정적인 요구를 하면 등을 돌려버렸으니까. 환자들 마음 같은 거, 그녀에겐 듣기 싫은 소음이었어.

그런데?

그 사람, 처음부터 그랬던 건 아니었어. 처음에는 환자들의 말도 잘 들어주고 좋은 표정도 지으려고 애를 썼지. 그런데 오랜 시간 삼

교대로 일을 하고, 그것도 너무 많은 일을……. 어느 순간 마음속에서 작은 블록 하나가 빠진 거야. 아주 작은 블록이었는데 그게 빠져버리니까 중요한 부분이 무너진 거지. 근데 본인은 자기가 엉망이 된 것도 모르는 거야.

불쌍한 사람이네.

환자 하나가 쓰러져서 발작을 해. 밤근무 중이었는데, 당직의가 전화를 안 받아. 그래서 다른 의사에게 전화를 한 거지. 의사가 말해. 당직 표 봤냐고. 그렇다고 하니 당직 표를 봤는데도 왜 자기한테 전화하느냐는 거지. 그녀가 말해. 환자 하나가 쓰러져서 발작을 하는데 당직의는 전화를 안 받는다고. 의사가 말해. 당직 표를 보라고. 자기 책임이냐고. 당신 이름이 뭐냐고.

그녀는 그 말을 하고 자기 어깨를 주물렀다.

내가 하고 싶은 말은 그냥, 그런 일들이 끊이지 않았다는 거야. 그런데 그건 변명이 안 되지. 그런 상황에서도 환자의 존엄을 지키는 간호사들이 대부분이니까.

일이 몰릴 때가 있어. 한시도 앉지 못하고 거의 뛰어다니다시피 해야 하는 때가. 시간이 어떻게 가는지도 모르고 그렇게 계속 일을 해. 그런 날 중 하루였어. 거의 백 살이 다 된 할머니가 환자로 들어온 거야. 딸은 팔십 먹은 노인이고. 그 노인이 그녀에게 부탁하는 거지. 자기 엄마 욕창에 드레싱 좀 해달라고. 그녀는 짜증이 나. 그리고 생각하지. 왜 노인들은 이렇게 짜증나는 존재들일까. 다른 일들도 많으니까 조금만 기다리라고 해. 정신없이 일해. 할 일이 너무 많아. 노

인이 다시 찾아오지. 할머니, 기다리시라고 했잖아요. 네 시간 기다렸
어. 노인이 대답해. 조금만 더 기다리세요. 우리 엄마가 아파서 울잖
아. 기다리세요. 그녀는 차갑게 말해. 급한 일들을 다 끝내고 가서 드
레싱을 하지. 손길은 빠르지만 거칠어. 그리고 생각하는 거야. 왜 백
살까지 살아서 모두를 귀찮게 하느냐고. 왜 이렇게까지 살고 싶어 하
느냐고.

그녀는 건조하게 말하고 있었다.

상상이 안 되네.

가장 고통스러워하는 환자들, 호흡기를 차고 많이 자야 두 시간
밖에 못 자는 환자가 그녀에게 빨리 죽고 싶다고 이야기할 때도 그녀
는 그 환자와 감정을 섞지 않아. 환자들 앞에서 그녀는 벽이 돼. 눈도
귀도 입도 없는 벽. 환자가 죽어도, 배변 주머니와 오줌줄, 주삿바늘
을 환자의 몸에서 빼내면서도 환자의 얼굴을 보지 않으려 해.

그녀는 거기까지 말하고 팔짱을 꼈다. 나를 바라보지 않은 채였다.

그런데 그 여자 생각까지 네가 어떻게 알아? 그래 보여서 추측하
는 거야?

알지.

그녀는 바람에 날리는 머리카락을 하나로 묶고서 나를 봤다. 무
슨 말을 하려다가 머뭇거리고는 잠시 뒤 입을 열었다.

내가 그 사람이니까.

나를 바라보는 그녀의 눈이 붉어졌다.

네가 나를 싫어하게 되더라도 나는 이해해.

하민.

나는 어정쩡한 자세로 서서 한 손으로 그녀의 등을 두드렸다. 그렇게 가까이 서서 한동안 우리는 아무 말도 하지 않았다.

사람은 누구나 실수를 해.

나는 망설이다 그 말을 했다.

아니, 모두가 그런 건 아니야.

그녀는 난간에 기대어 눈을 감고 머리를 숙였다. 항구에 가까워져서 배는 서서히 속도를 줄이며 금속성의 소리를 냈다. 밤이었고, 대낮에 무리 지어 날아다니던 흰 새들은 사라졌다. 한 사람의 인간으로서 투명하게 알아낼 수 있는 세상의 일이 얼마나 될까. 나는 눈을 감은 그녀의 모습을 보면서 아무 말도 하지 못했다. 내가 알 수 있는 게 아무것도 없어서. 그저 그녀의 곁에 같이 서 있는 것 말고는 할 수 있는 일이 없어서. 하민, 하민, 하고 그녀의 이름을 몇 번 부르다 침묵이 내게는, 그녀의 고통과 무관한 내게는 더 합당하다는 것을 알아차릴 수밖에 없어서.

그렇지만 마음이 아팠다. 삶이 자기가 원치 않았던 방향으로 흘러가버리고 말았을 때, 남은 것이라고는 자신에 대한 미움뿐일 때, 자기 마음을 위로조차 하지 못할 때의 속수무책을 나도 알고 있어서.

4

하민은 아주 작은 것이라도 다른 사람에게 도움을 구하지 않았다. 내게도 마찬가지여서, 내가 조금이라도 그녀를 도우려 하면 불쾌해했다. 왜 모든 일을 다 자기 힘으로 하려는 것이냐고 묻는 내게 그녀는 아주 어린 시절부터 그렇게 살아와서 그렇다고 말했다.

넌 혼자서도 잘하는 아이야. 어른들은 아이였던 그녀를 그런 식으로 칭찬했다고 했다. 부지런한 아이, 오빠 동생에게 양보 잘하는 아이, 아무에게도 의지하지 않는 아이라는 칭찬을 받으며 그녀는 자라왔다. 그리고 그녀는 어른들의 그런 말들을 증명이라도 하듯 살아왔다고 했다. 그런 칭찬이 기뻤고, 그래서 그 칭찬에 부합하는 아이가 되고 싶었던 것뿐이라고.

그녀는 말했다. 무거운 짐을 짊어질수록 박수 소리가 커진다는 것을 알아서, 무리를 해서, 열심히 해서, 착하게 굴어서, 그렇게 조그마한 칭찬이라도 받아서 사랑받는다는 느낌을 경험하고 싶었다고. 타인이 자신에게 무언가를 해줄 거라는 기대는 하나씩 버렸다고. 다른 사람에게 기대지 말자, 어린 시절부터 그렇게 다짐하며 살아왔다고. 그녀에게 삶이란 오로지 자기 스스로 감당해야 하는 것이었다.

그녀의 그런 말들을 제대로 이해하기는 어려운 일이었다. 그런 인정 욕구가 자신을 몰아붙이는 것에 대한 이유가 될 수는 없었다. 도움이 필요하면 도움을 구하면 되고, 혼자서 감당하기 어려운 일을 자신을 해치면서까지 해나갈 이유는 없는 것이니까. 그러나 나는 입을 열어 나의 생각을 그녀에게 전하지는 않았다. 마음이 아파서였다.

일 년 일찍 초등학교에 들어간 하민은 스물둘에 간호사로 일을 시작했다. 학자금 대출을 갚으면서도 악착같이 돈을 모았다. 번 돈의 일부를 부모에게 보냈다. 자신을 위해 돈을 쓰는 일에는 언제나 죄책감이 따랐다.

스물다섯이 되던 해에 오빠가 결혼 소식을 알렸다. 여자친구가 임신을 했는데 자기 수중에 모은 돈이 없어서 당장 큰돈이 필요하다는 말이었다. 부모는 입을 모아서 가족 일을 도와야 한다고 말했다. 가족이 돈을 떼먹는 것도 아니고 차차 갚아나갈 일 아니겠냐면서.

네가 착하잖아. 엄마는 그녀의 손을 잡고 말했다. 겨우 스물을 넘긴 오빠의 여자친구를 보자니 마음이 약해졌다. 그녀는 모아둔 돈의 대부분을 오빠에게 보냈다. 오빠는 대수롭지 않은 일이라는 듯이 그녀의 돈을 받았다. 오빠 자존심도 네가 좀 생각해줘. 엄마는 그렇게 말했다. 마음속에서 무언가 삐걱대는 소리가 들렸지만 무시했다. 남자는 아이를 낳으면 마음을 잡아. 엄마의 말과 다르게 그녀의 오빠는 아내가 아이를 낳자 더 밖으로 돌았다. 다니던 회사를 관두고 일자리를 알아본다면서 피시방에서 살았다. 술집에서 싸움이 붙어 사람을 구타한 오빠가 구치소에 들어갔을 때 그녀는 빌려준 돈에 대해서 완전히 체념했다. 잃어버린 거야. 그녀는 속으로 중얼거렸다. 액땜했어. 그 생각을 할 때면 이상하게 웃음이 나왔다. 술을 마시지도 않았는데 어쩐지 계속 웃게 됐다.

그녀의 이야기 속 등장인물들은 누가 제일 피곤하게 사는지 경쟁하는 사람들 같았다. 일은 믿을 수 없이 고되고, 변변한 휴가도 없고,

엄마라는 사람은 아들을 위한답시고 딸의 희생을 요구한다. 가장 이해하기 어려운 건 그 모든 상황을 다 받아들인 하민이었다. 하지만 나는 차마 그녀에게 왜 그렇게 살았는지 따져 물을 수도 없었다. 왜 한국을 떠나왔는지도.

그녀의 이야기를 들을 때면 브라질에서의 내 모습이, 그리고 나를 바라보던 엄마의 얼굴이 떠올랐다. 하민에게 아무렇지 않게 돈을 받아간 그녀의 오빠 모습이 브라질에서의 내 모습 위로 겹쳐 보였다. 나의 누나 마리솔도 떠올랐다. 언제나 알아서 잘하고 동생 잘 챙긴다고 칭찬을 받았던 누나도 하민처럼 외로웠을까. 누구에게도 걱정을 끼치지 않는 사람이 되려고 그녀도 애를 썼을까. 그렇게 태어난 사람은 없는 거잖아. 깊게 후회한 건 아니었다. 그러나 마음이 아픈 건 부정할 수 없었다.

엄마와 이메일을 주고받기 시작한 것도 그즈음이었다. 비행기로 열한 시간 거리의 대서양은 우리에게 숨을 쉴 수 있는 공간을 줬다. 처음에는 형식적인 말을 주고받았지만 시간이 지나면서 조금 더 솔직한 이야기도 할 수 있게 됐다.

글로 이야기하는 엄마는 말을 하는 엄마와는 또 다른 사람 같았다. 일상의 작은 순간들에서 너무 많은 것을 보고 많은 것을 느끼는 사람. 나는 내가 엄마와 비슷한 사람이라는 말 대신, 이곳에서 만난 아름다운 것들과 내게 아픔을 주는 것들에 대해 썼다. 대마초가 내 방 매트리스 아래에 있으니 기분 전환하고 싶으면 꺼내서 피우라고도 했다.

덕분에 오랜만에 즐거웠다고 엄마는 답했다.

내가 그 이야기를 전하자 하민은 조금 웃다가 입을 열었다.

많이 의존했어?

아니, 어쩌다가 한 번씩 재미로 했지.

나는 거짓말을 했다.

그게 그렇게 좋아? 지금은 안 하고 싶니?

이젠 별로네.

그렇게 말하면서 나는 내가 다시는 예전으로 돌아갈 수 없다는 것을 깨달았다. 그때의 일을 떠올리니 이상한 피로감이 느껴졌다.

처음엔 친구들과 나눠 피우던 것을, 어느 순간부터는 방에서 혼자 피웠다. 텔레비전을 보면서, 먹을 것들을 잔뜩 쌓아놓고 먹으면서 나는 웃고 또 웃었다. 비루한 현실은 그 나른한 피로 속에서 엷게 빛났고 폭발하는 웃음은 내게 위안을 줬다. 그러나 공허했다. 잠에서 깨어나 먹다 남은 음식들과 함께 침대 위에서 뒹굴고 있는 내 모습을 볼 때면. 취한 눈에 빛나 보이던 것들은 예전과 같은 모습이었지만 어쩐지 색이 바랜 것처럼 느껴졌다.

너 같은 애 예전에 만났으면 말도 안 섞었을걸.

하민이 말했다.

나도 마찬가지야.

나약한 사람들이 싫었거든. 견디는 걸 잘 못하는 사람들.

그게 왜?

몰라.

하민은 그렇게 말하고 싱겁게 웃었다.

만날 일도 없었겠지만. 화산이 아니었다면.

하민은 손으로 눈을 비볐다. 그 무미건조한 대화 속에서 나는 나를 향한 하민의 애정을 느꼈다. 마음에 없는 말을 예쁘게 포장해서 보여주는 식이 아니라 해가 빛나듯, 비가 내리듯 그저 그렇게 마음으로 내려오는 말이 있다는 사실이 신기하기도 했다.

하민은 말했다. 강한 사람이 되고 싶었다고. 징징거리지 않고 울지 않고 불평하지 않는 강인한 사람이. 감정이라는 것은 내리누르면 누를수록 그녀에게 복종하며 흐려졌다. 업무 스트레스 때문에, 환자에 대한 감정이입 때문에 눈물을 흘리고 동요하는 간호사들을 그녀는 냉정하게 바라봤다. 엄살떨지 마. 이게 그럴 일이야? 너만 힘들어? 왜 이렇게 예민해? 이것도 못 견디면 어디서도 못 살아남아. 때로는 속으로, 때로는 입 밖으로 그런 말들을 하면서.

병원에서 일할 때 좋아하던 선배가 있었어.

하민이 말했다. 하민의 일 년 선배인 그녀는 매사에 동료들을 존중하고 일도 잘하는 사람이었다. 하민은 그녀에게 잘 보이고 싶었고 그녀와 가까워지고 싶었다. 같은 시간에 일을 배정받으면 기뻤고, 따로 많은 말을 나눴던 건 아니었지만 함께 있으면 마음이 놓이고 편안했다. 그녀가 퇴직한다는 소식을 듣고 하민은 당황했다. 누구보다도 병원 생활에 잘 적응한 것처럼 보인 사람이었기에 더 그랬다.

하민은 내내 망실이다가 그녀에게 물었다. 왜 퇴직하게 되었느냐고. 탕비실 정수기 앞에 나란히 서 있을 때였다. 그녀는 텀블러에 물을 따르고 하민을 보더니 별말 없이 웃었다. 하민이 다시 물었다. 왜 관두느냐고.

그녀는 텀블러에 시선을 뒀다가 다시 하민을 보고 잠시 뜸을 들인 뒤 뜻밖의 말을 했다.

하민 씨 눈엔 자기가 어떻게 보여요?

그녀는 상냥한 말씨로 그 말을 하고 밖으로 나갔다.

그게 무슨 말씀이에요?

탕비실을 나가는 그녀를 복도까지 따라가서 하민은 물었다. 조급해져서 절박한 마음으로 물었다.

무슨 말씀인지 얘기해주세요.

그녀는 특유의 사람 좋아 보이는 웃음을 지으며 하민의 어깨를 툭툭 쳤다.

별말 아니에요.

그렇게 대답하고 그녀는 복도를 걸어갔다. 어쩐지 더 이상 그녀를 따라갈 수 없어서 하민은 그 자리에 가만히 서 있었다. 그 일이 있은 후에도 그녀는 예전과 다르지 않은 모습으로 하민을 대했다. 예의 바르고 부드러운 모습 그대로. 그런 태도가 자신을 향해 세운 벽이었다는 것을 하민은 그제야 이해했다. 하민 씨 눈엔 자기가 어떻게 보여요? 그 말이 하민에게는 당신, 상대할 가치도 없는 사람이야, 라는 뜻으로 다가왔다. 당신 같은 사람이 왜 사는지 모르겠어, 라는 말로도 느껴졌다. 대놓고 하민을 모욕하고 비난했던 동료들도 있었지만 그들을 경멸했으므로 견딜 수 있었다. 그러나 좋아하던 선배의 그 말은 하민을 얼어붙게 했다.

그날 이후로 때때로 떠올랐다. 하민 씨 눈엔 자기가 어떻게 보이냐는 말이, 그 말을 하던 그녀의 표정과 그 공간에 고여 있던 공기가.

그 말이 기억날 때면 엉망이 된 사람 하나가 보였다. 이 사람한테는 이런 말투로 말하고, 저 사람한테는 저런 표정으로 말하는 사람 하나. 한없이 상냥하다가 누군가에게는 비정할 정도로 무심하고, 진심도 아닌데 그런 것처럼 말하고 웃다가도 돌아서면 웃는 법을 모르는 사람이 되는. 그렇게 하루를 살고 보면 자신의 진짜 말투가 무엇이었는지, 어떻게 표정을 지어야 하는지도 잘 모르게 된 사람이. 길거리에서 웃음을 터뜨리는 사람들을 보면 그들이 그 이상한 사람을 보고 웃는 것만 같았다. 자주 추웠다.

그 일이 있고 얼마 지나지 않아 동생 하은이 병원 앞으로 찾아왔다.

언니 얼굴이 왜 그래? 그녀는 그렇게 물었다. 어디 아픈 거 아니냐고 몇 번이나 물으면서 그녀는 하민의 안색을 살폈다. 밥을 먹고, 카페에 가서 이야기를 나누다가 하은이 입을 열었다. 오빠 결혼할 때 언니가 목돈을 대줬다는 얘기를 들었다고. 하민은 상관하지 말라고 했지만 하은은 화가 난다고 말했다. 얼마나 고생해서 번 돈인지 아는데 그렇게 주면 어쩌자는 거냐고. 언니는 왜 자기 소중한 걸 모르냐고. 그곳에 앉아서 하민은 동생이 하는 말들을 애써 막고 있었다. 듣고 싶지가 않았다.

엄마가 그러더라. 언니는 가족을 위해서 희생한 거라고. 희생? 그
냥 착취라고 말하라고 얘기했어. 남 착취하면서 그럴싸한 말로 왕관
씌워주면 다야? 뭐 언제 언니한테 고생했다는 말 한마디 한 적 있어?
혼자 타지 나가서 그 고생을 하고 있는데 걱정 한 번을 했냐고. 언니,
언니 나는…….

나더러 뭘 어쩌라고.

위협적이고 무서운 목소리. 내 몸에서 어떻게 이런 소리가 나오
지. 하민은 남의 목소리를 듣듯이 자기 목소리를 들었다. 하은이 놀
란 얼굴로 하민을 바라봤다.

다들 나한테 말만 많지. 내가 이런저런 사람이라고. 내가 내 인생
망치고 있다고. 그래서, 그래서 뭐 어쩌라는 건데. 나더러 뭘 어쩌라
는 건데.

하민은 테이블에 얼굴을 묻고 몸을 떨며 아이처럼 울었다. 그쳐
야지, 조절해야지 생각했지만 멈출 수가 없었다.

언니……. 하은이 자리를 옮겨와 하민 옆에 앉았다. 세상에, 언
니……. 하은의 심장이 빠르게 뛰는 소리가 들렸다. 한 번도 이런 적
은 없었다. 다른 사람 앞에서 이런 모습을 보였던 적은. 나도 숨을 쉬
고 싶어, 하은아. 그녀의 말에 하은은 그래, 그래, 언니, 라고 답했다.
그래, 그래, 우리 언니.

처음에는 수치스러웠지만 울음이 잦아들 무렵에는 후련했고, 온
몸을 채우던 열기가 빠져나가자 조금 추워졌다. 코로 숨이 잘 쉬어지
지 않아서 입으로 숨을 내쉬었다. 무슨 힘이 그때 나를 무너뜨렸을

까. 하민은 내게 말했다.

그날, 다섯 살 어린 동생 하은은 하민에게 많은 질문을 했다.

언니는 뭐가 좋아? 뭘 할 때 즐거워? 야간 근무할 때 기분이 어때? 언니가 제일 좋아하는 노래가 뭐야? 다시 태어나면 어떻게 살고 싶어?

간단한 질문에도 제대로 답하지 못하는 자신의 모습을 하민은 물끄러미 바라봤다. 잘 모르겠어. 모르겠는데. 이런 말만 반복하는 자신을. 무슨 기분이냐고? 그게 뭐가 중요하지. 그렇게 대답하고는 사실 자신이 자기감정에 대해 아는 바가 별로 없다는 것을 깨달았다.

집으로 돌아가는 길에 하은에게서 문자가 왔다.

─착하게 말고 자유롭게 살아, 언니. 울어서 미안하다고 말하는 사람은 싫어.

답신 버튼을 누르고 한참을 생각해도 무슨 말을 써야 할지 알 수 없었다.

─조심히 들어가.

그렇게 보내려다 하민은 이어서 썼다.

─내가 나아질게. 나아져서 만나.

그 상태로 일을 해나간다면 몇십 년 뒤에는 수간호사가 될 수 있을지도 몰랐다. 비록 망가지더라도 그곳까지 올라갈 수 있다면 망가진 것에 대한 값은 되돌려 받을 수 있으리라고 하민은 생각했다. 그러나 한편으로는 알고 있었다. 누구보다도 더 확실하게 알고 있었다. 삶의 희미함과 대조되는 죽음의 분명함을. 삶은 단 한순간의 미래도 보장하지 않는다는 사실도.

　그녀의 말을 듣고 집으로 돌아가는 길이면 이상하게도 예전 내 모습이 불쑥불쑥 머릿속에 떠올랐다. 우리가 그토록 다른 삶을 살았음에도 불구하고.

　그래서 나도 그녀에게 내 이야기를 하게 되었는지 모른다. 나도 처음부터 이랬던 건 아니었다고. 언덕 위에 올라갔던 어느 늦은 여름 저녁이었다.

　내 이야기를 하려니 속이 울렁거리고 얼굴에 피가 쏠렸다.

　정말 아무것도 아닌 이야긴데…….

　나는 망설이다가 다시 말을 이었다.

　어쩌면 너무 배부른 소리인지도 모르겠어.

　하민은 재촉하지 않고 그런 나를 가만히 바라봤다.

　아버지가 쉰 살이 됐을 때 내가 태어났어. 그분, 결혼을 세 번 했는데 내가 여섯 번째 아들이었어. 딸은 우리 누나 하나. 내가 태어났을 때 첫째 형이 서른이었지. 다들 아버지를 닮아서 키도 크고 골격도 컸어. 학생 때 운동선수를 했던 형들도 있었고. 그런데 나는 영 딴판이었던 거야. 작고, 마르고, 거리에 나가 뛰어놀기보다는 집에서 책 보고 그림 그리는 걸 더 좋아했으니까. 동네 누나들 노는 데에 가서 놀고. 그런 내가 아버지는 탐탁지 않았겠지.

　아버지를 기쁘게 하고 싶어서 예쁜 말을 하고 꽃을 선물해도 계집애 같은 짓 하지 말라는 대답이 돌아왔어. 네가 짐승이었으면 이미 도태되어서 없어졌을 거라는 말도 들었지. 아버지는 남자가 우는 걸 거의 죄라고 생각했던 것 같아. 그래서 슬픈 감정이 들면 늘 무서웠어. 눈물을 흘리면 벌을 받을 거라는 생각이 들어서. 목이 메고 혀뿌리가 아파도 울지 않으려고 노력했어. 그렇게 살다보니 슬플 때면 오히려 웃게 되더라.

아버지는 늘 걱정했던 것 같아. 내가 남자답지 못해서 남자들 사이에서 따돌림 당할 거라고. 그건 뭐 사실이었지. 야생이었으면 이미 도태되었을 거라는 아버지의 말이 무슨 뜻인지 학교를 다니기 시작하면서 알게 됐으니까. 내게서 어떤 냄새가 나는 건지, 여길 맞히면 된다고 누가 내 얼굴에 과녁이라도 그려놓은 건지 괴롭힘을 피할 길이 없었어. 새 학년으로 올라가도 별로 달라지는 게 없었고. 중학교 때가 가장 힘들었어.

나는 거기까지 말하고 조금 놀랐다. 짧은 순간이었지만 그런 말을 하는 내가 부끄럽지 않았고, 그때의 내가 부끄럽지 않았기 때문이다. 그러다 곧 괜한 소리를 한 것 같아서 무안해지고 자꾸 웃음이 났지만, 나는 이야기를 멈추지 않았다.

어느 날 학교에서 집에 돌아가는 길에 많이 맞았어. 그렇게까지 맞은 적은 없었는데. 한 명이 바로 경찰에게 잡혀갈 정도였지. 그래서 아버지도 알 수밖에 없었던 거야. 아버지가 그러더라. 네가 약해 보이니까, 만만해 보이니까 그런 거라고. 죽일 기세로 한 번이라도 덤벼봤냐고, 미친놈처럼 맞서봤냐고, 당하고만 있으니까 널 얼마나 쉽게 봤겠냐고, 다 네 탓이라고, 네가 여지를 줬다고, 어떻게 네가 내 아들일 수 있냐고. 네 형들은 한 번도 이런 적 없었다. 치욕스럽다.

그런 아버지에게 화가 나지는 않았어. 그즈음에는 그가 두렵지도 않았지. 하지만 상처받지 않았던 건 아니야. 그저 슬펐어. 아버지는 그때 육십대 중반에, 류머티즘이 심해져서 늘 통증을 호소했고 일도 계속할 수 없게 된 상황이었어. 평생 약함을 혐오하며 살아온 사람이 처음으로 그렇게 약해졌을 때, 자신을 받아들이지 못하는 모습을 지켜보는 거…… 어려운 일이더라. 내가 조금이라도 힘든 내색을 하면 말하는 거지. 넌 내가 어떻게 살았는지 알아? 그렇게 모든 걸 다 갖고서 어디서 앓는 소리야? 돌아가실 때까지 한 번을 꺾이지 않고 그랬어. 넌 그래선 못 살아남아. 존경받는 남자가 되지 못해. 그런 말들을 하면서.

언제 돌아가셨어?

나 스물한 살 때. 폐렴으로.

나는 그렇게 말하고 하민을 향해 웃었다. 하민은 미간을 찌푸린 채로 그런 나를 바라봤다. 듣는 것에 집중할 때, 혼자 골똘히 생각할 때 짓는 표정. 처음에는 화났다고 오해했던 얼굴. 묶은 머리에서 빠져나온 가느다란 머리카락들이 바람결에 날려 그녀의 얼굴을 스쳤다.

이게 어떻게 아무것도 아닌 이야기야?

나는 할 말이 없어 어깨를 으쓱했다.

언덕을 내려가는 길에 하민은 나보다 앞서 걸었다. 뒤에서 보니 하민이 자꾸 자기 얼굴에 손을 가져다 대고 있었다. 조금 가까이 다가가 소리를 듣고서야 나는 그녀가 울고 있다는 걸 알았다. 내 이야기 때문이었을까. 나는 왜 우느냐고 묻지도 못하고 다만 조금씩 속도를 늦춰서 걸었다. 그녀가 울었다는 사실을 숨길 수 있는 시간을 주고 싶어서. 그것이 그녀에 대한 배려라고 그때의 나는 믿었다.

5

하민의 숙소는 승마장 뒷마당에 별채로 지어진 콘크리트 건물이었다. 작은 건물 안에 방 하나와 작은 싱크대, 화장실이 있었고, 문을 열고 밖으로 나가면 넓은 뒷마당에 테이블과 의자, 선베드가 있었다. 뒷마당 그늘에 앉아 있으면 시원했다. 하민의 숙소에 와이파이가 설치돼 있어 영상통화를 하거나 이메일을 보낼 때 나는 하민의 노트북을 빌려 썼다. 그럴 때 그녀는 책을 보거나 일기를 쓰거나 선베드에 누워 잤다.

그녀는 보통 옆으로 누워서 잤다. 빨강과 검정이 섞인 체크무늬 담요를 덮고 자면서 중얼거렸다. 나는 그녀 옆에 앉아서 연필로 메모장에 그녀의 잠꼬대를 받아 적었다. 문장으로 말해서 다 적지는 못했지만 할 수 있는 한 받아 적으려 했다. 하민이 일어나면 메모를 보여줬다. 그녀는 나 또 잠꼬대했어? 물으며 메모를 유심히 읽었다.

하민의 숙소에 놀러갈 때면 마구간에 들러 말 한 마리 한 마리에게 인사를 했다. 생김새도, 성격도 다 제각각인 여덟 마리 말들이 우리가 들어가면 한 발자국씩 앞으로 나와 알은체를 했다. 말의 눈을 가만히 들여다보고 있으면 아주 오래, 이백 년은 살아온 사람의 눈을 보는 것 같았다. 사람이 아는 것을 말은 모르지만, 말이 아는 것을 사람은 모른다. 그리고 나는 말이 알고 우리는 모르는 그 무언가가 우리가 알고 말은 모르는 것보다 더 크고 깊을지도 모른다는 생각을 하곤 했다.

하민도 비슷한 말을 했다.

불교에선 그러더라. 윤회를 거듭해서 동물이 인간이 된다고. 그리고 인간이 되어서야 깨달음을 구할 수 있다고. 그런데 난 모르겠어. 반대로 인간이 맨 밑바닥에 있는 거 아닌가 싶어.

하민이 병원을 관두고 여행을 떠났을 때는 한겨울이었다. 아주 추운 날이었고 비가 내렸다. 길을 가고 있는데 관광지 입구에 서 있는 말 한 마리가 보였다. 그녀는 발걸음을 멈추고 길 건너편에 서서 그 말을 봤다. 마차를 끄는 말들이 다 그렇듯이 눈 양옆엔 가리개가 씌워져 있었고 고개는 아래로 숙인 채였다. 그렇게 추운 날 내리는 비를 온몸으로 다 맞으며 한 발자국도 움직일 수 없는 말. 하민은 말이 아니라 인간이었고, 그렇게 추운 날 움직이지 못하고 떨며 비를 맞지 않아도 됐다. 건너편의 말은 인간이 아니라 말이었고, 그렇게 추운 날 움직이지 못하고 떨며 비를 맞아도 됐다. 그 사실이 오래도록 하민의 마음에 남았다.

하민은 그 이야기를 승마 체험장 폐쇄가 결정되던 날 내게 했다. 갑작스러운 뉴스는 아니었다. 레베카는 아치디에서의 생활을 정리하고 싶다는 말을 종종 했으니까. 환갑이 넘어 승마장 일을 하기에도 벅찼던 그녀는 몇 년의 고민 끝에 땅과 집을 팔아 더블린으로 이주하기로 결정했다.

얘들, 다른 곳으로 팔려갈 거래.

하민은 무표정한 얼굴로 그렇게 말했다.

이게 다 뭐야.

그러고는 자기가 테이블에 벌여놓은 책과 과자 봉지, 피스타치오 껍데기, 티슈, 노트 등을 신경질적으로 치우기 시작했다.

왜 이렇게 다 엉망인데.

나는 한쪽에 서서 그런 그녀를 바라보기만 했다. 대학원에 합격하더라도 종종 말들을 보러 오고 싶다고 말하던 그녀의 얼굴이 기억났다. 그날, 뒷마당을 치우던 하민은 내가 본 그 어떤 모습보다도 피로해 보였다.

넌 좀 쉬어야 해.

나는 용기를 내어 그렇게 말했고 하민은 내 말을 못 들은 척했다. 말은 그렇게 했지만 그녀가 쉴 수 없는 상황이라는 것은 나도 잘 알고 있었다. 계약은 크리스마스 연휴 전에 끝날 것이었고, 대학원에 합격하지 못하면 그녀는 아일랜드를 떠나야 했으니까.

그다음 주 금요일 저녁, 하민은 라페스트로 떠났다. 시험은 토요일 오전에 있었지만 아치디에서 라페스트까지는 버스로 네 시간이 걸려 전날 미리 출발했다. 나는 비닐 가방에 라즈베리 크루아상과 우유, 사과, 초콜릿, 오백 밀리리터 생수 하나를 넣어 하민에게 건넸다. 하민은 초록색의 네모난 백팩을 메고 버스에 올라서 나를 보며 장난스러운 표정을 지었다.

버스가 떠나고 숙소로 돌아가는 길에 나는 언덕 아래에서 줄을 맞춰 사람을 태우고 천천히 걸어오는 여섯 마리의 말을 봤다. 하민이 가장 아끼는 게으른 녀석과 나이 많은 녀석은 그 그룹에 속하지 못한 듯 보였다.

시험 잘 보라는 문자에 하민은 답을 하지 않았다. 시험이 끝날 무렵 전화를 했지만 핸드폰은 꺼져 있었다. 돌아오기로 한 토요일 저녁에 그녀는 돌아오지 않았다. 레베카에게 전화했지만 레베카도 아무런 연락을 받지 못했다는 말만 반복했다. 일요일 아침, 아직도 하민이 돌아오지 않았다는 레베카의 말을 듣고 나는 서둘러 차를 타고 라페스트로 갔다.

라페스트에 도착한 건 정오가 다 되었을 무렵이었다. 터미널 안내 데스크에서 지도를 받고 나서야 나는 라페스트가 얼마나 큰 도시인지 체감했다. 대성당과 광장이 있는 구시가지와 강 건너 시청이 있는 신시가지가 있었고, 한곳에서 하루를 꼬박 앉아 있더라도 하민과 마주칠 가능성은 낮았다. 내가 도시를 헤집고 다닌다면 그 확률은 더 낮아질 것이었다. 하민의 핸드폰은 여전히 꺼져 있었다.

햄버거로 점심을 때우고 광장 귀퉁이에 서 있을 때 누군가 기타를 치며 노래하는 소리가 들렸다. 그쪽으로 걸어가 멍하니 노랫소리를 듣다가 나는 내가 그곳에서 하민을 찾을 수 없다는 사실을 깨달았다. 노래를 듣고, 대성당을 보고, 강가를 걷고, 그러고서도 발길 닿는 대로 골목길을 헤매고 다니다가 저녁이 되어서야 나는 다시 터미널로 향했다. 가장 많이 물어뜯은 오른손 엄지에 피가 맺혀 티슈로 손가락을 싸맸다. 버스 창가 자리에 앉아서 등받이를 뒤로 조금 젖히고 눈을 감았다.

너 왜 여기 있어?

목소리에 눈을 뜨자 버스 통로에 서 있는 하민이 보였다. 우리 둘은 잠시 멀뚱히 서로를 봤다.

집에 가려고.

내 대답에 그녀는 얼굴에서 웃음을 거뒀다.

진지하게 묻는 거야. 너 왜 여기 있어?

하민은 백팩을 위쪽 선반에 올려놓고 내 옆에 앉았다.

랄도, 왜 여기 있어?

나는 어깨를 으쓱하고 그녀를 봤다.

설마 나 때문에 온 거야? 연락 안 돼서?

나는 고개를 끄덕였다.

핸드폰을 어디 흘렸나봐. 근데 내가 일요일에 간다고 했잖아.

네가 금요일에 떠나면서 내일 보자고 했어. 레베카에게도 그랬대.

내가?

응.

시험 때문에 정신이 없었나 봐. 그래놓고 하필이면 핸드폰도 잃어버리고.

그녀는 옆으로 멘 작은 가방을 열어서 안을 뒤졌다.

시험은 어땠어?

그냥 봤지 뭐.

그렇게 말하는 그녀의 얼굴이 어느 때보다도 편안해 보였다. 승객을 반쯤 태운 버스가 출발하자 그녀는 가방에서 캐러멜을 꺼내 입에 넣고 나에게도 하나 줬다. 약간 탄 맛이 나는 쌉쌀한 캐러멜이었다. 그녀는 시험을 어떻게 치렀는지, 시험을 끝내고 라페스트의 어느 곳을 둘러보았는지 이야기했다. 내부 조명이 꺼져서 어두웠다.

춤은 안 췄고?

내 물음에 그녀는 심술궂게 웃더니 고개를 저었다.

너처럼 춤 못 추는 사람 처음 봤어.

나는 춤추는 시늉을 했고 우리는 소리 죽여 웃었다. 웃음을 그쳤을 때 그녀가 입을 열었다.

내가 춤을 추면 사람들이 웃어. 그러면 마음이 아프거든.

어둠 속에서, 하민의 얼굴 위로 고속도로 가로등 빛이 스쳐 지나갔다.

그렇게 마음이 아프면 편해지는 게 있었어. 그래서 그랬어.

지금도 하민을 떠올릴 때면 그때의 그 얼굴이 생각난다. 그래서 그랬어, 속삭이듯이 말하던 그 얼굴이.

랄도.

하민이 내 이름을 부르고 잠시 머뭇거렸다.

응?

네 시간이야.

뭐가?

아치디에서 라페스트까지.

하민은 그 말을 하고 나를 빤히 쳐다봤다.

왜 나를 찾아왔니.

나는 뭐라고 대답해야 하는지 알지 못했다. 나조차도 그 이유를 알 수 없었으니까.

연락이 안 되니까 걱정되잖아.

그렇게 말하고 나는 그녀의 시선을 피해 창밖을 바라봤다.

대화가 끊기자 운전사가 액셀을 밟아 엔진을 가속하는 소리만 들렸다. 이어지다가 끊어지고, 이어지다가 끊어지는 기계의 소리가.

얼마 지나지 않아 우리는 둘 다 잠이 들었다. 내가 하민의 어깨에, 하민이 내 머리에 기댄 채로 잤다. 하민을 향한 나의 마음은 담백한 종류의 것이었다. 하민의 얼굴에서도 나를 향한 여분의 감정은 발견할 수 없었다. 나는 하민에게 그 이상을 기대하지 않았고 하민도 그랬다. 우리 둘 중 누구라도 상대를 사랑했다면 그 사실을 눈치챌 수밖에 없었을 것이라고 그때의 나는 생각했다. 우리 사이에는 그 어떤 긴장도, 설렘도, 실망도, 좌절도, 배타적 소유에 대한 갈망도 존재하지 않았으니까. 내가 그녀를 사랑했다면 그런 식으로 잠들 수는 없었을 것이다. 나는 오래도록 그렇게 생각했다.

쌀쌀한 공기 중에서는 지푸라기를 태운 냄새가 희미하게 났다. 사람들도 말들도 모두 잠들었을 시간이었다. 아치디는 어두웠다. 어둠 속에서 언덕은 보이지 않았고 하민은 나보다 한 걸음 앞서서 걸어갔다. 하민은 종종 나를 의식하지 않고 먼저 걸어갔고, 같이 있을 때도 별다른 말을 하지 않는 사람이었다. 그걸 알면서도, 그날, 그렇게 먼저 걸어가는 하민의 뒷모습을 보면서 나는 설명할 수 없는 감정을 느꼈다.

대문을 연 하민은 잠시 뒤를 돌아보고 잘 가, 라고 말한 뒤 다시 등을 돌려 숙소로 들어갔다. 하민이 사라지고서도 그곳에 그렇게 서 있는 내 마음을 나는 이해할 수 없었다.

11월이 되면서 야외에서 도시락을 먹을 수 없었다. 하민과 나는 서로의 집을 오가며 점심을 같이 먹었다. 하루는 나의 호스트인 리사의 식탁에서, 하루는 그녀의 호스트인 레베카의 식탁에서. 리사는 우리를 은퇴한 부부라고 했고, 레베카는 우리를 이란성쌍둥이라고 불렀다. 그럴 때 하민은 별다른 표정 없이 음식을 먹었다. 별로 즐거운 이야기가 아니라는 듯이. 그래도 우리는 즐거웠다. 은퇴한 부부처럼, 사이좋은 이란성쌍둥이처럼.

하민이 대학원 합격 통지를 받은 날, 나는 해가 지기 전에 하민과 함께 말들을 보러 갔다. 근무시간이 끝났는데도 그녀는 빗으로 말들을 손질하고 있었다.

내가 먼저 떠나려고.

그녀는 내 쪽을 돌아보지 않고 말했다.

다행히 얘들이 가는 날보다 내 계약이 먼저 끝나.

말들 가는 거 안 보려고?

하민은 몸을 돌려서 나를 봤다.

내가 그만큼 강하지가 못하네.

그녀는 입술을 실룩거리며 그 말을 했다.

아무도 좋아하지 말아야지 결심하고 마음을 굳힌다고 해도 소용 없어.

하민의 곁에 서 있던 말 한 마리가 고개를 돌려 그녀의 얼굴을 바라봤다.

눈을 보면. 그리고 목소리를 들으면…… 소용이 없어져서.

마구간의 어두운 조명 아래에서 하민은 검은 눈동자로 나를 응시했다. 그 잠깐의 침묵이 불편해서 나는 그녀의 눈을 피해 그녀 곁의 말에게로 시선을 돌렸다.

난 네가 얘들을 그 정도로 생각하는 줄은 몰랐어.

사람들은 때때로 자신도 의미를 알지 못하는 말을 하곤 한다. 내 말에 하민은 다시 등을 돌려 빗질을 했다. 그녀는 상처받은 것처럼 보였고 나는 그 이유를 알 수 없어 잠시 당황하다 후에는 화가 났다. 무엇에 화가 나는지도 모르면서.

6

먼저 떠난 건 나였다. 마지막 사과 박스를 공판장에 넘기고 나는 그곳에서의 일을 정리했다. 근처 맥주 공장에 일자리가 있다는 말을 들었지만 계속 그곳에 머무르고 싶지는 않았다. 크리스마스 연휴에 마요르카에서 열리는 가족 모임에 오라는 이모의 연락을 받은 것도 그즈음이었다. 크리스마스까지는 한 달 정도 남아 있어서 그전까지는 기차와 버스를 타고 다니며 아일랜드를 여행할 계획이었다.

떠나기 일주일 전에 나는 하민에게 나의 계획을 말했다. 크리스마스가 지난 후에는 어쩌면 스페인에서 일을 하게 될지도 모른다고. 마요르카에 있는, 이모가 경영하는 작은 레스토랑에서.

아치디에 있는 작은 펍의 구석 자리에 앉아서 하민은 내 말을 들었다. 하도 입어서 소매가 나팔 모양으로 늘어난 밤색 니트 차림에, 긴 머리카락은 부스스하고 엉클어져 있었다. 많이 피곤했는지 두 눈은 충혈되어 있었고 커다란 손은 거칠어 보였다. 그녀는 손으로 눈을 비비더니 활짝 웃었다. 잘됐다고, 잘된 일이라고, 마요르카라면 겨울에도 이렇게 춥지는 않을 거라고 말했다.

조금의 서운함도 묻어 있지 않은 그녀의 얼굴을 보며 나는 마음을 다쳤다. 어떻게 사람이 이렇게 매정할 수 있지, 그렇게 생각하고는 그녀가 모두에게 등을 돌려 한국을 떠나왔다는 사실을 떠올렸다. 그 사실은 하민의 태도를 납득하는 데 도움을 줬지만 그렇다고 해서 내 마음의 통증을 줄여주지는 않았다. 이 정도로 간편하게 정리할 수 있는 일이었다면 대체 왜 우리는 그렇게 수없이 만나고 그렇게 많은 이야기를 한 거지. 너는 나를 지나가는 사람쯤으로 대하고 있어. 나는 네 눈빛 앞에서 너무나 형편없는 사람이 된 기분이 들어. 그 자리에 앉아서 나는 그렇게 생각했다.

우리 이제 언제 만나?

모르겠어.

하민은 그렇게 대답하고 별다른 표정이 없는 얼굴로 나를 봤다.

아무렇지도 않아 보여, 너.

그녀는 의자에 걸어놓은 외투를 입고 머플러를 둘렀다.

많이 춥네, 여기.

하민은 등을 굽히고는 두 손을 비비다 주무르다 했다. 그녀는 떨고 있었다. 나는 쓰고 있던 비니를 그녀의 머리에 씌우고 내 외투로 그녀의 무릎을 덮어줬다.

메일 주소 좀 알려줘. 메일 쓸게.

내 말에 하민은 가만히 내 얼굴을 바라보기만 했다.

메일 없어?

그녀는 대답하지 않았다.

하민.

다시 보자. 나 라페스트에 가면 그때 놀러 와서 연락해.

그녀는 고집스레 메일 주소를 알려주지 않았다.

마요르카 가기 전에 한번 놀러와. 여행하다 심심하면.

그녀는 그렇게 말하고 얼마 전, 마구간에서 이상한 감정 다툼을 했을 때의 표정으로 나를 봤다.

언젠가 아내가 내게 물었다. 내가 언제 다시 삶으로 돌아왔느냐고. 나는 내가 아일랜드에서 살아 돌아왔다고 말했다. 과수원에서의 단순한 생활, 과수원 일을 정리한 뒤의 여행이 나를 예전과는 다른 사람으로 바꾸어놓았다고. 하지만 나는 그녀에게 하민에 대한 이야기는 하지 않았다. 정작 애인이라는 이름으로 만났던 사람들의 이야기는 했으면서도 어쩐지 하민에 대해서는 입이 떨어지지 않았다.

내가 아치디를 떠나던 날, 하민은 숙소 앞으로 나를 찾아왔다. 안개가 많이 낀 아침이었다. 빽빽한 안개가 머리카락과 얼굴에 닿았고 시야가 흐렸다. 구름 속을 걸어가듯이 우리는 나란히 걸어서 버스 정류장에 닿았다.

멀리서 헤드라이트 불빛이 보이자 하민이 팔을 벌려서 포옹하자는 몸짓을 했다. 나는 하민에게 안겼다. 그렇게 그녀를 안고 작별 인사를 해야 했지만 도무지 말이 나오지 않았고 그건 그녀도 마찬가지였다. 그럴 때 사람은 운다. 버스가 가까이 다가와서 포옹을 풀었을 때 나는 울고 있는 것이 나만이 아니라는 걸 알았다. 랄도. 그녀는 잘 가라는 말이나 안녕이라는 말을 하는 것처럼 작은 목소리로 내 이름을 불렀다. 랄도, 랄도. 그녀는 한자리에 붙박인 채 서서 울고 있었다. 내가 올라타자마자 버스는 출발했고 안개 속에서 하민은 빠르게 멀어졌다.

울음이 그칠 때까지 기다리다 잠이 들었던 일이 떠오른다. 잠에서 깨어 나는 하민이 내게 건넨 종이봉투를 꺼냈다. 거기에는 두 개의 종이봉투가 들어 있었다. 하나에는 치킨 샌드위치와 오렌지 주스, 캐러멜 여러 개가, 나머지 하나에는 비상약 꾸러미와 하민의 아이팟이 담겨 있었다. 나는 비상약 꾸러미를 풀어봤다.

여러 개의 비상약마다 사용 방법을 적은 작은 포스트잇이 붙어 있었다. 진통제, 소화제, 수면 유도제, 상처 연고……. 상처 연고에 붙여진 포스트잇에는 '아플 때 발라'라고 적혀 있었다. 지난 몇 달 동안 내 손에 대해서 단 한마디도 언급하지 않았던 하민이었다.

그 한 달 동안 나는 하민이 준 아이팟으로 음악을 들었다. 버스를 타고 이동하면서, 십육 인실 도미토리 침대에 누워서 데미안 라이스를 들었다. 어느 날에는 눈이 내렸고 어느 날에는 비가 내렸다. 살면서 본 모든 성당을 합한 것보다 더 많은 성당을 봤다. 버스커들을 봤고 덩치 큰 갈매기들을 봤다. 게스트 하우스 응접실에서 다른 여행객들과 함께 술을 마시기도 했고 버스에서 우연히 만난 여행자들과 며칠 동안 같이 다니기도 했다. 춤을 추는 사람들을 보면 하민이 생각났다. 우리는 종종 문자를 했고, 여행이 끝나갈 무렵 하민에게서 라페스트로 이주했다는 문자를 받았다.

어떻게 말해야 할까. 나는 라페스트에 가지 않았다. 어쩌면 하민을 마지막으로 볼 수 있는 기회라는 걸 알면서도 그랬다. 충동적인 선택은 아니었다. 라페스트 근처까지 가서 며칠을 머무르며 고민한 끝에 가지 않기로 마음먹은 것이었으니까. 나는 라페스트로 가는 대신 짐을 챙겨 더블린으로 갔다. 마요르카로 떠나기 직전, 공항에서 하민에게 전화를 했다. 라페스트에 가지 못하게 되었다고, 이곳에서 바로 마요르카로 가게 될 거라고 말하기 위해서였다. 그런데 입이 떨어지지 않아서 더블린에 있다는 사실까지만 말하고 망설이고 있었다.

넌 여기 안 와. 맞지.

하민은 별다른 감정이 없는 말투로 그 말을 했다. 나는 대답하지 못했다.

네가 아치디를 떠날 때, 나는 그게 마지막이라는 걸 알았어.

아니야.

괜찮아, 랄도. 꼭 계속되어야만 좋은 건 아니잖아.

핸드폰 너머로 하민의 숨소리가 들렸다.

난 그냥…… 너에게, 있잖아, 그냥 고맙다는 말을 하고 싶었어. 이상하게도 그 말이 잘 안 나와서. 말이 너무 가벼운 것 같아서 그랬던 건데. 랄도, 늦었지만, 너에게 고마워.

하민.

또 모르지. 수많은 우연이 겹치면 다시 볼 수 있을지. 그러니까.

메일 쓸게. 주소 좀…….

아니. 그냥 이렇게 하자.

하민의 목소리 뒤로 기차가 선로를 달리는 듯한 소리가 들렸다.

너도 나를 소중하게 생각한다면 그렇게 해줘.

네가 무슨 말을 하는지 모르겠다.

아니, 너는 알아.

내가 망설이는 동안 그녀가 입을 열었다.

잘 가, 랄도…….

그녀는 잠시 침묵하다 말했다.

넌 네 삶을 살 거야.

그때 나는 하민의 말을 믿지 않았다. 아치디에서 영원히 헤어진 것이라는, 우리는 앞으로 만날 수 없으리라는 하민의 말을. 아무리 다른 나라라고 하더라도 버스 타듯, 비행기로 한 번이면 아일랜드에 갈 수 있었으니까. 나는 배낭을 메고 출국장으로 걸어갔다.

마요르카에 도착해서 하민에게 다시 전화했지만 핸드폰은 꺼져 있었다. 내가 마요르카에 머물렀던 겨울 내내. 그때도 나는 하민을 다시 만날 수 있다고 생각했다. 어느 대학원에 들어갔는지 알았으니 라페스트에 찾아가면 쉽게 만날 수 있을 거라고 여겼던 것이다. 마요르카에서 겨울을 보내고 봄이 될 무렵 나는 브라질로 돌아왔다. 그때도 여전히 시간만 잡으면 아일랜드에 갈 수 있을 거라고 생각했다.

그러나 그 이후로 팔 년 동안, 나는 아일랜드에 한 번도 가지 않았다. 출국장을 나서면서 언제든지 돌아올 수 있다고 자신했던 건 착각이었다. 시간이 가면서 아일랜드는 내 마음속 우선순위에서 밀리고 밀려 현실의 선택지 밖으로 떨어져나갔다. 아일랜드에서 돌아온 이후 나의 삶은 전과는 다른 속도와 리듬을 얻었으니까. 나는 엄마의 집에서 독립했고 대학에 재입학했으며 아내가 될 사람을 만나 연애

하고 직장을 구했다.

　　내가 일하는 호텔에는 아주 가끔 한국인들이 오곤 한다. 대부분 출장을 온 회사원들로 짧게는 이틀, 길게는 한 달 정도 묵는다. 때때로 텔레비전에서 한국 드라마를 방송하기도 해서, 나는 거기서 하민이 살던 대도시의 모습을 본다. 하민이 노트에 쓰곤 하던 그림 같은 글자가 적힌 간판들과 네온사인, 초록색 병에 담긴 술, 의자 없는 바닥에 너무도 편하게 앉아 밥을 먹는 모습들을. 그런 모습을 볼 때면, 나는 내가 이제 어떤 감정의 짓눌림도 없이 하민을 그리워한다는 사실을 알게 된다.

　　이사를 하던 날, 예전 메모장을 우연히 발견했다. 장 볼 목록, 지출 내역, 마을버스 시간 등을 써놓은 게 대부분이었고 아치디 생활 초반의 외로움과 지루함에 대해 길게 써내려간 글도 있었다. 착하게 말고 자유롭게 살아. 하민의 동생이 하민에게 해줬다는 말에 큰따옴표를 쳐서 적은 것, 작업복을 입은 하민을 작게 그린 그림도 있었다. 언덕 앞을 지나가는 말들과 그 뒤를 따라 걷는 하민. 언제 이런 그림을 그렸었지, 생각하며 페이지를 넘기자 이해할 수 없는 알파벳들의 나열이 시작됐다. 하민의 잠꼬대였다.

　　나는 손가락으로 문자를 짚어가면서 그 말들을 소리 내어 읽었다. 잠꼬대를 하며 웃거나 미간을 찌푸리던 하민의 얼굴이 아직도 나를 웃게 한다는 사실이 어쩐지 이상해서 나는 잠시 한 문장에 머물러 있었다. 네가 나를 싫어하게 되더라도 나는 이해해. 흔들리는 갑판 위에서 겁에 질린 듯이 그 말을 하던 하민의 얼굴. 마음이 아프면 편해지는 게 있었어. 그래서 그랬어.

팔 년 전, 베개를 끌어안고 일레인을 그리워하던 사람을 나는 멀리서 바라본다. 곧 아일랜드로 떠날, 화산 폭발로 발이 묶여 아치디라는 마을로 향하게 될, 결국 그곳을 떠나 다시 돌아올 사람을.

넌 네 삶을 살 거야.

하민은 그에게 그렇게 말할 것이다.

곡부_이후

:

강영숙

춘천에서 태어나 서울예술대학 문예창작과를 졸업했다. 1998년
《서울신문》 신춘문예에 단편 〈8월의 식사〉가 당선되며 작품 활
동을 시작했다. 소설집 《흔들리다》《날마다 축제》《빨강 속의 검
정에 대하여》《아령 하는 밤》《회색문헌》, 장편소설 《리나》《라
이팅 클럽》《슬프고 유쾌한 텔레토비 소녀》가 있다. 한국일보문
학상, 백신애문학상, 김유정문학상, 이효석문학상을 수상했다.

©Nara Shin 2017

진석은 두 시간 전에 산동성의 제남濟南 공항에 도착했다. 공항을 빠져나가 도심으로 접어들자 곳곳이 지하철 공사 중이었다. 아직 지하철이 없는 도시가 있다니 의아하기도 했지만, 지반 아래 샘이 많은 환경이라 지하철을 놓기가 까다롭다고 했다. 제남은 몹시 더웠다. 9월인데 한여름처럼 후텁지근하고 미세먼지도 심했다. 도착한 지 채한 시간도 지나지 않았는데 길거리 비둘기처럼 회색 조류로 변해버린 기분이 들었다. 목이 따끔거리고 눈이 자주 감기면서 왜 이곳에 왔는지, 좌표와 의욕을 상실한 것 같은 상태가 되어버렸다.

사실 진석은 시진핑이라는 이름 말고는 산동성에 대해서도, 미세먼지에 대해서도, 중국에 대해서도 별로 아는 게 없었다. 회사에서 맥주 재료인 보리나 효소 수입국을 중남미가 아닌 중국으로 바꾼 것은 최근의 일이었다. 제남은 청도靑島와도 가까운 곳이고 일반인들이 아는 것처럼 진석도 청도 맥주 정도를 아는 게 다였다. 정 대리는 중국어를 어느 정도 하는 이곳 담당 직원이었다. 정 대리는 이곳 제남에서 실종 상태가 되었다. 중남미 출장 중에 비교적 경험이 많은 해외영업부 차장이 납치된 적이 있었지만 에스오에스를 제때 보내 목숨은 구할 수 있었다. 납치나 실종, 그런 일은 늘 교육을 하고 주의를 주기는 하지만 실제로 일어나는 경우는 많지 않았다. 이곳에서 실종된 정 대리를 찾는 것이 진석이 해야 할 일이었다.

현지 컨설팅 팀 직원들과 차로 이동하면서 정 대리와 같이 움직였던 지난 삼 일간의 스케줄을 보고받았다. 9월 7일부터 9일까지, 목요일에서 토요일로 이어지는 겨우 삼 일간의 짧은 출장이었다. 그 기간 동안 미팅만 삼 회였고, 삼 회 내내 현지 컨설팅 팀과 같이 움직였다. 돌아오는 날인 토요일 아침 일곱 시 무렵, 공항까지 데려다 주기로 예약된 자동차가 도착해 아무리 기다려도 정 대리는 로비로 내려오지 않았고, 호텔 어디에서도 그의 모습은 찾을 수 없었다. 진석은 상상력이 부족한 사람이었다. 아무리 머리를 굴려도 정대리가 뭘 했을지, 어디로 가 있을지 전혀 감이 잡히지 않았다.

"전화로 이미 보고 드린 대로 그날 밤에 식사 같이하고 호텔 문 앞에서 헤어졌어요. 술도 별로 안 마셨어요. 맥주 몇 잔 마시고 백주 한두 잔 더 하고. 술 때문에 실수를 할 지경은 아니었다고요. 아시잖아요 차장님도. 요즘 젊은 친구들은 절대 술 많이 안 마셔요. 정 대리님은 말도 없는 편이었고……."

현지 컨설팅 팀은 중국인 한 명과 한국인 두 명의 이번 실종 사건 때문에 거래가 끊길 것을 예상했는지 몹시 긴장한 분위기였다. 아무리 큰 회사 직원이 출장을 와도 현지 사정을 잘 아는 사람들의 도움은 필수였다. 현지 컨설팅 팀은 대부분 출장 전에 이미 다 확정이 되곤 했는데, 강 팀장은 짧지 않은 비즈니스 경력상 이런 일은 처음인 듯, 말을 할 때마다 진석의 눈치를 봤다. 정 대리에게 뭔가 고민이 있어 보이지는 않았는지, 건강상의 문제가 있어 보이는 얼굴은 아니었는지 물어봤지만 별다른 사항은 없었다고 했다. 또 누군가와 신경질적인 뉘앙스로 전화 통화를 하지는 않았는지, 회사로부터 욕을 먹거나 하지는 않았는지도 물어보았다.

"여기 공안에 일단 신고는 했는데, 어떻게 움직여줄지는 몰라요."

강 팀장은 정 대리가 미팅했던 현지 효소 제조업체의 담당자 연락처와 미팅 장소, 식사 장소의 주소가 적힌 서류를 진석에게 건네주었다. 이틀째인 금요일 저녁 식사 장소는 시내 중심의 산둥대학교 옆에 있는 쇼핑 상가의 식당가 중 한 곳이었다. 만일 누굴 만났다면 그곳에서 만났을 가능성이 컸다. 정 대리가 사무실에 제출한 출장 계획서의 내용과 동선도 거의 다 일치해서 조금의 빈틈도 없어 보였다.

"벌써 이틀이 지났는데, 골든타임을 놓친 건 아닐까요?"

강 팀장의 얼굴색이 처음 만났을 때보다 한층 검은 톤으로 가라앉았다. 점심은 먹어야 했다. 상가 주차장에 차를 세우고 만두 가게로 들어갔다. 긴 홀 양쪽에 식당이 끝도 없이 이어져 있어 적당한 곳을 선택하기도 어려웠다. 진석은 식당으로 들어가 자리에 앉자마자 회사에 전화부터 걸었다. 그사이 현지 보험업체에서 전화가 걸려왔고 강 팀장이 그 내용을 알려주었다. 정 대리가 비상 상황에서 에스오에스를 보냈는데 업체에서 딴짓하다가 신호를 놓친 건 아닌지, 진석이 서울에서 전화로 강력하게 항의했던 내용에 대한 답변이었다. 강 팀장은 신중하게 응대했다. 제남에 도착해서 매일매일 하루에 두 번씩 보험업체가 안전을 확인하는 전화를 했다는 것이다. 강 팀장과 저녁을 먹었던 그 시간에도 9시 45분경에 전화 통화를 한 기록이 있었다. 진석은 점심을 먹겠다고 식당에 들어온 걸 바로 후회했다. 바깥으로 나가 담배를 피우는 편이 훨씬 마음 편했다.

해외영업부 직원들의 안전을 책임지는 보험업체로 갔다. 한국어 간판이 한두 개 섞인 건물 사층에 사무실이 있었다. 표지판 같은 게 전혀 없어서 강 팀장도 허둥댔다. 가재도구와 사무용품이 한 공간에 뒤섞여 있고, 키가 어른 허벅지 높이쯤 되는 아이가 직원인 아빠 옆에 달라붙어 있어 집인지 사무실인지 분간이 안 됐다. 회사에서 비싼 보험료를 낸다는 걸 알기 때문에 직원들은 약간만 신변의 위협을 느껴도 에스오에스를 쳤다. 그러나 막상 해외영업부 직원들의 목숨을 책임지고 있다는 업체의 허술한 상황을 눈으로 보자 막막함이 밀려왔다. 보험업체 대표는 정 대리를 찾으러 나가고 없다고 했다. 직원은 러닝셔츠만 입은 채 담배를 피우고 있었다.

"아직 아무것도 알아낸 게 없습니다."

아직은 보고할 게 없는데도 서울에서는 계속 전화가 왔다. 제남이 한국의 면이나 읍 단위쯤 되는 시골로 아는 것 같았다. 정 대리 가족들이 신청한 휴대폰 위치 추적 결과는 가족은 물론 제삼자에게도 알려줄 수 없다고 했다. 그렇다면 휴대폰 명의자가 시체로 발견되면 그때 가서는 알려줄 수 있다는 뜻일까. 상무는 전화통에다 대고 소리를 질렀다. 자신의 경력에 오점을 남기고 싶지는 않은 거였다.

"빨리빨리 찾아 김진석, 니네 둘이 친하잖아. 어디 가서 술 처먹고 뻗어 있는 거야 뭐야. 빨리 찾아, 상상력을 동원해보라고!"

진석은 멍청해져서는 상상력이라는 단어를 발음해보았다.

"여기 대표는 정 대리를 찾으러 어디로 갔다는 겁니까?"

진석은 화를 누르며 강 팀장에게 물었다.

"행불자들 시체 모아놓는 곳에 가지 않았을까요. 좀 전에 통화했는데 거기 없으면 북한 사람들이 납치한 걸로 봐야 한다고……."

북한 탓까지 해야 하다니, 진석과 강 팀장은 힘없이 웃었다. 강 팀장은 다른 현지 컨설팅 팀 세팅 때문에 사무실로 돌아가고 진석은 혼자 남았다. 한 회사만 거래하는 것도 아니고 강 팀장의 편의는 봐줘야 했다. 세 시간 후에 다시 만나 산동대학교 앞 식당 부근으로 가보기로 했다. 어디선가 정 대리가 말끔한 얼굴로 나타날 것 같아 주변을 돌아봤다. 그러나 모두 다 모르는, 온통 중국인들뿐이었다.

제남은 인구가 칠백만 명이나 되는 큰 도시였다. 금세라도 손에 잡힐 듯 가까워졌다 멀어지는 새떼들 같은 사람들 사이에서 정 대리를 찾을 수 있을까, 진석은 불안해졌다. 광장 주변에 있는 스타벅스에 들어가 아이스커피를 시키고 정 대리의 소셜 미디어 계정을 뒤

지기 시작했다. 인터넷은 느리고 구글은 아예 접속이 안 됐다. 지독한 자기애가 있거나 부지런하지 않고는 하루에 열두 시간씩 해외영업부에서 근무하며 소셜 미디어 계정까지 관리하는 미친 인간은 없다는 게 진석의 판단이었다. 게다가 정 대리는 부끄러움을 많이 타는 성격이었다. 진석은 노트북을 덮고 바깥으로 나왔다.

PARC66이라는 백화점에 들어가 에스컬레이터를 타고 오르락내리락하는 거 말고는 당장은 별로 할 일이 없었다. 산동대학교 쪽으로 먼저 이동해 돌아본 뒤 강 팀장을 만나고 싶은데 택시가 잘 잡히지 않았다. 진석은 할 수 없이 광장 주변 호숫가를 걸었다. 이 광장 주변은 밤마다 불꽃놀이를 하는 사람들로 붐빈다고 안내 책자에 적혀 있었다. 호수를 채운 물에서 썩는 냄새가 나는 것 같기도 했다.

어렵게 잡은 택시를 타고 미리 적어둔 대학 이름을 보여주었다. 택시 운전사는 흥에 취해 거의 지그재그로 운전했다. 차 안은 음악 소리 때문에 몹시 시끄러웠다. 제남 특유의 다소 자유로운 분위기에 영향을 받았는지 모르겠지만 진석은 택시 안에서 약간 느슨해졌다. 질 나쁜 스피커에서 나오는 노래가 나쁘지 않았다. 노래 정보를 알려주는 휴대폰 앱으로 어떤 노래인지 알아냈다. 금세 영어와 중국어로 노래 제목이 떴다. 산셍산시시리타오후아三生三世十里桃花.

진석은 산동대학교 정문 앞에 서서, 학생으로 보이는 사람들 몇 명이 보온병을 들고 학교 안으로 들어가는 뒷모습을 멍하니 보고 있었다. 시간이 갈수록 사람 수는 더 많아졌다. 국제전화였다. 상무가 수족처럼 부리는 박 차장이었다. 상무를 대하는 박 차장을 보고 있으면 자신이 왜 상사들과 늘 관계가 껄끄러운지 바로 깨닫게 됐다. 예를 들어 점심 메뉴를 하나 정하는 일에서부터도 박 차장은 상무 입 안의 혀처럼 굴었다. 심지어 상무 얼굴에 붙은 티끌도 떼어내줄 정도였다. 같은 차로 이동할 때 차가 조금만 막혀도 내비게이션으로 다른 길을 검색해, 지금 길로 갈 때와 다른 길로 갈 때의 시간 차이와 거리 차이를 그때그때 상무에게 말했다. 가던 길로 가나 다른 길로 가나 결과적으로는 오 분 이내의 차이였다. 나도 좀 그래야 하는데! 진석은 늘 그렇게 생각만 할 뿐이었다. 정 대리의 가족들이 내일 제남으로 온다는 연락이었는데 진석은 며칠만 더 여유를 갖자고 어렵게 말했다. 정 대리가 현지 사정을 모르는 사람도 아니고, 어리석은 짓을 할 사람은 더더욱 아니라는 말을 덧붙이면서도 아무런 자신이 없는 건 어쩔 수 없었다. 제가 꼭 찾을게요. 그런 말을 하기가 너무 힘들었다.

강 팀장이 왔다. 현지 제조업체 팀 일행과 정 대리가 금요일 저녁을 함께 먹은 식당은 근처에서는 꽤 유명한 해산물 요리를 파는 곳이었다. 수조가 놓인 매장을 지나면 꽃 이름이나 나무 이름을 문 한가운데 붙인 작은 방들이 있는데, 방마다 손님이 꽉 들어차 있었다. 강 팀장의 안내를 따라 진석은 우선 지배인을 만났다. 혹시 사람을 납치해가는 범죄단 사람들이 이 식당에 드나들지는 않는지, 정 대리의 사진을 보여주고 그런 얼굴을 본 적은 없는지 질문했다. 지배인은 아주 완강한 표정으로 자기네 가게에는 그런 나쁜 손님은 발도 들여놓지 못한다는 말만 반복했다. 그때 갑자기 어두운 복도 끝에서 종업원들이 몰려나와 정 대리 사진을 중심으로 동그랗게 원을 그리며 섰다.

"이 사람 기억납니다. 한국의 아이돌 가수 같았어요."

정 대리의 사진을 보며 웃는 종업원들을 두고 밖으로 나왔다. 강 팀장도 진석도 자연스럽게 담배만 피우게 됐다. 아무런 도움도 안 되는 상황만 이어질 것 같아 다시 불안해졌다. 초저녁인데도 몹시 어두웠고 겨우 지나온 여름으로 되돌아간 것처럼 갑갑하고 후텁지근했다. 난데없이 보도 한가운데로 물이 솟아올라 차도로 흘러갔다. 지하에 샘물이 많다는 건 사실인 모양이었다. 그러거나 말거나 이제 이틀이 남아 있었다. 정 대리를 찾으려면 뭘 하든 해야 했다. 진석은 구두가 물에 잠기는 줄도 몰랐다.

호텔로 들어왔다. 현지 컨설팅 팀에서 이미 정 대리의 짐을 빼 로비 카운터에 맡겨둔 상태였다. 진석은 굳이 정 대리가 쓰던 방을 예약해달라고 부탁했다. 어떤 각도에서 잠이 들었는지, 흔한 풍경이라도 그 무엇이라도 봐야 할 것 같았다. 얼마 후 벨소리가 들렸다. 호텔 종업원은 정 대리의 가방을 현관에 들여놓고 뭐라 뭐라 공손하게 말했다. 직원이 손가락으로 가리키는 쪽을 보았는데 테이블 위에 바나나와 야쿠르트가 놓여 있었다. 진석은 지폐를 한 장 꺼내 종업원에게 주고 바나나 껍질을 벗겨 입속에 넣었다. 정 대리의 트렁크를 보자 피로가 몰려왔다.

전체적으로 호텔은 원인을 짐작할 수 없는 소음이 심했다. 아래층에서도 소음이 올라오고 위층에서도 들렸다. 뭔가 지속적으로 딱딱한 것이 벽에 부딪다가 떨어지고 또 부딪다가 떨어지는 소리가 났다. 한밤중에 자다가 잠이 깨는 것만큼 불쾌한 일은 없었다. 근래에는 우울함에 빠지는 일이 별로 없어 수면 유도제를 챙기지 않은 것이 후회스러웠다. 진석은 베개에 얼굴을 파묻고 죽은 사람처럼 가만히 엎드려 있었다. 아무런 의욕도 생기지 않았다. 눈물이 콧등을 넘어 반대편 뺨 쪽으로 흘러내렸다. 이렇게 고요한 순간이 되면 겨우 누르고 눌러 잠재웠던 우울함이 바닥을 치고 올라왔다. 이제 커다란 댐이 흔들릴 차례였다. 마침내 수문이 열리고 엄청난 톤의 물이 움직이기 시작하면 걷잡을 수 없는 상태가 될 게 뻔했다. 그렇게 되는 것이 두려웠다. 그렇게 되면 침대 위는 곧장 어두운 흙구덩이 속으로 변했다.

노트북을 열고 호텔 홈페이지에 접속했다. 지하 층수가 사층이나 되는 게 신기했다. 진석은 엘리베이터를 타고 지하로 내려갔다. 홈페이지 상에는 분명 수영장이 표시되어 있었는데 수영장으로 가는 길은 보이지 않았다. 진석은 언뜻 정 대리가 청소년 시절에 수영 선수를 했다는 얘기를 한 기억이 났다. 그렇다면 수영을 하다가 익사를 할 리도 없었다.

지하 사우나는 일본식 온천 스타일이었다. 중국인 청년이 브로슈어를 꺼내 보여주며 남자 탈의실로 안내했다. 티브이 화면에서는 한국과 비슷한 포맷의 오락 프로그램이 나왔지만 소리는 단조로운 경극 멜로디 같은 걸로 대체되어 있었다. 거품이 이는 욕조 물에서는 비린내도 올라오고 화학약품 냄새도 났다. 진석은 욕조에 맨몸을 담근 걸 바로 후회했다. 어깨를 돌려 입구 쪽을 봤는데, 탈의실에 있던 중국인 청년이 대리석 기둥에 기대 선 채 손님이라고는 한 명뿐인 탕쪽을 쳐다보고 있었다. 오싹한 기운이 들었지만 당황한 모습을 보이고 싶지는 않았다. 샤워기에서 나오는 물도 냄새가 심하기는 마찬가지였다.

호텔 로비를 지나 문밖으로 나갔다. 시간을 예측하기 어려웠다. 뜨거운 바람이 부는 호텔 앞 도로는 시멘트 고가가 삼층 정도의 높이까지 막고 있었다. 현관 앞은 드넓은 시멘트 바닥이었는데 그 한가운데 비현실적으로 높은 키의 나무 한 그루가 보였다. 나무에 붙어 선 채 옷걸이를 들고 있는 여자도 한 명 있었다. 옷걸이에 걸린 옷은 흰 티셔츠였고 나뭇가지에 걸어놓은 옷은 길고 긴 원피스였다. 여자는 말할 수 없이 말라서 지나치게 가늘고 몸은 거의 막대처럼 보였다.

잠이 들 만하면 깨서 일어나 커튼을 열고 아래를 내려다봤다. 여자는 지나가는 사람도 거의 없는데 아직도 옷을 팔고 있었다. 그러나 사실 그렇게 생각될 뿐, 아래는 너무 까마득해 아무것도 보이지 않았다. 아직도 술 취한 중국인들이 복도에서 호기 있게 떠드는 소리가 들렸다. 이제 남은 시간은 이틀밖에 없었다. 휴대폰을 열고 사무실 단톡방에 들어가 정 대리의 프로필 사진을 봤다.

골든타임을 놓친 것 같습니다.

강 팀장이 산동대학교 앞에서 호텔로 가는 택시를 잡기 위해 길에 서 있을 때 한 말이었다. 그 말이 계속해서 진석의 마음을 찔렀다. 진석은 담배를 꺼내 입에 물고 불을 붙였다. 손에 옷걸이를 들고 선 여자는 십오 도쯤 위쪽으로 시선을 두고, 시커먼 하늘을 응시한 채 여전히 한 팔에 자기 키를 넘는 긴 원피스를 들고 서 있었다. 진석은 다 피운 담배를 축축한 구둣발로 비벼 끄고 나무 아래 서 있는 여자 쪽으로 다가갔다. 여자는 고개를 돌려 진석을 쳐다봤다. 순간 진석은 아무 생각 없이 정 대리의 카톡 프로필 사진을 여자의 눈앞에 내밀었다. 여자는 도드라진 광대뼈가 선명했고 두 눈을 송아지처럼 껌뻑이며 옷을 들지 않은 한 손으로 어둠 속 어딘가를 가리켰다. 펄럭이는 원피스 너머로 진석도 여자가 가리키는 쪽을 같이 쳐다봤다. 고가도로 너머 어딘가였다.

여자가 옷을 사라며 옷걸이를 손에 든 채 진석을 자꾸 따라왔다. 현관 엘리베이터 앞까지 계속 따라왔다. 진석은 엘리베이터가 출발하기 전에 문을 열고 나와 여자를 로비의 안내 카운터로 데리고 갔다. 영어를 하는 직원이 일하고 있는 게 다행이었다. 여자는 한 남자가 며칠 전에 황하강으로 가는 길을 아느냐고 물어봤다고 말했다. 어쩌면 정 대리답지 않은 행동이었다. 진석은 잘못 본 게 아니냐고 물었다. 여자는 그 남자 얼굴을 기억한다면서 진석과 똑같이 생겼다고 말했다. 진석을 보는 순간 그 남자인 줄 알았다고 했다. 강에 갔었는지 물어봤던 거라면서, 여자는 약간 웃는 듯한 표정을 지어 보였다.

진석은 여자의 옷걸이를 대신 든 채, 제남시의 밤길을 걸었다. 넓은 제남시에서 정 대리를 아는 사람을 만난 건 행운인지도 몰랐다. 진석은 황하로 가는 거라고 생각하고 따라갔다. 황하에 언제 도착할지는 알 수 없었다. 여자는 종이로 만든 인형 같아서 발소리조차도 제대로 울리지 않았다.

여자가 들어간 집의 벽면은 안팎이 모두 거친 벽돌이었다. 손에 닿는 벽돌의 감촉이 무겁고 차가웠다. 아기가 울고 있었다. 여자가 부엌으로 가 국수를 끓였다. 한 공간에 부엌과 침실이 같이 있었다. 한 남자가 침대 위에 누워 있다 부스스 일어나 앉았다. 아기는 남자가 일어나자 더 크게 울어댔다. 여자는 국수가 담긴 그릇과 젓가락을 진석의 앞에 놓았다. 집에서는 오래된 곰팡이 냄새, 나무 탄 냄새 같은 것이 났다. 셋이 앉아서 국수를 먹었다. 남자가 낮은 목소리로 무슨 말을 했는데, 세상이 망했느냐고 물어보는 것 같은 말투였다. 여자는 우는 아기를 데리고 와 젖을 물린 채 국수를 먹었다. 마른 몸이어서 젖이 나올 것 같지 않았다. 그런데 여자는 젖을 먹이면서 아까와는 달리, 앞으로도 끈덕지게 잘 살아갈 것처럼 국수를 먹었다. 진석은 갖고 있던 지폐를 꺼내 식탁 위에 올려두고 그 집에서 나왔다. 길은 조금 밝아진 후였다. 여자가 저만치서 진석을 부르며 따라왔다. 여자는 옷을 담은 비닐봉지를 건네주고는 자기 집으로 갔다.

다음 날 진석은 이른 시간에 눈을 떴다. 강 팀장에게 전화를 걸어 이곳에서 꼭 가봐야 하는 관광지가 있다면 말해달라고 했다. 공자의 고향인 취푸曲阜, 타이산泰山, 황허黃河. 간단했다. 그러면서 계속해서 곡부 얘기만 했고 세 곳을 다 하루에 보는 건 어렵고, 꼭 하나만 봐야 한다면 곡부에 가야 한다고 거듭 말했다. '취푸'라는 중국어 발음만 여러 번 해보라고 한 뒤 따라 하기를 반복했다.

"그런 데 말고 좀 특이한 데는 없나요?"

"어떤 곳을 말씀하시는 건지?"

"서양 애들이 신기해하는 곳이라든지, 뭐 어쨌든 유명 관광지 말고 좀 다른 데요."

"아, 정 대리도 그렇게 묻던데, 신기하네요, 두 분 다. 정말 죄송합니다. 저도 이런 일은 처음이라서 그게 지금 생각났어요."

진석의 관심을 끄는 곳은 한 경극 배우의 이름을 따서 만든 레스토랑 겸 물담배 가게였다. 왠지 정 대리가 그곳에 있을지도 모른다는 생각이 들었다. 아니 강 팀장이 정 대리에게 그곳을 추천했다고 말했기 때문에 그냥 가보기로 했다.

강 팀장이 준 주소를 택시 기사에게 보여주었다. 제남도 북경처럼 차량이 많았다. 겨우 시내를 벗어나 얼마나 달렸을까. 소란스러움과 번잡함이 일시에 없어지고 운치 있는 주택들이 늘어선 지역으로 들어섰다. 택시 기사는 좁은 도로를 돌고 돌아 한 집 앞에 섰다. 영어로 Shisha라고 적힌 간판이 보였다. 전체적으로 검고 짙은 회색으로 세로줄이 그어진 나무 재질의 세련된 건물이었다. 문에 매달린 새장이 보였고 새가 움직일 때마다 새장이 요동쳤다. 진석은 붉은 새의 깃털이 새장 밖으로 떨어져 내리는 걸 멍하니 쳐다보다가 가게 안에서 나온 종업원을 따라 들어갔다.

한 사람이 옆으로 납작하게 누워 물담배를 피우고 있었다. 노란 빛깔의 송진으로 몸을 빚은 사람처럼, 말을 하면 몸이 사라질 듯해, 죽기 전까지는 결코 입을 열지 않을 것처럼 보였다. 바닥에 깐 카펫에서 강한 향이 올라왔다. 진석은 나이 어린 종업원이 안내해주는 대로 자리에 가 앉았고 내다 주는 차를 마셨다. 잠시 후에 커다란 달팽이관 모양의 물담배가 진석의 앞에도 놓였다. 규칙인지 돈을 먼저 내라고 했다. 진석은 종업원에게 돈을 주고 휴대폰을 꺼내 정 대리의 얼굴을 보여주었다. 종업원은 사진을 보는 순간 누런 이를 드러내며 웃었다. 그러고는 자신의 바지 뒷주머니에서 휴대폰을 꺼내 케이팝 스타들의 사진을 보여주며 음악을 작동시켰다. 그때 노인이 소리를 질렀고, 소년은 천진하게 웃으며 정지 버튼을 눌렀다. 진석은 황제처럼 옆으로 누워서 물담배를 피우는 대신 정원으로 나와 새장의 새를 올려다봤다. 기온이 떨어지는지 얼굴과 손끝에서 시원한 바람이 느껴졌다. 꽁지가 긴 붉은 새가 있는 제남의 하늘은 몹시 깨끗하고 맑았다.

유럽에서는 테러가 자주 일어나고 북한은 늘 남한을 때려 부수겠다고 협박을 해도 진석과 그의 친구들이 가는 바는 성업 중이었다. 일차는 맛집, 이차는 바였다. 코칼레로에서 시작해 예거마이스터까지 죽자고 마셨다. 그렇게 마셔도 늘 그렇지만 잘 취하지도 않았다. 체력은 약해지는데 알코올 내성은 점점 강해지는 건 왜 그런지 알 수 없었다. 진석은 멤버들에게 이제 더는 바에 올 수 없을 것 같다고 말했다. 놀기도 잘하고 일도 잘하는 중년 독신남의 주말 생활을 계속 유지하기는 어려울 것 같았다. 주말에 뭘 하는지, 회사에서 일거수일

투족을 다 보고 있는 기분이었고 왠지 승진도 점점 지체되는 것 같아 나날이 불안했다. 게다가 겉도는 말만 하는 멤버들의 얘기를 더는 듣고 싶지 않았다.

그날 음향 기계 장치 과열로 지하 나이트클럽에 불이 났다. 바는 나이트클럽보다 한 층 위여서 신속히 대피할 수 있었다. 다행히 인명 사고는 없었다. 지하 나이트클럽에서 신사동 밤거리로 게워내진 사람들은 그을음과 알코올에 절어 나무에 기대거나 길에 널브러졌다. 아직 새벽이 되기 전이었고 멤버들이 모두 집으로 돌아가고 진석은 혼자 남았다. 가로수길 입구의 차도는 일시에 한산해졌다. 진석은 다행히 가방을 가지고 나왔고 잃어버린 물건도 없었다. 그는 보도 턱에 있는 요철 모양의 가드 위에 다리를 뻗고 앉아, 담배도, 바도 오늘이 영원히 마지막이라며 담배를 피워 물고 주변을 둘러봤다. 그때 요철 몇 개쯤을 건너 저만치에, 그와 똑같은 양복 차림의 회사원이 휴대폰을 내려다보며 담배를 피우고 있었다. 진석은 여러 차례 그쪽을 넘겨다보다가 아하, 하고는 자리에서 일어났다.

"안녕하십니까, 과장님."

정 대리가 벌떡 일어나서 양손을 모으고 가방을 앞으로 한 채 머리 숙여 인사했다. 둘 다 똑같이 눈알이 빨갛고 머리카락은 떡이 져 순간 당황했다.

"야, 너 아직도 나를 그냥 과장이라고 부르냐, 우리 회사에 과장이 몇 명인데. 성을 붙이든 이름을 붙이라고 몇 번 말했니. 이 동네 웬일이냐."

진석은 눈을 동그랗게 떴고 두 사람은 동시에 바를 돌아봤다. 당황한 걸로 치면 진석이 더했고 더 이상의 말은 불필요했다. 실력도 없는 놈이 젊은 애들 다니는 바나 다닌다고 소문이 날 게 뻔했다.

콩나물국밥집으로 갔다. 미세하나마 얼굴에 묻은 그을음 때문에 두 사람 얼굴이 거뭇했다. 향후 좀 더 안정적인 소싱 매니저가 되거나, 자기 회사를 차리거나 중소기업 쪽에 높은 직급으로 이직할 계획이 있다는, 해외영업부 사람들이라면 앉으면 다 하는, 하나마한 얘기만 나눴다. 정 대리는 출장지에서 뭔가 금지된 행동을 하거나 할 만큼 도발적이거나 반항적인 스타일은 아니었다. 그날 정 대리를 가까이에서 본 느낌으로는 오히려 별로 의욕이 없는 편에 속하는 것 같았다. 그리고 어쩌면 그건 직장 생활을 하는 사람들 모두 다 그랬고 진석 역시도 그랬다.

콩나물국밥과 함께 마신 해장술 때문이었을까. 진석은 정 대리에게 자기 집으로 함께 가자고 말했다. 진석의 집에 어머니가 아닌 다른 누군가 온 것은 과장하면 거의 사반세기 만의 일이었다. 금세 토요일 저녁이 왔고, 일요일로 넘어가고 있었다. 진석은 어머니가 보내준 곰탕을 데우고 깍두기와 김치를 안주로 정 대리와 술을 마셨다. 곰탕 때문에 쓸데없이 어머니 얘기를 하게 됐다.

"우리 어머니는 내가 출장 간다고 전화하면 만날 물어봐. 이번엔 또 어디라고? 거긴 너무 멀지 않니! 이번엔 가깝구나! 어머니는 복지관 동호회 사람들과 우쿨렐레 연주하는 걸 좋아해. 우리 어머니는 늘 자기는 가정 때문에 꿈이 꺾여버린 사람이라고 말하곤 했어. 난 그

덕분에 우산을 들고 학교에 가지 않은 날에도 걱정 없이 공부에 열중할 수 있었고, 냉장고에서 꺼내 전자레인지에 데우는 게 아닌 진짜 제철 음식들을 먹으며 자랐어. 어머니는 직접 쿠키 같은 걸 구워주거나 빵도 만들어주셨어. 그런데 그런 어머니를 위해 내가 별로 한 일이 없어. 결혼이 결정적이었지. 다른 일은 몰라도 결혼은 피하고 싶었어. 가끔 어머니의 친구들이 내가 어머니한테 하는 걸 보면 경건함이 느껴진다고 말한대. 난 늘 어머니에게 뭔가 미안해. 그런데 나는 어머니를 진짜 한번 웃게 만드는, 아주 행복한 순간을 만들 수 있을까, 늘 고민해. 사실 그건 우리 아버지도 하지 못한 일이야. 사실은 내가 열한 살 때 어머니가 가출을 했어. 어머니가 나한테 도시락을 건네주며, 고기는 싸지 않았으니 달걀과 콩나물 반찬을 남기지 말고 다 먹어야 한다고 말했어. 나는 그때까지도 고기를 먹지 않았거든. 그리고 꼭꼭 접은 지폐 한 장을 주셨어. 아버지는 여느 날처럼 아침 일찍부터 회사로 일하러 나간 후였거든. 나는 책가방과 신발주머니를 들고 길로 나섰고, 학교까지 걸어가는 동안 내내 한 가지 생각만 했어. 왜 어머니는 아침 일찍부터 화장을 한 걸까. 수업이 시작되고 일교시가 채 끝나지 않았을 무렵, 나는 가방을 챙겨 자리에서 일어났고 담임 선생님 앞으로 갔어. 선생님 저 집에 가봐야 할 것 같아요, 라고 말했지. 이유를 뭐라고 댔는지는 모르겠어. 버스를 타도 되는데 걸으면 삼십 분 정도 되는 거리를 전속력으로 뛰었어. 집은 여느 날과 다름없이 말끔하게 정리되어 있었어. 벽에 붙인 상장들도 그대로였고 거실 장식장에 놓인 가족 사진첩도 그대로였어. 옷장 문을 열고 어머니의 옷이 있는지부터 확인했거든. 어머니가 자주 입던 옷 몇 벌이 보이지 않았어. 어머니가 외출했다 돌아올 때마다 먹을 걸 잔뜩 사가지고 들어와 불룩해지곤 하던 체크무늬 천가방도 없었어. 몇 주 후돌아온 어머니는 아버지와 이혼을 하겠다고 말했어. 삼대독자 집안의 종손이던 아버지 집안에서는 난리가 났어. 계속해서 친척들이 집에 찾아오고 어머니 얼굴은 노랗게 변해갔어. 어떻게 해서 어머니가아버지와 계속 살게 되었는지는 잘 모르겠어. 어쨌든 난 동네에서 드물게 동생이 없는 애였고 늘 학교에 가면 어머니가 또 가출하지 않을까 불안해서 학교만 끝나면 바로 집으로 갔어."

"어른이 무슨 그런 일을 아직까지, 과장님은 그래도 성공하셨잖아요. 일도 잘하시고. 직원들도 과장님 멋있다고 다 좋아해요. 저는과장님처럼 회사에 오래 다닐 자신은 없어요. 회사만 가면 겁이 나고솔직히 회사 사람들이 좀 무서워요."

"사내자식이 무섭긴……."

무심코 말했다.

"당신 같은 싸움꾼들 지긋지긋해. 다들 인간이 아닌 거 같은 거알아요?"

"너도 곧 나처럼 될 거야. 근데 나 부탁이 있는데."

진석이 진지한 얼굴로 정 대리를 쳐다봤다.

"뭐든 들어줄게요. 재워주셨으니까."

"나 사실 아직 집에서 피자를 못 시켜 먹어봤어. 너 피자 먹을래?어떤 피자 좋아하니?"

정 대리는 그날 밤도 진석의 집에서 잤다. 정 대리는 몸이 불어 입지 못하는 진석의 와이셔츠와 여벌로 사놓은 속옷과 양말을 신고 회사로 출근했다. 월요일이 지나고 며칠 후, 정 대리가 입고 갔던 옷을 깨끗이 세탁해 담은 가방을 진석의 책상 밑에 두고 갔다. 그 후에 진석은 오히려 정 대리를 이상하게 생각했다. 진석은 친하다고 생각했지만 정 대리는 다른 사람을 대하는 것과 똑같이 진석을 대했다. 안녕하세요, 과장님, 하고 맥없이 인사를 하는 것도 변함없이 똑같았다.

해외영업부 오 년에서 십 년 차들의 의식구조로 볼 때 동료 직원과 가깝게 지내는 건 불필요한 일이고 소통의 피로만 줄 뿐, 아무런 의미가 없었다. 진석은 아침마다 책상을 닦아주고 쓰레기통을 비워주는 청소용역 여사님들이나, 가끔 택배를 대신 받아주는 경비원과 친하면 친했지 정 대리와 더 친한 건 아니었다.

"야, 김진석 니가 가서 찾아와. 니네 둘이 친하잖아."

인터폴도 탐정도 아닌 내가 왜 거길 가며, 상무는 왜 우리가 친하다고 생각했을까. 진석이 아직도 궁금해하는 것 중 하나는 사람들이 어떻게, 자신이 정 대리와 친해지고 싶어 하는 걸 알았을까 하는 것이었다. 진석은 어느 날 또 똑같이 인사하는 정 대리를 보고 마음을 접었다. 사람만 봐도 멀미가 나고 사람 자체가 역겨웠다. 매일 삼천여 명이 한 건물 안을 오르락내리락했다.

진석은 마음이 산란해져 벤치에서 일어나며 한 손으로 새장을 쳤다. 새장이 요란하게 흔들렸다.

공자에 대해서도 진석은 아는 게 별로 없었다. 곡부는 공자의 생로병사와 연관된 도시라는 게 진석이 가진 최소한의 정보였다. 강 팀장이 섭외해 보낸 운전기사는 중국말만 할 수 있어서 서로 전혀 입을 열지 않았다. 차창으로 쏟아져 들어오는 햇빛이 잠을 불렀다. 진석은 병든 닭처럼 졸다가 뭔가에 놀라 잠에서 깨었다. 출발한 지 두 시간이 다 되어가고 있었다.

　　곡부 입구의 식당가에서 늦은 점심을 먹었다. 운전기사는 이것저것 음식을 시키고는 조용히 밥을 먹었다. 테이블을 계속 돌리며 진석의 컵에 차를 따라주었다. 밥을 먹고 나오자마자 운전기사도 진석도 자동적으로 담배를 물었다. 몸이 늘어지며 피곤이 몰려왔다. 육안으로만 봐도 엄청나게 넓어 보였다. 입장권을 손에 든 진석은 눈을 찌푸리며 공자 서원을 노려봤다. 공자 서원 내부가 그려진 안내판을 보자 더욱 아득한 기분이 들었다. 그사이 운전기사는 장기 두는 사람들 틈으로 섞여 들어가버려 찾을 수도 없었다.

　　붉은 유니폼을 입은 남녀 학생들이 사당 입구에 줄지어 서서 단체 관람 입장을 기다렸다. 공자님의 필을 받아 공부 잘해 출세하고 싶은 어린 학생들의 대열이 몇백 명은 되어 보였다. 조금 전에 먹은 두부 볶음의 고수 냄새가 목으로 올라왔다. 진석은 끝도 없는 아이들의 행렬 때문인지 체기를 느꼈다. 아이들은 소매 끝과 목깃, 그리고 허리벨트만 검은색으로 된 붉은 유니폼을 입고 머리에는 검은색 두건을 썼다. 아이들은 계속 웃다가 인상을 찌푸리며 진석을 쳐다봤다.

저 사람, 어디 아픈 것 같지 않아. 아이들이 그렇게 말하는 것 같았다.

유니폼을 입은 학생들 말고도 많은 사람들이 인력거를 타거나 걸어서 공자의 무덤을 보러 서원 안으로 들어가고 있었다. 진석은 출입구 바깥에서 팔던 생수를 사가지고 오지 않은 것을 후회했다. 이제 서원 초입인데 벌써부터 숨이 차고 목이 말랐다. 사람들은 십오층 탑 앞에서 탑돌이를 하고 절을 하고 주문을 외웠다. 뭘 저렇게 비는 걸까. 진석은 의아한 듯 쳐다봤다. 가도 가도 무덤들의 집이고, 사원이고, 다시 무덤들의 집이었다. 처진 얼굴로 길거리에 앉아 있으면 붉은 옷을 입은 학생들이 불쑥불쑥 나타나 소란을 피우다가 사라졌다. 휴대폰으로 사진을 찍고 웃고 떠들었다. 진석은 중국 사람들이 한 단계 한 단계 서원 앞으로 진입할 때마다 머리를 숙여 절하는 모습을 가만히 보고 있었다. 진석도 사람들을 따라 잠깐씩 머리를 숙였다.

직선으로 이어진 서원은 겹겹이 이어졌다. 공자 무덤으로 가는 길은 멀었다. 진석은 곳곳의 돌에 상형문자로 새겨진 공자 철학의 흔적을 보며 그를 왕이라 칭한 중국 사람들을 이해해보려고 노력했다. 공자 무덤을 본 특별한 감회는 없었다. 이제는 누구도 태어난 곳으로 돌아가 죽지 않지만, 여전히 죽을 때는 태어난 곳에 돌아가는 것이 좋은 것이라고 믿는 사람들도 있다. 진석은 어느새 공자 무덤 앞에 도착했다. 시원한 바람이 불며 초록색 나뭇잎들이 흔들리는 소리가 났다. 진석은 머리를 숙이는 대신 숨을 몰아쉬었다.

곡부를 벗어난 진석은 바로 호텔로 돌아갔다. 자판기에서 맥주를 두 캔 뽑아 들고 방으로 올라갔다. 정 대리의 캐리어를 열었다. 예상했던 대로 짐 상태는 깨끗했다. 입은 옷도, 입지 않은 옷도 모두 팩에 담겨 있고 물건도 개별 파우치에 담겨 있어 흐트러짐이 없었다. 《전기기사 필기 기출문제》라는 제목의 책도 보였다.

진석은 자다가 눈을 떴다. 진석은 그날 밤에도 벽에 기대앉아 자고 있는 정 대리를 보고 있었다. 진석은 전면이 유리로 된 호텔 창 앞에 오도카니 앉아 그때처럼 정 대리를 보고 있었다. "당신들은 그렇게 힘들게 높은 자리에 올라가서 뭘 하는지 알아야 해요. 우리를 몰아세우는 거 말고 뭘 하나요. 겨우 먹고 죽지 않을 만큼의 급여를 주면서 매일 우리를 몰아붙여요."

진석은 회사 인간들이 나오는 드라마에서 봤던 대화 부분을 떠올렸다.

"난 그냥 여기에 내던져진 것 같아요 과장님."

이것 역시도 드라마에 나오는 대사였다.

진석은 유리창 앞에 다가가 눈을 대고 까마득한 저 아래를 내려다봤다. 옷을 파는 여자가 보였다. 아니 그냥 나무 한 그루만 보였다.

황하 하류를 보러 가는 길은 차가 몹시 막혔다. 시내를 벗어나 한참을 달려도 아직 강물은 보이지 않았다. 황하를 보러 가려면 먼저 증축 공사 중인 다리를 건너야 했다. 다리 위에 서 있는 동안 중국인 운전기사가 한 손을 들어 강 쪽을 가리켰다. 조각보 같은 강물이 잠깐씩 보이다가 이내 사라졌다.

다리를 건넌 차는 유원지 입구에 도착해 시동을 껐다. 유원지 안에 강이 가장 잘 보이는 뷰포인트가 있다고 했다. 누군가 다가오더니 입장료를 받았다. 슬픈 얼굴을 한 어린애들이 작은 자동차 안에 다닥다닥 붙어 앉은 채 바깥을 내다보고 있었다. 진석은 자꾸 뒤를 돌아보았다. 아침부터 유원지에 나온 사람들은 바비큐 파티를 할 것 같은 나무 테이블에 모여앉아 아무것도 하지 않고 담배만 피웠다.

강 하류가 보이는 쪽으로 가는 길에는 죽은 병아리 떼와 죽은 쥐와 쓰레기가 널려 있었다. 병든 개들이 진석과 운전기사를 계속 따라왔다. 진석은 공수병恐水病 주사를 맞지 않은 것을 또 후회했다. 해외 영업부 직원들이 일반적으로 하는 다른 예방접종들과 달리 공수병은 세 차례나 접종을 해야 했다. 광견병에 걸린 개가 물어도 덜 아프거나 진행이 늦는다는 게 병원의 설명이었지만 세 번씩이나 병원에 가기는 어려웠다. 계속해서 개가 따라왔다. 개는 몹시 지치고 아파 보였다. 반쯤 파 먹힌 고양이 사체 앞에 가서도 냄새만 맡고는 그 자리에 주저앉아 머리를 땅에 대고 엎드렸다.

유원지 주변이 갑자기 어둑해졌다. 둑 위에는 핸들이 뽑힌 자동차가 버려져 있고 목재며 스티로폼 등 부피가 큰 쓰레기 천지였다. 발밑에서는 쥐가 플라스틱 양동이를 갉아먹고 있었다. 진석은 사람들이 모여 있는 강둑의 뷰포인트를 찾았다. 둑 위쪽의 커다란 나무 아래였다. 강은 어마어마하게 넓고 컸다. 나뭇가지가 유연하게 휘어진 둑 아래로 땅콩버터 색깔의 누런 강물이 흘러가고 있었고 사람들은 거기서 사진을 찍었다. 진석은 주머니에서 담배를 꺼내 불을 붙였다. 그때까지도 아픈 개는 바닥에 엎드려 거친 숨을 쉬었다. 진석은 정 대리가 길을 찾고 있다고 믿기로 했다. 그리고 돌아가는 대로 꼭 공수병 주사를 맞겠다고 다짐했다. 왠지 사진을 찍어대는 사람들의 목소리가 잘 들리지 않았다. 그뿐이었다.

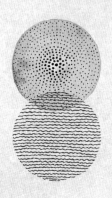

심사평

오정희 심사위원장을 필두로 구효서, 정홍수, 신수정, 전성태 등으로 구성된 제19회 이효석문학상 심사위원회는 2018년 8월 8일 진행된 1차 심사(예심)에서 권여선, 김미월, 김봉곤, 김연수, 김희선, 최옥정, 최은영 등의 소설을 본심 후보작으로 선정했다. 이 후보작들은 최근 활발한 활동을 보여주고 있는 신진 작가들부터 이미 문학적 성과를 확실하게 인정받고 있는 중진 작가들에 이르기까지 다양한 작품들을 두루 망라하고 있다는 점에서 오늘날 우리 소설의 성과를 확인하기에 모자람이 없었다.

　　퀴어적 상상력을 선보이고 있는 김봉곤의 〈컬리지 포크〉는 성적 정체성에 대한 탐색 과정을 소설 쓰기를 모색하는 과정과 나란히 병치함으로써 새로운 형태의 성장소설을 선보이고 있다. 자신의 일상을 가감 없이 대담하게 드러내는 작가 특유의 사소설적 경향이 이 성장의 고통을 내밀하게 감싸고 있는 모습도 인상적이었다. 김희선의

〈공의 기원〉은 팩트와 픽션을 마구잡이로 뒤섞은 서술 방식의 독특함이 신선하게 다가왔다. '축구공'이라는 평범한 사물의 역사에서 촉발된 관심이 서양과 동양, 제일세계와 제삼세계, 거대 자본의 횡포와 노동 착취의 현장으로 이어지다가 어느새 서양의 모순을 판박이처럼 재현하고 있는 우리의 현실 쪽으로 갑작스럽게 선회하는 장면은 이 소설의 역사적 상상력이 단순한 유희와 구별되는 지점이기도 했다. 최은영의 〈아치디에서〉는 글로벌한 이주를 경험하고 있는 시대에 다양한 청춘들의 삶의 실존이 잘 드러난다. 국적과 인종, 언어와 젠더가 다른 젊은이들이 서로의 이질성을 넘어 소통과 이해에 이르는 과정을 이보다 더 감성적으로 그릴 수 있는 작가는 그리 많지 않을 듯하다.

최옥정의 〈고독 공포를 줄여주는 전기의자〉는 죽음에 대한 사유가 처절하고 둔중하게 지속된다. 하루아침에 시한부 인생으로 '전락' 해버린 화자가 죽음을 눈앞에 두고 펼쳐내는 고백은 회한과 허무로 가득 차 있는가 하면, '앉을 수 없는 종이의자'의 부조리를 삶의 본질로 받아들이는 과정과 무관하지 않아 보였다. 집단의 횡포에 연약하게 휘둘리는 개인의 실존을 젠더 문제와 겹쳐놓고 있는 김미월의 〈연말 특집〉은 이 작가 특유의 순진하면서도 유머러스한 입담이 돋보이는 작품이었다. 얼핏 정답처럼 보이는 소설 마지막의 윤리적 결단이 소설의 활기와 따뜻함을 잃지 않는 것은 그 때문이라고 할 수 있을 것이다. 김연수의 〈그 밤과 마음〉은 삼수 관평협동농장으로 좌천된 후 백석 시인의 하루를 배경으로 한 소설이다.《끈빠이, 이상》

이후 오랜만에 만나보는 김연수의 문학사에 대한 새로운 해석이 문학이란 무엇인가에 대한 진지한 성찰과 만나 새로운 성취를 보여주고 있다는 점에서 주목하지 않을 수 없었다.

2018년 제19회 이효석문학상의 영예는 권여선의 〈모르는 영역〉에 돌아갔다. 2018년 8월 22일 진행된 2차 심사(본심)에서는 권여선, 김미월, 김연수 등의 소설이 집중적인 논의 대상이 되었으나 논의가 거듭될수록 권여선의 〈모르는 영역〉이 심사위원 전원의 고른 관심을 받게 되었다. 아내의 죽음 후 더욱 소원해진 부녀 관계를 짧은 봄날의 하루 안에서 보여주면서 '이해와 오해' 혹은 '근본적 무지'의 영역에 얽힌 인간사의 오랜 이야기 속으로 합류해가는 이 소설은 주제도 인상적이었지만 그 영역 속으로 한발 한발 진입하는 권여선 특유의 예민한 촉수와 리듬, 문체의 미묘한 힘이 압권이었다.

특히 술 취한 화자의 눈에 포착된 '낮달'의 상징성은 이 소설의 부녀 사이뿐만 아니라 가족과 사회 전체로 퍼져나가며 모든 생명체에 깃든 삶의 쓸쓸함에 대한 공명으로 이어지는 효과를 보여주었다. 어쩌면 소설이란 바로 그 영역, 그 무엇이라고 표현할 수 없는 '모르는 영역'을 언어로 포착하려는 부질없는 시도인지도 모른다는 상념이 이 소설을 오래 곱씹게 만들기도 했다. 권여선 작가의 수상을 진심으로 축하하며 함께 후보작에 오른 다른 여섯 분의 작가들과 관심을 보내주신 여러 독자들께도 깊이 감사드린다.

오정희, 구효서, 정홍수, 신수정, 전성태

이효석 작가 연보
1907. 2. 23~1942. 5. 25

1907년 1907년 2월 23일, 강원도 평창군 진부면 하진부리에서 부친 이시후李始厚와 모친 강홍경康洪卿의 1남 3녀 중 장남으로 출생. 전주 이씨 안원대군의 후손인 부친은 한성사범학교 출신으로 교육계 사관仕官으로 봉직하였음. 아호는 가산可山, 필명으로 아세아亞細兒, 효석曉晳, 문성文星 등을 쓰기도 함.

1910년(3세) 서울에서 교편을 잡고 있던 부친을 따라 서울로 이주.

1912년(5세) 가족과 함께 평창으로 다시 내려왔으며, 사숙私塾에서 한학을 수학修學.

1914년(7세) 평창공립보통학교 입학.

1920년(13세) 평창공립보통학교 졸업. 경성제일고등보통학교(현재의 경기고등학교) 입학.

1925년(18세) 경성제일고등보통학교 졸업(제21회). 경성제국대학(현재의 서울대학교) 예과 입학. 예과 조선인 학생회 기관지인 《문우文友》 간행에 참가. 《매일신보每日申報》 신춘문예에 시 〈봄〉 입선. 유진오俞鎭午, 이희승李熙昇, 이재학李在鶴 등과 사귀며 《문우》와 예과 학생지인 《청량淸凉》에 콩트 〈여인旅人〉 발표.

1926년(19세) 〈겨울시장〉, 〈거머리 같은 마음〉 등 수 편의 시를 예과 학생지 《청량淸凉》에 발표. 콩트 〈가로街路의 요술사妖術師〉, 〈노인의 죽음〉, 〈달의 파란 웃음〉, 〈홍소哄笑〉 등을 《매일신보》에 발표.

1927년(20세) 예과 수료 후 경성제대京城帝大 법문학부 영어영문학과 편입. 시 〈님이여 들로〉, 〈빨간 꽃〉, 〈6월의 아침〉, 단편 〈주리면…어떤 생활의 단편-〉, 제럴드 워코니시의 〈밀항자〉 번역판을 《현대평론》에 발표.

1928년(21세) 경성제대 재학 중 단편 〈도시都市와 유령幽靈〉을 《조선지광朝鮮之光》에 발표하며 문단의 주목을 받기 시작, 유진오와 함께 동반자작가同伴者作家로 불리게 되었으나 KAPF에 적극적으로 참여하지는 않았음.

1929년(22세) 단편 〈기우奇遇〉를 《조선지광朝鮮之光》에, 〈행진곡行進曲〉을 《조선문예朝鮮文藝》에 발표, 시나리오 〈화륜火輪〉을 《중외일보中外日報》에 발표.

1930년(23세) 경성제국대학 영어영문학과 졸업. 졸업논문은 〈The Plays of John Millington Synge, 1871~1909〉. 단편 〈마작철학麻雀哲學〉, 〈깨뜨러지는 홍등紅燈〉, 〈북국사신北國私信〉, 〈상륙上陸〉, 〈추억追憶〉 발표. 이효석, 안석영安夕影, 서광제徐光齊, 김유영金幽影 등은 조선시나리오작가협회를 결성하여 연작連作 시나리오 〈화륜〉을 바탕으로 침체의 늪에 빠진 조선 영화계에 활력을 줌.

1931년(24세) 시나리오 〈출범시대出帆時代〉를 《동아일보東亞日報》에 발표. 단편 〈노령근해露領近海〉를 《대중 공론大衆公論》 6월호에 발표하고, 같은 달 최초 창작집 《노령근해》를 동지사同志社에서 발간. 이 단편집에서 자신의 프롤레타리아 문인적 성향을 보임. 함경북도 경성鏡城 출신의 미술작가 지망생 이경원李敬媛과 결혼.

1932년(25세) 장녀 나미奈美 출생. 부인의 고향인 함북 경성鏡城으로 이주, 경성농업학교鏡城農業學校에 영어 교사로 취직. 〈오리온과 능금林檎〉을 《삼천리》에 발표. 이 무렵 이효석은 순수한 자연을 배경으로 한 서정적 경향도 보이기 시작.

1933년(26세) 순수문학을 표방하는 문학동인회 구인회九人會를 창립함. 창립회원은 김기림金起林, 김유영金幽影, 유치진柳致眞, 이무영李無影, 이종명李鍾鳴, 이태준李泰俊, 이효석, 정지용鄭芝溶, 조용만趙容萬임. 〈약령기弱齡記〉, 〈돈豚〉, 〈수탉〉, 〈가을의 서정抒情〉(후에 〈독백獨白〉으로 개제), 〈주리야〉, 〈10월에 피는 능금꽃〉 발표.

1934년(27세) 〈일기日記〉, 〈수난受難〉 발표.

1935년(28세) 차녀 유미瑠美 출생. 〈계절季節〉, 〈성수부聖樹賦〉 발표. 중편 〈성화聖畵〉를 《조선일보》에 연재.

1936년(29세) 평양 숭실전문학교(현재의 숭실대학교) 교수로 부임. 평양시 창전리 48 '푸른집'으로 이사. 대표작 〈메밀꽃 필 무렵〉을 비롯하여 〈산〉, 〈들〉, 〈고사리〉, 〈분녀粉女〉, 〈석류柘榴〉, 〈인간산문〉, 〈사냥〉, 〈천사와 산문시〉 등을 발표하며 대표적인 단편소설 작가로서 입지를 굳힘.

1937년(30세) 장남 우현禹鉉 출생. 〈개살구〉, 〈거리의 목가牧歌〉, 〈성찬聖餐〉, 〈낙엽기〉, 〈삽화揷話〉, 〈인물 있는 가을 풍경風景〉, 〈주을의 지협〉 등을 발표.

1938년(31세) 숭실전문학교 폐교에 따라 교수직 퇴임. 〈장미薔薇 병病들다〉, 〈해바라기〉, 〈가을과 산양山羊〉, 〈막幕〉, 〈공상구락부空想俱樂部〉, 〈부록附錄〉, 〈낙엽을 태우면서〉 등을 발표.

1939년(32세) 평양 대동공업전문학교 교수 취임. 차남 영주瑛周 출생. 장편 《화분花粉》을 인문사人文社에서, 단편집 《해바라기》를 학예사에서, 《성화聖畵》를 삼문사에서 발간. 〈여수旅愁〉를 《동아일보》에 연재.

1940년(33세) 부인 이경원과 사별(1940. 2. 22). 3개월 된 영주를 잃음. 장편소설 《창공蒼空》을 총 148회에 걸쳐 《매일신보》에 연재連載. 1941년 단행본으로 간행될 때에는 《벽공무한碧空無限》으로 개제改題. 〈은은한 빛〉, 〈녹색의 탑〉 등을 일본어로 발표.

1941년(34세) 《이효석단편선》과 장편소설 《벽공무한》을 박문서관博文書館에서 출간. 〈산협山峽〉, 〈라오콘Lacoön의 후예後裔〉, 〈봄 의상衣裳(일본어)〉 〈엉겅퀴의 장(일본어)〉 등 발표. 부인과 차남을 잃은 슬픔과 외로움을 달래며 중국, 만주 하얼빈 등지를 여행.

1942년(35세) 5월 초 결핵성 뇌막염으로 진단을 받고 평양 도립병원에 입원 가료. 언어불능과 의식불명의 절망적인 상태로 병원에서 퇴원 후, 5월 25일 오전 7시경 자택에서 35세를 일기로 생을 마감. 임종은 부친과 친구 유진오 그리고 지인 왕수복이 함께 지켰음. 유해는 평창군 진부면에 부인 이경원과 합장됨.

1943년 유고 단편 〈만보萬甫〉를 《춘추春秋》에 게재. 단편선집 《황제皇帝》가 박문서관에서 간행됨. 〈향수〉, 〈산정山精〉, 〈여수〉, 〈역사〉, 〈황제〉, 〈일표一票의 공능功能〉이 함께 수록되어 발간됨. 5월 25일 서울 소재 부민관에서 가산可山의 1주기 추도식 열림.

1945년 부친 이시후 별세(1882~1945).

1959년 장남 우현에 의해 편집된 《이효석전집李孝石全集》 전5권 춘조사春潮社에서 발간.

1962년 모친 강홍경 별세(1889~1962).

1971년 차녀 유미에 의해 《이효석전집》 전5권 성음사省音社에서 재발간.

1973년 강원도 영동고속도로 건설로 진부면 논골에 합장되었던 가산可山 부부 유해를 평창군 용평면 장평리로 이장함.

1980년 강원도민의 후원으로 영동고속도로변 태기산 자락에 가산 이효석 문학비 건립.

1982년 10월에 열린 문화의 날을 맞아 대한민국 금관문화훈장이 추서됨.

1983년 장녀 나미에 의하여 《이효석전집》 전 8권 창미사創美社에서 발간.

1998년 영동고속도로 확장개발공사로 묘소가 경기도 파주시에 소재한 동화경모공원으로 이장됨.

1999년 강원도 평창군 주최로 봉평에서 지역민과 함께 하는 효석문화제 창시.

2000년 〈메밀꽃 필 무렵〉의 산실인 평창군 봉평에서 지역 주민을 중심으로 한 가산문학선양회와 평창군의 주관으로 "문학의 즐거움을 국민과 함께"라는 염원을 담은 효석문화제가 활성화됨. 이효석문학상 제정. 정부의 재정지원으로 이효석 문학기념관 건립 추진.

2002년 이효석문학관 건립.

2011년 제목 미상 〈미완未完의 유고遺稿—미발표 일본어 소설〉 장순하張諄河 번역. 2011년 9월에 발행된

《현대문학》(통권 제681권 220~224페이지)에 발표.

2012년 재단법인 이효석문학재단李孝石文學財團 설립.

2016년 이효석문학재단 주관 하에 텍스트 비평을 거친 정본定本 《이효석 전집》 전 6권 서울대학교출판문화원에서 발간.

2017년 2월 23일 가산 이효석 탄신 110주년 기념식 및 정본 전집 출판기념회 개최.

이효석 문학상

수상작품집 2018

초판 1쇄 2018년 10월 10일

지은이 권여선 김미월 김봉곤 김연수 김희선 최옥정 최은영
펴낸이 전호림
책임편집 박정철
마케팅 박종욱 김혜원
영업 황기철

펴낸곳 매경출판㈜
등록 2003년 4월 24일(No. 2-3759)
주소 (04557) 서울시 중구 충무로 2(필동1가) 매일경제 별관 2층 매경출판㈜
홈페이지 www.mkbook.co.kr
전화 02)2000-2632(기획편집) 02)2000-2645(마케팅) 02)2000-2606(구입 문의)
팩스 02)2000-2609 **이메일** publish@mk.co.kr
인쇄 · 제본 ㈜M-print 031)8071-0961
ISBN 979-11-5542-899-3(03810)

이 도서의 국립중앙도서관 출판예정도서목록(CIP)은 서지정보유통지원시스템 홈페이지(http://seoji.nl.go.kr)와
국가자료공동목록시스템(http://www.nl.go.kr/kolisnet)에서 이용하실 수 있습니다.
(CIP제어번호: CIP2018030268)